大方
sight

Elif Shafak

The Forty Rules *of* Love

爱的四十条法则

[土耳其]艾丽芙·沙法克 著
刘泗翰 译

中信出版集团 | 北京

图书在版编目(CIP)数据

爱的四十条法则/(土)艾丽芙·沙法克著;刘泗翰译.—北京:中信出版社,2019.6

书名原文:THE FORTY RULES OF LOVE

ISBN 978-7-5217-0641-3

Ⅰ.①爱… Ⅱ.①艾… ②刘… Ⅲ.①长篇小说—土耳其—现代 Ⅳ.①I374.45

中国版本图书馆CIP数据核字(2019)第097591号

爱的四十条法则

著　　者:[土耳其]艾丽芙·沙法克

译　　者:刘泗翰

出版发行:中信出版集团股份有限公司

(北京市朝阳区惠新东街甲4号富盛大厦2座　邮编　100029)

(CITIC Publishing Group)

承 印 者:上海盛通时代印刷有限公司

开　　本:880mm×1230mm　1/32　印　　张:15.75　字　　数:285千字

版　　次:2019年6月第1版　印　　次:2019年6月第1次印刷

京权图字:01-2019-2784　广告经营许可证:京朝工商广字第8087号

书　　号:ISBN 978-7-5217-0641-3

定　　价:59.80元

献给萨伊尔与萨尔达

孩提时，我见过真主，

也见过天使，

我见识到上界与下界的神秘，以为所有的人都看见，

后来才终于知道他们看不见……

——大不里士的夏慕士

序　曲

在指间捏颗小石头，投进流动的河水里，效果可能没有那么显而易见。在石头破水而入的那一刻，会有小小的涟漪，然后激起水花，声音淹没在周遭湍急的水流声中，如此而已。

丢一颗石头到湖里，效果非但明显可见，而且更持久。石头扰乱一池平静的水面，在石头落水处会产生一个圆圈，并且发出噗通一声，然后这个圆圈会不断地复制，不断地复制。不久，水花激起的涟漪开始向外扩散，遍及整个如镜的水面，直到圆圈触及湖岸边才会停歇。

如果把石头丢进河流里，河水会认为那不过是已然喧嚣的水流中，另外一次微不足道的骚动，没有什么特别，也不是什么大不了的事。

然而，若是投石入湖，湖水就会改变，而且永远变不回原貌。

四十年来，艾拉·鲁宾斯坦的生活就是一片平静的水面——无非是一连串意料之中的习惯、需求与喜好。虽然很多时候都觉得单调平凡，但她从不喊累；过去这二十年间，她许的每一个愿望、认识的每一个朋友、做的每一个决定，都与她的婚姻密切相关。她的丈夫大卫是个事业有成的牙医，工作非常勤奋，也赚了很多钱。她始终都知道他们夫妻之间缺乏深层的沟通联系，但是她认为，情感上的联系本来就未必是夫妻关系的第一要件，尤其是对结婚这么久的老夫老妻来说；婚姻中还有比激情与爱更重要的东西，像是理解、亲情、同理心，还有凡人最神圣的行为：宽恕。跟这些相比，爱都只是其次——除非是活在小说中，或是浪漫爱情电影里，里面的主角总是比现实生活中的人夸张，他们的爱情也都充满了传奇。

对艾拉来说，孩子永远都摆在第一位。他们有一个漂亮的女儿珍妮特，现在已经在读大学；还有一对双胞胎，欧莉与艾维。此外，他们还养了一只十二岁的黄金猎犬，名叫小精灵；它不但是艾拉每天早上散步的伙伴，而且从它还是小狗的时候开始，就一直是她最开心的伴侣。现在它年纪大了、体重过重、耳朵全聋、眼睛半瞎；小精灵的时间不多了，但是艾拉宁可觉得它会永远陪着她。她就是这样的一个人，从来不肯面对任何事情的死亡、终结，不管是一种习惯、一个生活阶段，或是一段婚姻，就算结局已经明明白白、无可避免地摆在她的眼前，她也选择视而不见。

鲁宾斯坦一家人住在麻省北安普顿的一栋维多利亚风格的大宅，房子本身虽然需要翻修，但仍不失堂皇气派，有五间卧室、三间卫浴、磨光打亮的硬木地板、可以停三辆车的车库、落地玻璃门，更棒的是有一个户外的按摩浴缸；他们有人寿保险、车险、退休计划、大学学费基金、联名账户，而且除了他们现在住的房子之外，还有两间地段绝佳的公寓：一间在波士顿，另外一间在罗德岛。这些都是她跟大卫胼手胝足打拼来的成果。一间有孩子喧闹的大房子，优雅的家具，空气中飘浮着自制手工馅饼的香味，或许有些人会觉得老套，但是对他们来说，这就是理想生活的写照。他们在共同的愿景上，一手打造出他们的婚姻，而且也实现了——就算不是全部——大部分的梦想。

去年情人节，大卫送艾拉一颗心形的钻石坠子，还有一张卡片，上面写着：

给亲爱的艾拉：

你是一位恬静贤淑的女性，有慷慨宽大的心怀与有如圣人般的耐性。谢谢你不离不弃，谢谢你嫁我为妻。

你永远的，

大卫

艾拉始终没有跟大卫说，他的卡片读起来像是讣闻。我死的时候，他们大概就会这样写吧，她想。而且如果他们够诚恳的话，说不定还会加上这一句：

艾拉的一生都围绕着丈夫和小孩打转，缺乏任何求生技能，无法独立应付生命中的难关。她不是那种会放手一搏的冒险型人物，连每天喝的咖啡要换品牌，都得费好一番工夫。

因为这些林林总总的因素，所以，当艾拉在结婚二十年后，在2008年秋天突然提出离婚要求时，没有人知道究竟是怎么回事——连她自己也不例外。

❖ ❖ ❖

不过事出必有因，都是因为：爱。

他们住在不同的城市，甚至不在同一大洲。两人不但地理上隔着十万八千里，生活形态更是迥然相异，甚至像日与夜一样天差地别。看似根本无法容忍对方的存在，更别说是坠入爱河了。可是，事情还是发生了；而且迅雷不及掩耳，让艾拉根本没有时间去深究到底发生了什么，更无从预防——如果爱情也能有所防范的话。

艾拉的爱情来得意外又唐突，仿佛不知从何处冒出来的一颗石头，猛地掷入她平静的生命之湖。

艾 拉

2008 年 5 月 17 日，北安普顿

那是一个宜人的春天，厨房窗外有鸟儿啁啾歌唱。艾拉事后曾多次在脑子里回想当天的情景，不是那种过往的片段记忆，感觉上更像是持续中的事，仿佛还在宇宙的某个地方发生。

周六午后，他们一家人围坐在餐桌边，吃着迟来的午餐。她丈夫正拿起炸鸡腿往盘子里装，那是他最喜欢的菜；艾维拿起刀叉当鼓槌在玩，而他的双胞胎姐姐欧莉则在计算可以吃几口饭，才不会破坏她每天六百五十卡的节食计划。至于在附近曼荷莲女子学院读大一的珍妮特，则是一边在面包上涂着奶油起司，一边若有所思。跟他们同桌吃饭的，还有爱思德阿姨；她正好送她有名的大理石蛋糕来给他们，就顺便留下来吃午饭。艾拉等一下还有很多工作要做，但是却也不急着在这一时半刻离开餐桌，因为最近他们没有太多机会一家人聚餐，所以她觉得这是大家重新联络感情的绝佳机会。

“爱思德，艾拉跟你说了那个大好消息了没?”大卫突然问道。“她找到一个很棒的工作。”

艾拉虽然是大学英语文学专业毕业，也热爱小说，但是毕业之后并没有在这个领域工作很久，只有为妇女杂志编辑几篇文章，参加一些读书会，或是偶尔替本地报纸写写书评什么的，如此而已。她曾经一度想要成为著名的书评家，但是后来也接受了生活将她带往其他方向的事实，成为一名勤劳的家庭主妇，照顾三个孩子，还有每天做不完的家务。

倒也不是说她有什么不满。为人母、为人妻，还要遛狗、理家，这些事情就已经够她忙的了，也就不必再去赚钱养家。虽然那些跟她一起从史密斯学院毕业的女性主义朋友们，没有一个认同她的选择，但是她仍然心满意足地做全职母亲，也对丈夫一个人赚钱就可以养家心存感激。况且，她从未放弃对书本的热爱，觉得自己仍然是口味广泛的阅读爱好者。

可是从几年前开始，事情有了变化。孩子们长大了，挑明了说他们不像以前那么需要她；艾拉意识到她手边会有大把的时间，却没有人可以照顾，于是也开始认真地考虑去找份工作。大卫也鼓励她去，但是尽管他们谈过很多遍，她却很少真的出去找机会；而且就算她真的去找了，老板也总是在找更年轻或是更有经验的人。到后来，因为害怕一再地遭到拒绝，她干脆不再提起这个话题。

然而到了 2008 年 5 月，这些年来一直阻碍她找工作的种种障碍却意外消失了。就在她四十岁生日前的两个星期，她突然在波士顿一家文学经纪公司找到一份工作；其实是她丈夫透过一名病患——或者是他的情妇——为她找到的。

“噢，不是什么大不了的啦，”艾拉急着解释，“我只是为一家文学经纪公司兼职看看稿子而已。”

可是大卫似乎很坚持不让她太看轻自己的新工作。“别这样嘛，跟他们说，那可是一家知名的经纪公司哟。”他用手肘推推她，敦促她说；可是看她不愿意配合演出，又自己一个人继续说下去。“那是个很有名望的地方，爱思德！你真该去看看里面的其他助理！全都是刚从顶尖大学毕业的小男生、小女生，只有艾拉是唯一在做了多年的家庭主妇之后又回到职场的！你说，她是不是很棒呢?”

艾拉在心底觉得，她丈夫是不是因为让她放弃了自己的事业而感到内疚？抑或是因为在外面偷腥？——她只能想到这两个理由，来解释他现在何以如此热衷于她找到工作的事。

大卫依然面带微笑地总结道：“这就是我所谓的勇敢呀！我们都以她为荣！”

“她本来就是个宝啊。一直都是。”爱思德阿姨用一种滥情的语调说话，好像艾拉已经离开餐桌，永远都不会回来似的。

他们全都深情地望着艾拉，就连艾维也没有做什么尖刻的评论，而欧莉也难得有一次关心与自己外貌无关的事情。

艾拉强迫自己感激这善意的一刻，却感到前所未有的疲惫困倦，衷心默祷着有人能换个话题。

她的大女儿珍妮特一定是听到了她内心的祷告，因为她突然打岔道："我也有个好消息要宣布。"

所有人都转向她，脸上散发出期待的光芒。

"史考特跟我决定要结婚了，"珍妮特宣布。"噢，我知道你们要说什么！我们还年轻啦，连大学还没念完啦，等等等等，但是你们必须知道：我们都觉得已经准备好要向前迈进一大步，进入人生的下一个阶段了。"

餐桌上，一阵尴尬的沉默突然降临，刚刚还笼罩着他们的那股温情顿时蒸发。欧莉与艾维彼此茫然地互看一眼，手里握着一杯苹果汁的爱思德阿姨也当场愣住；大卫放下叉子，好像再也没有食欲，眯起一双淡褐色的眼睛看着珍妮特。他眼角原本因为笑容出现了深沟纹路，此刻却一点笑意都没有，只见他板着脸、噘着嘴，好像刚刚喝了一大口醋似的。

"很好！我原本希望跟你们分享我的喜悦，可是却得到这么冷淡的待遇，"珍妮特嘀咕着。

"你刚才说你要结婚了，"大卫说，好像珍妮特不知道自己说了什么，还需要人家提醒似的。

"爸，我知道这看似快了一点，但是那天史考特跟我求婚，我也答应他了。"

"可是，为什么？"艾拉问。

从珍妮特看她的表情，艾拉觉得那不是她女儿预期的问题；她应该要问“什么时候”，或是“准备怎么办”，不管哪一种问法，都表示她可以开始选购结婚礼服了。可是问“为什么”却是另外一回事，完全令珍妮特措手不及。

“因为我爱他啊，我觉得吧。”珍妮特的口气有点高傲。

“亲爱的，我的意思是，为什么这么着急？”艾拉还是问到底。“你怀孕了吗？还是怎么了？”

爱思德阿姨在椅子上坐立难安，一脸寒霜，怒气显而易见。她从口袋里掏出消食片，开始嚼了起来。

“我要做舅舅了，”艾维呵呵笑着说。

艾拉握着珍妮特的手，轻轻捏了一下。“你可以跟我们说实话的，知道吧？不论如何，我们都会站在你这一边。”

“妈，别再说这种话了，好吗？”珍妮特突然生气，抽手回来。“这跟怀孕没有关系。你这样会让我难堪。”

“我只是想帮你而已，”艾拉冷静地答道。她近来发现冷静是越来越难以达到的心境。

“你是说，用羞辱我来帮我吗？显然你觉得史考特跟我会结婚的唯一理由，就是他搞大了我的肚子！你有没有想过，我要跟这个人结婚，可能纯粹只是——我只是说可能而已——只是因为我爱他？我们已经交往八个月了啊！”

此话一出，立刻引起艾拉的嘲讽。“是啊，好像你只要八个月就可以看出一个男人的品格！我跟你父亲结婚二十年了，我们都不敢说知道彼此的每一件事。在一段关系中，八个月根本不值一提！”

“上帝只花了六天就创造了宇宙，”艾维笑着说，但是餐桌上每个人的冷眼逼得他闭嘴。

眼见气氛愈发紧张，皱眉沉思的大卫仍盯着大女儿，“亲爱的，你妈妈想说的是：交往是一回事，结婚又是另外一回事。”

“可是，爸，难道你觉得我们要永远交往下去吗？”珍妮特问。

艾拉深深地吸了一口气，“老实说，我们是希望你能找到更好的对象。你还太年轻，不应该这么认真地谈感情。”

“妈，你知道我在想什么吗？”珍妮特以漠然的语调说：“我想，你只是把你自己的恐惧投射到我身上而已。可是我跟你说，你在我这个年纪就结婚生子，并不表示我就一定会跟你一样犯同样的错误！”

艾拉涨红了脸，仿佛有人甩了她一个耳光似的。她在内心深处想起了她怀珍妮特时的种种艰难，最后还导致早产；珍妮特在襁褓，还有在学步时特别难带，几乎用尽了她所有的力气，所以她才会等了六年之后才又再次怀孕。

“宝贝，你开始跟史考特交往时，我们都替你感到高兴，”大卫采取不同的策略，小心翼翼地说。“他人很好。可是谁知道你毕业之后会有什么想法呢？到那个时候，情况可能会很不一样。”

珍妮特微微点头，除了假装默认之外，还有一点别的意味。然后她说：“是因为史考特不是犹太人吧?”

大卫难以置信地翻着白眼。他一直以思想开明、有教养的父亲自居，在家里也刻意避免任何有关种族、宗教或性别的负面批评。

可是珍妮特似乎想要追根究底；她转头看着母亲，问：“你可以看着我的眼睛跟我说，如果史考特是一个名叫亚伦的犹太青年，你也同样会反对吗?”

珍妮特语气尖锐，声音里充满了尖酸嘲讽，艾拉担心女儿心里可能还有更多这样的情绪涌上来。

“亲爱的，我可以百分之百地跟你说，虽然你听了可能会不高兴。我知道年轻时谈恋爱的感觉有多么美好，相信我，我真的知道；可是跟一个出身背景不同的人结婚，是一场很大的赌注。身为你的父母，我们必须确定你没有做错。”

“那你怎么知道你们所谓的对或错，对我来说也是一样呢?”

这个问题让艾拉有些语塞。她叹了一口气，按按自己的额头，好像偏头痛就要复发似的。

“妈，我爱他呀。对你来说，这个字还有任何意义吗？你还记不记得这个字？他让我心跳加速，没有他，我也活不下去了。”

艾拉听到自己轻轻地笑出声。她并不想取笑女儿，真的没有，但是她的暗笑声听起来可能就是一种嘲讽。不知道什么原因，她自己也不知道，她觉得极度紧张；她曾经跟珍妮特争吵过不下数百次，但是今天感觉上却好像是在跟某种更大的东西争执。

“妈，你从来没有爱过吗?”珍妮特反击，语气中带有一丝的不屑。

“噢，拜托你，饶了我吧！别傻了，别再做白日梦了，好吗？你实在太……”艾拉的视线投射到窗外，寻找更有戏剧效果的字眼，最后终于脱口而出：“……太浪漫了！”

“浪漫有什么不对?”珍妮特问道，听起来好像这话冒犯了她。

真的，浪漫有什么不对？艾拉心里在问。从什么时候开始，她对浪漫如此的反感？尽管她无法回答这个在自己脑海边缘的问题，却依然滔滔不绝地说下去。“唉呀，亲爱的，你是活在哪个世纪？你要记住：女人不是嫁给她们爱的男人；事到临头的时候，男人终究还是会选择成为好爸爸和好丈夫。爱，终究只是来得快、去得也快的甜蜜感觉而已。”

艾拉讲完之后，转头去看她丈夫；大卫举起双手，慢慢地拍着，仿佛身在水底，有水的阻力，同时还定睛看着她，好像他以前从未见过她似的。

“我知道你为什么这样做，”珍妮特说，“你嫉妒我年轻又快乐，你想要把我塑造成另外一个不快乐的家庭主妇。你想要把我变成你啊，妈。”

艾拉的胃有一种向下沉的奇怪感觉，好像里面放了一块巨石似的。她是不快乐的家庭主妇吗？一个困在面临崩解婚姻里的中年妇女？她的儿女都是这样看她吗？还有她丈夫？那朋友和邻居呢？突然间，她有那种身边所有的人都在怜悯她的感觉，这种质疑如此的痛苦，让她忍不住惊呼出声。

“你应该跟你妈道歉，”大卫转向珍妮特，皱着眉头说。

“没有关系，我不需要她的道歉，”艾拉沮丧地说。

珍妮特嘲笑地睨视她母亲一眼，然后一把推开椅子，将餐巾放到一边，直接走出厨房。过了一分钟之后，欧莉与艾维也悄悄地跟着离开，不知道是因为难得一次跟他们的姐姐站在同一阵线，抑或只是厌倦了大人的谈话。接着，爱思德阿姨也走了，还一边用力嚼着最后一颗消食片，一边喃喃地编造一些蹩脚的借口。

只剩大卫和艾拉还留在餐桌旁，两人之间陷入一种紧张的难堪，必须面对这种空虚，让艾拉感到很痛苦，而他们也都知道，这其实跟珍妮特或双胞胎都没有关系。

大卫拿起原先放下的叉子，仔细地看了一会儿。“所以我应该说，你不是嫁给了你爱的人？”

“哦，拜托，我不是那个意思。”

“那你是什么意思呢？”大卫仍然对着叉子说话。“我们结婚的时候，我以为你爱我。”

“我是爱你呀，”艾拉说，可是忍不住又加了一句，“在那个时候。”

“那你是从什么时候开始不再爱我的?”大卫面无表情地问。

艾拉震惊地看着她的丈夫，像是一个从未看过自己镜中倒影的人，如今却拿着镜子放在眼前。她不再爱他了吗？这是她从未问过自己的问题。她想回答，但是尽管她有这个意愿，却无话可说。在她内心深处，她知道他们应该担心的是他们夫妻俩，而不是孩子；可是他们并没有这样做，反而一直以最擅长的拖字诀，让日子一天一天地过，让例行的日常生活主宰一切，就这样懒散地让时间无可避免的流逝。

她哭了起来，无法遏止这种无止境的悲哀，而且这在不知不觉中已经成了她的一部分。大卫露出痛苦的表情，撇过头去。他们都知道他讨厌看到她哭，也都知道她不喜欢在他面前掉眼泪。所幸这时候电话铃响了，救了他们。

大卫拿起电话。“喂……哦，她在。请等一下。”

她打起精神，提高音量，尽量让自己听起来精神抖擞一点。“喂，我是艾拉。”

“嗨，我是米歇尔。抱歉在周末还打扰你，”年轻女人叽叽喳喳地说。“是这样啦，史蒂夫昨天要我打电话问你，可是我忘了。请问你是不是已经开始看稿了?”

“喔。”艾拉叹了一口气，这时才想起还有工作在等着她。

她在文学经纪公司的第一个任务是看一本由一位不知名的欧洲作家所写的小说，然后还要写一篇详尽的审阅报告。

“你跟他说不必担心。我已经开始看了，”艾拉骗她。米歇尔是那种野心勃勃又固执顽拗的人，她可不想在第一个任务就把她给惹毛了。

“哦，那太好了！怎么样?”

艾拉愣了一下，不知道该怎么说。她只知道那是一本历史小说，以神秘派诗人鲁米的一生为蓝本——她后来才知道这个人被誉为“伊斯兰世界的莎士比亚”——除此之外，她对那份书稿就一无所知了。

“喔，读起来很……很神秘。”艾拉轻轻一笑，希望用个笑话敷衍过去。

可是米歇尔却是正经八百的。“好，”她断然地说。“你听着，我想你要有心理准备，写审阅报告所需要的时间可能比你预期的要久，尤其是一本像这样的小说……”

米歇尔喋喋不休的同时，电话里还传来遥远的杂音，艾拉可以想见她同时处理着好几件事——检查电子邮件，看她旗下某位作者的书评，咬一口鲔鱼沙拉三明治，同时还修指甲——还要讲电话。

过了一分钟后，米歇尔突然问：“你还在听吗?”

“在啊，我在。”

“好。我跟你说，这里简直快要忙疯了。我得挂电话了，只要记住：三个星期之后截稿。”

“我知道，”她坚定地说，希望让自己听起来更有决心一点。“我会赶在截稿之前交稿。”

事实上，艾拉根本不确定她真的想看那份书稿。刚开始的时候，她曾经很热衷，也很有自信，觉得可以拿到某位不知名作家的小说先睹为快，并且在决定他未来命运的过程中扮演一个小角色——不管这个角色多么的微不足道——是一件很酷的事；但是现在她却不确定自己能否专注在这个跟她的生活根本是八竿子打不着的苏菲主义，而且背景又是在遥远的十三世纪的小说上。

米歇尔一定是侦测到她的犹豫。“有什么问题吗？”她问。等了半天，没有听到回答，她还是继续追问。“听着，有什么问题，你可以坦白跟我说。”

沉默了好一会儿之后，她决定实话实说。

“我只是不确定这一阵子的心理状态能否专心看一本历史小说。我是说，我对鲁米和他的东西都很感兴趣，但是对这个主题终究还是很陌生。或许你可以给我另外一本小说——你知道，像是跟我的生活比较有关的东西。”

“这种看法是错误的，”米歇尔说。“你以为如果是你熟悉的主题，就会比较容易读吗？错！一点也不会！不能因为你住在麻省，就只编辑故事背景在麻省的小说吧？是吧?”

“我不是那个意思……”话一出口，艾拉顿时觉得今天下午同样的话重复了好多次。她瞄了一眼她的丈夫，看看他是不是也注意到了，可是大卫的表情高深莫测。

“大多数时候，我们都必须看一些跟我们生活完全无关的书，那就是我们的工作。这个星期我才刚做完一本书，是一个伊朗女人写的；她在德黑兰经营妓院，必须逃离那个国家。难道我应该叫她把书稿寄给伊朗的经纪公司吗?”

“不是，当然不是，”艾拉嗫嚅道，觉得自己又傻又愧疚。

“让人能够体验遥远的土地与文化，不正是好的文学作品的一种力量吗?”

“是的。我跟你说，我刚刚说的话，你别放在心上。反正截稿期限之前，会有一份报告放在你的桌上。”艾拉让步了，痛恨米歇尔把她当成全世界最愚蠢的人，也痛恨自己让这种事情发生。

“太好了，这样才对嘛!”米歇尔用她宛如唱歌的声音说。“我没有别的意思，但是你要记得：外头有十几个人都想要抢你这份工作，而且他们大部分人的年纪几乎只有你的一半。你这样想，就会比较积极一点。”

艾拉挂上电话，发现大卫还在看着她，一脸严肃冷漠，似乎还等着要重拾他们刚刚没有讲完的话题，可是她不想再烦恼她女儿的未来了——如果这真的是他们在担心的事。

❖　❖　❖

当天稍晚，艾拉一个人在露台，坐在她最喜欢的摇椅上，看着橘红鲜艳的北安普顿落日；感觉上，天空是如此的广袤又如此的逼近，好像一伸手就可以摸得到似的。她脑子里一片宁静，仿佛厌倦了里面的种种噪音：这个月的信用卡账单、欧莉的不良饮食习惯、艾维惨不忍睹的成绩、爱思德阿姨跟她可悲的蛋糕、她的狗狗小精灵的健康每况愈下、珍妮特的结婚计划、她丈夫的秘密外遇、她那没有爱的生活……她将这些声音，一个个锁进小小的心灵保险箱里。

在这样的心理状态下，艾拉从纸袋里抽出书稿，放在手上拍一拍，仿佛在掂掂它的重量。书名以蓝色墨水写在封面上：**甜蜜亵渎**。

艾拉只知道有人真的认识这位作者——某位住在荷兰的阿济兹·萨哈拉先生。他的书稿从阿姆斯特丹寄到这家文学经纪公司，信封里还附了一张明信片；明信片的正面是一大片绚丽夺目的郁金香，遍地的粉红、金黄与姹紫，背面则用秀丽的笔迹写着：

亲爱的女士/先生，

这是来自阿姆斯特丹的问候。随信附寄给您的故事发生在十三世纪小亚细亚的孔亚，但是我衷心希望这个故事能够跨越国界、文化与时代。

我希望您有时间阅读《甜蜜亵渎》，这是一本神秘的历史小说，讲述了鲁米与大不里士的夏慕士之间的故事，他们一个是伊斯兰史上最伟大的诗人和最受尊崇的精神领袖，一个却是不为人知，离经叛道，丑闻缠身又充满神秘感的苏菲教派僧侣。

愿您始终与爱同行，也始终受爱包围。

萨哈拉　谨上

艾拉意识到这张明信片勾起了文学经纪人的好奇心，可是史蒂夫是个大忙人，没有时间看业余作者的书稿，于是就交给了他的助理米歇尔，然后米歇尔又转交给她的新助理，所以这本《甜蜜亵渎》最后才会落在艾拉的手上。

她完全没意识到这不是随随便便的一本书，而是那本改变她生命的书。在她阅读这本书的同时，她的生命也改写了。

艾拉翻开第一页，上面有作者的小传。

萨哈拉在没有云游四方的时候，跟他的书、猫和乌龟一起住在阿姆斯特丹。《甜蜜亵渎》是他的第一本小说，也很可能是最后一本。他并不想成为小说家，写这本书纯粹因为他发自内心的景仰与爱。此书谨献给伟大哲学家、神秘派诗人鲁米，以及他最爱的太阳——大不里士的夏慕士。

她的目光往下看了几行，然后看到一些熟悉又有点怪异的字眼。

因为尽管有人这样说，但是爱绝对不只是来得快、去得也快的甜蜜感觉而已。

艾拉发现这句话跟她今天下午在厨房里跟她女儿所说的话正好针锋相对，连用字都一模一样时，她讶异地张大嘴巴，仿佛下巴都快掉下来。她静静地站了一会儿，想到这冥冥宇宙中有一股神秘的力量，不由得浑身颤抖；又或者是这位作者——姑且不论他是何方神圣——正在监视她。或许他在写这本书的时候，就已经预先知道什么样的人会第一个看到这份书稿，所以这位作者就以她为读者来创作。不知道什么原因，这个想法让艾拉既困扰又兴奋。

在很多方面，二十一世纪跟十三世纪并没有那么大的差别：在历史上，二者都经历了前所未有的宗教冲突、文化误解和普遍的不安全感以及对他者的恐惧；在这样的时代之中，对爱的需求就更加强烈。

突然有一阵风往她这里袭来，强劲清凉，吹得落叶飘满了露台；夕阳美景往西方的地平线飘散，空气突然变得单调无趣。

因为爱是生命的原始根本与最终目的。诚如鲁米所说，爱会发生在每一个人的身上，包括那些逃避爱的人——即使有人会把“浪漫”视为禁忌的象征。

艾拉接下来看到的文字，更是让她震惊到无可复加：

爱会发生在每一个人的身上，就连住在北安普顿一位叫作艾拉·鲁宾斯坦的中年家庭主妇也不例外。

她的本能告诉她：立刻放下书稿，回到屋子里，打电话跟米歇尔说她绝对不可能写这本小说的审阅报告。可是她没有这么做，反而深吸一口气，翻开书页，继续读了下去。

甜蜜亵渎

A. Z. 萨哈拉　著

苏菲神秘教派说《古兰经》的秘密都藏在
开端章“法谛海哈”里；
开端章的秘密则藏在
短语“奉至仁至慈的真主之名”里；
此一短语的精华就在字母B，
而且字母底下有一小点……
字母B底下的那一小点即具体呈现整个
宇宙……

ب

《玛斯纳维》（波斯著名诗人鲁米的作品，是一部阐释伊斯兰教神秘主义派别苏菲派理论的叙事诗集。诗集分六卷，诗歌超过五万行。）第一个字母是B，一如本书每一章节的开始……

前　言

十三世纪的安纳托利亚是指土耳其国土在亚洲的部分，通常被视为“小亚细亚”的同义词。它在那个时候陷入宗教冲突、政治纠纷和无止境的权力斗争之中，经历了一段纷扰不安的时期。在西方，东征的十字军在前往耶路撒冷的途中，占领、劫掠了君士坦丁堡，导致拜占庭帝国分裂；在东方，纪律严明的蒙古大军，在军事天才成吉思汗的领导之下，迅速扩张。而东西方交会的地带，不同的土耳其部落彼此争战，拜占庭帝国也想收复失土、财富与权力。那是一个前所未见的混乱时代：基督徒打基督徒，基督徒打穆斯林，穆斯林也打穆斯林；不管走到哪里，到处都是仇恨敌意、愤怒苦恼，还有深深的恐惧，不知道接下来会发生什么事。

在这一片兵荒马乱之中，出现了一位杰出的伊斯兰学者，名叫贾拉尔·阿德丁·鲁米；许多人直呼他为“莫拉维”。莫拉维是中亚和印度一带对穆斯林宗教领袖的一种尊称，特别是用在宗教学者的身上，意即“我们的导师”。他有数以千计的门徒和仰慕者，遍及整个安纳托利亚及其以外的地区，被视为所有穆斯林的标竿。

1244 年，鲁米遇见了夏慕士——一名云游四方的苦行僧，行事作风异于传统，甚至被视为异端。他们的相逢不但改变了两人的生命，也展开了一段坚定独特的友谊，后世的苏菲信徒将之比喻成两大海洋的交融。遇见了这位特殊的伙伴之后，鲁米从伊斯兰学者摇身一变，成为虔诚热忱又大力鼓吹爱的神秘派诗人，同时还打破所有传统的藩篱与规范，发明了苦行僧的回旋舞。在一个盲从与冲突深植人心的时代，鲁米支持一种放诸四海皆准的灵性，广纳所有背景与信仰的人；他支持的不是一种外向型的圣战——其定义为“反异教徒的战争”，在当时乃至于今日都还有很多人奉行不悖——而是一种内向型的圣战，对抗以及最终希望战胜的目标都是自我：心灵的自我。

然而，不是所有的人都接受这样的想法，就如同不是所有人都能敞开心胸去爱。夏慕士与鲁米之间在精神上的联结力量，成了谣言、诽谤与攻讦的目标。他们受到误解、嫉妒、诋毁，最后还遭到他们最亲近的人背叛。于是他们在相遇三年之后，便黯然分手。

可是故事并未就此结束。

事实上，故事从未结束。在将近八百年后的今天，夏慕士与鲁米的精神依然存在，在我们之间，在世界的某个角落回旋、舞蹈……

杀　手

1252 年 11 月，亚历山大港

他躺在幽黑的井里，死了；但是他的眼神却一直跟随我，不论我走到哪里，那双明亮庄严的眼睛始终如影随形，像是两个黑暗的凶星，高挂在半空中。我到亚历山大港来，希望自己逃得够远，可以逃过那尖锐、深刻的记忆，让脑子里不断回荡的呼号声停歇——那是他最后的一声呼喊，然后他的脸上血色尽失、眼球凸胀、喉咙紧缩，来不及呼出最后一口气；那是一个人在遇刺之后的最后告别，是一匹狼困在陷阱里发出的嘶吼。

你若杀了人，那个人就会把某样东西传给你，可能是一声叹息、一种气味或是一个手势；我称之为“受害者的诅咒”。这样东西会附在你的身上，渗入你的皮肤，一直深入你的心脏，然后一辈子跟着你不放。在街上看到我的路人不会知道这些事情，但是我身上确实带着那些死在我手下的人留给我的印记；我把它们戴在脖子上，像是无形的项链，感觉到它们粘附在我肌肤上，紧密而沉重。尽管很不舒服，但是我已经习惯了跟这些重担共处，也接受这是我工作的一部分。自从该隐杀了亚伯之后，每一个凶手都散发出那遭到杀害之人的气息，这一点我非常清楚，也不会觉得困扰，再也不会了。可是，为什么在完成上一次的任务之后，我会颤抖得那么厉害呢？

这一次，处处都显得不一样，从一开始就不一样。就拿我是如何找到这份工作来说好了。或者我应该说：这份工作是如何找到我头上来的？1248 年初春，我在孔亚为一间妓院老板工作，她是一名双性人，以脾气火爆著称；我的工作是协助她管理旗下的娼妓，还有恐吓那些不守规矩的顾客。

我还记得那一天发生的事，至今仍清晰到历历在目。当时我正在追捕一名从妓院逃出来，说要去寻找真主的妓女；她年纪很轻，长得很美，这让我有点难过，因为等我抓到她之后，就要彻底毁了她的容貌，此后将没有任何一个男人想要多看她一眼。我还差那么一点就可以抓到这个笨女人，这时候，忽然在门槛发现一封信。我始终没学会识字，所以就把信拿到伊斯兰学校去，花钱请学生念给我听。

结果那是一封匿名信，信末署名为“一群真正的信徒”。

“我们从可靠消息来源得知你是何人，来自何方，”信上说，“你曾经是刺客集团的成员！该刺客集团，又名阿萨辛派，是中古时期活跃于阿富汗至叙利亚山区的一个异端教派，以秘密的暗杀组织闻名，创办人为哈桑·沙巴，以里海南岸山区为根据地，中心设在阿拉穆特堡（Alamut，意为“鹰窠”）。我也知道，在哈桑·沙巴过世，你们的领导人遭到监禁之后，组织的情况就每况愈下；你为了躲避迫害才逃到孔亚来，此后就伪装度日。”

信上还说，他们有一件非常重要的事情，急需我的帮助；还保证酬劳一定会让我满意。如果我有兴趣的话，就在当天晚上天黑之后，到某家知名的酒馆；到了那里，选那张最靠近窗户的桌子坐定，背对着门，低头看着地板，然后要聘用我的人就会来找我。他们会提供所有我必须要知道的资料，但是不论是在他们抵达或是离开的时候，甚至在谈话的过程之中，我都不可以抬头看他们的脸。

那是一封怪信。不过话说回来，我本来就很习惯处理客户的一些怪诞念头。这么多年来，我曾经受雇于各式各样的人，大部分都希望匿名；我的经验是：客户若是越想要隐瞒自己的身份，通常就跟受害者越亲近。不过那也不关我的事，我的工作就只是杀人而已，不需探究任务背后的理由。自从在多年前离开阿拉穆特堡之后，这就是我选择的生活。

反正我也很少会问什么问题。何必呢？我认识的每一个人，心中都至少有一个他们想要除掉的人，他们没有动手，并不表示他们没有杀人的欲望；事实上，每一个人心里都有杀人的欲望，也不知道哪一天会下手，不过他们只有在事到临头时才会知道，否则都一直以为自己不可能杀人。其实这只是机缘巧合的问题。

有时候，一个简单的动作就足以点燃他们的怒火；刻意的误解、无谓的争吵，或者只是在不该出现的时间出现在不该出现的地点，都可以让一个原本善良正直的人，突然出现毁灭性人格。每一个人都有杀人的潜力，但是并非每一个人都能冷血谋杀陌生人，所以才会需要我。

我专门为其他人做一些肮脏龌龊的事。就连真主在他神圣的计划之中，也认可有我这样的人存在的必要，否则他也不会指派死神担任死亡的天使长来结束凡人的性命；如此一来，凡人害怕、诅咒甚或痛恨的都是天使，而他却不会弄脏自己的手，他的名誉也不会留下污点。当然，对天使来说，这并不公平；可是话又说回来，这个世界本来就不是以公平正义闻名的，不是吗？

等到天色渐暗，我到了酒馆。靠窗的那张桌子正好有人，是个疤面男子，而且好像睡着了；我本想叫醒他，叫他坐到别的地方去，但是你不知道喝醉酒的人会有什么样的反应，而我又必须谨慎行事，不想引起太多注意。于是我就坐到隔壁那张空桌子，面对窗户坐着。

不久，两个人走过来了，分坐在我的左右两侧，以免让我看到他们的脸；不过我并不需要看到他们，也知道他们有多么年轻，而且他们对接下来要采取的行动是如何的不知所措。

“有人向我们大力推荐你，”其中一个人说道。他的语调听起来，与其说是谨慎，毋宁说是恐惧吧。“我们听说你是最好的。”

他说这话的口气，听起来有点好笑，但是我压抑了笑意。我发现他们很怕我，这是一件好事，因为只要他们够怕我，就不至于欺骗我。

于是我说：“是的，我是最好的。所以他们才叫我‘豺狼头’。不管任务多么艰困，我从未让客户失望过。”

“好。”他叹了一口气。“因为这可能不是一件容易的任务。”

这时候，换另外一个人说话了。“是这样子的，有一个人树敌太多，自从他到城里来了之后，什么事都没做，就只会惹麻烦。我们警告过他好几次，但是他都不把我们当一回事，反而更变本加厉地挑起争端，让我们别无选择。”

事情都是一个样：在我们成交之前，客户总是万般解释，好像我的认同可以或多或少减轻他们要做的那件事带来的沉重压力。

“我明白你的意思。告诉我，是谁？”我问。

他们似乎不想直接指名道姓，只给我模棱两可的描述。

“他是跟伊斯兰教完全无关的异端分子，一个不守规矩的人，做的是悖天逆理之事，还满嘴亵渎神明的话语，是个异端的苦行僧。”

我一听到最后三个字，一种毛骨悚然的感觉油然而生。我的脑子开始不停地转。我杀过各种人，有老有少、有男有女，但是从未杀过苦行僧，一个有信仰的人。我有自己的迷信，不想招惹真主的怒火，因为不论如何，我都信仰真主。

“恐怕我必须婉拒这份工作，我不想杀害圣洁之人。你们另请高明吧。”

说完，我起身就要离开。可是其中一个人抓住我的手，恳求道：“拜托你，等一下。你的酬劳一定跟你的付出相匹配；不论你的费用多高，我们都愿意加倍奉上。”

“三倍如何?”我随口问问，相信他们无法将价格提到那么高。

可是出乎我意料，他们两人在短暂的迟疑之后，竟然都同意了。于是我又坐下来，心里有些忐忑不安。有了这笔钱，我终于付得起娶新娘的钱，也不必再烦恼入不敷出。不管是不是苦行僧，出这么高的价钱，任何人都值得一杀。

我当时怎么会知道我犯下了人生中最大的错误，并且终其一生都活在悔恨之中呢？我又怎么会知道杀害那名苦行僧是如此的艰难，而且在他死了那么久之后，他那如利刃般的眼神依然如影随形呢?

四年了！自从我在院子里刺杀他，然后将他的尸体扔进井里，等着听到水花溅起的声音却迟迟没有听见，已经过了四年。一点声音都没有，仿佛他的尸体不是往下掉进水里，而是往上飞到空中似的。

四年来，我没有哪一天不做恶梦，从来不曾有过一夜好眠，而且只要我往水里看——任何的水面都是一样——只要多看个几秒钟，那种冰冷的恐惧感就会占据我的全身，让我呕吐不已。

第一部

土

固态、专注、静止

夏慕士

1242年3月，撒马尔罕城外的客栈

龟裂木桌上，蜂蜡做成的蜡烛在我眼前闪烁着摇曳的烛光，今天晚上，我看到的景象再清晰不过了。

一间附有庭院的大房子。院子里开满了怒放的黄玫瑰，正中央还有一口井，里面有全世界最清凉的水。那是一个宁静的秋末夜晚，一轮圆月高挂天空。背景里偶尔传来几只夜行动物的咆哮、号叫。不久，一名面貌和善、肩膀宽阔的中年男子走出房子来找我，脸上一双淡褐色的眼眸深陷眼眶；他的神情苦恼，眼中带有深沉的哀伤。

“夏慕士，夏慕士，你在哪里？”他左右张望，大声呼叫。

风很大，月亮也躲到云后，仿佛不愿意目睹即将发生的事。猫头鹰不叫了，蝙蝠也不鼓翅，就连屋内壁炉里的柴火也不再哔剥作响。全世界陷入一片纯然的寂静。

那人慢慢地走到井边，探头往下望。“我最亲爱的夏慕士，”他低呼道。“你在里面吗？”

我张嘴想要回答，但是却没有声音从唇边出来。

那人靠得更近，再一次往井里张望。起初，他什么都看不到，只有一汪漆黑的井水；可是没多久，就在井底的最深处，他看到我的手漂浮在涟漪荡漾的水面，就像强风暴雨过后的一叶扁舟。然后，他认出了那双眼睛——两颗熠熠发亮的黑石子，向上看着此刻已经从厚厚乌云背后露脸的圆月；我的眼睛就这样盯着月亮，好似在等着上天解释我何以遇害。

那人跪倒在地，捶胸顿足地哭喊着。“他们杀了他！他们杀了我的夏慕士！”他吼道。

就在这个时候，一道人影从他背后的树丛闪出来，鬼鬼祟祟地跳过花园围墙快步逃走；可是他并没有注意到杀手，只是满腔痛苦地放声尖叫，一直叫到声音像玻璃一样碎裂，化成千万片尖锐的小碎屑飞入夜色中。

“喂，你啊！别像疯子一样乱吼乱叫了！”

“……”

“不要再鬼吼鬼叫啦！不然我就把你赶出去！”

“……”

“我说，你给我闭嘴！你听见了没？闭嘴！”

喊出这些话的，是一个男人的声音，靠得非常近。我假装没有听到，想要留在这个景象里，至少再多看一会儿；我想要知道更多关于我死亡的事，也想要再看看那个眼神哀伤的男人。他是谁？跟我又是什么关系？为什么会在这个秋夜里这么急着找我？

可是我还来不及多看一眼，就有人从另外一个时空揪住我的手臂用力地摇晃，摇得我牙齿都在嘴里打战，也把我拉回这个世界。

我心不甘情不愿地慢慢睁开眼睛，看到一个男人站在我面前。他的身材高大肥胖，颌下有灰白的胡须，唇上还有浓密的胡髭，两端尖尖的往上翘。我认出他是客栈老板，而且几乎当下就注意到关于他的两件事：其一，他惯常用粗鲁的言语乃至于纯粹暴力的手段来恐吓他人；其二，此刻他在处于暴怒之中。

“有什么事吗？”我问。“你为什么拉着我的手？”

“有什么事？”客栈老板皱着眉吼道。“第一，我要你不要再鬼吼鬼叫了，就是这个事！你把我的客人都吓跑了。”

“真的吗？我有鬼吼鬼叫吗？”我一边挣脱他的手，一边喃喃自语。

“你有！你叫得像是被荆棘刺到脚掌的熊一样。你是怎么了？吃饭吃到睡着了吗？你一定是做了恶梦还是什么的。”

我知道这是唯一合理的解释，只要我附和他的话，客栈老板就不会再来烦我。可是，我并不想撒谎。

“没有啊，兄弟，我既没有睡着，也没有做恶梦，”我说。“事实上，我从来不做梦。”

“那你要如何解释那些鬼吼鬼叫？”客栈老板想要知道。

“我看到了异象。那和做噩梦是不一样的。”

他不解地看了我一眼，咬着胡髭的末梢，过了好一会儿才说：“你们这些苦行僧啊，都跟橱柜里的老鼠一样疯狂。尤其是你们这种云游四方的苦行僧，整天禁食，在烤死人的大太阳底下祷告走路，难怪你们会有幻觉——脑子都被烤焦了！”

我微微一笑。他说的可能很有道理。听说，沉迷于真主与失心疯之间只有一线之隔。

这时候，两名上菜的小男孩适时出现，两人合力扛着一个大盘子，上面摆满了菜：现烤山羊、干咸鱼、香料炖羊肉、麦饼、鸡豆肉丸，还有加了绵羊尾油的扁豆汤。他们在餐厅巡回，分送食物，空气充满了洋葱、大蒜和香料的气味。等他们走到我的桌边，我只选了一碗热汤和一些深色的面包。

“你有钱买这些东西吗？”客栈老板有点高傲地问。

“没有，我没钱，”我说。“但是请容许我用别的东西交换。你给我食物和房间，我可以为你解梦。”

他的反应是一声冷笑，双手叉腰。“你刚刚才说你从来不做梦。”

“没错。我是解梦人，没有自己的梦。”

“我应该把你赶出去才对。就像我说的，你们这些苦行僧都是疯子，”客栈老板劈里啪啦地讲了一堆。“我给你一点忠告吧：我虽然不知道你多大了，但是我相信你的祷告已经够两个世界用了。去找个好女人，安定下来，生养几个孩子，这样可以帮助你脚踏实地。你云游四方，但是不管走到哪里，眼前所见都是同样的悲惨，那又有什么意义呢？相信我，外面没有什么新鲜的玩意儿；我有客人来自世界最远的角落，但是几杯黄汤下肚，我听到他们讲的故事也都还是一样。不管走到哪里，人还是人，食物还是食物，水还是水，连狗屁倒灶的事情也都一样。”

“我不是在寻找不一样的东西，我在寻找真主，”我说。“我寻求的是真主。”

“那你就找错地方了，”他驳斥道，声音突然含糊起来。“真主早就遗弃这里了！我们也不知道他什么时候才会回来。”

听到此话，我的心在胸膛里猛地狂跳。“说真主坏话，就等于说自己的坏话，”我说。

客栈老板的嘴角一歪，露出奇怪的笑容；我从他脸上看到尖酸、苦涩与愤慨，还有一点不满的情绪，像是受伤的孩子一样。

“真主不是说了吗？我比你的颈动脉更靠近你，”我问。

“真主不在遥远的天边，而在我们每一个人心里；所以他永远不会遗弃我们。他怎么能遗弃自己呢？”

“可是他真的遗弃了，”客栈老板如此坚称。他的眼神冷漠，态度桀骜不驯。“如果真主还在这里，看到我们受到最悲惨的遭遇却连指头都不肯动一下，你说，这要我们如何看他呢？”

“这就是**第一条法则**啊，好兄弟，”我说。“我们看真主，就是看我们自己的倒影。如果真主带给心灵的，大部分是恐惧与责难，那就表示我们心里充满了太多的恐惧与责难。如果我们看到真主充满了爱与同情，那么我们的心里亦复如是。”

客栈老板虽然立刻反驳，但是我看得出来，我说的话还是让他感到意外。“那么，这跟说真主只是我们自己的想象有什么两样？我没搞懂。”

但我还来不及回答，餐厅后方发生的骚动打断了我们的谈话；我们转头往那个方向一看，两个长相粗鲁的男子喝醉了，满嘴胡说八道，还肆无忌惮地骚扰其他客人，从别人的盘子里抢食物，拿别人的酒杯喝酒，如果有人抗议的话，还大声取笑他们，就像两个顽皮的孩子一样。

“应该有人好好教训一下这些惹麻烦的人，不是吗？”客栈老板咬着牙说。“来吧，看我的！”

转眼间，他已走到餐厅后方，将其中一名男子从椅子上揪起来，一拳打在那人的脸上；那人肯定没料到会发生这种事情，因为他整个人就像空的麻布袋一样瘫软在地。只听到他唇边发出一声几乎听不到的叹息，然后就了无声息了。

另外一个人显然比较强壮，也奋力反击，但是没多久，客栈老板也将他击倒在地，还用力朝那不守规矩的客人肋骨一踢，重重地一脚踩到他的手上，用力一拧。我们都听到一根手指头——或许更多——断裂的声音。

“够了！”我大喊道。“你要杀了他吗？这是你想要的吗？”

身为苏菲教派的信徒，我立誓要保护生命，而不是残害生命。在这个充满幻象的世界里，有太多人即便没有理由也大打出手，至于其他有理由的人更是不会放过任何机会；然而苏菲信徒即使有充分的理由也不会动手，所以无论如何，我都不会诉诸暴力。尽管如此，我还是可以像一条柔软的毯子一样，介入客栈老板与客人之间，将他们两人拉开来。

“你别插手多管闲事，苦行僧；不然我连你一起打个痛快！”客栈老板大喊道，但是我们都知道他不会那样做。

一分钟之后，上菜的男孩将那两名客人从地上搀扶起来，一个断了手指，一个断了鼻梁，血喷得到处都是。餐厅里陷入一片惊惧的沉默。客栈老板对他制造出来的敬畏气氛感到很得意，侧脸瞄了我一眼，然后开始说话，好像是对所有的人发表宣言似的，声音高昂激动，宛若一只肉食的老鹰在空中吹嘘自己的功绩。

“我跟你说，苦行僧，我们这里的情况并非一直这样。我以前不是一个喜欢使用暴力的人，但是现在则不然。真主将我们遗弃在这里，就只有靠我们凡人坚强地站出来维持正义。所以下次你若是见到了他，你跟他说，让他知道：在他遗弃了他的羔羊之后，他们也不是乖乖在这里等死，而是变成了豺狼。”

我耸耸肩，往门口走：“你错了。”

“我说我以前是羔羊，现在变成豺狼，哪里说错了？”

“没有，这一点你倒是说对了。我可以看得出来，你确实已经变成了狼。可是你说你这是在维持‘正义’，这一点就说错了。”

“你等等，我跟你还没完呢！”客栈老板在我背后喊道。“你还欠我啊。我给你食物和房间，你要为我解梦！”

“我可以用更好的跟你交换，”我说。“我为你看手相。”

我转身走向他，用力地看着他炽热的双眼。他心存怀疑，本能地向后退缩，可是当我抓起他的右手，翻开掌心向上时，他也没有推开我。我仔细检视他的掌纹，看到深深分叉的纹路，标示出不均匀的路径。然后我一点一点地看到他头顶灵气的颜色：赤赭偏褐又夹杂了一点淡淡的蓝，淡到几乎像是灰色。他的灵魂能量几乎全部掏空，越近边缘越见稀薄，仿佛无力抵御外在世界的侵扰。此人的内在就像枯萎的植物一样，生命力尽失；为了弥补灵魂能量的损失，他不得不让肉体能量加倍，因此也使用过度。

我的心跳越来越快，因为我开始看到一点什么东西；起先很模糊，像是蒙了一层纱，然后越来越清晰，场景就渐渐出现在我的眼前。

一名年轻女子，一头栗色秀发，光着脚，脚上有黑色刺青，肩膀上披着一条绣了红色图案的围巾。

“你曾经失去一位挚爱，”我说着，又抓起他的左手，握在手上。

她的乳房胀满了乳汁，肚子高高隆起，好像快要裂开来似的。她困在着火的茅草屋内，旁边围绕着士兵，个个骑在披挂了镀银马鞍的骏马上。空气中弥漫着稻草与人肉烧焦的气味。他们是蒙古骑兵，鼻梁宽而扁，颈项短而粗，而且心硬如磐石。他们是成吉思汗的骠悍劲旅。

“你曾经失去两位挚爱，”我纠正自己。“你妻子的肚子里正怀着你们的第一个孩子。”

客栈老板的眉头深锁，眼神盯着脚下的皮靴，双唇紧抿，微微噘起，一张脸皱成一幅难以判读的地图。蓦然间，他看起来比实际年龄要老许多。

“我知道这算不上什么慰藉，但是我想有些事情你应该要知道，”我说。“并不是大火或浓烟导致了她的死亡，而是天花板上的一根木头掉下来，砸到了她的头。她几乎当场死亡，没有吃太多苦。你一直觉得她受了很多罪，但是其实她完全没有痛苦。”

客栈老板的眉头锁得更深，在只有他自己了解的压力下低着头，声音沙哑地问：“你怎么知道这些事的？”

我不理会他的问题。“你一直责怪自己没能安排一个正式的丧礼来安葬她，也一直在梦里看到她从她葬身的坑里爬出来；可是，这只是你的脑子在捉弄你而已。其实你的妻子跟儿子都很好，他们就像一个光点一样，自由自在地周游在无垠世界。”

然后，我又字斟句酌地说：“你可以变回一只羔羊，因为你心里仍然是那只羔羊。”

听到这里，客栈老板突然把手抽回去，仿佛摸到滋滋作响的滚烫油锅。“我不喜欢你，苦行僧，”他说。“我今天晚上让你住下来，但是明天一早就请你一定要离开。我不想在这里再看到你的脸。”

事实总是这个样子。当你实话实说，他们就恨你；你越是谈论爱，他们就越恨你。

艾　拉

2008 年 5 月 18 日，北安普顿

艾拉跟大卫与珍妮特发生了口角，随之而来的紧张气氛让她疲惫不堪，有好一段时间都不得不放下《甜蜜亵渎》，一点也看不下去。她觉得好像一口沸腾的大焖锅突然被掀开了锅盖，所有的新仇旧恨全都跟着蒸气冒了出来。不幸的是，掀起锅盖的不是别人，正是她自己；因为是她打电话给史考特，请他别跟她女儿结婚的。

后来，她也深切地悔恨她在电话里讲的每一句话。可是在五月的那一天，她却十分笃定，坚信自己的立场绝对站得住脚，就算想破了头，也无法料到自己的介入会造成如何悲惨的后果。

“嗨，史考特。我是珍妮特的妈妈，艾拉，”她尽可能地用轻松的语气说话，好像打电话给她女儿的男朋友是她一天到晚都在做的事情似的。“你有没有时间谈一谈呢？”

“鲁宾斯坦太太，有什么事吗？”史考特很意外，有点结

巴，但是仍不失礼貌。

然后艾拉以没有那么礼貌的口吻跟他说，虽然她对他个人没有什么意见，但是他还太年轻、太青涩，不应该娶她女儿；虽然他现在接到这通电话会很难过，她又说，但是总有一天，也许就在不久的将来，他会理解，甚至会感谢她及时给予警告。在此之前，她请他不要再提起结婚的事情，也希望他不要跟任何人提起她打过这通电话。

接下来是气氛凝重的沉默。

“鲁宾斯坦太太，我想你可能不了解，”史考特好一会儿说不出话来，最后终于开口，“我跟珍妮特彼此相爱。”

又来了！怎么有人这么天真的以为有了爱就有了一切呢？他们以为爱就像一根魔杖，只要轻轻一点，所有的问题就奇迹般地迎刃而解。

可是艾拉没有说这些，而是说：“我知道你的感觉，相信我，我真的知道。可是你还太年轻，未来的日子还很长，谁知道呢？说不定明天你就爱上其他人了。”

“鲁宾斯坦太太，我不是有意失礼，但是你不觉得这句话适用于每一个人吗？包括你自己在内？谁知道呢？说不定你明天也会爱上别人呢？”

艾拉轻轻一笑，但是笑得比她预期的要大声，也要更久。

“我已经结婚了，已经做了终身的抉择，我丈夫也是。而这也是我要说的重点：婚姻是一个严肃的决定，需要认真谨慎的考虑。”

“你是叫我不要娶你的女儿，那个我深爱的女人，只是因为我可能在无法预期的未来爱上一个无法预期的其他人？”史考特问。

自此，他们的对话越来越糟糕，越说越苦恼，越说越失望。等他们好不容易挂了电话，艾拉立刻走进厨房，开始做她在情绪不安时一定会做的事情：煮饭。

❖ ❖ ❖

半个钟头之后，她接到大卫打来的电话。

“我不敢相信你打电话给史考特叫他不要娶我们的女儿。你真的打了吗？跟我说你没有！”

艾拉倒抽一口气。“哇，话传得真快！亲爱的，你听我解释。”

但是大卫立刻打断她，“没有什么好解释的。你做错了。史考特跟珍妮特说了，现在她很生气，说她要在朋友那里住几天，说她现在不想见你。”他短暂地停了一下。“而我也不怪她。”

那天晚上，没有回家的人不只珍妮特一个。大卫发了一条短信给艾拉，跟她说有急事发生，却没有解释是什么样的急事。

这一点也不像他的作风，也违背了他们婚姻的精神。就她所知，他可能会一个接着一个地跟女人调情，甚至跟她们上床，在她们身上花大把的钞票；但是到了晚上，他总是会回家，坐在餐桌上固定的位置。不管他们之间的龃龉有多深，她总是会煮饭，而且不管端上桌来的东西是什么，他也总是会吃完，而且吃得很高兴，也心存感激；每次吃完晚餐后，大卫总是不忘感谢她——一个衷心的谢意，艾拉总是把这当成他为自己不忠行为的道歉密码，因此她也就原谅他，总是原谅他。

这是她丈夫第一次如此无耻大胆的行为，但是艾拉却怪她自己；不过话又说回来，“愧疚”本来就是艾拉·鲁宾斯坦的第二个名字。

❖ ❖ ❖

艾拉跟双胞胎坐下来吃饭时，她的愧疚变成了哀伤。她拒绝了艾维想点披萨外卖的请求，也遏止了欧莉不想吃任何东西的意图，强迫他们吃加青豆的菰米和涂上芥末的烤牛肉。尽管在表面上，她仍然还是那个事必躬亲、关怀备至的母亲，但是心里却觉得有一股绝望油然而生，让她嘴里不管吃什么都有一种辛辣刺激的味道，像胆汁一样酸苦。

吃过晚餐后，她一个人坐在厨房的餐桌旁，发现周遭的寂静好沉重，让人坐立难安。在那一瞬间，她烹煮的食物——几个钟头辛勤工作的成果——似乎突然变得如同嚼蜡般单调无味，非但如此，甚至还可以轻易地被其他东西所取代。她也突然自艾自怜起来：真可惜，她已经年近四十，却始终没能好好利用她的生活；她有这么多的爱可以付出，却没有人需要。

她的心思转到了《甜蜜亵渎》一书，深深地迷上了“大不里士的夏慕士”这个人。

“有像这样的一个男人在身边也不错，”她对自己开玩笑说，“跟像他这样的人在一起，日子绝对不会单调。”

她的脑海里忽然浮现出一个高大黝黑的神秘男子，他穿着摩托车骑士的皮裤、夹克，一头黑发披在肩上，骑着一辆闪闪发亮的红色哈雷摩托，车把上还装饰着五彩流苏；她对这个人微笑。英俊性感的苏菲骑士在空旷的公路上飙车！要搭便车的时候遇到一位像这样的男人，不是也不错吗?

然后，艾拉想到：如果夏慕士看到她的手相，不知会怎么说？他能跟她解释为什么她脑子里动不动就成了有着黑暗思想的女巫？或者是她明明有一大家子的人围绕着她，为什么却仍然感到孤单呢？她的灵气又是什么颜色？会是明亮大胆的颜色吗？她的生活最近可有什么明亮大胆的事情吗？这一辈子曾经有过吗?

就在那个当下，她一个人坐在厨房的餐桌旁，面对烤箱摇曳闪烁的微弱灯光时，艾拉蓦然惊觉：尽管她高谈阔论地否认，尽管她嘴硬不肯承认，但是在她内心深处，仍然渴望有爱。

夏慕士

1242 年 3 月，撒马尔罕城外的客栈

十几位疲乏的旅人，在客栈二楼睡熟了；所有的人都在各自不同的梦中，背负着自己的孤寂。我跨过赤裸的手脚，走到我的空铺盖，躺在散发出汗臭与霉味的铺盖上，在黑暗中想着今天发生的事，审视任何我可能亲眼看见，但是却因为当时的仓促或无知，而一时没能体会到的神明指引。

我从小就能看到异象、听到声音；我总是跟真主说话，而他也总是会有回应。有时候，我会像一声口哨般轻盈地飞上七重天，然后又降到地底下最深的坑洞，那里充满了泥土的气味，就像埋在巨大橡木与甜美栗树底下的巨岩，始终没有人发现。我也会不时地失去胃口，然后好几天不吃饭。这些事情都不会让我感到害怕，不过到后来，我也学会了不要跟别人提起这些事；凡人对于自己无法理解的事情，总是会百般诋毁。这是我的亲身体会。

第一个轻视我所看到的异象之人，就是我的父亲。我在

十岁左右开始，每天都会看到我的守护天使；当时我还天真地以为每个人都看得到。有一天，我父亲在教我如何做杉木衣柜时——他希望我长大之后也跟他一样成为木匠——我向他提起了守护天使的事情。

“儿子啊，你的想象力非常丰富，”他冷冷地说。“但你最好不要告诉别人，我们不希望让整个村子里的人都感到不安。”

几天前，邻居跑来向我父母投诉，说我的举止怪异，吓坏了其他孩子。

“儿子啊，我不知道你是怎么回事。为什么你不能接受自己跟父母一样呢?”我父亲问。“每个孩子都会像他们的父亲和母亲，你也不例外。”

这时候我才领悟：虽然我爱我的父亲，也渴望父母的爱，但是他们对我来说，仍然像是陌生人。

“父亲，我跟你其他的孩子不一样。就把我当成是被母鸡抚养长大的小鸭吧，我注定不是一辈子生活在鸡舍里的家禽；你们害怕的水，但水是我的生命泉源，因为我不像你们，我会游泳，所以我也要去游泳。海洋才是我的故乡，如果你愿意跟我同行，那么就到海洋来；如果不愿意，那就不必阻拦我，回到你的鸡舍吧。”

我父亲瞪大了眼睛，然后又眯起来，眼神变得疏离。“如果你现在就用这种口气跟你父亲说话，”他郑重地说。“那么我不知道等你长大之后，要用什么口气跟敌人说话。”

让我父母亲倍感苦恼的是：我的年纪渐长，看到的异象非但没有消失，反而频率变得更密集，内容也更引人入胜。我知道这让父母深感不安，我也觉得很内疚，但是摆在眼前的事实是：我不知道要如何停止这些异象；并且就算我知道，我想我也不愿意停止。不久，我就离家出走，此后就再也没有回去过了；大不里士从此成了一个悦耳甜美的字眼，如此的精纯、如此的细致，才到舌尖，就已经融化了。在我的记忆中，这个地方始终都伴随着三种气味：伐木、罂粟籽面包和白雪那柔软清新的味道。

此后，我成了云游四方的苦行僧，从未在同一个地方睡过两晚，从未连续自同一只碗里吃过两顿饭，每天都看到不同的脸孔在我四周环绕；肚子饿了，就为人解梦，赚几文钱。如此，我走遍西东，上穷碧落下黄泉地寻找真主；我到处寻找值得过的生活，值得让人拥有的知识。我既未在任何地方扎根，也就无处不得行。

在旅途中，我走过各式各样的道路：从热门的商队路线到埋没在人们记忆中可能走上好几天都不会碰到任何人的小径，从黑海海岸到波斯城镇，从中亚的大草原到阿拉伯的沙丘——我曾经走过浓密的森林、平坦的草原和沙漠，曾经住过不同的旅店与驿站，曾经在拥有几百年历史的古老图书馆里请教学识渊博的学者，曾经在小学里听老师讲课，曾经在伊斯兰学校跟学生议论《古兰经》的经文注释与逻辑，曾经去过庙宇、僧院与神殿，曾经与隐士在他们的洞穴里冥想，曾经跟苦行僧一起赞念，曾经同圣贤一起禁食，也曾经跟异教徒同桌用餐，曾经跟萨满教的巫师一起在圆月底下舞蹈，曾经结识信仰各种宗教、各个年龄层和各种职业的人，曾经目睹不幸的惨剧，也见识过奇迹。

我曾经看过贫困穷苦的村落，大火肆虐后焦黑的田野，遭到打家劫舍的城镇，没有一个十岁以上的男人幸存，连河水都染成鲜红色。我曾经目睹过人性最恶与最善的一面，再也没有什么会让我感到意外。

我亲身体验过这些经历，于是开始集结、整理过去从未有任何书籍写过、只存在我的灵魂内的一张表列；这份纯属个人的表列，我称之为“伊斯兰云游神秘主义教派的基本原则”。对我来说，这跟大自然的法则一样，是恒定可靠、一成不变并且放诸四海皆准的原则，总结起来就是“爱的四十条法则”，可以也只能通过爱来达成。其中一条**法则**说：通往真理的路必须用心，而非用脑。不要让你的脑引领你的脚步！让你的心做你最主要的向导吧！正面迎击你心灵的自我，挑战它、最后战胜它！了解你的自我，才能让你了解真主。

我花了好多年的时间才完成这整整四十条法则；现在完成了，我知道自己在这个世界上所剩的时日不多了。最近，我也经常看到许多死亡的异象。我担心的并非死亡，因为我认为那并不是结束；我担心的是死后传承无法沿续。我胸壑中还有许多文字堆积，还有许多故事有待说出；我希望将这些知识传递给另外一个人，不是什么教师，也不是什么门徒——我在寻找的是一个可以跟我平起平坐的伴侣。

“真主啊，”我在阴暗潮湿的房里低声祷告，“我终其一生云游四海，追随祢的路径。我看待每一个人都像是一本翻开的书，都像是会走路的《古兰经》；我刻意避开学者的象牙塔，宁可跟遭到遗弃、放逐或是流亡海外的人相处；如今，我的胸膛胀满了知识，请协助我将祢的智慧传给合适的人，然后您就可以随意处置我了。”

就在我眼前，这个阴暗的房间突然充满了光线，如此明亮照人，让躺在床上的旅人脸上都蒙上了一层朦胧的蓝光；房间的空气也变得如此清新，充满了生命力，仿佛每一扇窗都已推开，迎进了一股劲风，从远处花园带来百合与茉莉的清香。

“到巴格达去，”我的守护天使像唱歌似地说。

“有什么在巴格达等着我?”我问。

“你祈求一位伴侣，就会得到一位伴侣。到巴格达去，那里有一位修行的师父会指点你往正确的方向去。”

我的眼中盈满了感恩的泪水。现在我终于知道：我在异象中看到的人，正是我的精神伴侣，命中注定，我们迟早都会相遇；到那个时候，我就会知道他那浅褐色的眼睛为什么永远都带着一丝淡淡的哀愁，还有我为什么会在初春的夜里遭到杀害。

艾　拉

2008年5月19日，北安普顿

在太阳还没下山，孩子们还没放学回家之前，艾拉将书签夹到了《甜蜜亵渎》的书稿之中。她对写这本小说的男人充满了好奇，于是上网，用Google搜寻这位“萨哈拉”先生；她不知道会有什么东西跳出来，但是也没有期望太高。

结果却出乎她意料，竟然找到了他个人的部落格。网页的主色是蓝紫色系，页面最上方有一名穿着白色长裙的男子慢慢地在旋转跳舞；艾拉从未见过苦行僧的回旋舞，所以还特别多看了一眼。部落格的名称叫作“名为生命的蛋壳”，名字底下还有一首同名的诗篇：

且让我们选择彼此为伴侣吧！
让我们彼此追随！
我们心中拥有很多的和谐——别以为
我们只是眼中所见的自己。

网页上全是从世界各个城市与地点寄出来的明信片，每一张明信片底下都有一段文字评论那个地方；艾拉就是在阅读这些文字时，才发现了三件事情，它们立刻引起她的兴趣：第一，萨哈拉完整的名字叫作阿济兹·萨哈拉；第二，阿济兹自认为是苏菲教派的信徒；第三，此刻他正在危地马拉云游。

在部落格的另外一个部分，有几张他拍摄的照片；大部分是人像，有各色的人种。尽管这些人有鲜明的差异，但是他们彼此都有一个奇怪的共通点：照片中所有的人显然都少了一点什么东西。有些人少的是简单的物品：一个耳环、一只鞋子或是一颗纽扣；其他人则少了一些比较重要的东西，像是一颗牙齿、一根手指，有时候甚或是一条腿。这些照片底下又有一段文字写着：

> 不论我们是谁、住在哪里，我们内心深处都有一种不完全的感觉；就好像我们丢了什么东西，必须把它找回来。至于那东西是什么，大多数的人都不知道；即使那些知道的人，也很少会出去寻找。

艾拉上上下下地看着网页，点选每一张明信片，放大图案，仔细阅读阿济兹写的每一段评论。在网页的最下方，有个电子邮件信箱：azizZzahara@ gmail. com，她随手记在一张纸上；旁边则是一首鲁米的诗：

> 选择爱，爱！少了爱的甜美生命
> 活着便成重担——诚如你之所见。

艾拉看到这首诗，脑子里突然闪过一个极其怪诞的念头：在电光火石的那一瞬间，她觉得阿济兹·萨哈拉放在部落格里的一切——每一张图片、每一段评论，每一句引文和诗篇——都只是为了写给她看。这是一个怪异又傲慢的想法，不过她却觉得完全合情合理。

❖ ❖ ❖

那天午后稍晚，艾拉坐在窗边，觉得有点累、心情也有点低落；午后阳光暖洋洋地照在她背上，感觉有点沉重。厨房里弥漫着她正在烤的布朗尼蛋糕的香味。她摊开《甜蜜亵渎》书稿，放在眼前，可是心里却想着其他的事情，完全无法专心看稿。她突然想到，或许她也应该立下一些专属自己的基本原则；她可以称之为“根深蒂固、脚踏实地的家庭主妇之四十条法则”。

“第一条，”她喃喃低语道，“别再寻找爱！别再追逐不可能实现的梦想！对年届四十的已婚妇女而言，生命中一定还有其他更重要的事情要做。”

可是艾拉对自己开的玩笑却隐隐然感到不安，也让她想起了更严重的忧虑。于是她再也忍不住了，拿起电话打给珍妮特，结果是自动答录机接的电话。

“珍妮特，亲爱的，我知道我不应该打电话给史考特，但是我是用心良苦。我只是想要确定……”

她停顿了一下，深自懊恼没有事先拟好留言的稿子。她可以听到背景里答录机转动录音的沙沙声响；想到录音带还在空转，时间越来越短，就让她更紧张了。

“珍妮特，我为我所做的事情感到抱歉。我知道我不应该抱怨，因为我已经拥有这么多，但是我只是……我只是如此的……不快乐——”

喀喇。答录机戛然而止。艾拉对她刚刚脱口而出的话感到震惊，一颗心也跟着纠结在一起。她是怎么了？她始终都不知道自己不快乐呀。有可能会如此的沮丧而不自知吗？奇怪的是，她对自己坦承不快乐，一点也不会觉得不开心；这一阵子，她几乎什么感觉都没有。

她的目光瞄到了那张写着阿济兹·萨哈拉电邮地址的小纸条，那地址看起来如此的平凡而不虚矫，却又如此的诱人。她没有多想，就走到电脑旁边，开始写电子邮件：

亲爱的阿济兹·萨哈拉，

我叫艾拉，正在为一家文学经纪公司审阅你的小说《甜蜜亵渎》，才刚开始而已，但是我非常乐在其中。不过，这只代表我个人的意见，并不能反映我老板的看法；不管我喜不喜欢你的小说，对于我们公司最后会不会决定接受你成为我们的客户，我的影响力可说是微乎其微。

你似乎相信爱是生命的本质，其他的都不重要。我无意就此跟你做无谓的争辩，只是想说：我并不完全同意你的看法，这样就够了。可是，我写信给你的用意并非如此。

我写信给你的原因，是因为我看《甜蜜亵渎》的时机真是怪得不能再怪了。目前我正在劝阻我的大女儿不要太早结婚，昨天还请她男朋友取消他们结婚的计划；现在我女儿非常恨我，也拒绝跟我说话。我有一种感觉，你们应该很合得来，因为你对爱似乎也有类似的看法。

很抱歉，我把个人的问题一股脑地倾倒给你，这并非我的本意。你的个人部落格（我就是从那里得知你的电邮地址）说你此刻正在危地马拉旅行。能够环游世界一定很棒吧！如果你正好到波士顿，或许我们可以见个面，喝杯咖啡，好好聊聊。

祝好，

艾拉敬上

她写给阿济兹的第一封电子邮件，与其说是信件，还不如说是邀请函或是求助信号。可是当艾拉坐在一片寂静的厨房里，写这封短信给这位她并不认识、也没打算在此刻或未来任何时间要见他一面的作家时，并不知道这一点。

僧侣修院师父巴巴·札曼

1242 年 4 月，巴格达

巴格达并没有注意大不里士的夏慕士到来，但是我永远不会忘记他到我们寒碜的僧侣修院的那一天。当天下午，我们正在接待重要的访宾：法官大人跟他的大队人马莅临参观，但是我怀疑他的动机并不单纯。这位法官向来以讨厌苏菲教派闻名，因此他只是想要提醒我：他始终都在注意我们，一如他注意这个地区的每一位苏菲信徒。

这位法官野心勃勃，有一张阔脸，挺着一个下垂的肚腩，伸出五根短胖的手指头，每一根指头上都戴着价值非凡的戒指。他实在不能再这样大吃大喝下去了，可是我怀疑会有人有勇气跟他说，就连他的医生也不敢。他出身宗教学者世家，在这个地区影响力极大；他的一个判决，可以把人送上断头台，也可以轻易赦免囚犯的罪行，将他从最黑暗的牢狱中救出来。他总是穿着皮毛外套或是昂贵的衣服，不管走到哪里，都带着一种高高在上的尊贵姿态，对于自己的权威深信不疑。

我虽不认同他的骄矜自大，但是为了我们小修院的经营着想，当然还是得全力讨好这么一个有权有势之人。

“我们生活在全世界最堂皇雄伟的城市，”法官说着，丢了一颗无花果到嘴里去，“今天的巴格达，到处都是逃避蒙古军的难民；我们提供他们一个安全的避风港。这里就是世界的中心啊，你说是不是啊，巴巴·札曼?”

“这座城市无疑是一颗宝石，”我小心翼翼地说。“但是我们也不要忘了，城市就跟人一样：从出生到长大，经过孩童期、青春期，然后渐渐变老，最后死亡。在眼下这个时候，巴格达正值青壮年时期；我们不像以前在哈伦·拉希德国王[①]统领的那个时候那么富裕，但是仍然可以相当程度地感到自豪，因为我们还是贸易、工艺与文学的中心。可是谁知道一千年后会变成什么样子呢?很可能一切都不一样了。”

“这么悲观!”法官不以为然地摇着头，又伸手到另外一个碗里拿了一颗椰枣。“阿巴斯王朝[②]的统治会千秋万世，我们也会越来越兴盛；当然，前提是我们之中没有叛徒扰乱现状。现在有些人自称是穆斯林，但是他们对伊斯兰的诠释比

---

① 哈伦·拉希德（Caliph Harun ar-Rashid，763－809），是阿巴斯王朝的第五代哈里发；他在位期间（786－809）也是王朝最强盛的时期，首都巴格达与唐朝的长安同为世界一流城市。但是在他死后，国运就开始衰微。

② 阿巴斯王朝（Abbasid Caliphate）是哈里发帝国的一个王朝，统治时间从公元750年至1258年，被旭烈兀西征所灭。古代中国史籍（新旧唐书）称之为“黑衣大食”。

离经叛道的异教徒还要危险。”

我选择沉默以对。法官认为神秘主义教派对伊斯兰那种偏向个人与秘传的诠释会惹麻烦，这早就不是秘密；他指控我们没有遵循伊斯兰律法，因此对像他这样有权威的人也不够尊重。有时候我有一种感觉，好像他希望把所有的苏菲信徒全都赶出巴格达。

“你们的兄弟会是无害的，但是你不觉得有些苏菲信徒已经越轨了吗?”法官捋须问道。

我不知道该怎么回答，谢天谢地，还好这个时候我们听到了敲门声——是那名红发的见习生。他笔直地朝我走来，附耳对我说，我们有一名访客，是位云游僧；云游僧坚持要见我，不肯跟其他人说话。

通常我都会让见习生将新来的访客引进安静的迎宾室，先送上热食，请他等到其他的宾客都走了再说。可是因为法官正好在刁难我，于是我突然想到：云游僧正好可以讲述一些远方发生的精彩故事，以化解这里的紧张气氛；所以就请见习生将那人带进来。

几分钟后，门打开来，一位从头到脚都穿着一身黑的人走了进来。他的身材瘦高，神情憔悴，看不出多大年纪；鼻头尖尖的，漆黑的眼珠陷入深凹的眼窝，一头浓密的黑色卷发垂在额头，遮住了眼睛；他穿着连帽的长外套、羊毛衣和一双羊皮鞋，脖子上还挂了好几个护身符；他手中捧着一个木碗，就是托钵僧沿街化缘用的那种碗，借由接受他人的施舍来克服本身的虚荣与傲慢。我意识到眼前这个人不会在意社会的批判，就算有人误认为他是游民甚或乞丐，他也毫不在乎。

我一看到他站在那里，等候时机自我介绍，就觉得此人非同小可。他的眼神，得体的态度，全身上下都散发出异于常人的气质；就像一颗不起眼的小橡树果实，也许在无知的人眼中看起来很脆弱，但是却已经预告了在长大之后会成为一棵骄傲的橡树。他用那双仿佛洞察人心的黑色眼眸看着我，默默地点头示意。

“欢迎光临我们修院，”我说着，请他到我对面的一个坐垫上就座。

众人彼此寒暄之后，苦行僧坐下来，仔细地检视在座的每一个人，观察每一个细节；最后，他的目光落在法官身上，两人互看了整整一分钟，都没有说话。我忍不住揣测他们对彼此的看法，因为他们似乎是在两个极端上的人。

我请僧侣享用热羊奶、糖渍无花果与夹心椰枣，但是他都婉拒了。我们问到他的名字，他自我介绍说他是大不里士的夏慕士，是个云游四方的苦行僧，上穷碧落下黄泉地寻找真主。

“那你找到他了吗？”我问。

僧侣脸上闪过一丝阴影，然后点点头，说：“的确，他一直都与我同行。”

法官脸上浮现一抹嘲讽的冷笑，他连掩饰都嫌麻烦，打岔道：“我始终搞不懂你们这些苦行僧为什么把生活搞得如此复杂。如果真主始终与你同行，又何必这样花时间去苦苦地找他呢?”

大不里士的夏慕士低头沉思不语，过了好一会儿，这才抬起头来，神色平静，口吻慎重地说：“因为真主尽管不是找就一定会找到，但是只有亲自去找的人才能够找到他。”

“真是文字游戏，”法官嘲讽说。“你是想告诉我们：如果我们一辈子都留在同一个地方，就找不到真主喽? 真是胡说八道。不是每个人都需要像你这样穿得破破烂烂地出发去找真主。”

随后，房里的人爆出一串笑声，显然是急着表现出他们对法官的认同——那是音调高亢、缺乏自信又不快乐的笑声，发自那些惯于奉承上司的人。我也觉得不自在；让法官与苦行僧同处一室，显然不是高明的主意。

“或许你误解我的意思了。我并不是说一个人留在家乡就永远都找不到真主，他当然可能找得到，”苦行僧接着说。“有人从未去过任何其他地方，依然看得到这个世界。”

“正是!”法官露出胜利的笑容——可是一听到苦行僧接下来说的话，笑容就消失了。

“我要说的是，法官，如果一个人成天穿着皮毛外套、丝绸衣裳，又穿金戴银的——就像你今天这样——是永远都找不到真主的。”

迎宾室里陷入一片震惊与沉寂，仿佛我们周遭的声音与叹息都化成灰烬，掉落地面。所有的人都屏住呼吸，好像在期待着什么更大的事情发生——可是我真的不知道还有什么比这个更骇人的事了。

“以一位苦行僧来说，你还真是口尖舌利啊，”法官说。

“有话该说的时候，我就会说，即使全世界的人掐着我的脖子叫我闭嘴，我也还是照说不误。”

法官蹙眉以对，然后轻蔑地耸耸肩。“好吧，随便你怎么说，”他说。“无论如何，你还是来得正好。我们刚刚讨论到这个城市的光辉，你一定看过很多地方，有没有比巴格达更迷人的地方呢？”

夏慕士的目光温柔地从一个人的脸上看到另外一个人，解释道：“巴格达无疑是卓越非凡的城市，但是世间的美丽都不会持久。城市是建立在精神支柱上，像一面巨大的镜子，反射出城市居民的人心；如果居民的心黯淡了，失去了信仰，那么城市就会失去光辉。这种事情以前发生过，也一直都在发生。”

我忍不住点头，大不里士的夏慕士短暂地停下思绪，看了我一眼，眼中闪过一丝友好的光芒；我感觉到他的目光像是烈日的热气般投射在我身上，这才发现他还真是人如其名。

此人由内而外地散发出活力与生气，像是燃烧中的火球一样，果然是“夏慕士”，也就是“太阳”的意思。

可是法官的想法不同。“你们苏菲信徒把所有事情都搞得太复杂了，还有哲学家与诗人也是一样！何必用那么多的文字呢？人是很简单的生物，也只有简单的需求，领袖的责任就是满足他们的需求，确保他们不要误入歧途就行了。这就需要彻底执行伊斯兰律法才行。”

“伊斯兰律法就像蜡烛一样，”大不里士的夏慕士说，“可以给我们带来珍贵的光明。但是我们也不要忘了，蜡烛是协助我们在黑暗中从一个地方走到另外一个地方；若是我们忘了自己要去哪里，反而专注在蜡烛本身，那又有什么好处呢？”

法官的五官全都皱起来，露出狰狞的表情。我突然感到一股焦虑袭上心头。法官的工作就是根据伊斯兰律法来审判而且通常是处罚他人，跟这样的人辩论伊斯兰律法的重要性，无疑是在危险水域游泳。难道夏慕士不知道吗？

就在我想要找个合适的借口把苦行僧带离这个房间时，听到他说：“有一条**法则**正好适用这种情况。”

“什么法则？”法官狐疑地问。

大不里士的夏慕士坐直身子，目光动也不动，仿佛看着一本无形的书，然后大声朗读：“每一位读者根据其理解的深度，对于神圣的《古兰经》都各自有不同程度的理解。理解的深度可以分为四个层次。第一层是表象的意义，也是大多数人可以接受，也感到满意的层次；第二层称之为‘巴达姆’，也就是内在的意义；第三层是内在的内在意义；第四层则深到无法形诸文字，因此只能意会，不能言传。”

夏慕士目光炯炯地接着说：“专注在伊斯兰律法的学者熟知外在的意义；苏菲信徒知道内在的意义；圣人则了解内在的内在意义；至于第四层，就只有先知和那些最接近真主的人才能体会。”

“你是说：一个平凡的苏菲信徒对《古兰经》的了解会比伊斯兰教的律法学者还要更深入吗?”法官说着，手指头敲着碗。

苦行僧的嘴角略弯，浮现一个微妙的嘲讽笑容，但是没有回答。

“你要当心点啊，朋友，”法官说。“你跟全然亵渎只有一线之隔了。”

就算此话有任何威胁的意味，苦行僧似乎完全没有注意到。“‘全然亵渎’究竟是什么呢?”他问道，然后陡地吸了一口气，接着又说。“我跟你说个故事好了。”

以下就是他说的故事：

有一天，摩西一个人走在山上，看到远方有一名牧羊人跪在地上，张开双臂，高举在半空中祷告。摩西看了心里很高兴，但是等到他走近一点，听到牧羊人的祷告词，却也同样的震惊。

“哦，亲爱的真主啊，我爱祢，远比祢知道的还要深刻。只要祢开口，我愿意为祢做任何事情。就算祢要我以祢之名杀了我的羊群中最肥美的那只羊，我也会毫不迟疑地动手。祢可以烤了这只羊，用羊尾的肥油浇在祢的饭上，让饭更可口。”

摩西慢慢地靠近牧羊人，仔细地听着。

“然后我会为祢洗脚，为祢掏耳朵，为祢抓虱子。我就是如此的爱祢呀！”

牧羊人的祷告让摩西再也听不下去，怒声打岔道：“够了！你这个无知的人！你以为你在做什么呀？你以为真主会吃饭吗？你以为真主有脚给你洗吗？这根本不是祷告，而是全然的亵渎神明。”

牧羊人又惊又愧，再三地道歉，也承诺以后会像正派的人一样得体地祷告。那天下午，摩西教了他几个适当的祷告词，然后就很开心地走了。

可是当天晚上，摩西听到了一个声音。那是真主的声音。

“噢，摩西啊，你做了什么事呢？你痛骂了可怜的牧羊人一顿，却不知道他跟我有多么的接近。或许他说的话不对，祷告的方式也不对，但是他却是诚心诚意地祷告。他的心很纯洁，同时也是一番好意，我对他非常满意。他说的话在你耳中听来或许是亵渎，但是在我听来，却是甜蜜的亵渎。”

摩西立刻知错。第二天一大早，他又回到山上去找那个牧羊人，发现那人又在祷告，只不过这一次是以摩西教他的方式在祷告。他一心想以正确的方式祷告，但是祷告词却念得结结巴巴，完全没有先前祷告时的那种兴奋与热情。摩西对自己所做的事情感到很懊恼，于是拍拍牧羊人的背，说：“朋友，我错了。请你原谅我。你还是按照自己的方式祷告吧。在真主的眼中，真诚更加珍贵。”

听到他这番话，牧羊人也吓了一跳，不过在内心深处，却是松了一口气。然而，他并不想回头去用以前的祷告词，也不想遵循摩西教他的正式祷告方式，他现在找到了全新的方法跟真主沟通。他在天真的奉献中找到了满足与喜悦，也超越了那个阶段——超越了他的甜蜜亵渎。

“所以，不要随便批判别人跟真主沟通的方式，”夏慕士总结道。“每一个人都有他自己的方式，用他自己的祷告词跟真主沟通。真主不会只听我们口中怎么说，他会看到我们的内心深处。因此真正有影响的，并不是典礼或仪式本身，而是我们的心是不是够纯洁。”

我看着法官的脸，可以看到他在全然自信与镇定的面具之下，显然感到十分恼怒。然而与此同时，精明如他，却也知道这情况有多么棘手。如果他对夏慕士的故事有所回应，那么他就必须采取接下来的步骤，惩处他的傲慢无礼，如此一来，事情就会恶化，每个人都会听说一个小小的苦行僧竟然胆敢顶撞法官大人。所以他最好就是假装没有发生什么事情惹他生气，就此打住。

屋外，太阳已渐西沉，在天空泼洒出十几种深浅有致的红色，偶尔点缀几朵乌云。过了一会儿，法官起身，说他还有事，于是对我点点头，又冷冷地看了大不里士的夏慕士一眼，然后迈开大步走了。他的随从也默默地跟着离开。

大家都走了之后，我说：“恐怕法官不太喜欢你。”

大不里士的夏慕士拨开掉在脸上的头发，微微一笑。“哦，那没关系。我很习惯别人不太喜欢我。”

我忍不住内心激动，因为我在这间修院担任师父已经够久了，知道像这样的访客有多么稀罕。

“跟我说，苦行僧，”我说，“是什么风把像你这样的人吹到巴格达来了？”

我急着想知道他的答案，同时又害怕知道答案，那是一种怪异的感觉。

艾拉

2008 年 5 月 20 日，北安普顿

丈夫没有回家的那天晚上，艾拉在梦中看到了肚皮舞娘与苦行僧的回旋舞；她的头枕在书稿上，看着外貌粗犷的士兵坐在路边的小酒馆吃饭，盘子里堆满了美味的馅饼与甜点。

然后她看到了自己。她在异国城堡某个人潮熙攘的市集中找人，身边的人动作都很缓慢，仿佛跟着她听不见的音乐翩翩起舞。她拦下一名胡髭低垂的肥胖男子问话，不过她不记得自己问了什么事情，只见那人茫然地看了她一眼，又摇摇晃晃地走开。她试着跟好几个摊贩说话，然后又找了购物的民众，但是没有人理她。起初，她以为那是因为她不会说他们的语言；后来她伸手一摸嘴巴，这才惊觉自己的舌头被割掉了！在惊恐仓皇之间，她到处寻找镜子，想要看看自己的倒影，想要知道自己还是不是自己，可是市集里却到处都找不到镜子。她开始哭泣，然后被嘈杂的声音吵醒，不知道自己的舌头还在不在。

艾拉睁开眼睛，发现那是小精灵疯狂地抓着后门的声音，可能是有什么动物跑到外面走廊上，让狗气个半死吧；尤其是臭鼬，让它特别紧张。去年冬天，它不小心碰到一只臭鼬的惨剧，至今依然记忆犹新；艾拉花了好几个星期想要清除它身上的臭味，不过就算她用番茄汁为它洗了好几次澡，那股橡胶烧焦的气味仍然流连不去。

艾拉瞄了一眼墙上的钟：凌晨两点四十五分，大卫还没有回来，或许永远都不会回来了；珍妮特也没有回她的电话，在如此悲观的情绪下，艾拉也怀疑她永远不会回电话了。一股被丈夫、女儿遗弃的恐惧袭上心头，让她忍不住打开冰箱看了好几分钟；想要挖一大匙樱桃香草冰淇淋的欲望与怕胖的恐惧交战一番，最后她费了好大的力气，才离开冰箱，并且没有必要地用力关上冰箱门。

然后艾拉开了一瓶红酒，为自己倒了一杯。这酒很不错，清爽又不失活力，还有一点淡淡的苦甜参半，正是她喜欢的味道。不过她在倒第二杯酒时突然想到：她怎么不开一瓶大卫买的昂贵的波尔多葡萄酒呢？她看了一下标签：“玛歌酒庄，1996 年”。她也分不清是好是坏，就只是皱着眉头，看着酒瓶。

她太累也太困，无法继续看稿，于是决定去查看电子邮件。结果，在六封垃圾邮件和一封米歇尔写来问她稿子看得如何的信件之外，她看到了阿济兹·萨哈拉的回信。

亲爱的艾拉（请容许我这样称呼你），

我在危地马拉一个叫作莫莫斯特南戈的小村落看到你写来的电子邮件。此地是极少数仍然沿用玛雅历法的地方之一；就在我落脚的青年旅舍对面，有一棵许愿树，树上绑满了数以百计的各色布条，所有你能想象得到的颜色与花纹都有，他们称之为“心碎树”。那些心碎的人在纸条上写下自己的姓名，绑在树枝上，然后祈祷破碎的心得以修复。

我希望你不会觉得我太多管闲事，但是在看了你的来信之后，我自作主张地到许愿树那里，祈求你和你的女儿可以解开彼此的误解。即使是只有一点点的爱，也不应该浪费，因为诚如鲁米所说的，爱是生命的泉源。

过去，我学会了一件事情，对我个人来说大有助益，就是不再去干涉我身边的人，这样也就不再因为自己无力改变他们而深感沮丧、挫折。既然不要主动干涉或是被动忍耐，那么我可不可以建议你顺其自然呢?

有些人误以为“顺其自然”就是“软弱”，其实正好相反。顺其自然是一种接受宇宙万物的和平形式，包括那些我们现在一时无法改变或是无法理解的事情。

根据玛雅历法，今天是个吉日。即将发生重大的星象位移，准备迎接新的人类意识。我必须赶在日落天黑之前，将这封电子邮件送出去。

愿你在最意想不到的时候、最意想不到的地方找到爱。

你诚挚的，

阿济兹

艾拉合上笔记本电脑，心里深受感动：在世界遥远的角落，有个完全陌生的人，竟然会为她的福祉祈祷；她闭上眼睛，想象自己的名字被写在一张纸条上，然后绑到许愿树上，像风筝一样悬在半空中，自由自在、快乐安详。

几分钟后，她打开厨房的门，走进后院，享受骚动沁凉的微风。小精灵站在她身边，一直不安地嗅着空气，低声咆哮；它先是眯起眼睛，然后又陡地瞪大，充满了焦虑，也一直竖着耳朵，仿佛意识到远方有什么可怕的事情发生。艾拉跟她的狗就这样并肩站在暮春的月色下，看着浓密无垠的黑夜，害怕在黑暗中移动的物体，也同样害怕未知的将来。

见习修士

1242 年 4 月，巴格达

我低着头，万般谦卑地将法官送到门口，然后立刻回到主屋收拾脏碗盘，却赫然发现巴巴·札曼和那位云游僧跟我刚刚离开时一样，留在原来的地方没动，也没有人说任何一句话。我用眼角的余光瞄着他们，心想：不说话也能交谈吗？我尽可能地拖延时间留在房内，整理坐垫、打扫房间、清扫地毯，过了一会儿，我就找不到任何理由可以继续留下来了。

我心不甘情不愿地拖着脚步回到厨房，厨子一看到我，就立刻发号施令："去擦台子！去拖地板！去洗碗盘！还有刷洗炉台和烤架旁边的墙面！这些都做完了之后，别忘了检查捕鼠笼！"自从我六个月前来到这间修院，厨子就一直骑在我头上，每天让我工作到累得跟狗似的，还说这些折磨都是对我精神训练的一部分，好像借由清洗那些油腻腻的碗盘会让精神有什么长进似的。

厨子的话不多，却有一句奉为圭臬的座右铭："清洗就是祷告，祷告就是清洗！”

“如果此话当真，那么全巴格达城内的家庭主妇都可以成为精神导师了！”我有一次大胆顶撞他。

他立刻朝我头上丢了一根木匙过来，还扯着嗓子吼道：“你这样顶嘴一点好处都没有，孩子。如果你想成为僧侣，就闭上嘴巴，跟这根木匙一样安静。叛逆绝对不是见习修士该有的态度。少说多做，才会快速成长！”

我恨厨子，但是更怕他；我从未反抗他的命令，直到今天晚上。

厨子前脚刚走，我后脚就溜出厨房，再次回到主屋，急着想要知道更多关于这位云游僧的事。他是谁？到这里来做什么？他跟修院里其他的僧侣很不一样；即使他谦逊地低着头，他的眼神依然强烈炽热、桀骜不驯。他有一种不凡又难以预期的特质，几乎让人感到害怕。

我从门缝向内窥探。刚开始的时候，什么都看不见；不久之后，我的眼睛逐渐适应了屋内半暗的光线，就可以认出他们的脸庞。

我听到修院师父问：“跟我说，大不里士的夏慕士，是什么风把像你这样的人吹到巴格达来？你是在梦里看到这个地方的吗？”

苦行僧摇摇头，说：“不是，并不是梦境带我到这个地方来的。我从来都不曾做梦。那是异象。”

“每个人都会做梦，”巴巴·札曼柔声说道，“只是你可能不会永远都记得，但那并不表示你不会做梦。”

“我不会做梦，”苦行僧坚称。“那是我跟真主之间达成的协议。你知道吗？我还小的时候，就能看到天使，还有宇宙的奥秘。我将这件事告诉父母，他们很不高兴，叫我不要再做梦；我对朋友坦诚以告，他们说我是无可救药的梦想家；我想跟老师说，但是他们的反应也没有两样。后来，我终于了解：只要人们听到什么不寻常的事情，就说那是梦。于是我开始讨厌这个字眼，还有这个字背后所代表的一切。”

讲到这里，苦行僧突然打住，好像听到什么声音似的。接着，最奇怪的事情发生了：他站起来，打直背脊，刻意朝着房门慢慢地走过来，而且目光始终都盯着房门，就好像他知道我在门后偷看似的。

仿佛他的目光可以看穿这两扇木门。

我的心在胸膛里跳得好厉害。我想逃回厨房，但是却无法动弹，我的手、脚、全身都僵在那里；大不里士的夏慕士那双漆黑的眼睛，从门后穿透房门，盯在我身上。我虽然恐惧，却也觉得有一股强大的能量从我体内奔腾窜过。他到门边，一手放在门把上，就在我以为他要打开房门把我逮个正着的时候，他突然停住了。距离太近，我看不到他的脸，也不知道他为何改变心意；我们就这样僵持了一分钟，令人煎熬的一分钟，然后他转身，一面从门边走开，一面又开始继续说他的故事。

“等我年纪稍长，我请真主把我做梦的能力一起带走，这样我才会知道每次见到他都不是在做梦。他同意了，带走了我做梦的能力，所以我从来不做梦。”

此刻，大不里士的夏慕士站在房间另外一头的窗边；窗外开始下起毛毛细雨，他若有所思地看着雨丝，然后说：“真主带走了我做梦的能力，但是为了补偿我的损失，他赐给我解读其他人梦境的能力。我是一个解梦人。”

我以为巴巴·札曼不会相信这些胡言乱语，会痛斥他一番，就像平常痛斥我一样。

可是并没有，修院师父反而尊敬地点头称是，说：“你似乎是个不平凡的人。跟我说，我能帮你什么忙？”

“我不知道。其实，我还希望你能告诉我。”

“这是什么意思呢？”师父听似茫然地说。

“将近四十年来，我一直是云游四方的苦行僧，对于自然的运作已经了如指掌，但是对于社会的运作却仍然陌生。如果有必要，我可以像野生动物一样搏斗，但是我自己不可能伤害任何人。我可以指出天上的星座名称，可以指认森林里的树木，可以一眼看穿全能的真主以自己形象塑造出来的各种人，判读他们是什么类型的人。”

夏慕士稍稍暂停，等师父点亮油灯后，又继续说。“其中一条**法则**说：*你可以透过宇宙万物和每一个人来了解真主，因*

为真主并不局限在清真寺、犹太会堂或是教堂。但是如果你非得知道他到底住在哪里不可，只有到一个地方去找：他就在真正爱主之人的心里。没有人在见了他之后还活着，一如没有人在见了他之后死去一样；凡是找到他的人，都永远与他同在。”

在微弱闪烁的灯光中，大不里士的夏慕士似乎更高大了，一头长发披在肩上，像是纷乱不羁的波浪。

“然而知识若是不流通，就会像是旧花瓶底的臭水一样。多年来，我向真主祈祷，赐我一个伴侣来分享我累积的知识；最后我终于在撒马尔罕看到了异象，它叫我到巴格达来完成我的宿命。据我所知，你知道我这位伴侣的名字和下落，迟早都会告诉我——如果不是现在的话。”

夜幕已然低垂，一抹月光从敞开的窗户照了进来，我这才发现时间有多晚，厨子一定到处在找我。但是我一点也不在乎，就这一次，我觉得不守规矩的感觉真好。

“我不知道你希望我告诉你什么样的答案，”师父低语道，“但是如果我命中注定要披露什么信息的话，时候到了，自然就会发生。在此之前，你可以留下来作客。”

听到这里，云游僧谦恭地低下头，感激地亲吻巴巴·札曼的手。就在这个时候，师父问了一个奇怪的问题：“你说你愿意将你的知识传授给另外一个人；你要将真相握在掌心，宛如一颗宝贵的珍珠，送给一个特别的人；但是对凡人来说，敞开心胸迎接精神上的光明并不是一件小事。你等于是抢了真主的工作。所以你愿意付出什么代价吗?”

我想我一辈子也不会忘记那僧侣的回答。他扬起眉毛，坚定地说：“我愿意付出我的项上人头。”

我忍不住倒退一步，觉得一股寒流从脊椎一路往下直窜；等我再次凑到门缝往里面瞧，发现师父也对他的答案感到震惊不已。

“我想我们今天谈的话可能也够多了。”巴巴·札曼深深叹了一口气。“你一定累了。我叫年轻的见习修士进来，他会带你去睡榻，给你干净的床单和一杯牛奶。”

此时，大不里士的夏慕士又转头往房门看，我从骨子里觉得他又在凝视着我，而且还不只如此，我感到他的眼神穿透了我的身体，看往我内心深处，彻头彻尾地搜索我的灵魂，连我自己都不知道的秘密都给他挖掘出来。或许他学了什么黑魔法或是接受过哈鲁特与马鲁特①的训练——也就是《古兰经》里警告我们不要靠近的那两个巴比伦的堕落天使；抑或是他有什么超自然的天赋可以看穿门板与墙壁，但是不管是什么，都让我感到害怕。

“不必了，不必去叫见习修士，”他提高音调说，“我有一种他就在附近而且已经听到我们说话的感觉。”

---

① 哈鲁特与马鲁特（Harut and Marut）是《古兰经》里提到的两个天使，真主派遣他们到凡间，以魔法试探巴比伦城里的人。

我惊呼一声，声音大到可以吵醒躺在坟墓里的死人，然后在惊慌失措之余，跳起来，狂奔到花园，躲在深深的夜色里。可是在那里，却有让人讨厌的意外在等着我。

“原来你在这里，你这个小王八羔子！”厨子手里拿着扫把往我这里跑来，嘴里还不断喊着，“你惨了，你这个小子！这下子，你惨了！”

我往旁边一跃，在最后一刻，勉强躲过他的扫把。

“过来！我要打断你的腿！”厨子在后面追着我，喘着气骂道。

但是我非但没有停下来，反而像一支箭似地冲出花园；尽管眼前仍然隐约看到大不里士的夏慕士的那张脸，但是脚下丝毫不受影响，我沿着连接修院与主要干道的蜿蜒小径，拼命地往前跑，即便在跑得够远了之后也没有停下来，因为我停不下来。我的心在狂跳，我的喉头干燥，但是却一直跑到双腿发软，直到再也跑不动了为止。

艾　拉

2008 年 5 月 21 日，北安普顿

第二天一大早，大卫回家，原本准备好要面对争吵，结果却发现艾拉躺在床上睡着了，腿上还放着翻开来的《甜蜜亵渎》书稿，旁边则摆了一个空酒杯。他上前一步，想要帮她把毯子拉高一点，让她舒舒服服地盖好毯子，但是后来又改变了主意。

十分钟后，艾拉醒来，听到他在浴室洗澡的声音，一点也不意外。丈夫可能跟其他女人打情骂俏，现在显然也可能跟她们在外面过夜，但是到了早上，他绝对不会在其他地方冲澡淋浴，总是要回到自己的浴室。大卫洗完澡后，从浴室出来穿过卧房，艾拉假装睡着了，省得他解释为什么夜不归宿。

不到一个钟头之后，丈夫和孩子又都出门了，只剩下她一个人留在厨房。生活似乎又回归常轨。她翻开她最喜欢的一本食谱《简易美食厨艺》，考虑了几个选项之后，选择了一份还算费工的菜单，够她忙一个下午：

蛤蛎浓汤配藏红花、椰子、柑橘

蘑菇香草焗意大利面佐起司五种

迷迭香小牛排佐醋溜烤大蒜

兰姆青豆与花菜沙拉

然后她再决定甜点：热巧克力舒芙蕾。

艾拉喜欢烹饪的理由很多。利用平凡的食材创造出美味佳肴，不但让人感到愉悦满足，更是一种奇特的感官享受。除此之外，她喜欢烹饪是因为她真的很拿手；而且还能让她感到心神安宁。在她的生活中，厨房是唯一能够让她将外在世界完全摒除在外的地方，从容不迫地让时光的流转停滞。对某些人来说，性爱或许也有同样的功效吧，她想，不过那总得要两个人才行，而烹饪需要的就只是时间、爱心和一袋杂货、食材。

在电视节目里教人做菜的人总是说得天花乱坠，把烹饪说得像是一种心灵启发、原创灵感和艺术创作；他们最喜欢用的字眼就是“实验”。这一点，艾拉始终不能苟同。为什么不把实验留给科学家，把搞怪留给艺术家去做呢？烹饪就是学习最基本的东西，遵循指示，尊重经过岁月淘洗的智慧；你该做的事就是尊重经过时间洗礼的这些传统，而不是拿它们来实验！烹饪技巧来自习惯与传统；虽然现代社会显然瞧不起这些东西，但是在厨房里，传统一点没有什么不对。

艾拉也很重视她的日常作息。每天早上，一家人在差不多同样的时间一起吃早餐；每个周末到同一家商场购物；每个月的第一个星期天请邻居到家里来吃晚餐。因为大卫是工作狂，没有什么时间，因此艾拉掌管家里的大小事情：管帐、理家、装潢家具、跑腿打杂、安排孩子的活动同时照顾他们的功课等等。每个星期四，她去参加无国界烹饪班；那里的社员把不同国家的菜肴融合在一起，在旧食谱里加入新的香料或食材，创造出新的菜式。每个星期五，她会去农贸市集，一逛就是好几个钟头，跟农民聊他们的产品，仔细检视低糖的有机桃子果酱，或是跟其他的购物者分享波特贝罗菇要怎么煮最好吃等等。如果有什么东西在那里买不到，她就会在回家的路上，到专卖天然有机食品的全食超市去采购。

然后，每个星期六晚上，大卫会带艾拉去餐厅吃饭（通常是泰式餐厅或日本料理）；回来之后，如果不是因为太累、喝得太醉或是纯粹没有兴致的话，他们就会行房。简短的亲吻、温柔的动作，散发出来的不是激情，而是同情。性，原本是他们之间最可靠的联系，但是在好一阵子之前，也失去了吸引力；有时候，他们连续好几个星期都没有做爱。性曾经在艾拉的生活中扮演很重要的角色——这一点让她觉得很奇怪——如今没有了性生活，反倒让她松了一口气，有一种获得解放的感觉。整体而言，她完全能够接受老夫老妻逐渐放弃肉欲吸引力，而改以更可靠、稳定的方式来维系彼此关系的观念。

唯一的问题是：大卫虽然放弃了跟太太之间的性关系，却没有完全放弃性行为。她从未拿他的外遇跟他正面对质，甚至连暗示她起了疑心都没有。跟他们比较亲近的友人都不知道这件事，这也让她比较容易装傻；从来就没有丑闻，没有什么尴尬的偶遇，也没有什么可以让人嚼舌的话题。以他跟其他女人上床的频率来说——尤其是跟他的年轻助理——她实在不知道他是怎么办到的，可是她丈夫却可以熟练地在暗中摆平一切事情。然而，不忠这回事，是可以闻得出来的；这一点，艾拉很清楚。

如果事情真有所谓的前因后果，艾拉也分不清楚哪个是前因、哪个是后果；是她对性生活丧失兴趣，导致她丈夫外遇的吗？还是恰好相反？会不会是大卫先在外面偷腥，然后她开始忽略自己的身体，失去了性欲？

不论如何，结果都是一样：他们之间的火花——这火花的光芒曾经协助他们航过婚姻这片没有地标的水域，曾经在结婚二十年还生了三个小孩之后依然维系着他们的欲望——如今已经熄灭了。

❖ ❖ ❖

接下来的三个钟头，她的脑子里塞满了思绪，但是双手却不曾停下来。她切番茄、剥蒜头、炒洋葱、热油锅、烤橘皮，还揉了面团准备做全麦面包——最后这一项是他们刚订婚时，大卫的母亲给她的金玉良言。

“没有什么能比新鲜烘焙的面包更容易让男人想起家的味道，”她说。“只有你自己亲手做的手工面包才有这种功效。亲爱的，你一定要亲手烘焙，保证可以创造奇迹。”

艾拉忙了一整个下午，又在餐桌上完成了精美的摆设：成套的餐巾、芳香蜡烛和一大把鲜黄艳橘的花，如此的明媚动人，看起来几乎像是假花。最后，她在餐巾上套上了闪闪发亮的餐巾环扣。一切完成之后，餐桌看起来像是时尚家居杂志里的图片。

虽然疲惫，但是艾拉觉得心满意足；她打开厨房里的电视，选取地方新闻频道。一名年轻的心理治疗师在自己家中遇刺、电线短路导致医院大火、四名中学生因为破坏公物被逮捕。她看着新闻，对外在世界潜伏的危机猛摇头。连美国郊区都不再安全了，像阿济兹·萨哈拉这样的人怎么还有意愿和勇气跑到世界上比较落后的地方去旅行呢？

艾拉百思不得其解：一个难以预测又无法理解的世界只会让像她这样的人躲进自己的家里，但是何以对阿济兹这样的人却有完全相反的效果，反而更激励他脱离常轨，跑到遥远的地方去冒险呢？

晚上七点半，鲁宾斯坦一家人围坐在摆设完美的餐桌旁，燃烧的蜡烛让餐厅多了一点神圣的氛围；在外人看来，可能会以为他们是完美的家庭，优雅得像是逸入空气中的一缕轻烟，就连少了一个珍妮特，也丝毫无损画面的完好。他们一边吃饭，欧莉与艾维一边叽叽喳喳地讨论今天在学校发生的事；难得有一次，艾拉会感谢他们如此的多话吵闹，掩盖了她与丈夫之间沉重的缄默。

艾拉以眼角余光看着大卫叉了一块花菜送入口中，慢慢咀嚼；她的目光停留在他苍白的薄唇和珍珠白的贝齿上——那是她再熟悉不过，不知吻过千百次的嘴唇——她在脑海中幻想着他亲吻其他女人的画面。不知怎的，在她脑海中出现的情敌竟然不是大卫的年轻秘书，而是巨乳版的苏珊·萨兰登；身材健美的她自信满满地穿着紧身衣，露出丰满的胸部，脚蹬一双及膝高跟长靴，脸上因为化了太浓的的妆，几乎闪闪发亮。艾拉想象着大卫猴急而饥渴地亲吻着这个女人，一点都不像他在家里餐桌上慢条斯理地咀嚼花菜的模样。

就在此时此地，就在她一边品尝着根据《简易美食厨艺》烹调出来的晚餐，一边想象着她丈夫跟其他女人偷情的当下，艾拉体内突然有什么东西爆发出来，让她知道——此刻她脑子清醒镇定得令她自己不寒而栗——尽管她胆怯而缺乏历练，但是总有一天，她会放弃一切：她的厨房、她的狗、她的孩子、她的邻居、她的丈夫、她的烹饪书和手工面包食谱……她会一走了之，不顾一切地走出去，走进那个随时都有危险发生的世界。

僧侣修院师父巴巴・札曼

1243 年 1 月 26 日，巴格达

在一间僧侣修院长期居住所需要的耐性，远超过大不里士的夏慕士所有的耐心。然而，九个月过去了，他仍在这里。

起初，我以为他随时都会打包走人，因为他显然痛恨这种规律严谨的生活。我看得出来，他对每天必须在同一个时间就寝、起床、吃饭，跟其他人一样遵守同样的日常规则，已经感到厌倦至极；他就像一只孤鸟，习惯了一个人自由自在地飞翔。我有好几次甚至怀疑他就要逃跑了，但是最后并没有；虽然他向往独处的需求很强烈，但是他想要找到伴侣的决心更坚定。夏慕士坚信总有一天，我会带着他需要的信息去找他，告诉他往哪里去、去找什么人。于是，他抱持着这样的信心，留下来了。

这九个月以来，我仔细观察他，怀疑时间在他身上的流转是否跟旁人不同，好像过得特别快、也特别紧凑。其他的僧侣得花好几个月甚或好几年才能学会的事情，他只要几个星期甚至几天就学会了；他对任何新奇不凡的事物，都充满了好奇心，更是观察自然的高手。有好几次，我看到他在花园里，赞叹蜘蛛网的对称整齐，或是欣赏在夜里盛开的花朵上的晶莹露珠；对他来说，昆虫、植物、动物似乎比书本和手稿更能启发他的心灵。可是就在我开始以为他对阅读没有兴趣之际，又看到他埋首在古老的典籍之中；然后，可能又有好几个星期完全不碰触书本或是研究任何东西。

我向他问及此事，他说人固然要满足理性和知识的需求，但是要小心谨慎，不要破坏了它。这也是他的**法则**之一。“理智和爱是用不同材料做成的，”他说。“理智让人绑在结上，不危及任何事情；爱可以化解所有的结，却危及所有的事情。理智始终都是小心翼翼地警告你：‘小心太多的狂喜。’但是爱就会告诉你：‘噢，没关系！就跳下去吧！’理智不会随便失效，但是爱却可以很轻易地失控、崩解；不过，宝藏也都藏在废墟之中。一颗破碎的心里总是藏着宝藏。”

跟他比较熟了之后，我开始仰慕他的大胆与聪敏；不过我觉得夏慕士的过人聪颖与特立独行，也有不好的地方。比方说，他说话坦率直接，甚至到了粗鲁无礼的地步。我总是跟我的僧侣说不要看别人的缺点，即使看到了，也要心存宽容，不要说出来；但是夏慕士绝对不会默默地放过任何错误。只要看到有错，他一定会立刻指出来，而且绝不拐弯抹角。他的坦率得罪了很多人，但是他喜欢激怒别人，然后看看对方在盛怒之下会有什么样的反应。

强迫他从事平凡的工作很难，因为他对这样的工作没有耐性，而且不管做什么事情，一旦学到了诀窍，他就没有兴趣再继续做下去。至于日常的例行工作，他就更受不了了，迫切地想要摆脱，就像是困在笼子里的老虎一样。如果他觉得谈话内容很无聊或是有人说了什么傻话，就会立刻起身离开，绝不浪费时间打诨插科。大多数人重视的价值，如安全、舒适和快乐，在他眼中都不屑一顾。而他对语言的极度不信任，经常让他好几天都没说一句话。这也是他的**法则**之一：世界上大部分的问题都来自语言的谬误或是简单的误解。语言不能只照字面意思诠释。一旦你踏进了爱的领域，我们所知道的语言就已经落伍了。无法形诸文字的事情，只能通过沉默来掌握。

久而久之，我开始担心他的健康；因为在内心深处，我觉得一个热情燃烧的人很容易让自己陷入险境。

归根究底，我们的命运都掌控在真主的手上；只有他能告诉我们每一个人在什么时候以什么方式离开这个世界。至于我呢，我决定尽可能地让夏慕士放慢脚步，尽我一切的力量让他习惯一种比较宁静的生活方式。有一阵子，我真的以为自己可能做到了；但是后来冬天来了，伴随冬天而来的，是来自远方的一封信，它捎来了消息。

那封信改变了一切。

书 信

1243年2月，自开塞利寄至巴格达

奉至仁至慈的真主之名

亲爱的巴巴·札曼兄弟，

愿平安与真主的赐福与你同在。

我们已经好久没见面了，希望你平安。我听说你在巴格达郊区盖了一座修院，教导僧侣学习真主的智慧与爱，广受好评。我私下写信给你，是为了跟你说一件我想了很久的事情，请容我从头说起。

如你所知，已逝的苏丹王阿拉丁·凯伊·库巴德是一位不凡的人物，在艰困的时代展现了杰出的领导能力。他一直梦想着要打造一座城市，让诗人、艺术家、哲学家可以和平共处；很多人说那是不可能实现的梦想，因为这个世界充满了混乱与仇恨，再加上十字军与蒙古军从东西两侧夹击。这是我们亲眼看见的：基督徒杀基督徒，穆斯林杀基督徒，穆斯林也杀穆斯林；不同的宗教、教派，甚至连兄弟手足都彼此交战。可是凯伊·库巴德是个意志坚定的领袖，他选择了孔亚——根据《圣经》记载，孔亚是大洪水过后第一个浮现出来的地方——作为实现他远大梦想的地方。

现在，在孔亚住了一位你可能听说过、也可能没听说过的学者。他的名字叫作贾拉尔·阿德丁·鲁米，通常大家都叫他莫拉维。我有幸见到他，而且不只如此，我还有幸跟他一起研读学习：先是担任他的老师；然后在他父亲亡故之后，成为了他的精神导师；又过了很多年后，变成了他的学生。是的，我的朋友，我成了我学生的学生。他是如此的聪慧明断，因此到后来我已经没有任何东西可以教他，反倒是受教于他。他父亲也是一名睿智的学者。不过鲁米有一种只有在极少数学者身上才能看到的特质：一种追根究底的能力，可以从宗教的粗糠中挖掘出放诸四海、亘古不变的宝石。

我要告诉你，这不只是我个人的看法。鲁米年轻时见过伟大的神秘主义教派圣哲、药剂师与香料调配师——法里德丁·阿塔尔。当时阿塔尔如此形容鲁米："这孩子会在爱的心中开启一扇门，在所有神秘主义教派的爱主之人心中投入一团烈焰。"同样的，有一天，卓越的哲学家、作家和神秘主义教派大师伊本·阿拉比看到年轻的鲁米走在他父亲的背后时，忍不住赞叹："愿荣耀归于真主。海洋走在湖泊的后面！”

年纪轻轻的鲁米在二十四岁时就成了精神领袖；如今，十三年过去了，孔亚的居民都景仰他，视他为典范。每个星期五，来自各地的信徒涌进城里听他讲道。他在法律、哲学、神学、天文、历史、化学和代数等方面都有杰出的表现；据说他已经拥有一万名信徒，他们对他说的每一句话都言听计从，认为他是伟大的启蒙师，会产生正面的重大影响，即使不是改写全世界的历史，至少也会让伊斯兰的历史为之改观。

可是对我来说，鲁米始终都像是我的儿子。我答应过他死去的父亲，会永远关照他；可是现在我老了，时日不多，因此我想要确定他能找到合适的伴侣。

你瞧，尽管鲁米已经毫无疑问地拥有非凡的成就，但是他自己曾经多次跟我透露，说他觉得内在并不满足，说他生命里还少了一点什么东西——一个他的家人与信徒都无法填补的空缺。我曾经对他说，虽然他绝对不是涉世未深，但是也尚未纯熟；尽管他的杯子已经满到了杯缘，但是他仍然需要开启灵魂之门，让爱的泉源可以自由地流进流出。他问我该怎么做，我跟他说他需要一位伴侣，一位在求道路上的朋友；我也提醒他《古兰经》上的一句话：“信徒是彼此的明镜。”

若不是他又再次提及这个话题，我可能早就把此事忘得一干二净了。但在我离开孔亚的那一天，鲁米来找我，说他最近一再做同样的梦，让他深感困扰，所以想问问我的看法。他说，在梦里，他到了一个遥远的国度，在一座喧闹的大城市里找人；他看到阿拉伯文写成的文字，看到怡人的夕阳，还有桑树与裹在密茧里的蚕，耐心地等候他们羽化成蛾的时机到来。然后他看到自己来到家里的庭院，手里提着灯笼，坐在井边哭泣。

起初，我完全不知道这些梦境片段代表什么含义，一切都是那么的陌生。可是有一天，我收到一份丝巾的礼物，突然想到了答案，谜团也迎刃而解。我想起了你很喜欢丝绸与蚕，也想起你的道团①以及我所耳闻的种种事迹，于是我明白了：鲁米在梦里看到的地方不是别处，正是你的僧侣修院。总之，我的兄弟，我不由得想到，鲁米的伴侣会不会就住在你的屋檐下呢？所以我才写了这封信。

我不知道你的修院里是否住了这样的一个人。如果有的话，就由你来决定是否要告诉他这个在等着他的命运。如果你我二人可以扮演一个微不足道的角色，协助两条河川汇流，合而为一，流入圣爱之海；如果我们可以协助两位真主的好友相会，那也算是功德一件了。

① 道团是苏非教派（尤其是神秘主义信徒）以追求极致真理为目标，为了进行灵修活动所组成的教团，通常有一名精神导师做为向导。

然而，有一件事情你也必须好好考虑清楚。鲁米的影响力可能很大，也受到很多人的崇拜与敬仰，但是这并不表示没有人对他有所微词。确实有人批评他。而且，像这样的汇流可能会激发更多的不满与对立，甚至导致我们难以想象敌意与怨怼；他若是太喜欢他的伴侣，也可能在他家人与人际关系核心圈内的人之间产生问题。一个受到众人景仰的人若是公开的爱上另外一个人，那么注定会引起其他人的妒嫉，甚至仇恨。

这一切都可能让鲁米的伴侣陷入难以预期的危险。换言之，我的朋友，你送到孔亚来的人，可能永远都回不去；因此，在你决定要如何向鲁米的伴侣披露这封信之前，我请你要三思。

很抱歉让你陷入如此艰困的处境，但是我们都知道，真主不会给我们超出负荷能力的重担。我希望听到你的回音，也相信不管结果如何，你都会有正确的抉择，朝着正确的方向迈进。

愿信仰的光永照于你和你的僧侣，

席伊德·布拉内丁

夏慕士

1243 年 12 月 18 日，巴格达

在垂悬冰柱与雪封道路之外，有名信差从远处走来；他说，他来自开塞利。此事在僧侣之间引起了一阵骚动，因为大家都知道：在这个时节有客人来访比吃到甜美的夏日葡萄还要难得。信差身怀紧急信息穿越暴风雪而来，只有两种可能：要不是发生了什么可怕的事，就是有什么重要的事情即将发生。

信差的到来在僧侣修院里引起纷纷议论，大家都很好奇，不知道交给师父的那封信写了什么；他仿佛披上了神秘的斗篷，丝毫没有透露。好几天来，他不动声色，不时地陷入沉思，充满了戒心，脸上偶尔露出那种天人交战的表情，好像很难下定决心的样子。

在这段期间，我用心观察巴巴·札曼，倒不全然只是出于好奇，而是因为在我内心深处隐约觉得那封信与我个人有关，只不过我一时也说不上来有什么样的关系。有好几个晚

上，我在祷告室里祈祷，复诵真主的九十九个尊名，祈求真主指引；结果每一次都有同样的名字跳出来：“大能的主”。在他的统治之下，除了他愿意发生的事情之外，其他都不会发生。

在接下来的那几天，修院里的每个人都在猜测那封信里到底写了些什么，但是我却独自在花园里，观察大雪覆盖下的大自然。终于有一天，我们听到厨房里的铜铃不断地响，召集我们所有的人紧急聚会。等我走进僧侣中心的主屋，看到每一个人都在场，从见习修士到资深的苦行僧全都来了，众人围坐成一个大圆圈；修院师父坐在圆圈的正中央，紧抿着嘴唇，双眼朦胧。

他清清嗓子，然后说：“*奉真主之名*。你们一定在想，今天为什么召集大家开会。正是因为我最近收到的那封信。姑且不管信是谁寄来的，你们只要知道这封信让我知道了一件后果极为严重的事情就行了。”

巴巴·札曼暂停一下，目光瞟到窗外。他看起来好虚弱、瘦小、苍白，好像在这短短几天之内老了许多岁似的。可是当他再次开口说话时，声音里又意外地充满了坚定的决心。

“在离此地不远的一座城市，有一位博学的学者。他擅长文字表述，却不善于解释隐喻，因为他本身不是诗人。他受到数以千计的民众爱戴、尊崇与景仰，但是本身并不擅长爱人。因为某种远非你我所能理解的原因，我们这个修院里可能有一个人必须去见他一面，做他的伙伴。”

我的胸口一紧，缓慢地、非常缓慢地吐了一口气；不期然想起一条**法则**：寂寞与孤独是截然不同的两回事。你感到寂寞时，很容易欺骗自己，误信自己走在正确的道路上。孤独对我们则比较好，因为这代表你一个人独处却不感到寂寞。不过终究还是找到一个人可以做你的镜子最好。要记住：唯有在另外一个人的心里，你才能真的看见自己以及与真主同在。

师父接着说：“因此我想问你们，是否有人自愿走一趟心灵之旅？我当然可以指派一个人去，但此行任务不能靠责任心来完成，只能凭借爱的力量，以爱为名来完成。”

一名年轻僧侣征得同意后发言。“师父，请问这位学者是谁？”

“我只能对自愿去的人透露他的姓名。”

听到此话，好几名僧侣都举起手来，不耐烦地蠢蠢欲动。总共有九个人举手，我也加入其中，成为第十位候选人。巴巴·札曼挥挥手，叫我们等他说完。“在你们决定之前，还有一些事情应该要先知道。”

然后，师父跟我们说了这趟旅程会有极大的危险与前所未见的艰难，而且不保证一定能回来；所有的手立刻放下，只剩我仍然高举着手。

巴巴·札曼看着我，这是他好久以来第一次直视我的眼睛；当我们四目交会时，我立刻知道他打一开始就已经知道我会是唯一的自愿者。

“大不里士的夏慕士，” 师父慢慢地、严厉地说，仿佛我的名字在他嘴里留下浓厚的味道。“我尊重你的决心，但是你不完全属于这个教团；你是我们的客人。”

“我不觉得这有什么问题，” 我说。

师父沉默思索了好久，然后出人意料地站起来，说：“我们先谈到这里吧。等春天来了之后再说。”

我心里不服气。巴巴·札曼明明知道这个使命是我到巴格达来的唯一理由，但是他却剥夺我完成天命的机会。

“为什么，师父？我此刻就已经准备好可以启程，为什么还要再等呢？只要告诉我那个城市和学者的名字，我立刻就出发！” 我大喊道。

可是师父的回应冷漠而严厉，我从未听过他用那样的声音说话：“没什么好讨论的。会议结束！”

❖ ❖ ❖

那个冬天漫长而酷寒。花园冻僵了，我的嘴唇也是一样。接下的整整三个月，我没有跟任何人交谈；每天都花很长的时间在乡间散步，希望看到枝桠冒出花朵。可是风雪过后，仍然是更多的风雪，地平线上看不到春天的踪影。尽管我外表看来心情低落，但是内在仍然心存感激、抱持希望，谨记着另外一条此刻最能符合我心境的**法则**：不管生命中发生了什么事，也不管这些事情看起来有多么麻烦，千万不要走近绝望的疆界；即使所有的门窗紧闭，真主也会只替你一个人另辟蹊径。要心存感谢！一切顺遂时，心存感谢很容易；但是苏菲教徒不只要为他获得的事物心存感激，也要为他得不到的事物心存感激。

终于，到了某日清晨，我看到了一抹耀眼的色彩，从层层积雪中冒出头来，就像一首甜美的歌声一样赏心悦目；那是一丛胡枝子，上面盖满了薰衣草。我心中充满了喜悦，回到修院时，碰到那名红发的见习生，于是欢天喜地地跟他打招呼；他向来习惯看到我绷着一张脸，此刻诧异得下巴都快要掉下来。

“微笑吧，孩子!”我喊道。“你没看到春天已经来了吗?”

从那天开始，大地的风貌以惊人的速度改变；最后的积雪融解，树枝冒出新芽，麻雀与鹪鹩也回来了，不久，空气中就充满了淡淡的辛香味。

有天早上，我们又听到铜铃声响起；这一次，我是第一个赶到主屋的人。我们也再一次围坐成一个大圆圈，把师父围在圆圈的正中央，听他讲到这位了解世间万物唯独不懂爱的知名伊斯兰学者。还是一样没有人自愿要去。

“看来夏慕士还是唯一一位自愿者，”巴巴·札曼宣布；他的音量提高，然后像风声一样慢慢地减弱。“但是我要等到秋天再做决定。”

我大吃一惊，不敢相信会有这种事情。经过了三个月漫长的延宕之后，我已经准备好可以出发了，但是师父又跟我说我的旅程还要再拖延六个月。我的心一沉，大声抗议埋怨，乞求师父告诉我那个城市与学者的名字，但是他还是再一次拒绝了。

不过这一次，我知道等待会变得容易得多，因为不可能再拖延下去了。我既已从冬尽等到春来，当然可以再从春日等到秋月。巴巴·札曼的拒绝非但没有让我灰心，反倒更砥砺了我，加强了我的决心。另外一条**法则**说：耐性不只是被动的忍耐，而是要有足够的远见相信这个过程的最终结果。耐性代表什么呢？代表看到花刺就想到玫瑰，看到黑夜就想到曙光；而没有耐性就代表着太短视而无法看到最后的结果。爱真主的人绝对不能没有耐性，因为他们知道：从弦月变成满月也需要时间。

等到了秋天，铜铃又再度响起。我不疾不徐、充满自信地走进主屋，相信事情终究会尘埃落定。师父看起来比以前更苍白、更虚弱，仿佛他身上的能量已经荡然无存。然而，当他看到我又再次举起手来，他既没有转移目光，也没有转移话题，反而坚定地对着我点点头。

“好吧，夏慕士，毫无疑问的，你就是那个应该启程展开这趟旅途的人。明天一早，你就出发吧。但凭真主之意！”

我亲吻了师父的手。终于，我要去见我的伴侣了。

巴巴·札曼亲切而若有所思地对着我微微一笑，就像父亲将唯一的儿子送上战场前的微笑一样，然后从浅褐色的长袍里掏出一封密封的信送给我，之后就默默地离开了；其他人也尾随他而离去，只留下我一个人在房里。我拆开封蜡，信封内有两张以优雅笔迹写成的字条，分别是那座城市和那位学者的名字。显然我要去孔亚找一位叫作鲁米的人。

我的心突地一跳。我从未听说过他的名字；他很可能是很知名的学者，但是对我来说，却完全是个谜。我一个字母、一个字母地拼出他的名字：清晰而有力的R，如丝绒般柔顺光滑的U，自信勇敢的M，还有神秘而有待解答的I。

我把四个字母凑起来，一再地复诵着他的名字，直到这个字像甜甜的糖果一样在我的舌尖融解，变得跟“水”“面包”“牛奶”一样的熟悉。

艾　拉

2008 年 5 月 22 日，北安普顿

艾拉躺在白色的被窝里，咽了一口口水，经过刺痛的喉咙，她觉得浑身倦惫；连续几个晚上熬夜，又喝了超过她平常限量的酒，终于出现了后遗症。不过她依然下楼准备早餐，跟双胞胎和丈夫一起坐在餐桌上，尽力维持兴致盎然的表情，听着他们喋喋不休地谈论着学校里最酷的车子，其实心里最想做的，是回到床上睡回笼觉。

突然间，欧莉转头问她母亲说："艾维说我们的姐姐不会回家了，妈，这是真的吗?"她的声音充满了质疑。

"当然不是真的。你们知道，姐姐跟我吵了一架，可是我们还是深爱着彼此啊，"艾拉说。

"你真的打电话给史考特叫他甩掉珍妮特吗?"艾维笑着问，显然对这个话题很乐在其中。

艾拉瞪大眼睛，瞄了她丈夫一眼，但是大卫眉毛一扬，两手一摊，表示他没有跟他们说这些事情。

身经百战的艾拉轻而易举地用那种命令小孩时的权威语调说：“这不算是真的。我确实跟史考特讲过话，可是我并没有叫他甩掉珍妮特。我只是劝他不要那么急着结婚。”

“我永远都不要结婚，”欧莉言之凿凿地说。

“是喔，说得好像有什么人会想要娶你当老婆似的！”艾维突然说道。

艾拉听着双胞胎彼此斗嘴，连她也不知道什么原因，竟然觉得嘴角浮现了一丝紧张的笑容，她得刻意压制笑意，但是在她送他们出门，祝他们一天愉快时，那抹笑容始终停留在那里，就像印刻在她的皮肤上似的。

直到她回到餐桌旁，看到一桌子的杯盘狼藉，这才让自己微愠起来，也才摆脱掉嘴角的那一抹笑意。厨房像是遭到老鼠大军侵袭：吃了一半的炒蛋、碗里没吃完的谷片，还有堆积在流理台上的脏杯子。小精灵在地板上走来走去，急着想出门散步，但是尽管艾拉喝了两杯咖啡提神，也喝了综合维他命饮料，最后却只能带它到院子里走个几分钟算是交差了事。

❖ ❖ ❖

从院子里回来之后，艾拉看到答录机上的红灯闪烁；她按下播放键，听到珍妮特悦耳的声音流泻在屋子里，让她开心不已。

“妈，你在家吗？……呃，我想不在吧，否则你一定会接电话。”她笑了一下。“好吧，我原本很生你的气，也不想再看到你的脸，可是现在我冷静下来了。我是说，你做错事了，这一点千真万确。你不应该打电话给史考特，但是我能理解你为什么会那样做。我跟你说，你不需要一直保护我，我再也不是那个需要待在保温箱里的早产儿了。不要再过度保护我了！就让我做我自己，好吗？”

艾拉的眼里盈满了泪水，脑海中闪过珍妮特刚出生的样子：她的皮肤好红、好黯淡；小小的指头皱巴巴的，几乎呈现透明状；她的肺连接着呼吸管——她还没有准备好要到这个世界上，就已经呱呱坠地了。有许许多多的夜晚，艾拉彻夜无眠，就只是一直听着她的呼吸声，确定她还活着，也会勇敢地活下去。

“妈，还有一件事情，”珍妮特又加了一句，好像是后来才想到的事情。“我爱你。”

听到这里，艾拉深深地吐了一口气，脑子里立刻想到阿济兹·萨哈拉的电子邮件。许愿树应许了他的愿望，至少是第一部分的愿望。珍妮特打了电话来，实践了她该做的部分；现在轮到艾拉了。她打了女儿的手机，当时她正在往学校图书馆的路上。

“亲爱的，我听到你的留言了。我跟你说，真的很抱歉。我要跟你道歉。”

短暂的停顿，简短而有力。“没关系啦，妈。”

“不，有关系。我应该要尊重你的感觉。”

“过去了就不要再提了，好吗?”珍妮特说，好像她才是妈妈，而艾拉则是她任性反叛的女儿。

“好的，亲爱的。”

然后珍妮特放低音量，变成私密的喃喃自语，好像害怕她即将要问的问题。“你那天说的话让我有些担心。我是说，是真的吗？你真的不快乐吗?”

“当然不是，”艾拉答道，回答得有些太快了点。“我有三个漂亮的孩子——怎么可能不快乐呢?”

可是珍妮特听起来似乎不相信。“我是说你跟爸爸之间的事。”

除了实话实说之外，艾拉也不知道该说些什么。“你父亲跟我都结婚那么久了，经过这么多年，还要维持相爱并不容易。”

“我理解，”珍妮特说。说来也奇怪，艾拉有种感觉，好像她真的能够理解。

挂了电话之后，艾拉让自己想一想爱这回事。她缩起双腿，蜷坐在摇椅上，心想：像她这样伤痕累累又愤世嫉俗，要如何才能再次感受到爱呢？爱是留给那些还在这个疯狂旋转的世界上寻找一些节奏与理由的人；但是对那些早就放弃追求的人，该怎么办呢?

在一天结束之前，她回信给阿济兹。

亲爱的阿济兹（请容许我这样称呼你）：

谢谢你体贴亲切的回信，助我度过家庭危机。我跟女儿终于将可怕的误解——诚如你在信中客气的说法——抛到脑后了。

你说对了一件事：我始终都在积极与消极这两个对立的极端之间踌躇、摆荡；要不是过度介入了我所爱之人的生活，就是觉得在他们的行动面前感到很无力。

至于你所说的顺其自然，你在信中跟我提到的那种和平的屈服，我从未经历过。老实说，我不觉得自己是作苏菲教徒的料，可是我可以跟你说：我跟珍妮特之间的事情，竟然就在我不再积极去思考和介入之后迎刃而解，真是太令人讶异了！我应该要好好地跟你道谢，也要为你祷告，只不过我已经很久很久都没有去敲上帝的门了，甚至不确定他是否还住在原来的地方。噢噢，我是不是很像你小说中那位客栈老板呢？别担心，我还没有变得那么尖锐，还没有，真的。

你在北安普顿的朋友，

艾拉

书　信

1243 年 9 月 29 日，自巴格达寄至开塞利

奉至仁至慈的真主之名

席伊德·布拉内丁兄弟，

祝你平安，愿真主的仁慈赐福与你同在。

很高兴收到你的来信，并得知你一如往昔地专心投注在爱的道路上；然而你的来信也让我陷入为难的困境。因为我一得知你在帮鲁米寻找伴侣，就已经知道你说的人选是谁，但是我不知道接下来该怎么做。

我跟你说，在我的修院里有一位云游僧，叫作大不里士的夏慕士，符合你在信中的描述。夏慕士相信他在这个世上有个特殊的使命，为此，他希望能够启发一位学识渊博的人。他向真主祈求的不是门徒，也不是学生，而是一位人生伴侣；他也曾经跟我说过，他在找寻的不是一般人，而是那些能够引导世界走向真理的人。

我一接到你的来信，当下就知道夏慕士注定要遇见

鲁米。话虽如此，为了让所有的僧侣都有同等的机会，我将他们聚集在一起，没有特别说明细节，只是告诉他们有位学者的心灵需要启发。虽然一开始也有几位候选人，但是他们听说这个任务的风险之后，纷纷放弃，唯有夏慕士坚持到底。那是去年冬天的事，然后在今年春天和秋天，同样的场景又重复一次。

你或许会质疑我何以拖得这么久，我也认真思考过，老实说，唯一的理由就是：我渐渐喜欢上夏慕士，送他走上危险的旅途，让我感到痛苦。

你知道，夏慕士不是一个简单的人物。如果他依旧过着云游四方的生活，还可以勉强适应；可是一旦他住到城里，跟城里的人混居在一起，恐怕会惹出一些麻烦。这也是我一直尽可能拖延行程的原因。

夏慕士出发前的那天傍晚，我们绕着我养蚕的桑树散步。积习难改呀！蚕丝跟爱很像，都纤弱娇贵得让人苦恼，却又坚韧强劲得令人讶异。我跟夏慕士说到蚕在破茧而出时，会破坏它们吐出来的蚕丝，因此农民必须在蚕与丝之间做抉择。通常他们会在蚕依然裹在茧里时就杀死它们，这样才能抽出完整的蚕丝。要做一条丝巾，必须牺牲好几百只蚕的性命。

夜幕渐垂，一阵冷风往我们这里拂来，我忍不住打了个寒战。年纪渐长之后，我很容易畏寒，但是我知道这一次不是因为年纪让我身体打战，而是因为我知道：这将是夏慕士最后一次站在我的花园里，我们以后再也不会见面了——至少不在这个人世间——他一定也意识到这一点，因为在他眼中有哀伤的神色。

在黎明破晓时，他来亲吻我的手，请我祝福他。我看到他剪掉了一头深色长发和满脸胡须，感到非常意外，但是他并未多做解释，我也没有追问。在他离去之前，他说他在这个故事中的角色就像那些蚕一样；他跟鲁米要躲进神恩圣爱的茧里，必须等到时机成熟，珍贵的蚕丝织成布绸之后，才会出来。可是到了那个时候，为了取丝，蚕终究必须一死。

于是他出发前往孔亚了。愿真主保佑他。我知道我做的事情是正确的，你也一样，但是我的心情却是沉重而伤悲，也已经开始怀念起这位在我修院里住过最不寻常，也最不受规矩羁绊的僧侣。

归根究底，我们都属于真主，最后也将回归真主身边。

愿真主之爱充满你心，

巴巴·札曼

见习修士

1243年9月29日，巴格达

出家为僧并不容易，每个人都曾经这样警告过我。但是他们忘了跟我说，在正式成为僧侣之前，必须经历如此严苛的考验。自从我到这里来之后，每天都工作到累得像狗一样；大多数时日，我辛苦劳累地工作了一整天，好不容易在睡榻躺下来，反而因为全身肌肉酸痛或是双脚肿胀得睡不着觉。我不知道是否有人注意到我遭受了虐待，不过就算有人看到了，也绝对没有表现出任何同理心；而且我越是努力，情况似乎就变得越糟。他们甚至不知道我的名字，总是叫我“那个新来的”，或是在我背后说我是“那个红发笨蛋”。

最惨的是在厨房里跟厨子一起工作，接受他的监督。那人的心是石头做的。其实他比较适合在蒙古军队里担任嗜血的指挥官，而不是在僧侣修院里煮饭；我不记得曾经听过他对任何人说过一句好话，也觉得他根本就不会笑。

有一次，我问一位前辈僧侣：是不是所有的见习修士都必须经过在厨房跟厨子一起工作的考验；他神秘兮兮地笑着答道："不是所有的见习生，只有某些见习生。"

为什么是我呢？为什么师父要我比其他见习修士受更多的苦呢？是因为我内心的自我比别人更顽固，所以必须接受更严格的规训才能受教吗？

每天我都是第一个起床的人，先到附近的溪里取水，然后热炉子，烤芝麻面包。准备早餐要喝的汤也是我的工作。要喂饱五十个人，可不是一件容易的事，所有的食材都得在一口跟澡盆一样大的锅里煮熟。而且你猜在饭后要由谁来刷洗清理这些锅炉餐具？从早到晚，我得拖地板、擦台面、扫楼梯、清庭院、劈柴火，每天花好几个钟头跪在地板上刷洗嘎吱作响的古老地板。我得制作果酱和调味料，还要腌胡萝卜和南瓜，而且一定得加入正确分量的盐，恰好可以让蛋浮起来；如果加得太多或太少，厨子就会像发神经似地把所有的瓶瓶罐罐全都砸碎，而我则得重做一次。

更过分的是，我在做每一项工作时，还得用阿拉伯语背诵祷告文；厨子要求我必须大声朗诵，这样他才会知道我有没有漏掉或是念错一个字。所以我每天都在祷告、工作，工作、祷告。"孩子啊，你越是能够忍耐在厨房工作的辛苦，就会越快地成熟，"折磨我的人这样说，"你在学习烹饪的同时，你的灵魂也在炖煮。"

"可是这样的考验要持续多久呢？"我有一次问他。

“一千零一天，”这是他一成不变的答案。“如果《天方夜谭》里的王妃可以在每天晚上想出一个新的故事，一讲就是那么久，你也一定可以忍耐那么久。”

真是疯了！我哪里有一丁点儿像那个高声说话的王妃了？再说，她也只是躺在丝绒靠垫上动动脚趾头，编造些幻想故事，用她想象出来的甜美葡萄和无花果喂饱那个残酷成性的国王而已，我又没看到她做什么苦工。若是换她来做我的工作，只要一半的工作就好了，保证她撑不过一个星期！我不知道有没有人在数日子，不过我肯定有：我还要再忍耐六百二十四天。

在我试炼的前四十天，都窝在一间又窄小又低矮的房间里，我既不能躺，也不能站，只能始终屈膝坐在地上。我得到的指令是：如果我渴望吃到好一点的食物或过得舒服一点，或是怕黑或害怕孤单，或是——但愿不要——幻想女人的胴体做起春梦来，我就得拉一拉悬在天花板的银铃，寻求精神上的协助；但是我从来没有。倒不是说我心里什么杂念都没有，而是如果你连动都不能动，就算有一点杂念，又有什么错呢？

隔绝独居的阶段结束之后，我就被送进厨房，在厨子的手下受苦受难；我也真的受尽了苦难！然而事实摆在眼前：尽管我对厨子充满了怨怼与不满，却从来不曾违犯他的规矩——直到大不里士的夏慕士抵达的那天晚上。那天晚上，厨子好不容易抓到了我，给了我一顿这辈子还不曾尝过的好打，他用柳枝拼命地抽打我的背，打断了一条又一条的柳枝；然后，他把我的鞋子放在门口，鞋尖朝外，摆明了要我走。在僧侣修院里，他们并不会真的把人踢走或是公开说你没能通过考验，而是让你自己默默地离开。

“我们不能违反你的意愿，不让你成为僧侣，”厨子宣称。“人可以牵驴子到水边，却不能强迫它喝水；必须要驴子自己想喝水，否则就没有其他办法。”

当然，他口中说的驴子就是我了！老实说，如果不是因为大不里士的夏慕士，我早就离开这个地方了。我对他的好奇让我一直留在此地；我从未见过像他这样的人：他不惧怕任何人，也不服从任何人，就连厨子也敬他三分。如果在这间修院里有什么人算是榜样的话，那一定是充满魅力、尊严与任性的夏慕士，绝对不会是寒酸的老师父。

我下定决心之后，去找巴巴·札曼，发现他坐在油灯旁，就着火光，在看一本旧书。

“有什么事吗，见习生？”他面露疲态地问，仿佛光是看见我就耗尽了他的精力。

我尽量直截了当地说：“师父，我知道大不里士的夏慕士马上就要离开这里，我想跟他一起走。也许他路上也需要有人作伴。”

“我不知道你这么关心他，”师父狐疑地说。“还是因为你只是想方设法地要逃避你在厨房的工作？你的考验还没结束呢，根本还称不上是僧侣。”

“或许跟着像夏慕士这样的人一起踏上旅程才是我的考验，”我知道此话甚为大胆，不过还是说了。

师父低下头来，陷入沉思。他沉默得越久，我就越相信他会痛斥我的傲慢无礼，然后叫厨子好生看管我；但是他并没有，反而怜悯地看着我，摇摇头。

“孩子呀，或许你不是一辈子住在修院里的料；毕竟，每七个走上这条路的见习修士，最后也只有一个人能够留下来。我的感觉是：你并不适合出家为僧，而是必须到其他地方去追寻你的命运。至于能不能陪伴夏慕士一起上路，这你得去问他才行。”

巴巴·札曼说完之后，就礼貌而坚决地点点头，示意我出去，不再讨论这个话题，然后继续看书。

我觉得难过而卑微，但是说也奇怪，同时有一种解放的感觉。

夏慕士

1243 年 9 月 30 日，巴格达

我骑着马，在黎明破晓时分，迎着风加速离去；其间只有一次回头张望，看到僧侣修院像是藏在桑树丛间的鸟巢一样。有好一会儿，我脑子里不断地闪过巴巴・札曼那张疲惫的脸庞；我知道他担心我的安危，但是却不知道真正的理由是什么。我出发展开内心的寻爱旅程，这会带来什么伤害呢？这是我的第十条**法则**：东西南北，都没有差别。不管你的目的地是哪儿，都务必让每一段旅程成为内在的心灵之旅；如果是一趟内在的旅程，你就可以走遍全世界，甚至世界以外的地方。

尽管知道眼前会有困难横亘，但是我并不担心。不管在孔亚等待我的命运是什么，我都会张开双臂迎接。身为苏菲僧侣，我受过训练：要接受带刺的玫瑰，接受生命中的艰困与美丽。因此又有了接下来的**法则**：接生婆都知道：没有痛苦，婴儿的路就不会开启，母亲就无法生产；同样的，新的自我若要重生，一定会经历困难。

正如陶土必须经过高温淬炼才会变得坚硬一样，唯有历经痛苦的爱才能臻至完美。

❖ ❖ ❖

在我离开修院的前一天晚上，我把房间的窗户全都打开，让漆黑暗夜里的声音、气息飘进屋内。然后，又在摇曳闪烁的烛光下，剪掉了一头长发，浓密的发束掉落地板；接着，又剃掉了长须与胡髭，还有眉毛。剪完之后，我看着镜子里的脸，变得明亮而年轻。一旦脸上没有毛发，就没有任何的名字、年纪与性别，也不再有过去或未来，永远都尘封在这一刻。

“你的旅程已经改变了你的面貌，”我去师父房间道别时，他说。“而你甚至还没出发呢。”

“是的，我知道，”我轻轻地说。“这也是**爱的四十条法则**的其中一条：对爱的追寻改变了我们。追寻爱的人当中，没有一个不会在路途中成熟。从你开始追寻爱的那一刻起，你的内在与外在都会开始改变。”

巴巴·札曼脸上露出淡淡的笑容，然后拿出一只丝绒盒子递给我；盒子里有三样东西：一面银镜，一条丝帕，一罐玻璃扁瓶装的药膏。

“这些东西会在旅途上助你一臂之力，有需要的时候就拿出来用。如果你丧失了自尊，镜子会照出你内在的美貌；如果你的名誉受创，手帕可以让你想起你的心是如何的纯净；至于药膏，则会愈合你的伤口——不论是内在或外在的创伤。”

我轻抚着每一件物品，合上盒盖，跟巴巴·札曼道谢，然后就没有说什么了。

清晨露出第一道曙光之际，枝头的露珠低垂，小鸟啁啾，我骑上马，出发往孔亚前进，我不知道接下来会发生什么事情，但是我相信全能的真主已经为我的命运做好了一切的安排。

见习修士

1243 年 9 月 30 日，巴格达

我骑着偷来的马，跟在大不里士的夏慕士后方；虽然我尽量在两人之间保持安全距离，但是不久就证明要跟踪他又不被他发现根本是不可能的事。于是当夏慕士在巴格达的一个市集停下来，准备梳洗休息，同时采买一些路上要用的东西时，我决定自动现身，扑倒在他的马匹前面。

“红发笨蛋，你躺在地上做什么?”夏慕士骑在马背上半是好笑、半是讶异地喊道。

我跪下来，双手抱拳，低着头——就像我看过的乞丐一样——恳求道:“我想要跟你走。拜托你让我跟你一起走。”

“你知不知道我要去哪里呀?”

我愣住了，因为我从未想过这个问题。“不知道，不过那也没关系。我想要做你的门徒，你是我的好榜样。”

“谢谢你！但是我向来独来独往，不需要门徒或是学生，而且我也绝对不是任何人的榜样，更不会是你的典范，”夏慕士说。“你去走你自己的路吧。不过日后你若是仍想找个师父，请谨记一条**金科玉律**：这个世界上有太多假的大师和虚妄的老师，数目比宇宙中肉眼可见的星星还要多！不要把权力欲望强烈又以自我为中心的人误认为是真正的导师。真正的精神导师不会刻意让你注意到他或她，也不会期望你无条件的服从或是全然的景仰尊崇，而是协助你学会领悟并欣赏你内在的自我。真正的导师就像玻璃一样透明，让真主的光芒透过他们照进来。”

“拜托你，给我一个机会，”我苦苦哀求道。“所有知名的行者都有人在路上协助他们，就像是学徒或什么的。”

夏慕士抓抓下颌，沉思着，仿佛承认我说的话不无几分道理。“你有足够的力量忍受与我为伴吗？”他问道。

我立刻跳起来，点头如捣蒜，说：“绝对有。而且我的力量来自内在的自我。”

“很好。那么，我给你的第一个任务就是：到最近的酒馆去为你自己买一壶酒，然后在这个市集上把酒喝完。”

到目前为止，我向来都只是用我的袍子洗刷地板，擦亮锅碗瓢盆，直到他们像是我所见过最精美的威尼斯琉璃一样闪闪发亮——那是出自一位君士坦丁堡的工匠之手，很久以前，因为十字军东征洗劫了城市，才逃到这里来；我可以一次剥切一百颗洋葱或是剁碎蒜瓣，全都是以启发内在与灵魂为名。可是在人潮熙来攘往的市集里大口喝酒，这完全超过了我的理解范围，只能惊恐地看着他。

“我做不到。如果我父亲知道了，他会打断我的腿。他把我送到僧侣修院，就是希望我可以变成更好的穆斯林，而不是异教徒。我如果公然喝酒，我的家人和朋友会怎么想呢?”

我感觉到夏慕士目光灼灼地直视着我，使得我在压力下忍不住打颤，就如同那天在门后偷窥他的情况一样。

“你瞧，你做不了我的门徒，”他肯定地说。“对我来说，你太怯懦了；你太在乎别人的看法了。但是你知道吗？正因为你迫切地想要赢得别人的认可，所以不管你多么努力，都永远无法摆脱他们的批评。”

我知道伴他云游的机会正在一点一滴地流逝，所以急着替自己的辩护。“我怎么知道你不是故意问这个问题呢？伊斯兰是绝对禁酒的，我想你是在考验我。”

“但那就是扮演真主了。我们并不能评断或衡量彼此的虔诚，那是真主的工作，”夏慕士答道。

我绝望地四面张望，不知道该如何解读他的话，脑子里像揉面团似的不停拍打。

夏慕士接着说：“你说你想要走上真理的道路，却又不愿意为此牺牲任何东西：金钱、名声、权力、富有或肉体的欢愉——一个人认为他生命中最重要的东西是什么，就应该第一个舍弃什么。”

夏慕士轻拍着他的马，用那种不需要多说什么的口吻下结论："我想你应该跟你的家人留在巴格达，找个殷实的商人，做他的学徒吧。我有一种感觉：你有一天会成为很好的商人，但是千万不要贪心！好啦，承蒙俯允，我得上路了！"

说完，他最后一次向我致意，一踢马腹，疾驰而去，在宛如雷鸣的马蹄声中，这个世界从他脚下走过。我也跳上马背，追着他往巴格达的市郊奔去，但是我们之间的距离越来越远，越来越远，直到他的身影变成远方的一个小黑点；即使在那个黑点从地平线的那端消失了良久之后，我都还觉得夏慕士的凝视沉沉地压在我的身上。

艾　拉

2008 年 5 月 24 日，北安普顿

早餐是一天当中最重要的一餐。艾拉对此说法深信不疑，因此每天早上——不管是工作日或周末都一样——她都照例要下厨准备早餐。她觉得，一顿丰盛的早餐可以为一整天定下基调；她也曾经在妇女杂志上看过一篇研究，说经常聚在一起好好吃早餐的家庭，比那些家庭成员个个半饿着肚子冲出家门的家庭，会更团结、更和谐。尽管她坚信这篇研究所言不虚，但是她始终未曾好好享受过杂志里所描述的那种早餐的愉悦。她的早餐经验就像是银河系的冲撞，因为家里的每一个人都按照不同的鼓声节奏前进；每一个人早餐想吃的东西也都不一样，这完全违背了艾拉心中那种一起吃早餐的想法。如果在同一张餐桌上，有人吃吐司面包夹果酱（珍妮特），有人嘎吱嘎吱地咀嚼加了蜂蜜的早餐谷片（艾维），有人耐心地等候炒蛋送上桌（大卫），还有第四个人什么都不吃（欧莉），这算哪门子的团结呢？话虽如此，早餐还是很重要。

所以每天早上她都准备早餐，坚决不让她的孩子一早就嚼食糖果或是什么其他的垃圾食物。

可是今天早上，艾拉走进厨房之后所做的第一件事，并不是煮咖啡、榨柳橙汁或烤面包，而是坐在厨房的餐桌旁边，打开笔记本电脑，连上网，看看有没有阿济兹的回信。结果真有，这让她喜出望外。

亲爱的艾拉，

听到你跟你女儿之间的关系改善了，我深感庆幸。至于我呢，我已在昨天的黎明破晓时分，离开了莫莫斯特南戈那个小村庄。说也奇怪，我只在这里待了几天而已，但是到了道别的时候，却觉得很难过，甚至有点哀伤。我会再见到这个危地马拉的小小村落吗？大概不会吧。

每次我离开一个我很喜欢的地方，就觉得好像有一部分的我也留在了那里。我猜，不论我们选择像马可波罗那样走遍全世界，或是从出生到老死都留在同样的地方，生命就像是一连串的生与死。有新的时刻出生，就有旧的时刻死亡；有新的经验出现，就有旧的经验凋萎。你说是吗？

在莫莫斯特南戈的时候，我打坐冥思，试图观想你的灵气；不久就看到三种颜色：温馨的黄，胆怯的橘，冷淡的金属紫。我觉得这些就是你的颜色，而且不管是分开来或是合在一起，它们都很美。

我在危地马拉的最后一站，是一个叫作贾胡尔的小城，那里有土砖砌成的房子，而且小朋友的眼睛里都流露出超乎他们年龄的智慧。在每一间屋子里，所有不同年纪的妇女都会编织挂毯。我请一位老婆婆为我挑一条挂毯，跟她说是要送给一位住在北安普顿的女士；她想了一下，从她背后的一堆毯子里抽出了一条。我对天发誓，那堆毯子里少说有五十条挂毯，有各种你能想到的颜色。可是她为你选的那一条，却只有三种颜色：黄、橘、紫。我想，或许你会想要知道这个巧合——如果在真主的宇宙中，真有巧合这回事的话。

你有没有想过：我们这样的交流是否也是巧合的结果呢？

祝好，

阿济兹

后记：如果你急着想要的话，我可以把你的挂毯邮寄给你；又或者我可以等到我们见面喝咖啡那一天，再亲手交给你。

艾拉闭上眼睛，想象着不同颜色的灵气围绕在她脸庞的样子。有趣的是，从她脑海中跳出来的影像，并不是长大后的自己，而是小时候的自己，大约只有七岁。

许多事情如潮水般涌上心头，那些她以为早就抛到脑后的记忆。她看到母亲腰际围着浅绿色的围裙，手上拿着量杯，站着不动，脸上像是戴了一幅惨白的痛苦面具；墙上挂着折纸做成的心，闪闪发亮；她父亲的身躯从天花板垂吊下来，仿佛他也想融入圣诞氛围，让家里多一些过节的喜庆气氛似的。她记得她的整个青春期都用来责难她的母亲，将父亲的自杀怪罪到母亲的头上。从小，艾拉就暗自发誓：等她结了婚，一定要尽力让她的丈夫幸福，不要像她母亲一样，在婚姻中一败涂地。为了尽全力让自己的婚姻不要步上母亲的后尘，她不嫁基督徒，而是选择跟自己信仰相同的伴侣。

一直到几年前，艾拉才不再痛恨她年迈的老母亲；不过，尽管她们最近的关系还不错，但是当她想起过往时，内心深处依然会有些不自在。

“妈……地球呼叫老妈！地球呼叫老妈！”

艾拉听到背后有一串咯咯的笑声，还有窃窃私语；转头一看，有四对眼睛正兴致盎然地盯着她看。难得有一天，欧莉、艾维、珍妮特和大卫竟然在同一个时间来吃早餐，并且此刻正并肩站着看她，好像她是什么外星怪物似的。从他们的表情看来，似乎他们已经在那里站了好一会儿，只是她都没有注意到。

“大家早啊。”艾拉微笑道。

“你怎么都没有听到我们的声音?”欧莉问，听起来好像真的很诧异。

“你似乎看着屏幕出神了，”大卫说，但是眼神并没有看她。

艾拉跟随着丈夫的视线，看到她面前打开的电脑屏幕上，阿济兹·萨哈拉的邮件正闪烁着黯淡的光芒。她不待关机，立刻伸手合上笔记本电脑。

“还有好多文学经纪公司的东西要看，”艾拉翻着眼睛说。“我正在写报告。”

“不是，你才不是呢!你在看邮件!”艾维认真地说，一副实事求是的样子。

这些青少年男孩是怎么回事啊?为什么总是这么迫切地想要侦查出每一个人的缺点和谎言呢?艾拉搞不懂。不过，还好，其他人似乎对这个话题不感兴趣，让她松了一口气。事实上，他们现在全都转头去看其他地方，专心地看着厨房的料理台。

后来是欧莉转过身，她看着艾拉，替所有的人发问:“妈，你今天早上怎么没有为我们准备早餐呢?”

艾拉这时候才转过头去，看到他们眼中所见的情景。壶里没有咖啡，炉子上没有炒蛋，也没有涂好蓝莓果酱的吐司面包。她一再地点头，仿佛附和她内心的声音，陈述一个无可否认的事实。没错，她心想，她怎么忘了准备早餐呢?

第二部

水

液态、变化、难测

鲁　米

1244 年 10 月 15 日，孔亚

明亮而丰润，美好的满月悬在半空中，像是一颗巨大的珍珠。我从床上起身，凝望着窗外沐浴在月色中的庭院。然而，即使是如此美景当前，仍然止不住我心头的震荡与双手的颤抖。

“阿凡提[①]，你的脸色好苍白。是不是又做了同样的梦？”我妻子低声说道。“要我为你倒杯水吗？”

我叫她不要担心，回去继续睡。反正她也无能为力。人的梦境就是我们命运的一部分，只能凭真主的本意，让它自然发生。再说，我想事出必有因，否则我不会连续四十天，每天晚上都做同样的梦。

每一次梦境的开头都有一些不同，又或许这始终都是同一个梦境，只是我每天晚上都从不同的门进去。这一次，我

① 阿凡提，是一种对学者或高阶官员尊称，在土耳其及中亚一带广泛使用，相当于中文的“先生”或“大师”。

看到自己坐在铺满地毯的房间里研读《古兰经》，那个房间感觉上很熟悉，却不是任何我曾经去过的地方；在我对面，坐着一名僧侣，瘦高挺拔，脸上蒙着面纱，手里拿着一座烛台，上面插了五根蜡烛，让我有足够的光线可以阅读。

过了一会儿，我才抬起头来，把我正在读的章节拿给那名僧侣看，直到这时，我才惊觉：原来我以为是烛台的东西，竟是他的右手。他一直向我伸出右手，每根手指头都在起火燃烧。

我惊慌失措地找水，但是眼前并没有水，于是我脱掉罩袍，朝着僧侣丢过去灭火，但是等我掀起罩袍一看，他又消失不见了，只留下一根燃烧中的蜡烛。

从这开始，后面的梦境总是一模一样。我开始在屋子到处找他，找遍了每一个角落和缝隙；然后，我跑进庭院里，院子里的玫瑰盛开，像是一片亮黄色的花海。我左右呼喊，但是到处都看不到那人的踪影。“回来吧，我的挚爱，你在哪里?”

最后，仿佛在不祥预感的引导之下，我走近水井，往下看着漆黑翻搅的井水。起初，我什么都看不见，但是过了一会儿，闪亮的月光照到我身上，院子里漾着一片罕见的光明。这时候，我才看到一对漆黑的眼睛从井底向上望着我，眼底有前所未见的悲哀。

“他们杀了他!”有人喊道。或许是我吧。或许我的声音在盛怒中听起来就是这样。

我一直尖叫、一直尖叫，直到妻子紧紧地抱着我，把我拉到她的胸前，轻轻地问："阿凡提，你是不是又做了同样的梦？"

❖ ❖ ❖

妻子绮拉回去睡觉之后，我一个人溜进院子。在那一瞬间，我仿佛感觉到自己仍在梦中，一切都如此的栩栩如生，又骇人心神。在静止的夜色里，看到那口水井，让我感到一股寒流从脊柱往上窜，可是却又忍不住坐到井边，聆听晚风轻轻拂过树林的声音。

在这样的时刻，我总是觉得一股悲哀的浪潮将我淹没，但是却始终不明白为什么。我的生活完善而美满，有幸获得我认为生命中最重要的三件事：知识、美德和帮助他人找到真主的能力。

现年三十八岁的我，从真主那里获得的东西已经远超我所能要求的；最初，我接受的训练是成为一名教士和法官，后来开始涉猎神知方面的学问，也就是给先知、圣人、学者的各种不同程度的知识。我在先父的启蒙引导下，受教于我们这个时代最好的老师，努力奋发深化我的认知，一心相信这是真主赋予我的责任。

我以前的老师席伊德·布拉内丁常跟我说，我是一个最受真主宠爱的人，因为我被赋予这个荣耀，将他的信息传递给他的子民，协助他们辨别是非。

多年来，我一直在伊斯兰学校授课，跟其他伊斯兰律法学者议论神学，指导门徒，研习法律与穆罕默德的《圣训》，每个星期五还要在城里最大的清真寺讲道。我早已数不清到底教过多少学生，而且每次听到有人赞扬我的布道技巧，说我的言词如何在他们最需要指导的时候彻底改变他们的生活等等，总是有一种受宠若惊的感觉。

我有幸拥有美满的家庭、良师益友，还有忠诚的门徒。我这一生中，从未经历过贫困与匮乏，不过失去我第一任妻子却让我悲痛欲绝；我以为这辈子不会再婚，但是我还是又娶了绮拉，也感谢她让我体验到爱与喜乐。我有两个儿子，他们都已长大成人，但是看到他们变成了两个迥然不同的人，这让我始终感到惊异不已；他们就像是两颗种子，虽然并排种在相同的土壤之中，又受到同样的阳光、水分滋润，但是却长成完全不一样的植物。我深以他们为荣，就如同我以我们的养女为荣一样，因为她有与众不同的天分。无论从哪一方面而言，我都是一个幸福满足的人。

可是，为什么我会觉得内心如此的空虚呢？而且随着日子一天天地过去，这样的空虚还越来越深、越来越广？它像是疾病一样啃噬我的灵魂，无论我走到哪里，它都像一只安静的老鼠一样如影随形，而且也跟老鼠一样的贪婪。

夏慕士

1244年10月17日，孔亚

在走进这座我从未到访过的城市之前，我先花了一分钟的时间，向城里的圣人致敬——不论是已经往生的或仍然在世的，也不论是众所皆知或是隐姓埋名的圣人。我这辈子无论走到哪里，每到一个新的地方，都会先向此地的圣人祈福；不管这个地方是属于穆斯林、基督徒或犹太教徒，都没有差别，因为我相信圣人超越这些世俗琐碎的名称之别。圣人是属于全人类的。

所以当我生平第一次远远地看到孔亚时，我就按照平常的习惯，做我每次都会做的事；但是接下来，却发生了很不寻常的情况。过去，当我向圣人祈福时，他们总是会有所回应，然后赐福与我；可是这一次，圣人却像破损的墓碑一样沉默；我再一次向他们致敬，更大声、也更肯定，以免他们没有听到我的声音。然而，四周仍然是一片寂静。我确定圣人已经听到我的祈福；他们只是不愿意赐福与我。

“跟我说说这是怎么回事?”我问风，请它将我的话传给远方的圣人。

过了一会儿之后，风带着答案回来。“噢，苦行僧哪！在这座城市里，你只会看到两个极端，纯粹的爱和纯粹的恨，中间就什么都没有。我们警告你：一旦进入此城，后果自负。”

“如果是这样的话，就毋需担心了，”我说。“只要能够遇见纯粹的爱，于我心已足矣。”

听到我这样说，孔亚的圣人就赐福我。可是我还不想进城，只是坐在一棵橡树底下，一边让我的马啃食附近稀疏的草，一边远眺这座隐约浮现在地平线上的城市。孔亚的清真寺塔尖在阳光下熠熠发光，像是玻璃碎片；我不时听到狗吠驴鸣、孩童嬉闹、小贩高声叫卖——都是一座生命蓬勃的城市里再寻常不过的声音。我心想：此刻在紧闭的门户与栅栏格窗后方，有什么样的欢喜与悲伤正在发生呢？习惯了云游四方的我，想到要在城市里落脚，突然有些胆怯不安，于是我想起了另外一条**基本法则**：别试图去抗拒发生在你身上的改变，就让人生从你身上走过；别担心你的生活会变得天翻地覆。你怎么知道你习惯的那个方向一定比即将到来的改变要好呢？

一个友善的声音将我从沉思幻想中拉了出来：“色兰，祝你平安，苦行僧。”

我转身看到一名肤色黝黑、身材健壮、留着长胡须的农民；他坐在牛车上，但是拉车的老牛看起来好瘦弱，那可怜的东西仿佛随时都会倒下，咽下最后一口气似的。

“色兰，也祝你平安，愿真主保佑！”我喊道。

“你为什么一个人坐在这里？如果骑马骑得累了，我可以载你一程。”

我微微一笑。“谢啦。不过我想，我走得可能都比你的牛要快。”

“你可别瞧不起我的牛，”那农民听起来好像不太高兴。“它虽然老弱不堪，但它仍然是我最好的朋友。”

一句话惊醒梦中人，我羞愧难当，立刻站起来，向农民鞠躬致歉。我不过是真主创造的广大生物圈里一个微不足道的小角色，怎么能轻视这个圈子里的其他分子呢？不管动物或人都是一样！

“我向你和你的牛道歉，”我说。“请原谅我！”

那农民的脸上闪过一丝难以置信的表情，在原地站了好一会儿，完全不动声色，评估我是不是在取笑他。“从来没有人这样做过，”他再次开口时说，脸上绽开一个温暖的笑容。

“你是说向你的牛道歉？”

“呃，那也是啦。不过我想的是：从来没有人向我道歉过。通常都是反过来的，是我一直跟别人道歉；即使是别人对不起我，我也向他们道歉。”

我一听，心里深受感动。“《古兰经》跟我们说，我们每一个人都是用最好的模子做出来的，那也是**法则**之一，”我低声说。

“什么法则?”

“真主忙着完成塑造你这件作品，包括内在与外在。他完全专注地塑造你。每一个人都是一件未完成的作品，迟缓而无情地臻至完美。我们都是未完成的艺术品，等着被人完成，也努力地完成自我。真主个别地塑造我们每一个人，因为创造人是一门艺术，需要特别的技能与风格；对整幅画来说，每一个点都同样重要。”

“你也是来听讲道的吗?”农民又恢复了兴趣，问道。“看起来人会很多哟。他是一个了不起的人。”

我的心怦然一跳，因为我知道他说的是谁。“你跟我说说看，这个鲁米的讲道有什么特别的?”

农民默不作声，眯着眼睛，望着无垠的地平线良久，思绪似乎飘走了，仿佛无处不在，却又无处可寻。

然后他开口道：“我来自一个生活困苦的村落，先是饥荒，然后是蒙古军；他们一路上烧杀劫掠了每一个村庄，在城里的所作所为更残忍。他们攻占了埃尔祖鲁姆、锡瓦斯、开塞利，屠杀了全城的男人，然后把女人都劫走。我虽然没有失去任何一位心爱的人或是我的房子；但是我确实也失去了一些东西：我丧失了我的喜悦。”

“那跟鲁米有什么关系呢?”我问。

农民的目光又回到他的老牛身上，用那种单调而缺乏抑扬顿挫的语气说：“每一个人都说，只要去听鲁米讲道，就会治好你的悲伤。”

我个人并不觉得悲伤有什么不好，其实恰恰相反——虚伪让人开心，真相才令人悲伤。但我没有向那位农民说这些想法，只是说：“这样吧，不如我跟你一起到孔亚，然后你可以在路上跟我多说一些鲁米的事，好吗?”

我将马缰系在牛车上，然后爬上牛车，坐在农民的旁边；还好，老牛并不在乎车上多了一个人的重量，我觉得心里很高兴。反正，不论如何，它都还是用同样缓慢得令人难以忍受的速度前进。农民拿了面包和羊乳起司跟我分享，我们一路吃、一路聊；就这样顶着湛蓝天空上的大太阳，在这座城市圣人们注视的目光之下，我进入了孔亚城。

“多多保重了，我的朋友，”我跳下牛车，解开马缰时说。

“你一定要来听讲道噢!”农民充满期待地说。

我点点头，挥手告别。“*但凭真主之意*。”

尽管我很想去听讲道，更想跟鲁米见面，但是我决定先在城里住一段时间，听听城里的人对这位伟大的教士有什么看法；我想先透过陌生人的眼睛来认识他——不论这些陌生人是善是恶，也不管他们有没有爱心——然后再用自己的眼睛去看他。

乞丐哈桑

1244 年 10 月 17 日，孔亚

说来你不会相信，他们都说活在世界上这个炼狱是“神圣的苦难”！我是一个生活在地狱边缘的麻风病人，不但活人不喜欢我，连死人都不愿与我为伍。走在街上，母亲会指着我吓唬她们不听话的孩子；而孩子们则拿石头丢我。工匠看到我，会立刻将我驱离他们的店门口，像是要赶走跟在我背后如影随形的厄运一样；孕妇看到我，会立刻转移视线，担心她们会生下有缺陷的婴儿。可是这些人似乎都不知道：不管他们有多么想要避开我，其实我更想要避开他们，还有他们同情怜悯的眼神。

最早发生变化的是皮肤，开始增厚、变黑；肩膀、膝盖、手臂和脸上，开始出现一块块不同大小的斑点，像是臭鸡蛋的颜色。在这个阶段，会有很多刺痛、灼热的感觉，可是不知道为什么，这些痛楚会慢慢消失，又或者是麻木了吧。接着，这些变色的区块会开始变大肿胀，变成像花苞一样的大小，手指蜷曲成爪，脸部也开始变形，难以辨识。现在我已经接近最后阶段了；我的眼皮再也不能合起来，泪水与口水都无法控制地四处乱流；十根手指头里有六根的指甲已经剥落，另外一根的也摇摇欲坠；奇怪的是，我竟然还有头发，我猜这应该算是幸运的吧。

听说在欧洲，他们将麻风病人隔绝在城墙之外；不过在这里，只要我们在身上挂好铃铛，警告其他人有我们的存在，他们就允许我们住在城内。他们也允许我们乞讨，这也是一件好事，否则我们可能早就饿死了。要活下去，只有两条路可以走，乞讨就是其一，另外一个则是祈祷；倒不是因为真主特别关照麻风病人，而是因为大家不知道基于什么奇怪的理由，竟然一致认为他会特别照顾我们，因此城里的人尽管鄙视我们，对我们倒还算敬重就是了。人们会请我们去为病人、瘸子和老人家祷告祈福，给的酬劳和提供的饭菜都还不错，只希望从我们嘴里多挤出一些祷告词。在街上，麻风病人获得的待遇或许连狗都不如，但是在死亡与绝望逼近的地方，我们却像苏丹王一样。

每次有人请我去祷告时，我总是低着头，嘴里用阿拉伯文念着一些难以辨识的声音，假装全心全意地在祈祷；其实我也只能假装而已，因为我认为真主不会听到我的声音，我没有理由相信他会听到。

尽管乞讨的收入较低，但是我觉得乞讨比祈祷要容易得多，至少我没有欺骗任何人。星期五是每个礼拜之中最容易乞讨的日子，当然我说的是在斋戒月之外的时间；到了斋戒月，一整个月都收入丰厚。尤其是斋戒月的最后一天，更是赚钱的大好时机。到了这一天，连最锱铢必较的小气鬼也会竞相施舍，迫不及待地想要赎罪——不管是过去或现在的罪愆。每年也只有这一天，大家不会看到乞丐就避之唯恐不及，反而到处去找乞丐，而且看起来越悲惨的乞丐越好。在那一天，他们是如此迫切地需要表现出他们的慷慨与慈悲，因此他们不只是竞相施舍，甚至可以称得上是爱我们了。

今天是星期五，获利应该也不错，尤其是鲁米要讲道。清真寺里已经挤满了人，在里面找不到位子的人，则在外面的庭院排队；今天下午正是乞丐与扒手出没的最佳良机，所以他们都跟我一样，混进了人潮之中。

我在清真寺入口的对面，背靠着一株枫树坐了下来。空气中有一种雨后潮湿的气味，夹杂着远方果园传来淡淡的甜香。我将行乞的碗放在面前；我跟其他的许多同行不同，不需要公然向人要钱。因为麻风病人毋需呼天抢地、苦苦哀求，捏造一些故事说生活有多凄惨，健康有多败坏；只要人家往我们的脸上瞧一眼，那效果远胜过千言万语。所以我只是露出我的脸，坐在那里不动。

一个钟头过去了，有几枚硬币被丢进我的碗里，全都是缺角的铜币；我好希望能看到一枚金币，上面有太阳、狮子和新月的符号。自从先王阿拉丁·凯伊·库巴德放宽了货币管制之后，阿勒颇总督、埃及法蒂玛王朝国王和巴格达国王发行的硬币全都可以合法流通，更别说意大利的弗洛林金币了。这些不同的货币，孔亚的统治者全都收，孔亚城内的乞丐也是一样。

有片枯叶也随着硬币掉落在我的腿上。枫树上金红色的树叶正在脱落，一阵风吹来，有好些落叶就掉进我的碗里，好像枫树也在向我施舍似的。我突然想到，其实枫树跟我也有共通之处：枫树到了秋天就会抖落树叶，就像是末期的麻风病人抖落四肢一样。

我就是一株光秃秃的树。我的皮肤、我的器官、我的脸，一个接着一个剥落；每一天，都有一部分的我弃我而去。而我呢，却不像枫树，因为我没有来年春天重新绽放的机会可期；我失去的部分，就永远都不会再长回来。人们看到我的时候，他们看到的不是我是谁，而是我失去了什么。他们在我碗里放钱时，动作快得惊人，也避免跟我有眼神接触，仿佛我的目光也会传染似的。在他们眼中，我连窃贼与杀人犯都还不如，因为他们尽管不认同这些为非作歹的人，却不会将这些人当作隐形人看待。可是看到我呢，他们却像是看到死亡就在他们面前。这让他们感到惊恐——看到死亡可以如此的逼近、如此的丑恶。

突然间，四周传来一阵骚动，我听到有人喊着：“他来了！他来了！”

的确，正是鲁米来了。他骑在一匹像牛奶般雪白的马身上，穿着琥珀色的系腰带长袍，精美的袍子上绣了金色树叶和小珍珠；他意气风发，挺直了背脊，坐在马背上，后面跟着一群仰慕的信徒。他浑身上下散发出自信的魅力，看起来不像是学者，更像是君临天下的国王——统御风、火、水、土的苏丹王。就连他的坐骑也显得高挺得意，仿佛它知道身上驮着一位不凡的人。

我收起了碗里的硬币，蒙上脸，只露出半边脸庞，跟着人潮走进清真寺；里面人潮汹涌，连呼吸都不太可能，更别说是找到地方坐下来了。可是麻风病人就有这等好处，不管这地方有多么拥挤，总是可以找到空地可坐，因为没有人愿意坐在你旁边。

“兄弟们，”鲁米拉高声音起头，然后又慢慢放低。“宇宙的广大无垠让我们自觉渺小，甚至微不足道；或许有人会问：‘我这有限的生命，对真主来说，到底有什么意义？’我相信，很多人都会经常想到这个问题。在今天的讲道中，我要对这个问题，给出一些特定的解答。”

鲁米的两个儿子也坐在前排——比较英俊的那个叫作苏丹·瓦拉德，大家都说他长得像他死去的母亲；比较年轻的那个叫作阿拉丁，有一张活泼的脸，但是奇怪的是，他的眼神有些鬼鬼祟祟。我可以看得出来，他们两个都非常以父亲为荣。

“亚当的孩子有幸获得如此庞大的知识，庞大到连山峦或天空都承担不起，”鲁米接着说。“所以《古兰经》里才会说：真的，我们将信赖托付给天空、土地与山峦，但是它们拒绝接受，因为它们感到害怕。只有人承担下来。人类获得了如此尊荣的地位，眼光就不应该太低，设定的目标也不应该比真主预期的要低。”

他的元音发音很奇怪，是那种只有读书人才会发音的方式；鲁米讲到了真主，跟我们保证他并不是住在天上遥不可及的宝座上，而是非常贴近我们每一个人的心。而让我们更接近真主的方式，他说，则非受苦莫属了。

“你的手掌始终都在开开合合。如果不能自由开合，那你就瘫痪了。所以你们最深沉的存在，就在这小小的收缩与舒张之间；二者完美的平衡与协调，就像飞鸟的双翼一样。”

起初，我很喜欢他说的话；想到喜乐与悲伤就像鸟的双翼一样相生相克，让我觉得心头暖乎乎的。可是我几乎在当下就感到一股怨忿的浪潮涌上喉头。鲁米知道什么是受苦？他是名门之后，继承了大笔财富与家族的显赫，生活对他来说始终都很优渥；我知道他的第一任妻子死了，但是我不相信他本人经历过什么真正的不幸。含着金汤匙出生的他，在高雅的环境中长大成人，又有最好的老师教导，始终受到爱护、宠溺与仰慕——他有什么资格来谈受苦呢？

想到鲁米跟我之间如此地天差地别，我的心不由得往下沉。为什么真主这么不公平？他让我贫病交迫、生活悲惨；却赐给鲁米财富、成功与智慧。他的名声洁白无瑕，他的举止雍容尊贵，几乎不像属于这个世界的人，或者至少不属于这个城市。我如果不想让旁人因为看到我而起反感，我就得把脸遮起来；而他却可以像珍贵的太阳一样，公开露脸，闪闪发光。如果他是我的话，不知道会有什么样的生活？不知道他是否曾经想过：像他这样完美而高高在上的人，可能也会有一天从高处跌落下来呢？不知道他有没有想过遭到遗弃，即使只是一天的时间，那会是什么滋味？如果他的生活像我一样悲惨，他还会是那个伟大的鲁米吗？

每想一个新的问题，都让我内心的仇恨忿怒增添一分，驱逐了我对他可能仅有的一丝尊重与景仰。我不满而莽撞地站了起来，推开旁人走了出去；有些听众露出怪异的眼神，不知道我为什么离开这场众人争相前来聆听的讲道。

夏慕士

1244 年 10 月 17 日，孔亚

承蒙那位农民载我到镇上，放我下车；然后我为自己和马匹找到了住宿的地方。糖贩客栈似乎正符合我的需求。店家让我看了四个房间，最后我选择了室内东西最少的那一间：一张睡榻上面放着发霉的毯子，一盏油尽灯枯的油灯，一块晒干的砖正好可以当作枕头，还能览阅全城与周围山峦。

安顿妥当之后，我到街上闲逛，感觉到空气中充满了各种不同宗教、风俗和语言，这让我大感诧异。我看到吉卜赛乐师、阿拉伯旅人、前往朝圣的基督徒、犹太商人、佛教僧侣、来自法兰克王国的吟游诗人、波斯艺术家、中国杂耍艺人、印度的弄蛇人、祆教魔术师、希腊哲学家等等；在奴隶市场，我看到肤白如牛奶的奴婢妾女，还有精壮黝黑的阉人，他们看过太多的残暴手段，以至于丧失了说话的能力。在市集上，我看到了巡回的理发匠和他们用来放血的工具，还看到了拿着水晶球的算命师与吞火的魔术师；有前往耶路撒冷朝圣的信徒，也有无家可归的游民——我怀疑他们是最后一次十字军东征的逃兵。我听到大家操着威尼斯语、法兰克语、撒克逊语、希腊语、波斯语、土耳其语、库尔德语、亚美尼亚语、希伯来语，还有好几种我无法分辨的方言。尽管这些人表面上看起来天差地别，但是所有人都散发出类似的不完整气息，他们全都是尚未完工的作品，每一个都是未完成的杰作。

整个城镇就是一座巴别塔。所有的一切都不停地变化、分裂、揭露、发生、茁壮、消融、分解、死亡。在一片混沌之中，我却身处于平和的安详与宁静之地，完全迥异于这个世界，却又同时对这些在混沌中挣扎受苦的人感同身受，感受到一种焚烧的热爱。我看到身旁的这些人，顿时想起另外一条**金科玉律**：*要爱完美的真主很容易，因为他是如此无瑕，永远不会犯错；但是要爱那些不完美又充满缺陷的人类却困难多了。要记得，我们只能知道自己有什么能力去爱，没有爱就没有智慧。除非我们学会了爱真主的造物，否则就永远都不会真的爱真主，或是真的认识真主。*

我逛进了一条窄巷，各个不同年龄层的工匠蜷缩在他们肮脏的小店里工作。我所到之处，都听到人们在讨论鲁米。我心想：不知道这么受欢迎是什么滋味？对他的自我又有什么样的影响？我的脑子里想着这些问题，脚下却漫步往鲁米讲道的清真寺相反方向走去。四周的景致逐渐改观；越往北走，房舍就越破烂，庭院的墙垣倒塌，小孩也更喧闹、更不守规矩。连气味也跟着改变，变得更浓烈刺鼻，充满了大蒜与香料的味道。最后，我走进一条街道，三种气味扑鼻而来：甜美、香水或肉欲。我终于走到了城镇的黑暗面。

在陡峭的鹅卵石路上方，坐落着一间摇摇欲坠的房子；墙壁仅用竹枝支撑，屋顶也只以稻草覆盖。有一群妇女坐在屋前叽叽喳喳地闲聊，看到我走近，半是好奇，半是好玩地睨着我。她们旁边有一座花园，里面种满了各色玫瑰，所有你想象得到的色彩，在这里都看得到，而且还散发出最美妙的香味。我心想，不知道是什么人在照顾这个花圃？

我不必等太久，就知道答案了。我才一走近花园，就有一名女子打开房子的大门冲了出来。她的下颔粗壮、身材高大，而且极度肥胖。当她眯起眼睛时——就像她现在这样——脸上的肉全都挤在一起，眼睛消失在肉堆之中。她留着稀疏的黑色胡髭，两颊还有浓密的鬓毛。我过了好一会儿才知道，原来他同时是男人，也是女人。

“你要做什么?”那名双性人狐疑地问。她的脸像流水似的不断变化，一会儿是女人的脸，随后潮水回流，又变成男人的脸。

我先自我介绍，然后请问她的名字，但是她不理我。

“这里不是你来的地方，”她说着挥挥手，好像我是苍蝇，而她急着想要把我赶走似的。

“为什么不是?”

“你看不出来这里是间妓院吗?你们僧侣不是立誓要远离肉欲的吗?大家都说来我这里是沉溺于罪恶,但是我也有施舍,斋戒月也关门不营业。现在,我正在拯救你的灵魂。离我们远一点,这里是城里最肮脏的角落。”

“肮脏的是内在,而不是外在,”我反驳道。“法则是这样说的。”

“你在说什么啊?”她嘎声道。

“那是爱的**四十条法则**之一,”我试着解释。“真正的肮脏是内在的肮脏,其他的都可以轻易地洗掉。只有一种尘垢不能用清水洗涤,就是污染精神的仇恨和偏执的污渍。你可以靠斋戒禁食净化身体,但是只有爱才能净化你的心。”

那个双性人根本不信这一套。“你们这些僧侣都脑筋不正常。我这里有各式各样的客人,可是僧侣呢?等青蛙长出了胡子再说吧!如果我让你在此地久留,真主会把这个地方夷为平地,并且诅咒我们勾引出家人。”

我忍不住咯咯一笑。“你从哪里听到这些可笑的观念?你以为真主是一个性情乖戾、动不动就生气的老先生,在天上监视我们的一举一动,只要我们一犯错,就从天上下起石头雨,让我们的头上长出青蛙?”

那老鸨捏着她稀疏的胡髭末梢,愤恨地看了我一眼,那目光已近似恶毒。

“别担心，我不是来光顾你的妓院，”我跟她保证。“我只是在欣赏你的玫瑰花园。”

“哦，那个，”双性人不屑一顾地耸耸肩，“是我这里的小姐种出来的东西，她名叫沙漠玫瑰。”

老鸨说着，随手一指，指着坐在我们前面的那群妓女之中的一名年轻女孩。她的下颌精致，皮肤呈现出珍珠般的光泽，一双黑杏仁般的大眼睛，蒙着一层忧虑的阴影。她美得真令人心碎！我看着她，感觉到她不会在这里待太久了。

我放低音量，只让老鸨一个人听见。“这女孩是个好女孩。不久，她将会启程展开寻找真主的精神旅途。她会永远地放弃这个地方。等到那一天到来时，千万别拦阻她。”

那双性人先是大吃一惊，瞪着我看，然后激动地脱口大骂：“你在说什么鬼话？没有人可以告诉我要如何对待我的女孩们！你最好给我滚出去，不然我就叫豺狼头来收拾你！”

“那是谁?”我问。

“相信我，你不会想要知道，”那双性人说着，摇摇指头加强语气。

这个陌生的名字让我微微打颤，但是我没有多想什么。“好吧，反正我也要走了，”我说。“可是我还会再回来，所以下一次看到我，你也别太讶异。我不是那种虔诚的类型，整天只知道趴伏在毯子上祷告，却闭上了眼睛和心，不去看外在的世界。他们读《古兰经》都只看到表面；可是我从初生的花蕾与迁徙的禽鸟之中，都可以看到《古兰经》。我读的是深藏在人类心中那本会呼吸的《古兰经》。”

“你是说你会读心术?”她不当一回事地笑了起来。“这又是什么胡说八道?”

“每一个人都是一本翻开的书，一本会走路的《古兰经》。追求真主的心，烙印在每一个的人心里，不管是妓女或圣人都是一样。从我们出生的那一刻起，爱就存在我们每一个人的心中；从那时候开始，就等着被人发掘。四十条法则之中也有一条**法则**是讲这样的事：一个人——你——就是一个完整的宇宙；你眼中所见的每一件事，包括那些你不喜欢的事情甚或你鄙视憎恶的人，都以各种不同的程度存在你的心中。因此，你也不要在自己以外的地方寻找恶魔；魔鬼并不是外在的异常攻击力量，而是内在的寻常声音。如果你完全了解自己，诚实而艰困地面对你的黑暗面与光明面，就可以获得意识的最高形式。一个人完全了解自己之后，就能真正的认识真主。”

那变性人双手抱胸，身子微微向前倾，眯着眼睛恶意地睨着我。

“对娼妓说教的僧侣!”她咆哮道。“我警告你，我不准你拿那些愚蠢的想法来纠缠这里的任何一个人，你最好离我的妓院远一点！如果你不听的话，我对天发誓，豺狼头会割掉你的尖舌头，然后我会吃得很开心!”

艾　拉

2008 年 5 月 28 日，北安普顿

艾拉一早起来，觉得有点哀伤，颇符合她目前的心境。倒也不是那种让人想哭或是不开心的哀伤，就是不想笑，做什么事情都不带劲的哀伤。她觉得自己好像遇到了还没准备好要迎接的人生里程碑。在厨房里，她一边煮咖啡，一边从抽屉里拿出她下定决心要做的事的清单，一项项地看着。

四十岁之前要做的十件事：

改进时间管理，更有组织，并下定决心更有效地运用时间；买新的日志。（已完成）

饮食中补充矿物质和抗氧化剂。（已完成）

采取行动，减少皱纹。试试果酸产品，开始使用新的欧莱雅面霜。（已完成）

换椅套，买新的植物盆栽和新的椅垫。（已完成）

评估你的生活、价值与信仰。（完成一半）

饮食中不再吃肉，每周设计一份健康菜单，给你的身体应该有的尊重。(完成一半)

开始阅读鲁米的诗。(已完成)

带孩子去看百老汇音乐剧。(已完成)

开始写烹饪书。(未完成)

敞开心胸去爱！

艾拉站在里，眼睛盯着清单上的第十项，不知道要不要在旁边打勾；她甚至不知道她写的这一项是什么意思。她在想什么呢？“一定是《甜蜜亵渎》在作祟，”她低声自语道。

最近她发现自己常常想到爱。

❖ ❖ ❖

亲爱的阿济兹，

今天是我的生日！我觉得好像走到了人生的某个里程碑。他们说，年过四十，就到了决定性的时刻，尤其是对女人而言。他们也说，现在的四十岁，就是新的三十岁（而六十岁则是新的四十岁），尽管我非常乐意相信这是事实，却仍不免觉得有些牵强。我是说，骗谁啊？四十岁就是四十岁！我猜现在的我什么都比以前多了一点——多了一点知识、多了一点智慧，当然也有了一点皱纹与白发。

生日总是让我开心，但是今天早上起床时，我却觉得胸口很沉重；尽是问一些大哉问的问题，而我甚至连早上的咖啡都还没喝呢！我一直在想：从今以后，我还想要以过去那种生活的方式继续过下去吗？

然后就有一种恐惧袭上心头：答案不论是或否，都会造成同样严重的后果该怎么办呢？所以我发现了另外一个答案：也许！

祝好，

艾拉

后记：抱歉，我无法写一封比较欢乐的信。我不知道为什么今天的心情特别的低落，仿佛跌到谷底。我也说不出所以然。（我是说，除了年满四十之外。我猜这就是人们所说的中年危机吧。）

❖ ❖ ❖

亲爱的艾拉，

生日快乐！不论对男性或女性来说，四十岁都是最美的年龄。你知道吗？在神秘主义教派的思维中，四十象征着从一个高度晋升到另外一个更高的高度，同时也代表一种精神的觉醒吗？比方说，我们服丧时，必须哀悼四十天；小孩出生后，也需要四十天才能展开他们在世上的新生命；而当我们陷入爱河时，也需要等候四十天，才能确认彼此的感情。

诺亚的洪水持续了四十天；虽然大水摧毁了生命，但是也冲走了所有不纯净的杂质，让人类有了全新的开始。在伊斯兰的神秘主义教派中，人与真主之间相隔四十级；同样的，人的基本意识也分为四个阶段，每个阶段又可细分为十级，总共有四十级不同的高度。耶稣在荒野中度过四十个日夜；穆罕默德在四十岁时得到神谕，成为先知；佛祖在菩提树下打坐四十天，大彻大悟；更别忘了还有夏慕士的四十条法则！

四十岁时，你会接获新的使命，生命新的契约！你到了人生最吉利的岁数，恭喜你啦！还有，别担心老这个问题。没有任何皱纹或白发足以跟四十岁的力量相抗衡！

祝好，

阿济兹

沙漠玫瑰

1244 年 10 月 17 日，孔亚

从盘古开天以来，就有妓院的存在，也有像我这样的女人。可是有一点却让我感到惊讶不已：虽然大家都说他们痛恨看到女人为娼，但是为什么同样的一批人却又刁难那些悔悟想要从良展开新生活的娼妓呢？这就好像是在跟我们说：他们很遗憾看到我们沦落至此，但是我们既然已经到了这步田地，就应该永远都留在原地。我不知道为何如此；我只知道有些人专靠剥削别人的悲惨过活，所以总喜欢看到世界上有人日子过得那么悲惨。可是不管别人怎么说或怎么做，总有一天，我要离开这个地方。

今天早上起来，我胸中胀满了想要去听伟大的鲁米讲道的欲望；如果我跟老鸨说实话，请她准我出门，她一定会取笑我。“妓女什么时候上过清真寺啦？”她一定会这样说，然后笑到一张肥满的圆脸胀得通红。

于是我准备撒个谎。在那个光头的僧侣离开之后，老鸨看起来好像专注地在想什么似的，我意识到这是上前跟她说话的大好机会。每当她心不在焉的时候，总是比较好说话。我跟她说我得去市集办点杂事，她也相信我的话；在我像狗一样为她工作了九年之后，她确实相信我。

“只有一个条件，”她说。“芝麻必须跟你一起去。”

那不成问题。我喜欢芝麻，一个身材结实高大，心思却像孩子一样单纯的男人；他老实可靠到近乎头脑简单的地步。他是如何在这个残酷的世界上存活下来的，对我来说，始终是个谜。没人知道他的真实姓名，连他自己也不知道；我们叫他芝麻，只是因为他热爱加了碎芝麻的蜂蜜糖。妓院里的娼妓需要外出时，芝麻就会如影随形。他是我能想到的最佳保镖。

我们两人穿越果园里的蜿蜒泥土小路，走到第一个交叉路口时，我叫芝麻等我一下，然后就消失在树丛后方；在那里，我预先藏了一包装着男人衣服的袋子。

装扮成男人比我想象的要困难得多。我用长围巾裹住胸部，压扁我的乳房；然后套上宽松的长裤，棉质背心和紫红色的长袍，再戴上缠头巾，最后用丝巾半蒙着脸，希望自己看起来像是阿拉伯的旅人。

当我回到芝麻身边时，他倒退一步，有点摸不着头脑。

“我们走吧，”我敦促他说，但是他却文丝不动，这时我只好露出脸庞。“亲爱的，你认不出我了吗？”

“沙漠玫瑰，是你?”芝麻大叫一声，像个受惊的孩子似地伸出手来捂住嘴巴。“你怎么穿成这样?”

“你可以保密吗?”

芝麻点点头，兴奋地睁大眼睛。

“好，”我低声说。“我们要去清真寺，但是别跟老鸨说。”

芝麻的下唇颤抖着说：“不对，不对，我们要去市集。”

“是的，亲爱的，等一下会去。我们先去听伟大的鲁米讲道。”

芝麻有些惊慌失措，一如我所预期。临时改变计划，总是让他感到不安。“拜托你，这对我来说意义非凡，”我乞求他说。“如果你答应我不跟任何人讲，我就买一大块芝麻蜂蜜糖请你吃。”

“芝麻蜂蜜糖。”芝麻高兴地咂着舌头，仿佛光是说到这几个字，就已经在他嘴里留下了甜蜜的滋味。

于是我们带着甜蜜的期望，朝着清真寺前进，也就是鲁米即将要讲道的地方。

❖ ❖ ❖

我出生在尼西亚附近的小村落。母亲总是跟我说：“你生对了地方，但是恐怕生错了时辰。”那是完全无法预期的恶劣时代。年复一年，没有什么是一直不变的。先是有十字军要回来的谣言，我们都听说过他们在君士坦丁堡做的种种残暴事迹，打家劫舍，摧毁教堂里的神像等等；然后又听闻塞尔柱人要来攻击；在塞尔柱军队的恐怖传闻还没有退烧之前，无情的蒙古军来袭的风声又起。敌人的名称与面貌不断的改变，但是我们担心遭到外来入侵者摧毁的恐惧，却像伊达山头的积雪一样，恒久不变。

我父母亲以烤面包为生，都是虔诚的基督徒。我最早的记忆，就是刚出炉面包的香味。我们不算富有，即便我年纪还小，这一点倒也知道；但是我们也不算贫穷，因为我看过穷人到店里来乞讨面包屑的眼神。每天晚上就寝前，我都感谢真主没有让我饿着肚子上床；那感觉就像是跟朋友说话一样，因为在那个时候，真主还是我的朋友。

我七岁的时候，母亲怀孕了。现在回想起来，在此之前，她可能已经流产了好几次，不过当时我不会知道这些事情。那时候的我天真懵懂，如果有人问我小婴儿是怎么来的，我会说是真主用柔软甜蜜的面团捏出来的。

可是上帝替母亲捏出来的面团婴儿一定很巨大，因为不多久，她的肚子就隆了起来，又大又结实；母亲的体型笨重到让她寸步难行。产婆说她的小孩留了太多的水，可是我听起来不像是坏事。

然而产婆和我母亲都不知道的是：她肚子里不只一个小孩，而是三个。三个都是男孩。三个婴儿在母亲的体内展开大战，三胞胎的其中一个用脐带勒死了他的手足，而死掉的婴儿仿佛像是报复似的，挡住了产道，让其他两个都无法出来。我母亲的阵痛整整痛了四天，我们听到她日以继夜地尖叫嘶吼，到后来就完全没了声音。

产婆救不回我母亲，只好尽全力救我的弟弟。她用剪刀剪开了母亲的肚皮，但是最后也只救活一个婴儿。我弟弟就是在这样的情况下出生的。父亲始终都没有原谅他，因此当小婴儿受洗时，他并未出席。

母亲走了，父亲又变成阴沉易怒的人，我们的生活从此变得不一样了。面包店的生意一落千丈，顾客一个个流失了；我担心我们会穷到必须去乞讨，于是开始在床铺底下藏面包，可是面包却在床铺底下变硬、腐坏。然而，真正受苦的还是我弟弟。至少我在从前还曾经有父母爱过，受到妥善的照顾，但是他却从来没有；看到他受虐待，我会感到心碎，但是有一部分的我又不免庆幸——甚至心存感谢——还好变成父亲怒火目标的人不是我。我真希望当时我有好好保护弟弟，那么一切可能就会变得很不一样，今天我也不会在孔亚沦为娼妓。生命真的是很奇怪。

一年后，父亲再婚了。对我弟弟的生活来说，唯一的差别是：以前只有父亲一个人虐待他，现在却是父亲和他的新婚妻子联手来虐待他。于是他开始逃家，然后在染上了一身的恶习和交了一堆损友后才回家。有一天，父亲痛打他一顿，差点把他打死；此后，那孩子就像变了一个人似的。他眼中流露出一种冷酷残暴的眼神，是以前从未看过的；我知道他在脑子里酝酿着什么事情，但是却没有想到会是如此恐怖的计划。我希望我当时知道。我希望我能避免这场惨剧。

然后，在一个春日的早晨，父亲与继母因为吃了老鼠药双双暴毙。事情一传出去，每个人都怀疑是我弟弟下的毒手。当保安警察开始问东问西时，他惊慌地逃跑了；此后，我就再也没有见过他。就这样，世界上只剩下我孤苦伶仃的一个人。不能留在家里，因为我仍然可以闻到母亲的味道；也不能继续在面包店里工作，因为有太多让人心烦意乱的记忆飘浮在空中；于是我决定到君士坦丁堡，投靠独居的姨母，那时候她成了我最亲近的亲戚了。当时我才十三岁。

我搭马车去君士坦丁堡。我是车上最年轻的乘客，也是唯一一个只身旅行的乘客。在路上走了几个钟头之后，一群强盗拦下了马车，抢走了所有的东西——行李、衣物、皮靴、皮带、珠宝，甚至连车夫的香肠都不放过。我身上一无所有，于是静静地站在一旁，心里很笃定他们对我无害。可是就在他们洗劫完毕，准备离开之际，强盗首领转身问我：“你是处女吗，小美人?”

我胀红了脸，拒绝回答这么重要的问题；但是我浑然不知我的脸红就已经泄露了答案。

“走吧!”强盗首领喊道。“把马和这个小女孩一起带走!”

我流着眼泪抗拒他们，但是同行的乘客没有一个伸出援手来帮我。强盗把我带到一座茂密的森林里，在那里，我看到他们盖了一整座村庄，这让我深感诧异。村庄里有妇女、小孩，到处都可以看到鸭、羊、猪等家禽家畜；看起来就像是个恬静的田园村落，只不过住的全都是罪犯。

不久，我就明白那强盗首领问我是不是处女的用意何在。原来这里的村长感染了伤寒，病得很重；他已经卧病多时，身上到处都长满红色斑点的褥疮，用了各种药草全都无效。最近有人说服他相信，如果他跟一个处女睡觉，就能把病传染给她，而他就能得以痊愈。

生命中有许多事情是我不愿意记得的，在森林里的那段时日就是其中之一。即使时至今日，每当我想到森林，就是一片松林，也只会想到松树。我宁可一个人独坐在松树下，也不想跟村子里的妇女为伴；她们大部分是强盗的妻女，也有一些是自愿到这里来的娼妓。我想破头也不明白，她们为什么不逃走。我就决定要逃走。

森林里会有一些马车经过，都是属于贵族的马车；我一直都不明白，为什么这些马车不会遭到强盗抢劫，后来才知道有些马车夫在行经森林之前就先贿赂了强盗，让他们可以安全地经过森林。一旦我知道这是怎么一回事之后，就暗自做好安排；我拦下了一辆开往大城市的马车，恳求车夫载我一程。他明知道我身上没钱，还是索讨了一大笔的车资，我只好用我唯一知道的方式付给他。

直到我抵达君士坦丁堡很久之后，才理解那些娼妓为什么不肯逃跑：因为城里的情况更糟糕。那是一个无情的世界。我始终没有去找我姨母，因为我已经堕落了，我知道像她那样一个端庄正派的女士是不会收留我的；我只能靠我自己。要不了多久，这座城市就摧毁了我的灵魂，蹂躏了我的躯体。突然间，我到了一个迥然不同的世界——一个充满恶意、强暴、残酷与疾病的世界。我曾经连续多次堕胎，直到我的身体完全受损，不再有月经来潮，也永远都不能受孕。

我在那些不知名的街道上看过太多的事情。离开城市之后，我跟着士兵、演员和吉卜赛人一起流浪，满足所有人的需求。然后，有个叫作豺狼头的男人发现了我，带我到孔亚的这间妓院来；只要我的外形还好，老鸨根本就不在乎我从什么地方来。她听说我无法受孕，就更高兴了，因为我不会在这方面替她制造任何麻烦。因为我的不孕，所以她给我取名为“沙漠”；然后为了替这个名字增添一点修饰，于是她又加上“玫瑰”二字。对我来说，这无所谓，因为我本来就喜欢玫瑰。

这就是我对信仰的认知——像是一座隐密的玫瑰花园，我曾经在园内漫步游赏，呼吸芳香的气息，如今却再也进不去了。我希望真主能够再次与我为友；为了这样的渴望，我在花园外绕着圈子，寻找入口，希望能够找到让我进去的大门。

❖ ❖ ❖

我跟芝麻抵达清真寺时，我简直不敢相信我的眼睛。各种年龄、各行各业的男人挤满了清真寺的每一个角落，连寺院后方原本保留给妇女的地方，也是一样。我正准备知难而退时，看到一个乞丐正离开他的座位，慢慢地向外挤出来。多亏了我的幸运之神，我赶紧挤到他的位子，把芝麻留在寺外。

我就是这样到了一间全都是男人的清真寺里，聆听伟大的鲁米讲道。我根本不去想万一他们发现人群中有一个女人，会发生什么事；更别说是一个妓女了。我赶走所有黑暗的思想，专心一致地听着鲁米讲道。

“真主创造了痛苦，这样喜悦才会从痛苦的反面出现，”鲁米说。“事情都是借由反面才得以彰显。而真主没有反面，所以始终隐藏。”

教士讲道的声音高昂而饱满，像是融雪注满了山里的泉水。“看看地下的卑微与天堂的崇高；知道世界上所有的国度都是如此：洪水与干旱，战争与和平。不论发生什么事，千万别忘了：真主造物必有其意旨，不论是天谴还是宽恕，诚实还是狡诈。”

坐在那里，我突然顿悟：原来一切都事出有因。我母亲的怀孕和她肚子里战争，我弟弟那无可救药的孤寂，乃至于我父亲和继母的丧命，我在森林里的可怕岁月，还有我在君士坦丁堡街头目睹的种种残暴行径——每一件事都以各自的方式，成就了现在的我。所有的苦难背后，都有一个更大的计划；虽然我一时还看不真切，可是却全心全意地感受到它的存在。那天午后，在挤满信徒的清真寺里聆听鲁米讲道，我有如醍醐灌顶，感受到一种平静由天而降，就跟看我母亲烤面包时一样的愉悦和宽慰。

乞丐哈桑

1244年10月17日，孔亚

我一肚子气，不满地坐在枫树下，对鲁米大言不惭地讨论受苦一事，仍然愤愤不平——他对这个主题，显然一无所知。清真寺的尖塔倒影一寸寸地越过街道；我半是瞌睡，半是睨着来往的行人，几乎就要睡着了，突然看到一个我从未见的苦行僧：他穿着一身黑色的破烂衣服，手里拿着巨大的木杖，脸上没有毛发，一只耳朵戴着银色的耳饰，看起来跟别的苦行僧很不一样，让我忍不住盯着他看。

那僧侣的眼神左右逡巡，不久就看到我了。但是他并没有像旁人第一次看到我那样漠视我的存在，反而举起右手放在心口，点头向我致意，仿佛我们是两个老朋友似的。我大吃一惊，四处张望一下，确定他不是跟别人打招呼；可是现场又只有我跟那棵枫树呀。我一时迷惑茫然，却也不忘举起右手放在心口，向他回礼打招呼。

那僧侣慢慢地走向我，我低下头来，等着他在我的碗里投入一个铜板或是给我一块面包；可是他却单腿跪下，跟我的目光一样高。

“色兰，祝你平安哪，乞丐，”他说。

“色兰，也祝你平安，苦行僧，”我答道。我的声音听起来沙哑而陌生；我已经很久都不曾觉得有必要开口跟别人说话，几乎已经忘了自己的声音是什么样子。

他自我介绍说他是大不里士的夏慕士，然后问我的名字。

我笑了。“像我这样的人要名字做什么?”

“每个人都有名字，”他反驳道。“真主有数不尽的名字，其中只有九十九个是我们知道的。如果真主有这么多的名字，那么直接投射他的人类，又怎么能无名无姓地在世上行走呢?”

我不知道该如何回应，所以连试都不想试，干脆直接让步，说:“我曾经有妻子、母亲，她们以前都叫我哈桑。”

“那么你就是哈桑喽，”那僧侣点点头说。接着，出乎我意料的，他竟然给了我一面银镜。“你留着，”他说。“在巴格达，有个好人给了我这个，但是你比我更需要它，它可以提醒你:真主就在你心中。”

我还来不及回话，就听到背后传来一阵骚动。我第一个想到的就是有扒手在清真寺里被人逮到了，但是随着喊叫声越来越高昂，也越来越激烈，我知道一定是发生了什么更严重的事。小小的扒手，不会引起如此剧烈的喧嚣。

我们很快就知道事情的原委。有个女人，而且还是大家都认识的娼妓，竟然打扮成男人混进了清真寺里；一群人把她赶出来，嘴里还念念有词："鞭打骗子！鞭打娼妓！"

群情激愤的暴民就这样冲上街道。我看到那名穿着男人衣服的年轻女子，她的脸色苍白得像是没有生命，杏眼圆瞪，充满了恐惧。我以前也见过群众动用私刑，但是每次看到一般人在加入暴民的行列之后会有什么样剧烈的变化，仍然不免感到惊异；完全没有暴力倾向的一般民众——不管是艺术家、商贾或小贩——只要聚集在一起，就会突然变得好斗而富有侵略性，甚至到动手杀人的地步。私刑很常见，结果就是曝尸示众，吓阻他人。

"可怜的女人，"我向大不里士的夏慕士低声说道，但是当我转头去看他时，却发现旁边没有人了。

只见他飞也似的冲向暴民，像是一支燃烧着熊熊烈火的箭，直飞上天。我跳了起来，也赶过去。

他走到队伍的前面，举起手杖，像是扬起一面旗子一样，以最大的音量喊道："快住手，大家！快住手！"

受到阻挠的群众在惊异中突然安静下来。

"你们都应该感到羞愧！"大不里士的夏慕士一边高声喊道，一边用手杖用力敲打地面。"三十个大男人对付一个弱女子，这样公平吗？"

"她凭什么谈公平？"一名方脸男子说。他的身材魁梧，眼神懒惫，似乎自以为是这群乌合之众的首领。我立刻认出他是谁。他是一名保安警察，名叫贝巴尔；全镇上的乞丐都知道他以残暴贪婪闻名。

“这个女人打扮成男人，偷溜进清真寺，欺骗了所有善良的穆斯林，”贝巴尔说。

“你是说：你要因为一个人进清真寺而处罚他吗？那她犯了什么罪？”大不里士的夏慕士说，语气充满嘲讽轻蔑的意味。

这个问题暂时平息了场面，显然没有人这样想过。

“她是妓女啊！”另外一个男人怒吼道，气到整张脸涨成了深红色。“她没有资格进入神圣的清真寺！”

一句话似乎又足以点燃众人的怒火。“妓女！妓女！”在后排的一些齐声高喊。“去抓那个妓女！”

一名年轻的小伙子听到口号像是接到命令似地往前一跃，伸手抓住那名女子的头巾，用力一扯，头巾松脱，那女子的一头金色长发，像是优雅的波浪一样垂了下来，明亮动人，宛如向日葵。我们全都屏息，震慑于她的年轻貌美。

夏慕士一定是意识到了那种复杂情绪的气氛，丝毫不浪费时间，当下斥责他们说：“你们要想清楚了，兄弟们，你们是真的鄙视这个女人？或者其实是想要得到这个女人？”

说完，僧侣抓住妓女的手，将她拉到他的身边，远离那个年轻小伙子和那群暴民。她躲到他背后，像是小女孩躲在母亲裙子的后面一样。

“你犯下了一个大错，”群众的首领提高音量说，压过众人的窃窃私语。“你在城里是个陌生人，不知道我们这里的做事方式，最好别插手多管闲事。”

其他人也附和道：“你这算哪门子的僧侣啊？除了捍卫妓女之外，难道没有别的事情好做了吗?”

好一会儿，大不里士的夏慕士都沉默不言，仿佛在思考这个问题。他没有表现任何怒气，还是维持一贯的平和冷静，然后说：“可是一开始的时候，你是怎么样注意到她的？你到了清真寺，却把注意力放在周遭的人身上，而不是真主？如果你真的像你所说的，是真正的信徒，那么就算这个女人脱光了衣服，你也不会注意到她。好啦，回去听道吧，这一次别再搞砸了。”

整条街道上陷入一片尴尬的沉默，只有落叶在人行道上沙沙作响；在那一刻，也只有落叶在动。

“好啦，你们大家！回去吧，回去听道吧！”大不里士的夏慕士挥舞着他的手杖，像赶苍蝇似的驱赶众人。

并不是所有的人都转身离开，但是他们确实退后了几步，有点迟疑，一时还拿不定主意接下来该怎么办；有些人往清真寺的方向看过去，好像在考虑要回去听讲。就在这个时候，那妓女鼓起了所有的勇气，从僧侣的背后窜出来，拔腿就跑，速度跟兔子一样快；只见她的长发四散飞扬，一溜烟地钻进最靠近她的一条小巷子里。

只有两个人试图去追她，但是大不里士的夏慕士挡住了他们的去路，手上的木杖往他们脚下招呼，速度之快、力道之猛，让他们两人双双绊倒在地。有几个路人见状大笑，我也是。

那两人又惊又窘，好不容易才站了起来，可是到那个时候，那名娼妓早就跑得不见人影了，而僧侣也转身离开。他的工作已经完成。

酒鬼苏里曼

1244年10月17日，孔亚

发生骚动之前，我正背靠在酒馆的墙边，安安静静地打盹；然后，外面的喧嚣吓得我从睡梦中惊醒，差一点跳起来。

“发生什么事了?”我张开眼睛来尖叫道。“是蒙古人打来了吗?”

然后听到一阵笑声。我转头，看到几名其他的客人正在取笑我。一群龌龊的混蛋!

“你别担心啦，老酒鬼!”酒馆老板希里斯托说。“不是蒙古人来抓你啦!是鲁米带着一群仰慕者从旁边经过啦。”

我到窗边往外看。没错，正是他们——信徒与仰慕者形成激动的行列，不停地喊着：“真主最伟大!真主最伟大!”人潮中央正是鲁米的身影，高高地坐在白马上，浑身散发出力量与信心。我打开窗户，探头出去看着他们。队伍以蜗牛般的速度行进，靠得非常近；事实上，有些群众几乎已经贴到酒馆的墙边，我只要伸手就可以摸到他们的头。我突然心生一计，决定打掉他们的头巾！

我随手拿起希里斯托用来挠背的木杓子，一手扶窗棂，一手持木杓，整个人往外探，勾到其中一人的头巾；我正要扯开那人的头巾时，另外一个人不经意地抬起来看到我。

“色兰，祝你平安，”我咧开嘴，笑着向他致意。

“穆斯林还上酒馆！你真丢脸！”那人大吼道。“你难道不知道酒是恶魔做的吗？”

我开口才要回答，但是还来不及出声，就听到什么东西咻的一声，从我耳边飞过。定睛一瞧，才赫然发现是一颗石头；要不是我在最后一刻及时闪开，很可能就砸破了我的脑袋。那颗石头穿过敞开的窗户，落在我背后一名波斯商人坐的那张桌子。已经喝得醉醺醺的商人一时搞不清楚发生了什么事，手里拿着石头仔细地瞧，仿佛那是来自上天的隐晦信息。

“苏里曼，把窗户关起来，回到你的位子上！”希里斯托大叫道，声音因为担忧而沙哑。

“你看到发生什么事了吗？”我步履蹒跚地走回自己的桌子旁边。“有人朝我丢石头！可能会要了我的命啊！”

希里斯托扬起一侧的眉毛。“对不起噢，不然你以为呢？你难道不知道有人就是不喜欢看到穆斯林上酒馆吗？结果你还大摇大摆地张扬自己，一身酒味，鼻子油亮得像是红灯笼似的。”

“那——那又怎样?”我结巴地说。“我难道不是人吗?”

希里斯托拍拍我的肩膀，好像在说：别这么敏感!

“你知道吗? 这正是我厌恶宗教的原因。各种宗教都一样! 信教的人都坚信神站在他们那一边，所以就觉得自己高人一等，”我说。

希里斯托默不作声。他是教徒，同时也是精明的酒馆老板，善于安抚生气的顾客。他又为我拿了一瓶葡萄酒，看着我牛饮下肚；窗外一阵怪风吹来，砰地一声吹上了窗户，吹得枯叶左右乱飞。在那一刻，我们全都静静地站着，仔细地聆听，仿佛可以从中听出什么旋律似的。

“我有个问题，为什么我们在这个世界禁止喝葡萄酒，却又应许我们到天堂有酒可以喝?”我说。“如果酒真的像他们说的那么不堪，又为什么天堂会供应葡萄酒呢?”

“问题，问题，问题……”希里斯托低声说道，举起双手表示投降。“你总是提出一大堆的问题。难道你什么事情都要质疑吗?”

“当然要。那正是我们有脑子的原因啊，你不觉得吗?”

“苏里曼，我认识你很久了，你不只是我的顾客，更是我的朋友。但我为你感到担忧。”

“我没事啦——”我说，可是希里斯托打断我的话。

“你是个好人，可是舌头利得跟刀子似的。所以才让我担心。在孔亚有各种各样的人，而且大家都知道，其中有些人不喜欢会喝酒的穆斯林，这是公开的秘密。你得要学着在公共场合谨言慎行，收敛一点，注意你说的每一句话。”

我咧嘴一笑。“我们可不可以用奥玛珈音[1]的一首诗来为你的演说作结？”

希里斯托叹了一口气，但是听到我们说话的波斯商人却大声叫好：“好啊，我喜欢听奥玛珈音的诗。”

其他的顾客也在一旁热烈地鼓掌起哄。我在激励之下——其实也有一点不服输啦——跳上了一张桌子，开始朗诵：

> 你道是：真主下令葡萄生，
> 又言饮酒有罪愆？

波斯商人大喊：“当然不是！那没什么道理！”

> 谢主圣恩定酒命——
> 想来亦喜杯觥声。

喝了这么多年的酒，我至少也学到了一件事：不同的人喝起酒来就有不同的德性。我知道有些人每晚大口牛饮，但是

---

① 奥玛珈音（Omar Khayyam，1048—1122），波斯诗人、天文学家和数学家。诗作被整理为《鲁拜集》传世。

他们最多就是开心地唱歌跳舞，然后就昏昏睡去；也有人只喝了几滴，就变成了妖魔鬼怪。如果同样的酒可以让某些人开心微醺，也可以让其他人变得邪恶暴力，那我们怎么可以说是酒的问题呢？不是应该说问题都出在这些饮酒的人身上才对吗？

干一杯，不知此身何处来；
再干一杯，不知此身何处去。

又是一轮热烈的鼓掌喝彩，就连希里斯托也跟着凑热闹。在孔亚城的犹太区，一家由基督徒开的酒馆，我们这一群各有不同信仰却同样爱好杯中物的人，一起举杯，彼此敬酒，也敬那位——说来也许很难相信——那位爱护我们、原谅我们的真主，即使连我们自己都不爱或是不能原谅自己！

艾　拉

2008 年 5 月 31 日，北安普顿

“凡事最好都要防患于未然，”网站上如是说。“检查他衬衫上有没有口红印，看看他回家时身上有没有陌生的香水味。”

这是艾拉·鲁宾斯坦第一次做这个名为“如何判断你丈夫是否有外遇”的网络测验。虽然她觉得测验的问题都很老套，但是现在她知道：有时候生活本身给人的感觉就是一个大俗套。

尽管最后的分数很高，但是艾拉并不想就此事跟大卫正面对质；她仍然没有问他那天晚上没有回家到底去了哪里。这一阵子，她大部分的时间都在看《甜蜜亵渎》，以这本小说为借口，掩饰她的沉默。她的心思不集中，花了比平常更长的时间才看完这本书；不过她还是很喜欢这个故事，每次看到夏慕士的新法则，就据以重新思索检视她自己的生活。

孩子在家的时候，她都表现得很正常；他们都表现得很

正常。可是，到了她跟大卫独处的时候，她就经常看到丈夫以好奇的眼光看着她，仿佛在问：什么样的妻子会对丈夫夜不归营不闻不问？然而，事实却是：艾拉并不想获得她不知该如何处理的信息。对于丈夫在外面寻花问柳的事情，她觉得知道得越少，就越不烦心。他们说得果然没错，无知确实是一种福分。

但是这样的福分在去年耶诞节遭到破坏了。本地一家饭店寄来的一份问卷调查送到他家信箱，直接寄给了大卫；客服部想要知道他上次投宿是否满意。艾拉把那封信放在桌上，就在一叠信件的最上方；那天晚上，她看着他从拆封的信封套里抽出信件，仔细地阅读。

“啊，顾客意见调查表！我最不需要的东西，”大卫说着，勉强对她挤出一个笑容。“我们去年在那里举办牙医研讨会，他们一定把所有出席与会的人都纳入了顾客名单。”

她相信他的话。至少，她心里不想惹是生非的那个部分相信了；至于其他的部分则冷眼旁观，心存怀疑。也正是这个部分的自己，驱使她在第二天找到这家饭店的电话，还打电话过去，证实了她早就知道的事实：不管是今年还是去年，他们都没有接待过任何牙医研讨会。

在艾拉的内心深处，其实她怪着自己。因为她并没有好好保养自己，而且六年来，体重增加的幅度也相当可观；每增一磅，她的性欲就降低一点，而烹饪课让她减重更形困难——尽管班上有其他女人比她更常做菜，也煮得比她更好，但是体型却始终维持在只有她的一半。

当她回顾自己的一生，赫然发现她的字典里根本没有“叛逆”一词。她从来没有关起门来跟男孩子一起抽大麻，没有在酒吧里滋事遭到驱赶，没有吃过事后避孕药，没有大发脾气，也没有说谎骗她母亲；她不曾跷课或是在青少年时期发生性行为。尽管她周遭多的是跟她同龄的女孩子堕胎或是未婚生子之后把小孩送人收养，但是她却只是在一旁看着，就像看电视上报导衣索匹亚的饥荒一样；看到世界上发生了这么多的悲剧固然让她悲伤，但是事实上，她从来不觉得自己跟那些不幸的人生活在同一个宇宙里。

她从来都不是喜欢热闹狂欢的女人，即使在青春期也是一样。她宁可在星期五晚上留在家里读一本好书，也不喜欢到什么狂欢野宴上去跟陌生人鬼混。

“你们怎么不多学学艾拉呢?”邻居妈妈们总是这样告诫她们的女儿。“看看人家多乖？从来不惹麻烦!”

尽管妈妈们都喜欢她，但是同年纪的孩子却觉得她是个缺乏幽默感的怪胎，难怪她在中学时并不受欢迎。有一次，有个同班同学还跟她说：“你知道你的问题出在哪里吗？你对生活太认真、太严肃了，而且真他妈的无趣死了!”她认真地听了，还说她会好好想想。

就连她的发型也是多年不变——金色长发，不烫不卷，总是一丝不苟地挽成结实的发髻，或是绑成辫子拖在背后。她也不太化妆，只有涂一点红棕色的唇膏和灰绿色的眼线，不过根据她女儿的说法，这非但没有突显反而遮掩了她那双灰蓝色的眼睛。即便如此，她也从来没有一次可以用眼线笔画出两条完美的曲线，画出来的眼线，经常让她出门时看起来有一边的眼皮比另外一边要厚。

艾拉怀疑自己一定有什么问题；她要不是太过积极又坚持己见（例如插手介入珍妮特的结婚计划），就是太被动软弱（例如处理丈夫外遇的事）。她心里有两个艾拉，一个是什么事都要管，另外一个则是无可救药的懦弱；她不知道哪一个艾拉会突然出现，也不知道她什么时候会跑出来。

然后又有第三个艾拉：先冷眼旁观，等候自己出场的时机。就是这个艾拉跟她说：她表面上冷静到近乎麻木的地步，但是私底下却有一个快要窒息的自我，酝酿着一股愤恨与反叛的汹涌怒潮；如果再这样继续下去，第三个艾拉警告她说，总有一天她会爆发的。只是时间早晚的问题。

在五月的最后一天，艾拉左思右想，决定做一件她很久都没做的事：祷告。她祈求上帝赐给她一份能够包容全部她的爱，要不然就让她变得强悍无畏，不必在意她的生活有没有爱。

“不管祢选择哪一个，拜托祢快一点，”她最后又加了一句。“祢可能忘了，但是我已经四十岁；而且如祢所见，我并没有保养得很好！”

沙漠玫瑰

1244 年 10 月 17 日，孔亚

我上气不接下气，在窄巷中拼命地跑，连头也不敢回。我的肺像火在烧，心在胸口剧烈跳动，我一直跑到繁忙的市集才停下脚步，躲到一堵墙后，整个人几乎虚脱；也只有到了这个时刻，我才鼓起所有勇气向后张望，结果出乎我意料，也让我大大地松了一口气：只有一个人跟在我后面，就是芝麻。他站在我旁边，也在大口喘气，双臂无力地放在身侧，一脸茫然困惑的表情，不知道我为什么突然像发疯似的在孔亚城里的街道狂奔。

事情发生得太突然，我也是到了市集之后，才慢慢拼凑出事件的全貌。前一分钟，我还好好地坐在清真寺内，专心聆听讲道，听着鲁米如珍珠般的智慧；在恍惚痴迷之中，我浑然不觉身边的男子不慎踩到了我用来遮脸的丝巾的尾端，于是在我还来不及反应之前，丝巾就已然松脱，头巾也歪到一边，露出了我的脸和一部分的头发。我迅即戴好头巾，继续聆听鲁米讲道，一心以为没有人会注意到我；不料当我再次抬眼，却看到一名年轻男子在我面前专注地盯着我：方脸尖鼻、眼神懒惫、嘴角嘲讽。我认得他，他是贝巴尔。

贝巴尔是个讨人厌的顾客，妓院里的小姐没有一个喜欢为他服务。有些男人就是这样，一方面想跟妓女睡觉，但是同时又要侮辱她们；贝巴尔就是这样的人。他总是满嘴淫秽猥亵的笑话，脾气又暴躁得不得了；有一次，他出手打了妓院里的小姐，害她受了重伤，结果连嗜钱如命的老鸨都不得不请他离开，再也不让他上门。可是他还是一直回来，至少在事发后又来了几个月，然后，她也不知道是什么原因，后来他就不再光顾妓院，而我们也没有再听说他的消息。可是现在他就在这里，坐在前排，留了满腮的大胡子，像个虔诚的信徒，但是眼中依然闪烁着同样的暴戾气息。

我赶紧转开视线，但是太迟了，他已经认出我是谁。

贝巴尔跟旁边的男子耳语一番，然后两个人一起回过头来盯着我看；接着他们又指着我跟其他人说话，如此一个接着一个，一整排的男人都回头往我这里看。我觉得脸红心跳，但是却无法动弹，反而坚守着一种幼稚的希望：只要我闭上眼睛不动，让四周的黑暗吞没我们，如此一来，就没有什么好担心的了。

等我放胆再次睁开眼睛，却看到贝巴尔正挤过人群，朝我这里走来；我立刻起身要往门口冲，但是四周人山人海，根本不可能逃。一转眼，贝巴尔已经挤到我身边，如此险恶地逼近，几乎都可以闻到他的口臭。他伸手抓着我的手臂，咬牙切齿地说："你一个娼妓跑到这里来做什么？你还有没有羞耻心?"

"求求你……求求你，放我走，"我结结巴巴地说，但是我想他根本没有听到我在说什么。

他的朋友也陆续靠拢过来，全都是强悍、骇人、自满又瞧不起人的家伙，浑身散发着怒气和无处发泄的过人精力，诅咒辱骂像雨点似的洒在我身上。附近的每一个人都转过身来看看这骚动是怎么一回事，有人啧啧出声表示不能苟同，但是却没有人插手。我全身无力，只能任凭他们推着我往出口走。我原本希望走到外面之后，芝麻就会来救我；就算没有，至少我还能逃走。可是我们才一走到街上，那群男人就变得加倍粗暴凶狠，我这才惊觉：在清真寺里，基于对讲道教士与教会的尊重，他们得小心行事，不能提高音量或是把我推来推去，但是一旦到了街上，他们就肆无忌惮了。

我在生命中曾经遭遇更艰困的情况，但是我怀疑自己从未如此心灰意冷过；经过了这么多年的踌躇犹豫，我今天终于朝着真主踏出了第一步，然而，这就是他给我的回应？把我踢出他的家门？

"我实在不应该去那里的！"我跟芝麻说，声音像薄冰一样的嘶哑裂解。"你知道吗？他们说得对，在清真寺或教堂或任何属于他的地方，都没有娼妓存身的一席之地。”

“别这样说！”

我转头去看说话的人是谁，结果几乎不敢相信自己的眼睛；是他，是那位光头的云游僧。芝麻再次看到他，咧开嘴笑得很开心；我则蹒跚地向前走了一步，想要去亲吻他的手，他却在半途拦阻我。“请不要这么做。”

“但我要如何感谢你呢？我亏欠你那么多，”我恳求道。

他耸耸肩，一副不在乎的模样。“你什么也不欠我，”他说。“我们谁也不亏欠谁，只亏欠真主。”

他自我介绍说他是大不里士的夏慕士，然后又说了一句最奇怪的话：“有些人出生时有最完美、鲜艳的灵气，但是却逐渐褪色消失。你似乎就是这样的人。你的灵气一度比百合还要洁白，还带有黄色与粉红色的斑点，但是随着时间流逝，颜色渐渐消褪，现在呈现淡褐色。难道你不怀念以前的颜色吗？难道你不想跟你的元神合而为一吗？”

我茫然地看着他，完全听不懂他在说些什么。

“你的灵气逐渐失去光芒，因为这些年来，你一定相信自己从内到外都是肮脏污秽的。”

“我确实很脏，”我咬着嘴唇说。“你不知道我是靠什么为生的吗？”

“你听我说个故事吧，”夏慕士说。然后他跟我说了这个故事：

有一天，有个娼妓从一只狗的身边经过，看到那个动物在炙热的太阳下又口渴又无助，于是立刻脱下鞋子，到最近的井水舀水给狗喝；然后又继续走她的路。第二天，她遇见了一名苏菲僧侣，他是一个有大智慧的人；他一见到她，就亲吻她的手。她大惊失色。但是他跟他说，她对那只狗的慈悲是发自内心的真诚，所以她所有的罪愆从那一刻开始全都获得赦免。

我知道大不里士的夏慕士想要跟我说什么，但是却打心里不相信他说的话。于是我说："我可以跟你保证，就算我喂饱了全孔亚城里的狗，都还不足以让我得到救赎。"

"这你就不知道了；只有真主才会知道。再说，你又怎么知道今天把你推出清真寺的男人，比你更接近真主呢?"

"就算他们没有比较接近真主，"我还是不相信地说，"谁会告诉他们呢？你会吗?"

但是那僧侣摇摇头。"我不会。这个体制不是这样运作的。是你要去告诉他们。"

"你觉得他们会听我说话吗？那些男人痛恨我。"

"他们会听，"他坚决地说。"因为世界上并没有'他们'这回事，就如同没有'我'一样。你要做的事情，就是在心里牢记：这个宇宙的每一件事、每一个人都是彼此有关连的；我们并不是千百个不一样的生命。我们都是一体的。"

我等着他解释，但是他没有，反倒是继续说下去：“四十条**法则**之中有这么一条：如果你想要改变其他人对待你的方式，就应该先改变你对待自己的方式。除非你学会了真诚完全地爱你自己，否则别人就无法爱你。可是一旦你达到这个阶段，就要感谢旁人丢在你身上的每一根刺，因为那是你即将受到玫瑰洗礼的征兆。”他暂停一下，又加了一句：“如果你自己都觉得自己不值得别人尊敬，又怎么能责怪别人不尊敬你呢?”

我站在那里，一句话都说不出来，只是觉得我始终紧紧抓住的真理逐渐从手中溜走。我想到我曾经睡过的男人——他们身上的味道，他们长满老茧的手，还有他们高潮时的叫声……我曾经见过体面的男孩变成怪物，也见过怪物变成体面的男孩。有一次，我还遇过一名客人，习惯在跟妓女发生性行为时朝她们吐口水。“脏东西，”他一边朝我嘴里和脸上吐口水，一边还会说，“你这个肮脏的妓女!”

可是现在却有这么一位僧侣跟我说，我比清凉的泉水还要干净。这听起来像是品位低俗的笑话，但是当我强迫自己笑的时候，喉咙里却发不出声音，最后反而嘤嘤啜泣起来。

“过去是一个大漩涡，如果你让过去主宰当下，就会被卷进漩涡里，”夏慕士仿佛看穿了我的心思。“时间只是一种幻象。你只要活在当下，这才是最重要的。”

说到这里，他从长袍口袋里掏出一条丝巾手帕。“你留着，”他说。“在巴格达，有个好人给了我这个，但是你比我更需要它，它可以提醒你：你的心是纯洁无瑕的，而且真主就在你的心里。”

说完，那僧侣拄着木杖起身，准备要走。“只要走出妓院就行了。”

“去哪里？怎么走？我没有地方可以去。”

“那都不成问题，”夏慕士的眼睛发光。“别担心路会带你到哪里去，只要专心踏出第一步；那才是你的责任。一旦你踏出这一步，就让一切顺势而行，其他的自然尾随而至。不要随波逐流，要让自己变成水流。”

我点点头。我不用问也知道，这也是其中一条**法则**。

酒鬼苏里曼

1244 年 10 月 17 日，孔亚

在午夜之前，我喝光了最后一杯酒，离开酒馆。

“记得我说的话，小心祸从口出，”希里斯托挥手道别时特别警告我。

我点点头，心里很庆幸有朋友这么关心我。可是我才一踏入漆黑空旷的街道，就觉得一股生平从未感受到的疲惫席卷而来；我真希望刚刚从酒馆里顺手带了一瓶酒出来，因为我需要喝一杯。

我踉跄前行，脚下的皮靴踏在破损的鹅卵石道路上，发出哔哔剥剥的声音；蓦然间，脑海中浮现了鲁米队伍行进的画面，想起他们眼中那种深恶痛绝的神情，不觉让我心痛。这世界上最令我痛恨的事情，莫过于拘谨了；我曾经多次遭到道貌岸然人士的斥责，光是想到他们，就足以让我感到一股寒意打脊椎升起。

我脑子里想着这些事情，不经意地转了个弯，走进一条小巷；这条路的两侧都有巨树遮荫，显得格外阴暗。好像这样还不够似的，月亮又躲进了云里，让我笼罩在一片浓密的黑暗之中。若非如此，我应该会注意到朝我走来的两名保安警察才对。

“色兰，祝你平安，”我大声地打招呼，为了掩饰我的不安，说话的声音似乎太开心了一点。

可是保安警察并不领情，非但没有回礼，反而询问我这么晚了还在街上做什么。

“就是散步而已，”我嗫嚅道。

我们就这样面对面站着，杵在尴尬的一片沉寂之中，只偶有几声从远处传来的狗吠穿透寂静。其中一名警察走到我面前，嗅了一嗅。“这里好臭啊！”他大喊道。

“对啊，有酒的味道，”另外一个也确认说。

我决定以轻松的态度来处理这个场面。“你们别担心。这个臭味只是一种比喻。因为这只是比喻的酒，我们穆斯林都可以喝，所以酒味也只是一种比喻而已。”

“你在胡说八道些什么啊?”第一名警察咆哮道。

就在这个时候，月亮从云层后面现身，皎洁柔和的月光洒在我们身上。这会儿，我可以看到面对着我的那个人。他有一张方脸，戽斗下巴，冰蓝色的眼睛和尖尖的鼻子；若不是那双懒惫的眼神和脸上那种恒久不变的怒容，他应该还算是英俊。

“你这个时候还在街上干什么?”他又问了一次。“你从哪里来?要往哪里去?”

我实在忍不住。“这可是非常深奥的问题啊,年轻人。如果我知道答案,我就可以解开人类在世界上存在的秘密了呀!”

“你在取笑我们吗?你这个肮脏龌龊的家伙!”警察眉头一皱,大声喝斥;然后在我还搞不清楚发生什么事之前,他就已经抽出皮鞭,在半空中咻的一声,甩了一下。

他的动作实在太夸张,让我忍不住噗哧一笑。接着,他就把鞭子挥到我的胸口。这一击来得又急又重,我一时失去平衡,跌倒在地。

“或许这样你会学到一点礼貌,”那警察说着,将皮鞭换到另外一只手上。“你不知道饮酒是重罪吗?”

即使我可以感觉到温热的血流出来,即使我的头痛得像在海里浮沉旋转,我仍然不敢相信自己竟然在大街上被一个年纪足以当我儿子的人鞭打。

“那你处罚我好了!”我回嘴道。“如果真主的天堂里全都是像你这样的人,那我宁可下地狱受火刑!”

那年轻警察在盛怒之下,使尽全力挥舞着皮鞭往我身上招呼;我举起双手护住脸,但是没有多大用处。这时候,我脑海里忽然浮现一首欢乐的老歌曲调,不由自主地从我流血的双唇中唱了出来。我决意不示弱,随着劈里啪啦的鞭如雨下，我的歌声也越唱越大声：

吻我吧，我的爱人，剥下我的心，直到见真情，
你的唇如樱桃酒般甜蜜，再替我倒一杯吧！

我的嘲讽让那警察的怒气更盛，我唱得越大声，他就抽打得越用力。我从来没有想过一个人的心里能够承载那么多的怒气。

“够了，贝巴尔！”我听到另外一名警察惊慌地喊道。“快住手，老兄！”

这顿鞭刑来得突然，去得也突然。我还想说最后一句话，以一句有力而直率的言语作结，但是声音却遭到嘴里的鲜血淹没。我胃里一阵翻搅，然后不知怎的，当场就吐了。

“你这个没用的家伙！”贝巴尔喝斥道。“这是你自找的！”

他们转身，迈开大步，走进夜色里。

我不知道在那里躺了多久，也许只有几分钟，也许是一整夜；时间变得一点也不重要，所有其他事情亦复如是。月亮又躲进云层后方，不但让我失去了月光，也让我失去了自我的感觉。不久，我就飘浮在生与死之间的边缘缝隙之中，再也不在乎最后将何所终；然后那种麻痹的感觉开始消褪，身上的每一块瘀青、每一条鞭痕、每一道伤口，就开始剧痛起来，痛楚如浪潮般一波又一波席天盖地而来。我感到头晕

脑胀，四肢酸痛，就这样，我像只受伤的动物一样躺在地上呻吟。

我一定是昏死过去了。等我再次睁开眼睛，发现自己尿湿了裤子，身体四肢都痛得不得了。我向真主祷告，要不就让我麻痹，要不就赐给我一杯酒；就在这个时候，我听到脚步声走近，心头一惊。这可能是街头的顽童或是劫匪，甚至可能是杀人凶手；可是我转念一想，有什么好怕的呢？我都已经到了这个地步，夜里还有什么更可怕的？

从阴影中走出一名瘦高的光头僧侣。他在我身边跪下，扶我坐了起来，自我介绍说他是大不里士的夏慕士，然后问我的姓名。

“我是孔亚的酒鬼苏里曼，随时为您效劳，”我说着，从嘴里拔出一颗牙齿。“幸会，幸会。”

“你在流血，”夏慕士低声说道，然后开始擦掉我脸上的血。“不只是身体在流血，内心也在流血。”

说着，他从长袍口袋里拿出一个玻璃扁瓶。“用这个药膏涂在伤口上吧，”他说。“在巴格达，有个好人给了我这个，但是你比我更需要它。但是你应该知道，你内心的伤口伤得更重。这个药膏可以提醒你：真主就在你心中。”

“谢谢你，”我听到自己结结巴巴地说，深受他的善意感动。“那个保安警察……他拿鞭子抽我，还说是我自找的。”

大不里士的夏慕士摇摇头。“他们没有权力这样做。每一个人在寻找神圣真主的过程中都是自给自足的。有一条**法则**就是关于这一点：我们都是依照真主的形象塑造出来的，但是我们每一个人都是独一无二的个体，与别人不同。没有任何两个人是一样的，也没有任何两颗心跳动着同样的节奏。如果真主希望我们每个人都一模一样，当初造物时就不会这样做了。因此，不尊重个别差异，而将自己的思想强加诸其他人身上，就等同是不尊重真主的神圣计划。"

"这听起来是很不错啦，"我说，声音里的轻松连我自己都吓了一跳。"但是你们苏菲派的僧侣不是质疑他的任何事情吗?"

大不里士的夏慕士疲惫地笑了一下。"确实如此，但是质疑是好事，表示你还有生命，还在探索。"

他说话的语调抑扬顿挫，仿佛在背书似的。

"再说，也没有人在一夜之间就成了真主的信徒。总是先觉得自己相信真主了，然后生命中发生了什么事，让他又不相信；然后他又相信，接着又不相信，如此多次反复。在我们到达某个阶段之前，其实都是不断地犹豫摇摆；但是这也是向前走的唯一途径，我们向前每多走一步，就更接近真理一步。"

"如果希里斯托听到你说的这些话，他会叫你小心口舌之殃，"我说。"他说，不是每一句话都适合说给每一个人听。"

"呃，他说得也有道理。"大不里士的夏慕士轻轻一笑，然后站起来。“来吧，我送你回家。你的伤口需要好好照顾，你也得好好睡一觉才行。”

他扶我站起来，但是我几乎无法走路；那僧侣毫不迟疑地拉起我，背在背上，仿佛我轻若无物。

“我警告你哦，我身上很臭，”我嗫嚅道，满心羞愧。

“没有关系，苏里曼，别担心。”

那僧侣不在乎血腥、尿臭和酒气，就这样背着我，走过孔亚的小街窄巷。我们经过陷入沉睡中的房屋与茅舍，花园围墙后方的狗对着我们大声狂吠，告诉每一个人：我们来了。

“我一直很好奇苏菲教派的诗人提到酒的事情，”我说。“苏菲教士在赞美真主时提到的酒，究竟是真的？还是一种比喻？”

“这有什么差别吗，我的朋友？”大不里士的夏慕士在我家门口将我放下来之前说道。“有一条**法则**正是解释这个问题：一个真正爱真主的信徒走进酒馆，酒馆就变成他的祷告室；但是一个酒鬼走进同样的房间，那里就成了他的酒馆。不管我们做什么事，真正形成差别的是我们的心，而非外表。苏菲信徒不以外表或地位评断他人；苏菲信徒看人的时候，都是闭上双眼，反倒睁开第三只眼——可以洞察内在领域的心眼。”

经过了漫长累人的一夜之后，我一个人坐在屋子里，想着今天晚上发生的事；虽然觉得自己很悲惨，但是在我内心深处却有一种喜悦的平静，仿佛在那一瞬间，瞥见了极乐世界，并渴望永远都留在那里。就在那一瞬间，我知道真主终究还是存在，而且他还爱我。

虽然我很痛，浑身都是伤痛，但是说也奇怪，我竟然一点都不觉得疼了。

艾　拉

2008 年 6 月 3 日，北安普顿

“海滩男孩”的歌声从艾拉家敞开的窗户飘了进来，一群大学生开车经过，一张张被初夏阳光晒得发红的脸庞。艾拉看着他们，对他们的快乐完全无感，因为她的心思全都放在最近几天发生的事情上头。先是她发现小精灵死在了厨房里；虽然她一再地告诉自己要做好心理准备，因为这一刻随时都会到来，但是她仍不免感到一股深沉的悲痛，还有生命的脆弱与孤寂，仿佛她的狗一死，就只剩她一个人孤零零地留在这个世上。然后她又发现欧莉罹患了暴食症，而且她们班上几乎每个人都知道。这让艾拉倍感内疚，甚至怀疑起她跟小女儿之间的关系，乃至于她为人母亲的能力。对艾拉来说，愧疚不是什么新的感觉，她常常感到内疚，但是失去为人母亲的信心倒是全新的感受。

在这段时间，艾拉开始跟阿济兹·萨哈拉每天密集通信，有时候一天有两封、三封，甚至最多还有一天五封电子邮件的纪录。她在信里，几乎什么事都跟他说，而出乎她意料的是，他总是会即时回信；至于他怎么有这么多时间，以及他在世界那些遥远的角落旅行时怎么能够找到网络写邮件的，艾拉就完全无法理解了。然而，没多久她就对他的文字上瘾了。很快的，艾拉只要一有机会就要上网检查邮件——这是早上起床后的第一件事。然后在吃过早餐之后，还有在她早上散步之后、准备午餐之际和出门办事情之前，甚至在外面，路过网吧时也会进去上网收信。就连她在看她最喜欢的电视节目、在无国界烹饪班里切番茄、跟朋友讲电话、听双胞胎喋喋不休地谈论学校和功课时，她也都开着笔记本电脑和电子邮箱。如果没有阿济兹新写来的信，她就会重看一遍以前的信；如果收到了他的新信件，她就忍不住微笑。对于眼前发生的事情，她半是欣喜，半是难为情。因为，确实有什么事情发生了。

不久，跟阿济兹通信，让艾拉觉得好像暂时脱离了她一成不变的平静生活；对一个生命画布上有太多单调灰褐色泽的女人来说，她逐渐变成一个有秘密色彩的女人——一种明亮撩人的红。而她喜爱这样的色彩。

阿济兹绝对不是那种轻松幽默，爱耍小聪明的人；对他来说，人若是不能听从自己的心去引导他的生命，不能敞开胸怀去爱，不能像向日葵追随太阳一样地追随爱的脚步，都不能算是真正的活着。（艾拉不知道这是否意味着她也名列在他无生命物体的名单之中。）阿济兹在信中不写天气或风花雪月，也不写他最近看过的电影，而是写别的东西，更有深度的事情，像是生死问题，还有爱。艾拉不习惯就这些议题表达她的观点，尤其是对陌生人；可是话说回来，或许正是需要一位陌生人才能让像她这样的女人坦白说出心里想说的话。

如果他们的鱼雁往返之中有丝毫的调情意味的话，艾拉心想，那也没有任何邪念，对他们也都无害。在这个无垠的虚拟迷宫之中，他们大可以躲在遥远的角落里，尽情地跟对方打情骂俏。多亏了这些信件，她希望借此找回一部分她在婚姻中丧失的价值感。阿济兹是那种罕见的男性类型，可以让女人爱上他，又不会让女人感到失去自尊；或许从一位中年美国妇女的瞩目之中，他也可以得到一点欣喜。网络空间可以同时放大和淡化线下的行为，提供一个跟人家调情又不会内疚的机会（她不想要愧疚，因为已经很多了），一个冒险又没有危险的旅程（她确实想要冒险，因为她从未冒过任何险）。这就像是咬一口禁果，又不必担心会有过多的卡路里——不会有什么不良的后果。

一个已婚有小孩的女人写亲密狎昵的电子邮件给陌生人或许算是亵渎，但是因为他们的关系纯属柏拉图式的友谊，所以艾拉认定：这也是甜蜜亵渎。

艾　拉

2008 年 6 月 5 日，北安普顿

心爱的阿济兹，

你在先前的一封信里提到：我们可以通过理性选择来控制我们生命过程的概念，就像游在水里的鱼想要控制海洋一样的荒谬。但是你接下来的那句话，让我思索良久：“‘了解自我’这个概念不但让人产生错误的期待，也在生命与期望的落差之中，产生了失望。”

现在，我必须坦承：我自己确实有点控制狂。至少，最熟悉我的人会跟你这样说。直到最近为止，我一直是个严厉的妈妈；我有很多规定（相信我，这些规定可不像你的苏菲法则那么温和），而且都没有讨价还价的余地。有一次，我的大女儿指控我采用的是游击队的战略；她说我入侵他们的生活，从壕沟里拘捕他们可能会有的任何脱轨思绪或欲望！

还记得《世事难料莫强求》（Que Será, Será）那首歌吗？我猜这始终不会是我的歌；我也始终觉得那句“世事难料莫强求”怎么听都不顺耳，我就是无法随波逐流。我知道你是虔诚的教徒，但我不是。虽然我们一家人常常一起庆祝安息日，可是我自己却不记得上回祷告是什么时候的事。（喔喔，不对，我记得。就是两天前在我家的厨房，不过那不算，因为那比较像是跟更高的自我抱怨。）

念大学时，我有段时间迷上了东方玄学，念了很多佛教和道教的书籍。我甚至计划要跟一位怪里怪气的女孩子一起到印度的教会住上一个月；不过我生命的那个阶段并没有维持很久。那些教义虽然跟神秘教派的教诲一样吸引人，但是我觉得终究太温顺，不适用于现代生活。从那时候起，我的想法始终没有改变。

我希望我对宗教的反感不至于让你感到不快。请视为一位关心你的人迟来很久的告白吧！

致上温暖的祝福，

艾拉

❖ ❖ ❖

亲爱的游击队艾拉，

收到你的来信时，我正准备要离开阿姆斯特丹前往马拉维。我接到任务是去一个艾滋病盛行，而且大多数孩童都是孤儿的村落，为那里的村民拍照。

如果一切顺利的话，我四天后就可以回来。我可以如此期望吗？可以。但是我可以控制吗？不行！我只能带着笔记本电脑，尽可能找到一个有网的地方，然后希望自己能够多活一天；至于其他的，就不是由我控制了。这就是苏菲教徒相信的第五元素：虚无。这种无从解释也无法控制的神圣元素，我们凡人虽然无法理解，但是却永远都应该知道。如果无为是指什么事情都不做，对生命中的任何事情都不感兴趣的话，我不相信所谓的“无为”。但是我却相信并尊敬第五元素。

我相信我们每个人都跟真主签了合约。我知道我签了。当我皈依苏菲教派时，我向真主承诺会尽力而为，至于其他的部分就全部交给他，也只有他能够处理。我接受有些事情超过了我个人局限的事实；因为我只能看到一部分，就像飘浮在电影中的片段，但是更大的计划却超越了我能理解的范畴。

还有，你认为我是虔诚的信徒，但是其实我不是。

我崇尚精神与心灵，这跟虔诚不太一样。笃信宗教与崇尚精神不同，而且我相信二者之间的鸿沟，在过去也从未像今天这么大。我看到这个世界陷入了一个窘境：一方面，我们相信个人的自由与力量，可以不顾真主、政府或社会；从很多方面来说，人类变得越来越以自我为中心，而这个世界也变得越来越物质化。但是在另外一方面，以全体人类来说，又变得越来越崇尚精神与心灵；在仰赖理性这么长一段时间之后，我们似乎不得不承认理智有其限制的临界点。

今天就跟中世纪一样，对于精神与心灵的兴趣爆增；越来越多的西方人试图在他们繁忙的生活之余，开拓出一块属于精神与心灵的空间。他们的用意良善，做法却嫌不足。精神与心灵并不是在旧菜肴上增加的另外一种调味料；如果我们在生活中没有重大的改变，就不可能增加这样的东西。

我知道你喜欢烹饪。你知道吗？夏慕士说过，这个世界就像一只大锅，而锅里正烹煮着一样大的东西。我们还不知道锅里煮的是什么。我们所做的每一件事，我们有的每一种感觉和每一个思绪，都是加入锅中一起混煮的材料。我们必须自问：我们加进锅里的是什么？我们是不是加入了怨怼、敌意、愤怒与暴力？还是我们加入了爱与和谐？

亲爱的艾拉，你呢？你觉得你在人类的这锅大杂烩里加入了什么食材？每次我想到你时，我加入的材料就是一个大大的笑容。

致上我的爱，

阿济兹

第三部

风

转移、演化、挑战

狂热分子亚辛教长

1244年10月19日，孔亚

在我敞开的窗户底下，狗在狂吠咆哮；我从床上起身，心想它们一定是看到强盗企图闯入民宅或是肮脏的酒鬼经过。这年头，邪魔当道，到处都是纵情酒色和淫荡浪行，正派的人都再也不得安眠了。以前并不是这样。几年前，这个小城还是个安全的地方。可是道德崩坏就如同可怕的疾病一样，没有任何警讯就悄然降临，而且迅速传染、蔓延，不论贫富老少，无一幸免。这就是我们城里目前的情况；要不是因为我在伊斯兰学校任教，我根本连大门都不想踏出一步。

感谢真主，还有一些人置社区的安危于自身的利益之上，不分日夜地维持秩序；比方说，像我们的侄子贝巴尔。我跟我妻子都十分以他为荣，想到在这么晚的夜里，有坏人、罪犯与酒鬼在街头横行之时，还有贝巴尔和他的同侪在街上巡逻，保护我们，真是令人感到心安呐！

自从我哥哥英年早逝之后，我就成了贝巴尔的主要监护人。年轻、固执的贝巴尔从六个月前开始担任保安警察；虽然有爱说闲话的人在背后嚼舌根，说他是因为我在伊斯兰学校任教，才能获得这份工作，不过那些都是胡说八道！贝巴尔身强体壮、英勇过人，完全胜任这份工作；就算他去从军，也必然是优秀的军人。他想去耶路撒冷跟十字军作战，但是我跟我妻子都觉得他应该安定下来，结婚成家。

"孩子，我们需要你留下来，"我说。"在这里，也有那么多需要奋战到底的目标。"

确实如此。就在今天早上，我还跟我妻子说，现在跟以前大不相同了；我们每天都听到新的惨剧发生，这绝对不是偶然。如果蒙古军持续打胜仗，如果基督徒再进一步推展他们的志业，如果伊斯兰的敌人继续掠夺打劫，一个城镇又一个城镇，一个村落又一个村落，那也都是因为那些有名无实的穆斯林所害的；一旦人类放开了真主的绳索，就注定走上岔路，而蒙古军入侵也是为了要惩罚我们的罪恶。就算今天不是蒙古军，也可能是地震、饥荒或洪水。我们还要经历多少灾难，才能让镇上那些罪人觉悟忏悔呢？我担心接下来可能就是天降石头了！很快地，我们总有一天会遭到彻底歼灭，步上索多玛与蛾摩拉[1]居民的后尘。

① 根据圣经与《古兰经》记载，索多玛（Sodom）与蛾摩拉（Gomorrah），是两座位于死海附近的城市，相传因其居民有同性恋行为而被神毁灭。

那些苏菲信徒真是带来不良的影响啊！他们怎么能够口口声声自称是穆斯林，而嘴里却讲着连真正的穆斯林想都不敢想的话呢？听到他们动不动就用先知的名讳——愿真主保佑他平安——来鼓吹他们的观点，就让我全身血液沸腾；他们声称在战争之后，先知穆罕默德就宣布他的子民从此扬弃了小的圣战，而迎接更大的圣战——对抗每个人内在自我的战争。苏菲信徒说，从此以后，自我成了穆斯林唯一必须迎战对抗的敌人。这话说得好听，但是这对我们对抗伊斯兰的敌人又有何助益呢？我实在想不通。

苏菲信徒还大肆宣扬，说伊斯兰律法只适用于求道途中的某个阶段而已。什么阶段啊？他们在说什么鬼话？而且好像这样还不够离经叛道似的，他们甚至说经过启蒙开明而有知识的人不应该受限于早期阶段的律法；既然他们向来自认为已经到达比较高明的层级，于是就用这个薄弱的借口规避伊斯兰律法的规定。对他们来说，饮酒、舞蹈、音乐、诗歌与绘画，似乎比宗教责任都更重要；他们还不断鼓吹：既然伊斯兰里教没有阶级的差别，每一个人都可以自行追求真主。这些话听起来都没有恶意，也都好像无害，但是在听完他们这些无聊的赘言冗词之后，你会发现他们传达的信息之中有其邪恶的一面：不需要理会宗教权威！

苏菲信徒认为，《古兰经》里充斥着比喻象征和一层又一层的隐喻暗示，每一个都必须用神秘的方式加以解读。于是他们检验每一个字如何跟数字唱和，然后再研究藏在数字背后的意象，在文字中寻找隐晦的关联，穷尽所能地避免看到真主既清楚又明白的信息。

有些苏菲信徒甚至说人类就是会说话的《古兰经》；如果这还不算是全然的亵渎，那我真不知道什么才算是亵渎！哦，还有那些云游四方的僧侣，另一类无法适应社会，专门制造麻烦的人。有人叫他们云游僧、苦行僧或挂单僧，有各种不同的称呼。依我说，他们才是最糟糕的一群人。如果一个人无法安顿下来，能有什么好处？如果一个人没有归属感，他就可能飘往任何方向，就像风中的枯叶一样，成为魔鬼的最完美猎物。

哲学家也比苏菲信徒好不到哪里去！他们成天反省沉思、反省沉思，好像他们有限的智慧可以掌握难解的宇宙似的！还有一个哲学家与苏菲信徒密谋的故事。

有一天，一名哲学家遇到了一名云游僧，他们一见如故，连续讲了好几天的话，彼此心灵相通，一方还未讲完，另外一方就可以接下去讲。

最后，当他们两人终于分道扬镳之后，哲学家讲到他们的谈话内容，说："我所知道的，他都看到了。"

接着那名苏菲僧侣说："我所见到的，他都知道了。"

所以啊，那个苏菲僧侣以为他看到了，而那个哲学家则以为他知道了。依我看呐，他们什么都没看到，也什么都不知道。难道他们不知道吗？以我们人类简单、有限而又必然时有穷尽的生命来说，我们本来就不该知道那些不应该知道的事情；人类最多只能获得有关全知真主的片段信息，如此而已。我们的任务不是诠释真主的教诲，而是遵行不悖。

等贝巴尔回家，我们就会讨论这些事情。这已经变成了一种习惯，成了我们之间的小小仪式：每天晚上他当班巡逻回来之后，一边吃着我妻子为他准备的汤和面包，我们就一起议论这些事情。看到他的好胃口，也让我感到欣慰；他必须多吃一点，变得更强壮才行。像他这样有规矩的年轻人，在这个邪恶横行的世界上还有很多事情要做呢！

夏慕士

1244年10月30日，孔亚

在我见到鲁米之前的那一天晚上，我坐在糖贩客栈的阳台上，满心欢喜地欣赏真主以他自我的形象塑造出来的宇宙之美。不管我们转往任何方向，都可以追寻他、找到他，然而我们人类却鲜少这样做。

我想起了我见到的人——乞丐、妓女和酒鬼——都是寻常百姓，也都为最常见的疾厄所苦：远离“真一”。这些都是住在象牙塔里的学者看不到的人，我不知道鲁米是否会不一样；如果没有的话，我在心里暗自记下：我应该成为他与社会弱势群体之间的沟通管道。

整个城镇都睡着了。只有在夜里的这个时刻，连夜行动物都不愿意破坏宇宙间的寂静。听着城镇熟睡，总是让我感到又悲又喜，心里想着在每一扇紧闭的门扉后面有什么样的人生故事，还有我若是选择了不同的道路，又会有什么样的人生故事。然而，我并没有做任何选择；如果真有选择的话，也是这条道路选择了我。

我还记得一个故事。

一名云游僧来到一个不信任陌生人的城镇。“你走开！”他们跟他说。“这里没有人认识你！”

那僧侣冷静地答道：“没错，但是我认识我自己，相信我自己。如果是反过来的话，那岂不是太糟糕了吗？”

只要我认识我自己，就不会有问题。认识自己的人，也就会认识“真一”。

月亮在我身上洒落温暖的光芒，宛如一阵月光雨，如丝巾般细致柔和，开始洒在镇上。我感谢真主赐给我如此福报的时刻，也把我自己交付到他的手上。我再次想到生命的脆弱与短促，也想起了另一条**法则：生命是暂时的借贷，而这个世界也无非只是真实的概略模拟。只有孩童才会误将玩具视为真实；然而人类对这个玩具，若非太过入迷，不然就是毫不尊重地丢弃在一旁。在这个生命中，要远离各种极端，因为它们会破坏你内在的平衡。**

苏菲信徒绝不走极端。苏菲信徒始终保持适度与温和。

明天早上，我会去大清真寺聆听鲁米讲道。倘或他真如每一位听众所描述的那么伟大，但是到头来，每一位讲者的宽度与广度，终究要交由他的听众来决定。鲁米的文字或许就像一座野生花园，长满了绒草、药草、杉木与灌木丛，来访的游客总是可以挑选他们自己喜欢的植物。美丽的花朵总是有人采撷，却少有人注意到长满荆棘花刺的植物；然而事实却是：伟大的草药通常都是由这些长满荆棘的植物做成的。

爱的花园不也是一样吗？如果一个人只选择美丽的事物，却将困难留下来，那爱又怎么值得这个名称呢？爱好厌坏很容易，任何人都做得到；真正的挑战在于：无论好坏，都一起爱，不只是因为你必须好坏都兼容并蓄，更是因为你必须跳脱外在的形容，而完整地接受爱。

还有一天，我就要去见我的伴侣了。我彻夜难眠。

哦，鲁米！文字与意义国度的国王！

你看到我时，会认得我吗？

请你看到我！

鲁 米

1244 年 10 月 31 日，孔亚

今天真是喜悦呀，因为我见到了大不里士的夏慕士。在十月的最后一天，空气中多了一分寒意，风也吹得更强劲，宣布秋天的离去。

今天下午，清真寺如常的挤满了人。在对广大民众讲道时，我总是特别留意不要忘记听众，但是也不要记得他们，而唯一的做法，就是把群众想象成一个人。每个星期有成千上百的人来听讲，但是我始终都只对一个人讲话——一个听到我说的话在他心里有回响，而且比其他人都更了解我的人。

后来我走出清真寺，发现马匹已经备妥；那动物的鬃毛编成了发辫，还系上金银两色的小铃铛。我很喜欢听着铃铛跟着马匹的步伐叮咚作响，但是因为有那么多人挡住我们的去路，根本不可能走得很快；于是我们踩着有节奏的步伐，经过落破的商店与搭着茅草屋顶的房舍，耳边听到请愿者的呼喊，夹杂着孩童的啼哭，以及想要多挣几个铜板的乞丐大声叫嚷。这些人大部分都是希望我为他们祷告，有些甚至只是想要接近我，然后也有其他人带着更大的期望来找我，希望我能治疗他们的不治之症，甚至驱邪除咒——这些人最令我担忧。他们怎么看不出来呢？我既不是先知，也不是圣贤，怎么可能创造奇迹呢？

我们的队伍转过一个角落，接近糖贩客栈时，我注意到一名云游僧从人群中挤出来，笔直地朝着我这边走来，用锐利的眼神直直地盯着我看。他的动作灵敏专注，浑身散发出自负、干练的气息；他头上没有头发，脸上没有胡须也没有眉毛。尽管他的脸庞清朗开阔，无人能比，但是表情却令人费解难测。

然而，并非是他的外貌吸引我的注意。这些年来，我见过各式各样的云游僧经过孔亚去追寻他们的真主；有些身上带着骇人的刺青，有些穿了好几个耳环或鼻环，大部分的云游僧都喜欢把“放荡不羁”写在身上。他们要不是留着非常长的头发，不然就干脆剃个精光；有些僧侣甚至连舌头和乳头都有穿洞。所以当我第一眼看到这名僧侣时，并非他的外在让我震惊，而是——我敢说——他的眼神。

他那如烈焰般的黑眼珠看着我，比利刃还要锋利；他站在街心，高举着开展的双臂，仿佛他要喝止的不只是行进的队伍，而是整个时间的长流。我突然感到震惊如一股电流穿透我的身体，像是某种顿悟；而我的马匹受惊，开始大声喷着鼻息，用力昂首又低头。我试着安抚它，但是它却受到惊吓而不安，让我也跟着紧张起来。

那僧侣在我眼前走近惊惶不安、猛踏马蹄的马匹，并且在它耳边不知道低声说了些什么；只见那动物开始大声喘息，但是却在那僧侣一挥手结束所有的动作之际，立刻安静下来。一波骚动穿透人潮，而我也听到有人在低声说：“那是黑魔法。”

那僧侣无视周遭的人群，好奇的目光直视着我。“哦，学贯东西的伟大学者，我早已久仰大名。我今日到此问你一个问题，可以吗?”

“请说，”我低声道。

“呃，那你得先下马，跟我站得一样高才行。”

乍听之下，我大为震惊，一时说不出话来；而我身边的人似乎也同感惊愕。从来没有人敢这样跟我说话。

我觉得脸上发烫，感到胃里有一阵恼怒的翻搅，可是我仍然控制住自我，跨下马来。但是那僧侣竟然转身，迈步走开。

“嘿，等一等，请等一等!”我边喊边追上他。“我要听你的问题呐!”

他停步转身，第一次对我微笑。“好，那么请你跟我说，你认为这两个人哪一个比较伟大：是先知穆罕默德呢？还是苏菲教派大师比斯塔米?”

“这算什么问题?”我说。“你怎么可以拿我们尊崇的先知——愿真主保佑他平安——人间的最后一位先知，跟恶名昭彰的神秘主义信徒相提并论呢?”

好奇的群众逐渐靠拢过来，但是那僧侣似乎并不在意人群，仍然专注地看着我，坚持问道：“请你好好想想。先知不是说过：‘真主，请原谅我啊，我应该认识祢，却力有未逮。’而比斯塔米却说：‘荣耀归我吧，因为我衣裳内就有真主。’如果一个人觉得自己在真主面前很渺小，而另外一个却自称带着真主在身上，那你认为哪一个比较伟大呢?”

我的一颗心突地跳到喉头，这个问题似乎再也没有那么荒谬了。事实上，我反而觉得好像掀开了一层面纱，而面纱底下有个令人痴迷的谜题正等着我。那僧侣的嘴角浮现一丝诡谲的笑容，像是一阵微风拂过；现在我知道他不是什么疯疯癫癫的僧侣，而是一个带着问题来的人——一个我从未想过的问题。

“我知道你想说什么了，”我开口道，不希望他听出我声音里的颤抖。“我会比较这两句话，然后跟你说：为什么尽管比斯塔米的话从表面上看来似乎比较伟大，但事实上却正好相反。”

“我洗耳恭听，”那僧侣说。

“你瞧，真主的爱是无垠的海，而人类则尽其所能地从大海中取水。但是归根究底，我们能拿多少水，最终还是取决于我们的杯子大小。有些人用大木桶，有些人用小水桶，但是也有一些人只有碗。”

我说话时，看到那僧侣脸上的表情从幽微的奚落，变成公然的赞许，然后又变成柔和的微笑，像是从另外一个人的话语中印证了自己想法的人。

“比斯塔米的容器相形较小，所以他喝了一口水之后，就止渴了，而他也满足于那个阶段。他能认知到自己内心的神性固然很棒，但是即使如此，真主与自我之间仍然存在着差异，无法达成二者合一的目标。至于先知，他是真主挑选的人，他的杯子也大得多，不容易装满。所以真主才会在《古兰经》中问他：我们还未开启你的心吗？于是他的心敞开了，他的杯子变得广大无边，对他来说，渴是一个接着一个来，永远无法止渴。莫怪他说：‘我们应该认识祢，但是却力有未逮’，尽管他肯定比其他任何人都更认识他了。”

那僧侣脸上露出真诚温厚的笑靥，点点头，谢谢我，然后伸手放在胸口，表示谢忱，并且维持这个姿势好几秒钟。等我们四目再次相接时，我注意到他的眼神中多了一丝温柔与高贵。

我看着僧侣背后那片淡灰色的景象，我们这个城镇每年到了这个时候就是这样的一片荒凉景色，几片枯叶掠过我们脚下。那僧侣看着我，眼神中多了一点全新的兴味，而且在夕阳西斜的光天化日之下，我发誓在那一瞬间，看到一股琥珀色的灵气围绕在他的身边。

他尊敬地向我鞠躬行礼，我也鞠躬还礼。我不知道我们两人像这样站了多久，只知道头顶上的天空变成了紫色。过了一会儿，我们周遭的人群开始不安地骚动；他们看到我们彼此鞠躬致意，都感到诧异，甚至濒临非议的边缘。他们从未见我向任何人鞠躬行礼，而今天我竟然对着一位平凡的苏菲教派云游僧鞠躬，对某些人来说——包括我新近的门徒——都是一个很大的冲击。

那僧侣势必感受到那种谴责的氛围。

“我该走了，把你留给仰慕你的群众，”他说。他的声音渐弱，变成有如丝绒般的低沉音色。

“等一等，”我反驳道。“别走，拜托你，留下来！”

我瞥见他脸上出现一抹沉思的神色，嘴唇仿佛有所留恋地噘了起来，仿佛他想留，但是却又不能或是不愿留下来。就在那电光火石之间，在那一刹那，我听到他没有开口问我的问题。

那你呢，伟大的讲道者？告诉我，你的杯子有多大？

就这样，没有什么好说了，我们两人都无话可说。我上前，朝僧侣走了一步，近到可以看见他黑色眼眸里闪着金光。突然间，一股莫名的奇妙感觉袭上心头，好像此时此景似曾相识，而且不只出现一次，而是几十次。然后我开始一点一滴地想起来，一名蒙着面纱的瘦高男子，手指头着了火。这时候，我知道了。站在我眼前的这名僧侣不是别人，正是我在梦中所见过的那个人。

我知道我找到了我的伴侣，但是我并未感到我始终以为一定会有的狂喜，反而感到一股冷冽的恐惧。

艾　拉

2008 年 6 月 8 日，北安普顿

艾拉发现自己被许多问题所围困，却找不到答案；她发现她跟阿济兹的书信往来之中有许多事情让她感到讶异，尤其他们会开始通信这件事。他们在各方面都南辕北辙，她甚至怀疑两人之间究竟有什么共通之处可以让他们如此频繁地保持联系？

阿济兹就像是一幅拼图，而她则立志要一片一片地拼凑起来。每从他那里收到一封新的电邮，就像是收到另外一片拼图；尽管尚未看到拼图的全貌，但是现在她对这个跟她通信的人，已经略知一二。

艾拉从阿济兹的部落格得知，他是一名专业摄影师，也是热爱环球旅行的旅行家；他可以自由地穿梭在世界上最遥远的角落，就像去住家附近公园散步一样的轻松自然。本质上，他就是坚毅不拔的游牧民族，不论走到哪里——西伯利亚、上海、加尔各答、卡萨布兰卡——他都是从容自得的；

而且不管去什么地方，他永远都只带一个背包与一支芦笛，即使是艾拉在地图上都找不到的地方，他也能交到朋友。就算遇到丝毫不肯让步的边界警察，碰到怀有敌意的政府拒发签证，罹患水生寄生虫传染的疾染，吃了遭到污染的食物导致肠胃不适，面临抢劫的危机，政府军与叛军之间的武装冲突——这些都无法阻止他东奔西闯，南征北讨。

艾拉觉得阿济兹是一条奔腾的瀑布。她不肯涉足的地方，他全力闯荡；她行动前凡事犹豫担心，而他却总是先做了再说，就算有所担忧，也是以后的事。他的个性活泼，有太多的理想主义与热情全都集中在他一个人的身上。他同时扮演许多不同的角色，但是每个角色都扮演得恰如其分。

她自认是自由派的顽固民主党员，不上教堂的犹太教徒，同时也是胸怀大志的素食主义者，立志总有一天要断绝饮食中的所有肉类。她对任何事情都泾渭分明，有点像是她整理家务一样，利落而整齐。她脑子里有两份彼此互不相容也同样冗长的清单：一份是她喜欢的事，另外一份则是她痛恨的事。

尽管她绝对不是无神论者，也喜欢不时地举行一些仪式，但是艾拉相信：如今摧毁这个世界的主要问题，一如过往，都是宗教引起的。那些虔诚的人个个都无可救药的傲慢自负、自命不凡，相信唯有他们自己的宗教才是至高无上的正途，往往让她看了觉得心烦；所有宗教的狂热分子都让人感到不悦而难以忍受，但是在她内心深处，其实觉得伊斯兰教的狂热分子最不可取。

然而，阿济兹虽然是崇尚精神生活的人，也对宗教信仰之事甚为认真，不过却绝口不提当代政治，也不“痛恨”任何事或任何人。身为顽固的肉食主义者，他曾经说过他永远不会拒绝一盘美味的烤肉串。他在20世纪70年代中期，从无神论者皈依伊斯兰教，他开玩笑说：“在卡里姆·阿布杜尔-贾巴尔①之后，凯特·斯蒂芬斯②之前。”此后，他曾经跟数百名来自不同国家和宗教的神秘主义者共食进餐，宣称他们都是“同一道路上的兄弟姊妹”。

阿济兹是忠诚的和平主义者，而且深具人道主义的观念；他相信所有的宗教战争基本上都是源自“语言的问题”。他说，语言，非但无助于揭露真相，反而隐藏了真相；结果就是大家不断地彼此误解、误判。在一个饱受错误翻译与诠释所苦的世界上，对任何主题太过绝对或坚决都没有用处，因为我们最坚定的信念很可能是由单纯的误译所引起的。整体而言，我们不应该对任何事情都太过死板僵化，因为“活着

---

① 卡里姆·阿布杜尔-贾巴尔（Kareem Abdul-Jabbar，1947－），美国职篮NBA球员，1971年还在加州大学求学时，受到一名土耳其长老的影响，皈依伊斯兰教。

② 凯特·斯蒂芬斯（Cat Stevens，1948－），英国歌手、作曲家、乐手和人道主义者，本名为斯蒂文·特米特·乔治乌，1977年高调皈依伊斯兰教，改名为Yusuf Islam，然后放弃音乐事业，投入伊斯兰社群的教育推广工作。

就代表要不断地变换颜色”。

阿济兹与艾拉生活在不同的时区——这不但是指实际的情况，也是一种比喻。对艾拉来说，时间主要是指未来；她每天都花费很多时间计划未来，忙着明年、下个月、明天，乃至于下一分钟的计划，即使是像购物或替换坏掉的椅子这种小事，艾拉也要事先拟订详细的计划，纳入她巨细靡遗的日程计划表，收进皮包里。

然而对阿济兹来说，时间都是以现在这一刻为中心，除了现在之外，其他的任何事情都是幻象；基于同样的理由，他相信爱也跟“明日的计划”或“昨天的回忆”没有任何关系。爱，只能是此时此地的事。在他最早写给她的电子邮件中，有一封信就是用这句话作结尾：“我是苏菲信徒，现时此刻的子民。”

“说这种话好奇怪啊，”艾拉回信说，“对一个始终放了太多心思在过去，甚至放了更多心思在未来，却不知怎的从来没有碰触到现在这一刻的女人来说，这话听起来真的很怪！”

阿拉丁

1244 年 12 月 16 日，孔亚

命运使然，那僧侣和我父亲的人生道路交会时，我并不在场。我跟几位朋友去猎鹿，直到第二天才回来；那时候，我父亲与大不里士的夏慕士相会之事，已经成了全孔亚街谈巷议的焦点。这个僧侣是何许人也？镇民谈论着为什么像鲁米这样博学的人都如此认真地看待他，甚至到了向他鞠躬的地步？

我从小就看着人民跪倒在我父亲面前，从未想象有一天会反过来的——当然，除非那个人是国王或什么高官；所以我根本就不相信我听到的传闻，也丝毫不受谣言所扰。直到我回家，我的继母绮拉——她绝对不会说谎，也不会夸大事实——证实了这整件事，我才相信：没错，那是真的，一个叫作“大不里士的夏慕士”的云游僧公然当面质疑我父亲，更有甚者，此刻他正住在我们家里。

这个陌生人到底是谁？他怎么会像天空掉下来的神秘石

头一样，突然掉入了我们的生活中？我急着想要亲眼看看这个人，于是问绮拉说：“那，这个人在哪里？”

“小声点，”绮拉有点紧张地说。“你父亲跟僧侣正在书房里。”

我们可以远远地听到他们交谈的嗡嗡声，但是听不见他们谈话的内容。我要往书房的方向走，但是绮拉拦住我。

“恐怕你得等一下。他们要求不要打搅他们。”

那一天，他们一整天都没有走出书房一步；第二天跟第三天也都没有。他们可能谈些什么呢？像我父亲这样的人，跟一个普通的僧侣能有什么共通之处呢？

一个星期过去了，然后又一个星期。每天早上，绮拉准备好早餐，放在托盘上，置于他们房门口。但是不管她准备了什么珍馐，他们都一概婉拒，最多只在早上吃一片面包，晚上再喝一杯羊奶。

那一段时间，我心神不宁，情绪紧绷，每天都笼罩在阴霾之下，不时地跑到书房前，寻缝找孔，想要偷看里面到底发生了什么事，一点也不在乎万一他们突然打开房门，发现我在偷窥时会发生什么事；我花很多时间，弓着背，贴着门，想要知道他们在屋子里谈些什么，但是却只能听到低沉的私语。尽管窗帘并未完全紧闭，但是室内一片阴暗，我也看不到里面的情况。既看不到，也听不到，于是我放任自己的脑子天马行空地幻想，编造他们在里面谈论的话题，填补这沉默的空白。

绮拉一度发现我把耳朵贴在门上偷听，但是她并没有多说什么。因为到了这个时候，她比我更急于想要知道里面发生了什么事。女人无法克制她们的好奇心，这是她们的天性。

但是我哥哥苏丹·瓦拉德发现我在偷听时，反应就截然不同。他用愤怒的眼神瞪着我，脸上充满了敌意。

“你没有权力窥探别人，尤其是你父亲，”他斥责道。

我耸耸肩。“老实说，哥哥，我们的父亲花那么长的时间跟一位陌生人在一起，难道你不觉得奇怪吗？到现在已经超过一个月了，父亲完全把家庭放到一边不顾，难道你不生气吗？”

“父亲并没有把什么放到一边不顾，”我哥哥说。“大不里士的夏慕士的到来，让他找到了一个非常要好的朋友；你应该为我们的父亲感到高兴才对，而不是像个小孩子一样抱怨发牢骚——当然，如果你真的爱他的话。”

这种话只有我哥哥才说得出口。我早就习惯他的古怪言行，所以也没有因为他的苛刻言词发脾气；他始终都是循规蹈矩的乖孩子，是我父亲最宠爱的儿子，不但在家里，连在邻里之间，也都是贴心的宝贝。

❖　❖　❖

我父亲和那名僧侣在书房整整闭关了四十天后，奇怪的事情发生了。我还是跟往常一样，蹲在房门前偷听着比平常更凝重的沉静；突然间，我听到那僧侣说话了。

“我们在此闭关已经四十天了。每天，我们讨论‘爱的四十条法则’的其中一条，现在已经讨论完毕了，我想我们最好还是出关吧。你迟迟不出去，可能会让家人感到不安。”

我父亲反驳道：“别担心。我妻子跟儿子都够成熟，应该能够理解我需要离开他们一段时间。”

“呃，我并不了解尊夫人，但是你的两位公子，个性迥然不同，就像黑夜与白天一样，”夏慕士答道。“大的那个遵循你的脚步，但是小的那个，恐怕就是按照完全不同的节奏前进。他的心里因为仇恨与嫉妒而蒙上了阴影。”

我气得脸颊发烫。他根本就还没看到我，怎么能把我说得如此不堪？

“他以为我不认识他，但是我认识，”过了一会儿之后，那僧侣又说。“他蹲伏在门边，把耳朵贴在门上偷听，从门缝中偷看我们时，其实我也在看着他。”

一股寒意突然窜遍我全身，手臂上的每一根汗毛也竖了起来。我连想都没想，就一把推开房门，大步走了进去。我父亲瞪大眼睛，一时不知道发生了什么事，但是用不了多久，他的震惊就转为愤慨。

“阿拉丁，你疯了吗？你怎么可以像这样闯进来？”我父亲大发雷霆。

我不理他的问题，指着夏慕士大喊道：“你怎么不先问问他：为什么胆敢这样说我？”

我父亲一句话也没说，只是看着我，深深地吸了一口气，仿佛我的存在是他肩头上的重担。

“求求你，父亲。继母想念你。你的学生也想念你。你怎么可以为了一个卑鄙的僧侣，就背弃了所有你爱的人呢？”

我话才一说出口，就后悔了，但是也来不及了。我父亲盯着我看，眼中充满了失望，我以前从未见过他这个样子。

“阿拉丁，你帮你自己一个忙吧。离开这里——马上，”我父亲说。“去找个安静的地方，好好反省你刚刚做的事。除非你看到了内在的自我，承认自己的错误，否则不要跟我说话。”

“可是，父亲——”

“出去！”我父亲转身背对着我，又说一次。

怀抱着一颗向下沉的心，我走出书房，手心冒汗，膝盖颤抖。

就在那一刻，我突然觉悟：我们的生活起了某种难以理解的变化，一切都跟以前不一样了。自从我母亲在八年前过世之后，这是我第二度遭到遗弃。

鲁　米

1244年12月18日，孔亚

隐藏的阿拉——真主不为人知的面目——开启我的心智，让我可以看见真理。

大不里士的夏慕士问我那个关于先知穆罕默德与苏菲大师比斯塔米的问题时，我觉得这个世界上仿佛只剩下我跟他两个人；而在我们眼前开展的，则是真理道路的七个阶段——也就是每一个自我必须一一克服才能抵达“真一”的七个境界。

第一个阶段是堕落的自我。这是人类最原始也最常见，也就是灵魂受困在物欲追求。大部分的人都困在这个阶段，为了满足他们自我的需求而挣扎受苦，但是又一直将自己长期的不快乐归咎于他人。

如果一个人明白了自我的卑微与贬抑——也只有当一个人有这样的认知，并且开始改善自我时——才能迈向下一个阶段，基本上就是跟前一个阶段完全相反的情况。到达这个阶段的人，不再一直怪罪别人，而是怪罪自己，有时候甚至到了自我否定的地步。至此，一个人的自我就变成责难的自我，也就开启了内在净化的旅程。

到了第三个阶段，人就变得比较成熟，自我也演化成启发的自我。只有到了这个阶段，而非在此之前的任何时候，一个人才能体会到“屈服”的真谛，可以自在地漫游在“知识谷”里。能够走到这么远的人，必然是拥有并充分表现出耐心、坚毅、智慧与谦卑的特质，觉得这个世界焕然一新，充满了启示。然而，很多人到了第三个阶段之后，就有一股冲动想要留在原地，丧失了继续前进的意愿或勇气；因此第三阶段虽然美丽而喜悦，但是对目标更远大的人来说，反而是一个陷阱。

能够离开第三阶段，继续走到下一个“智慧谷”的人，就得以认知宁静的自我。到了这里，自我就不再是以前的自我，而是幻化成更高层次的意识。任何人只要到了这里，不管生活中有什么困苦，都能感受到慷慨、感恩与永不动摇的满足感等主要特质。过了这个阶段，就是“和谐谷”，到达这里的人，不管真主将他们置于什么样的环境之中，都会感到喜悦；对他们来说，世俗的一切都没有任何差别，因此他们已经到达欢喜的自我。

到了下一个阶段——赐福的自我——这个人就成了人类的一盏明灯，散发出能量给任何有需要的人，也可以像真正的大师一样开始授业讲道、阐明真理。有时候，这样的人也有疗愈的能力。只要他所到之处，都能让其他人的生命产生剧烈的变革；他所做的或是想要做的每一件事，都吻合他的主要目标，也就是通过服务人群为真主效劳。

最后，到了第七个阶段，这个人就到达了净化的自我，变成了完人。但是没有太多人知道关于这个阶段的事情，就算有极少数人到达那个阶段，他们也不会说。

真理道路的七个阶段，说起来容易，亲身体验却很难。除了路上本来就有的障碍之外，也没有人可以保证会一路畅行，没有间断。从第一个阶段到最后一个阶段的路径绝对不会是一条直线，总是会危机四伏，让你颠仆跌倒，甚至跌回前一个阶段，有时候还可能从最高层级一路跌下来，又回到第一个阶段。由于这一路上的多重陷阱，难怪每个时代都只有极少数人能够到达最后阶段。

❖ ❖ ❖

所以当夏慕士问我那个问题时，他要的不只是比较，而是要我仔细思考自己有多强烈的意愿抹杀自我个性，全心全意地追求真主。在他第一个问题之下，还藏着第二个问题。

“那你呢，伟大的讲道者？”他在问我。“在这七个阶段之中，你在哪个阶段？你有没有心想要更上一层楼，直到最后？告诉我，你的杯子有多大？”

绮 拉

1244 年 12 月 18 日，孔亚

我知道，哀叹自己的命运不好无济于事，但是我仍然忍不住希望自己在宗教、历史、哲学和其他鲁米与夏慕士日以继夜地讨论的话题上能有更多的知识。有时候，我真想抗拒成为女人；如果你生下来是女孩子，就只能学习烹饪打扫、洗涤脏衣物、缝补旧袜子、制作奶油乳酪、喂养婴孩等等；有些女人还得学习爱的艺术，让自己更有魅力，可以吸引男人，如此而已。没有人会拿书给女人看，开启她们的视野。

我们婚后的第一年，只要有机会，我就会溜进鲁米的书房，坐在他热爱的书籍之中，一边呼吸着它们积尘发霉的气息，一边在心里揣想着书中藏着什么样的秘密。我知道鲁米有多么宝贝他的书，其中大部分都是他死去的父亲巴哈·乌丁留给他的遗产；而他最爱的一本就叫《灵知书》。有许多的夜晚，他会彻夜不眠，看书直到天亮，不过我怀疑他对书中的文字早就倒背如流了。

“就算给我一整袋的金子，我也不会拿我父亲的书去交换，”鲁米曾经这样说过。“这里的每一本书都是祖先传下来的无价遗产。我从我父亲的手中接收过来，也会将这些书传给我的儿子。”

我可是经过惨痛的教训，才知道这些书对他的意义有多么重大。我们还在新婚第一年时，有一天我一个人在家，突然想要打扫书房，于是把书架上的书籍全都搬下来，然后用一块绒布，沾了玫瑰水擦拭书籍的封面。本地人有个迷信，认为有一类年少稚气的神灵叫作可比克，专门以破坏书籍为乐；为了赶走这些神灵，本地人习惯在每一本书上写一个警语：**可比克不要动，不要乱动这本书**！我怎么知道除了可比克不能乱动我丈夫的书之外，连我也不能动呢？

那天下午，我清理了书房里的每一本书；一边打扫，我还一边看安萨里[①]的《宗教科学的复兴》。直到我听到背后传来遥远而不带任何感情的声音，才意识到自己在那里待了太久。

“绮拉，你在这里做什么？”

是鲁米——或是一位长得跟他很像的人——他说话的语气比平常严肃，脸上的表情更是冷峻；在我们八年的婚姻生活中，只有那一次，他用那种语气跟我说话。

---

① 安萨里（Al Ghazzali，1058—1111）波斯裔伊斯兰神学家、哲学家、法理学家，宇宙学家、神秘主义者。

“我在打扫，”我嗫嚅道，但是声音很微弱。“我想要给你一个惊喜。”

鲁米答道：“我知道，但是请你不要再碰我的书。事实上，我希望你根本不要走进这个房间。”

从那天起，我就再也没有踏进书房一步，即使没有人在家也是一样。我了解也接受了书本的世界与我无缘，过去如此，始终如此，未来也是如此。

可是当大不里士的夏慕士一踏进我们家门，他就跟我丈夫反锁在书房里，一待就是四十天；我觉得心头有一股旧恨重新燃起，一个我根本不知道的伤口又开始流血。

金　雅

1244年12月20日，孔亚

我出生在托罗斯山上一个平凡的农家，十二岁时被鲁米收养。我的亲生父母工作非常辛苦，未老先衰，看起来都比实际年龄老迈。我们家的房子很小，我跟姐姐，还有其他手足的鬼魂——一共有五个孩子，全都因为普通的疾病夭折——共住一个房间；全家也只有我能够看到这些鬼魂。每次我提到这些小灵魂在做什么的时候，姐姐都吓得魂不附体，也会让母亲尖叫哭泣；我试着跟他们解释这些死去的兄弟姊妹看起来一点都不可怕，也不会让人觉得他们不开心，所以不必担心或害怕，不过这些都徒劳无功。这是我永远都无法让家人了解的事。

有一天，一名遁世的隐士经过我们村落；我父亲看他已经筋疲力竭，于是邀他在家里住一晚。那天晚上，我们围坐在火炉旁烤羊乳酪，那隐士说了一个来自遥远国度的迷人故事。我听着他单调低沉的嗓音，慢慢地闭上眼睛，随着他神游到阿拉伯沙漠，看到北非贝都因人的帐篷，一片叫作地中海的湛蓝海水；我在那里的海滩上捡到一个贝壳，一个螺旋状的大贝壳，然后放进口袋里。我打算沿着海滩从这一头走到另外一头，但是一股刺鼻的恶臭味让我中途打住。

等我睁开眼睛，发现自己躺在地板上，家里的每一个人围在我身边，一脸忧心忡忡的样子。我母亲一手扶着我的头，一手拿着半颗洋葱，放在我鼻尖强迫我闻。

“她醒了!”姐姐开心地拍手大叫。

“谢天谢地!”母亲重重地叹了一口气，然后转身跟隐士解释:“金雅从小就常常会突然晕倒。”

第二天早上，隐士谢谢我们的款待，并且跟我们道别。

不过在他离开之前，他跟我父亲说:“你的女儿金雅是一个很特别的孩子。她非常有天赋，如果白白浪费这样的天赋，实在太可惜了。你们应该送她去上学——”

“一个女孩子家上学做什么?”母亲大声说道。“你是从哪里听说有这种事的?她应该留在我身边，帮我编织毯子，直到嫁人为止。她也很有编织的天分呢，你知道吗?”

可是那隐士不肯轻言放弃。“话是这样说没错，但是有一天，她会成为更好的学者。显然，真主并没有因为她是女孩子就嫌弃她，反而赐给她种种天分，难道你自以为知道的比真主更多吗?”他问。“如果这附近没有学校可以念书的话，就把她送到学者那边，让她接受应得的教育吧。”

母亲仍然摇头，但是我看得出来，父亲有不同的想法。我知道他对教育和知识充满了热情，也知道他对我的能力相当看好，因此听到他接下来说的话，我一点也不讶异。“我们不认识什么学者。我要去哪里找呢？”

就在这个时候，那隐士说了一个从此改变我人生的名字。他说：“我知道在孔亚有个了不起的学者叫作‘莫拉维’，贾拉尔·阿德丁·鲁米；他会很乐意教导像金雅这样的女孩子。带她去找他吧！你绝对不会后悔。”

隐士前脚刚走，我母亲就立刻双手一摊。“我怀孕了，不久家里又多了一张嘴要吃饭。我需要帮手。女孩子家不需要念书，只需要学习做家事、照顾小孩就行了。”

我宁可母亲是用其他的理由来反对我离家。如果她说她会想念我，或是无法忍受将我送到别人那里——即便只是暂时的一小段时间——我可能都会选择留下来；但是她并没有这样说。无论如何，我父亲相信那隐士说得有理；过了几天之后，我也相信了。

不久，我父亲就带着我到了孔亚。我们在鲁米任教的伊斯兰学校门外等他；当他走出来时，我根本害羞得不敢抬起头来看他，只是看着他的手。他的手指柔软修长，像是艺术家的手，而不是学者的手。父亲将我推到他面前。

“我女儿非常有天赋，但是我只是普通人，我妻子也是。有人跟我们说，您是这附近最有学问的人，您愿意教她吗？”

就算我没有看着他的脸，也可以感觉到鲁米并不意外；他一定常常听到这样的请求，早就见怪不怪了。他跟我父亲谈话时，我往院子里走去，看到几个男孩子，但是并没有女孩。可是就在我往回走的时候，发现一名年轻女子站在角落里，她的一张圆脸非常平静皎洁，几乎像是大理石雕像。我对着她挥了挥手，她好像吃了一惊，可是短暂的迟疑之后，她也挥手回礼。

“嗨，小女孩，你看得到我吗?”她问。

我点点头，那女子笑靥逐开，拍着手说：“太好了！其他人都看不到。”

我回头走向父亲和鲁米，以为他们看到她之后，就会停止交谈，但是她说对了——他们都看不到。

“到这里来，金雅，”鲁米说。“你父亲跟我说，你很喜欢读书。跟我说说看，书里有什么东西让你这么喜欢?”

我用力地吞了一口口水，愣在那里，不知道如何回答。

“你就说嘛，亲爱的，”父亲听起来有点失望。

我想说出正确的答案，一个让父亲以我为荣的答案，只不过我不知道答案是什么；在焦急慌张之余，唯一能够从我嘴里发出的声音，就是急切的喘息。

若不是那名年轻女子及时介入，父亲跟我可能就得两手空空地回到山上的村落了。她握着我手说：“只要说出关于你自己的事实就可以了。我保证，不会有事的。”

我觉得好多了，于是转身对鲁米说：“老师，如果能够跟您一起研读《古兰经》，我会倍感荣幸。我不怕学习辛苦。”

鲁米的脸亮了起来。“那很好，”他说道，但是随即打住，仿佛刚刚想起什么棘手的细节。“可是你是女孩子，即使我们认真研读，也有长足的进步，不久之后，你还是得结婚生子，那么一来，多年的学习也派不上用场了。”

这我就不知道该如何回答了，不免感到灰心丧气，甚至有点内疚。父亲似乎也觉得很困扰，突然低头看着鞋子。这一次，又是那个年轻女子伸出援手：“跟他说他妻子一直想要一个女孩子，如果看到他教一个女孩念书，一定会很开心。”

听到我转达这个信息，鲁米哈哈一笑。“噢，原来你已经去过我家，跟我妻子谈过了。不过我跟你保证，绮拉绝对不会插手去管我教书的事。”

那年轻女子慢慢地摇头，有点凄凉地附在我的耳边说：“跟他说，你说的不是他的第二任妻子绮拉；你说的是葛芙荷，他两个儿子的母亲。”

“我说的是葛芙荷，”我小心翼翼地念出这个名字。“您两个儿子的母亲。”

鲁米的脸色变得苍白。“葛芙荷已经死了，孩子，”他冷冷地说。“可是你怎么会知道我死去妻子的事情？这是什么恶俗的玩笑吗？”

我父亲插嘴道：“我相信她没有恶意，老师。我跟你保证，金雅是个谨慎的孩子，从来就不会对长辈无礼。”

我知道我必须说出事实。“您死去的妻子就在这里。她正握着我的手，鼓励我说话。她有一双深褐色的杏眼，还有漂亮的雀斑；她穿着黄色的长袍……”

我看到那年轻女子指着她脚上的拖鞋，不觉愣了一下。“她要我跟你说她的拖鞋，是亮橘色的丝绸做的，上面还绣了小红花，非常漂亮。”

“那是我从大马士革为她买回来的鞋子，”鲁米热泪盈眶地说，“她很喜欢那双鞋。”

说完，鲁米陷入沉默，挠着胡髭，脸上的表情凝重而疏离。可是当他开口说话时，声音却是温柔而友善。“我们到我家去吧，咱们可以边吃晚餐，边讨论她的未来。我相信她会是很优秀的学生，比很多男孩子都还要更好。”

然后鲁米转向我问道：“你可以转述给葛芙荷听吗?”

“没有这个必要，老师。她都已经听到了，”我说。“她说她现在得走了，但是她永远都会充满爱意地看着你。”

鲁米温暖地一笑，我父亲也是，气氛变得前所未见的融洽自在；在那一刻，我知道我跟鲁米的相逢，对未来的发展将会产生深远的影响。我跟母亲之间向来不亲近，但是真主却赐给我两位父亲——生父与养父，似乎是补偿她的缺席。

这就是我八年前到鲁米家时的情况，一个怯生生但是又求知若渴的孩子。绮拉对我很慈祥也很热情，甚至比我亲生母亲还要更好；鲁米的儿子也很欢迎我，尤其是他的大儿子，不久就成了我的大哥哥。

结果隐士说对了。尽管我想念父亲和我的兄弟姐妹，但是我没有一刻后悔来到孔亚，加入鲁米的家庭。在这个家里，我度过了许多快乐的日子。

直到大不里士的夏慕士出现，改变了一切。

艾　拉

2008 年 6 月 9 日，北安普顿

向来不爱独处的艾拉，最近发现自己宁可一个人。她全心投入《甜蜜亵渎》的审阅报告撰写工作，甚至还要求米歇尔多给她一个星期的时间来润饰文字之后再交稿。其实她早就可以完成了，但是她并不想这么早写完；这个工作让她有借口遁入自己的世界，逃避家庭责任，以及等候已久且伺机发作的婚姻冲突。这个星期，她第一次缺席了无国界烹饪班的课；她不想煮饭，更不想在她还不确定自己要怎么过接下来的生活之前，去跟十五个过着跟她类似生活的女人闲话家常。她在最后一刻才打电话去告病请假。

艾拉把她跟阿济兹之间的往来视为秘密——突然间，她的生活中有了太多的秘密。阿济兹不知道她不但在读他的小说，而且还要写一份审阅报告；文学经纪公司分派了一本小说请她审阅，却不知道她私底下跟作者在交往调情；她的孩子和丈夫都不知道这本小说写些什么，更不知道作者以及他们两人之间的打情骂俏。

在短短的几个星期之内，她从一个生活透明得像是初生婴儿的肌肤般的女人，变成了一个沉溺在秘密与谎言之中的女人。然而，比起这样的改变，更令她诧异的是：这非但不曾让她觉得困扰，反而更像是她在耐心而确信地等候着什么重大的事情发生。这种不理性的期待更为她目前的这种心情增添了部分的魅力：尽管有这么多的秘密，但是仍然迷人。

到了这个时候，电子邮件已经无法满足。艾拉率先采取行动，打电话给阿济兹；尽管两地之间有五个钟头的时差，但是他们几乎每天都通热线电话。阿济兹曾经说她的声音听起来柔和而脆弱；说她笑的时候，声音像涟漪般断断续续，中间夹杂着短促的喘息，仿佛不确定还要笑多久似的。从笑声判断，她是一个从来不曾学会不要太在乎别人如何评断她的女人。

“就顺其自然吧，”他说。“放轻松！”

然而，围绕在她身边的自然，却是不稳定且混乱的潮流，因为她家里最近又发生了好多事情。艾维开始找私人家教补习数学，欧莉则是为了饮食失调开始看心理咨询师；今天早上，她吃了半个煎蛋卷——这是她好几个月来第一次吃实质的食物——虽然她立刻询问这样有多少卡路里，但是至少她没有觉得内疚并且在事后强迫自己吐出来，也算是小小的奇迹。此外，珍妮特也引爆了一颗炸弹，宣布她跟史考特分手了；她并没有多做解释，只是说他们两人都需要一点空间。艾拉心想，“空间”一词是不是“新恋情”的密码，因为珍妮特和史考特两人都没有等太久，就找到了新恋人。

人际关系形成与消散的速度之快，让艾拉感到前所未有的惊愕，可是她提醒自己不要再去评断他人。如果她确实从她跟阿济兹之间的通信学到了什么的话，想必就是：她越是冷静自持，孩子就跟她越亲近。一旦她停止在孩子的后面追着跑，他们也就不再逃离她了；如此一来，一切都会变得比较顺利，比起她不厌其烦地想要帮助他们，积极修补亲子关系的那个时候，反而更贴近她心目中的理想状态。

而且仔细想想：她什么事都没做，就达到了这样的结果！她不再将自己的角色视为某种无形的中坚力量，仿佛是将每一个人黏在一起的胶水，反而变成一个沉默的旁观者。她看着日子一天天过去，事情一件件发生，未必全然的冷漠或事不关己，但是至少可以看得出来有些疏离。她同时发现：一旦她接受了自己不需要在她无法控制的事情上头太过勉强自己，另外一个自己就从内在油然而生——一个比较有智慧、比较冷静、也更讲理的自己。

“第五元素，”白天的时候，她对自己低声说了好几次。“只要接受虚无就好了。”

没有多久，丈夫也注意到她变得怪怪的，变得不太像艾拉。所以他才会突然想要多花一点时间跟她在一起吗？这一阵子，他都比平常更早回家，艾拉怀疑他有好一阵子没有跟其他女人鬼混了。

“亲爱的，你还好吧？”大卫一再地问她。

“我好得不得了，”她每一次都微笑以对。她躲进了自己那个冷静私密的空间之后，似乎也剥掉了这么多年来让他们的婚姻可以躲在后面不受打扰的表面礼貌装饰；如今他们之间的一切伪装都移除了，她可以清楚地看到赤裸裸的缺陷与错误。她不再伪装，而且她觉得大卫也打算做同样的事。

在早餐和晚餐的桌上，他们像成年人一样，以镇静的语气谈论一天发生的事，就像是在讨论他们股票投资的年度报酬似的；然后他们会保持沉默，彼此都坦承一个事实：他们没有什么别的话题可说了。再也没有了。

有时候，她看到丈夫仔细地盯着她看，等着她开口说些什么，几乎说什么都好；艾拉觉得，就算她开口问他外遇的事，他也会兴高采烈地据实以告。但是她不确定自己想不想知道。

过去，她总是假装无知，以免婚姻这艘船翻覆；然而现在，她不再假装自己不知道他不在家的时候都在搞些什么，反而摆明了自己确实知道，只是不感兴趣而已。正是她这种全新的冷漠态度让丈夫感到恐惧，艾拉可以理解他的恐惧，因为在她内心深处，也有同样的恐惧。

一个月前，如果大卫采取任何小小的步骤试图改善他们的婚姻，她一定会感激涕零；他做的任何尝试，都会让她开心，可是现在不会了。现在的她甚至怀疑自己的生活不是真实的存在。她是怎么走到这一步的呢？一个生养了三个孩子、心满意足的母亲，是如何发现自己意志消沉的呢？更重要的是，如果她真的不快乐，就如同她曾经跟珍妮特所说的一样，那么她为什么不曾做那些不快乐的人一天到晚在做的事情呢？她没有坐在浴室地板上哭泣，没有在厨房里对着水槽流眼泪，没有忧郁的离家散步走好远的路，也没有往墙上砸东西……什么都没有。

反倒有一种怪异的冷静上身。艾拉觉得尽管她正快速地远离自己熟知的生活，而且渐行渐远，但是心情却比以前更稳定。早上起床，她仔细端详镜子里的人良久，想要看看自己的脸上有没有任何看得见的变化。她看起来变得更年轻了吗？还是更漂亮了？又或者是充满了蓬勃生气？但是她看不到任何差别。什么都没有改变，但是却什么都变得不一样了。

绮 拉

1245 年 5 月 5 日，孔亚

窗外，一度被积雪压得下垂的树枝，如今冒出了新芽花蕾，但是大不里士的夏慕士仍然住在我们家里。在这段期间，我看着我的丈夫变成了另外一个人，每一天都跟我和他的家人更疏远一些。起初，我以为他们很快就会厌倦彼此，结果却不曾发生这种事情，他们反而越来越依赖对方。他们两人共处时，要不是两人都一言不发，安静得有些诡异，不然就是低声细语地说个不停，偶尔穿插几声如珍珠般的笑语，让我实在猜不透：他们哪来这么多话好说呢？每次跟夏慕士谈话之后，鲁米就像是变了一个人，变得疏离而专注，仿佛中了什么我尝不出来、也看不到的毒。

他们两人之间的关系，是仅容两人的小小巢穴，容不下第三者。他们用同样的方式，在同样的时间，一起点头、微笑、轻笑或蹙眉；言谈间，彼此交换意义深长的凝视，看着对方，视线久久不移。就连他们的情绪，似乎也彼此牵连。

有时，他们静得像童谣催眠曲，不食不语；有时，又会在狂喜中回旋起舞，好像两个人都是疯子似的。但是不管是哪一种情况，我都再也认不得我的丈夫了。那个跟我结婚已经八载的男人，那个我为他扶养小孩就如同是我亲生儿子的男人，那个跟我一起生了一个宝宝的男人，如今已经变成了一个陌生人。只有在他熟睡之后，我才觉得跟他亲近。这几个星期来，有好几个夜晚，我都睁着眼到天亮，躺在床上，听着他呼吸的节奏，感受到他的气息如轻声细语般吹在我的肌肤上，品味着听到他心跳的慰藉，只是为了提醒自己：他仍然是我以身相许的那个男人。

我不断地告诉自己，这只是暂时的阶段。总有一天，夏慕士终究会离开，毕竟他是云游四方的僧侣；而鲁米却会留在我身边。他属于这个城镇，属于他的学生；我什么都不必做，只要耐心等待就行了。然而，耐心等候并不容易，而且随着日子一天天过去，等候变得越来越难。每当我感到沮丧失意时，就会回想过去的时光——特别是鲁米无论发生什么事都陪伴在我身边的日子。

“绮拉是基督徒。就算她皈依伊斯兰教，也永远不会成为我们的一分子，”民众风闻我们即将结婚时，常常在背后说三道四。“伊斯兰的重要学者不应该跟异教徒结婚。”

但是鲁米置之不理，那时候如此，后来也是一样。因此，我永远都感激他。

安纳托利亚是个宗教、种族、饮食多元混杂的地区；如果我们可以吃着同样的食物，唱着同样悲伤的歌曲，相信同样的迷信禁忌，到了夜里做同样的梦，那么我们为什么不应该在一起生活呢？我见过取了穆斯林名字的基督徒，也见过穆斯林的宝宝吃基督徒奶妈的奶；我们的世界本来就像液态一样流动而不固定，就算基督教与伊斯兰教之间真的有一条界线，那条界线也一定比双方学者所想象的还要更有弹性。

因为我嫁给了知名的学者，大家都以为我对学者有很高的评价，其实不然。学者的知识很渊博，这一点无庸置疑，但是讲到信仰的问题，有太多的知识有什么好处吗？穆斯林学者批评基督徒不该接受三位一体，基督徒学者批评伊斯兰教把《古兰经》视为完美的天书；他们让这两个宗教听起来像是两个不同的世界。可是请恕我直言不讳，我觉得归根究底，平常的基督徒和平常的穆斯林彼此之间拥有的共同点，可能比他们跟各自的学者之间还要多呢！

他们说，穆斯林皈依基督的最大难题就是要接受三位一体；而基督徒皈依伊斯兰的最大难题则是放弃三位一体。在《古兰经》中，耶稣说，我当然是真主的奴仆，因为他赐给我这本经典，让我成了先知。

然而，对我来说，要我相信耶稣不是神的儿子，而是神的奴仆，这一点也不困难；我觉得，反倒是放弃玛利亚还要更艰难一些。我从未跟任何人说过，就连鲁米也是一样，但是有时候我真的很渴望看到玛利亚那双慈祥的褐色眼眸，她的目光对我有一种安抚疗愈的功效。

事实上，自从大不里士的夏慕士到我们家里来了之后，我觉得如此的悲伤痛苦、惶惑不安，发现自己比以前更渴望玛利亚；我觉得好像有某种热病在我的血液中流窜，那种需要向玛利亚祈求祷告的渴望，以我完全无法控制的力道反扑。然而，在这样的时候，我又饱受罪恶感所苦，好像我背着新的信仰在外面偷腥。

没有人知道这件事，即使我的邻居索菲娅也不知道——她是我的闺密，我什么事情都会告诉她——因为她无法理解。我好想跟我丈夫说，但是又不知道该如何启齿；最近他变得那么冷淡，我害怕这会让他更疏远我。以前的鲁米是我的一切，现在却成了陌生人。我从不知道你可以跟一个人生活在同一个屋檐下，睡在同一张床上，却仍然觉得他不是真实的存在。

大不里士的夏慕士

1245年6月12日，孔亚

糊涂的信徒啊！如果一个人每年到了斋戒月就以真主之名禁食，到了开斋节又宰杀绵羊或山羊来赎罪，终其一生努力到麦加朝圣一次，更虔诚地每日五次跪地祷告，但是同时却又不在心里保留一点空间给爱，那么这样麻烦又是为了什么呢？如果信仰的中心没有爱，就只剩下文字了，文字如此的虚弱而缺乏生命，模糊又空洞——绝对不是你可以真正感受到的东西。

他们以为真主真的就住在麦加或麦地那吗？抑或是住在什么地方的一个小清真寺里？真主怎么可能像他们想象的那样，受限于有限的空间呢？毕竟他曾经公开表示：我的天和我的地都无法容纳我，但是真心信我的奴仆心里，却容得下我。

可怜呐，那些傻瓜，以为自己生也有涯的界线就是全能真主的界线；可悲呐，那些无知的人，以为他们可以跟真主讨价还价，欠帐抵赖。难道这些人真的以为真主像杂货店老板一样，拿我们的德行与罪愆在两个不同的天平上称斤掂两吗？难道他像记帐小弟一样，在他的帐本上巨细靡遗地记下我们的每一笔罪行，然后到了某一天再来算总帐，要求我们偿还给他吗？难道这就是他们对于“真一”的理解吗？

我的真主既不是杂货老板，也不是记帐小弟，而是尊贵庄严的真主，一个活生生的真主！我要一个死掉的真主做什么？他当然是有生命的。他的名字叫作“永生”——就是长生不死的意思！我为什么要成天沉溺在恐惧与焦虑之中，始终受到禁忌与限制的钳制呢？他有无限的怜悯慈爱，因此以“仁慈”为名。他是值得赞颂的，我的一言一行都在赞美他，就像呼吸一样自然而不费力，所以他也以“赞颂”为名。如果我在内心深处知道真主会听到我说的每一句话，看到我做的每一件事，又怎么会去散播谣言与诽谤呢？所以他以“全视”为名，他的美超越所有梦想与希望。

他是“美丽的”“自我存在的”“至仁的”“永慈的”。通过饥荒与洪水，干旱与渴望，我要为他歌颂舞蹈，直到我的膝头发软，肉体崩溃，心脏停止跳动；我愿意打破自我，化为碎屑，化为他伟大建筑里一个尘土中的尘土；我心存感激、欢欣，并且乐此不疲地颂扬他的光辉与慷慨；我感谢他赐予和拒绝给我的一切，因为只有他才知道什么对我最好。

我想起了另外一条**法则**，一阵全新的喜悦与希望涌上心头。人类在真主的造物中占有独特的地位。“我将自己的灵魂吐进他的体内，”真主说。我们每一个人，毫无例外的，都是真主在人世间的代表。但是扪心自问，你何尝做到代表该做的事？就算曾经做过，又有多频繁做到呢？要记得，发掘我们内在的圣灵，并且遵其而行，是我们每一个人的责任。

然而，宗教狂热分子却不这样想。他们非但没有专注于真主的爱，跟自我奋战，反而跟其他人争战，制造出一波又一波的恐惧。他们用带着恐惧的眼光来看待这个宇宙，也难怪他们看到数不尽的事物都值得害怕；只要发生了地震、干旱或是其他的灾难，他们就认定是天神的怒火——仿佛真主不曾亲口说过：我的怜悯远超过愤怒。他们总是有理由怨恨某人，似乎期望全能的真主替他们出头，完成他们可悲的复仇。他们的生活处在一种令人费解的仇恨与敌意之中，他们心里的不满庞大到无法摆脱，不管走到哪里，都如影随形，仿佛一大片乌云，遮住了他们的过去与未来。

信仰常常让人见树不见林。宗教的整体远比其零散部分加起来的总和还要更大、更深；个别的规则律法也应该根据整体来解读，而整体就隐身在本质之中。

但是，思想偏执狭隘的人并没有寻求《古兰经》的本质，接受整体的教义，反而单独挑出一两篇特定的章节，或是与他们恐惧心理相互唱和的真主圣令，然后奉为圭臬。他们不断地提醒每一个人，在最后审判日到来的时候，所有人类都得走上那条比发丝更细、比剃刀更锐利的“正道之桥”。过不了桥的罪人，就会跌落桥下万丈深渊的地狱，在里面受苦，永世不得超生；而那些过着贞洁正直生活的人，则可以走到桥的另外一端，享受他们得到的赏赐：异国的水果、甜美的泉水和处女。简言之，这就是他们对来世的概念。他们沉迷于恐惧与赏赐、烈焰与甘果、天使与魔鬼的对比，如此地执着而根深蒂固，到最后，他们一心只渴望未来，希望能够证明他们今世无罪，结果却完全忘了真主！难道他们不知道四十条**法则**里的其中一条？地狱就在此时此地。天国亦如是。不要再担心地狱或梦想天国，因为此时此刻，二者都存在我们心里。每一次，我们坠入爱河，就会晋升天国；每一次，我们对某人起了嗔念嫉妒之心，甚至与之争战，就会直接跌入地狱之火。这是第二十五条法则所言。

如果一个人在意识的深处知道自己做错了事，而且错得很离谱，就会受到苦难的折磨，世界上还有比这个更惨的地狱吗？你去问他，他就会告诉你地狱为何物。如果一个人能够在生命极其罕见的刹那，感受到宇宙的大门为他开启，感觉到自己拥有了所有关于永恒的秘密，感觉到自己与真主合而为一，这世界上还有任何比降临在他身上的喜悦更美好的天堂吗？你去问他，他就会告诉你天国为何物。

如果我们只有在现时此刻才能真正、全然地体验到真主在我们生活中的存在，那又何必担心那想象中的未来呢？苏菲信徒爱真主，不是因为害怕地狱的惩罚，也不是因为渴望天国的赏赐，就只是因为他们爱他，如此的单纯而没有任何条件，如此的纯洁无瑕也没有任何商量的余地。

爱就是理由，爱就是目标。

如果你能如此的深爱真主，如果你能因为他和对他的感激，也爱他造物中的每一个人、每一样东西，那么外在的分类就会化为无形。从那一刻起，就再也没有“我”了；你就变成了一个大大的无，包含了你的全部存在。

那天，我跟鲁米正在思考这些事情时，他突然睁开眼睛，说了以下这几句话：

> 我非基督教、犹太教或穆斯林，非印度教、佛教、苏菲或禅宗，不属于任何宗教或文化体系；我不在东，亦不在西……
>
> 我的所在不在任何地方，我的痕迹不留任何痕迹。

鲁米自认不是诗人，但是他心里住着一位诗人，而且是一位很好的诗人！如今那位诗人出来了。

没错，鲁米说得没错。他既不在东，也不在西；他属于爱的王国，属于那些受到真主钟爱的人。

艾　拉

2008 年 6 月 12 日，北安普顿

这时候，艾拉已经看完了《甜蜜亵渎》，正在做审阅报告的文字润饰工作。虽然她很想跟阿济兹讨论小说中的细节，但是她的专业感阻止了她；这样做不对，至少要等到她完成了这项任务之后再说。她甚至没有跟阿济兹说，在看完了他的小说之后，她去买了一本鲁米的诗集，现在每天晚上睡觉前都要先念一两首诗才能入眠。她将审阅小说的工作与跟作者之间的交往划分得非常清楚，彼此互不干扰，但是在 6 月 12 日这一天发生了一件事，永远模糊了二者之间的界线。

在此之前，艾拉从未见过阿济兹的照片；他的网站上没有放他本人的照片，所以艾拉完全不知道他长得什么样子。起初，她很喜欢这种神秘感，写信给一个面目模糊的男人；但是后来，她的好奇心开始作祟，想要在他的来信中放上一张照片的需求也越来越强烈。他从来不曾向她索讨过照片，这一点，她觉得很奇怪，非常奇怪。

于是，她没来由地寄了一张自己的照片给他。照片中的她跟亲爱的小精灵站在屋前露台，穿着一件略嫌小的天蓝色洋装，微微露出身材的曲线；她脸上带着淡淡的微笑——半是喜悦、半是困扰的笑容。她的手指头紧紧地抓着狗的项圈，仿佛要从它身上获取一些力量似的。他们头上是灰紫相间的天空。那不算是她最好的照片，但是这张照片却有一种脱俗的感觉，几乎像是超越尘世一般；或者说，她希望有这样的感觉吧。艾拉把照片当成附件寄给他，然后就等着。这是她要阿济兹寄照片来的暗示。

他寄来了。

艾拉看到阿济兹寄给她的照片，觉得一定是在远东的某个地方拍的——虽然她从来没去过。在照片中，阿济兹的身边围绕着十几个深色头发的原住民孩童，大大小小、各个年龄层都有；他穿着黑色衬衫、黑色长裤，身材瘦削，鼻子很尖，颧骨很高，一头有如波浪般的深色长发披在肩膀上。他的眼睛像绿宝石一样，充满了活力和其他的东西——艾拉看得出来，那是一种悲悯之情。他戴着单边的耳环，还有一个造型奇特的项链，艾拉看不出来是什么东西。照片的背景有一座受到高大树木围绕的银色湖泊，照片的角落还有一个在镜头外不知是什么东西或什么人的阴影。

她仔细地端详照片中的人，不放过每一个细节；艾拉有一种感觉，好像在什么地方见过他。虽然说起来很怪异，但是她可以发誓，她真的见过他。

蓦然间，她知道了。

大不里士的夏慕士不只有一点点像阿济兹·萨哈拉而已；他看起来几乎就是书稿中描写夏慕士出发去孔亚见鲁米之前的模样。艾拉不知道阿济兹是不是按照自己的样子去描写书中的角色；既然他是作者，当然可能想要以自己的形象来塑造书中的主角，正如同上帝以他自己的形象造人一样。

她一边想着，又想到了另外一个可能。会不会大不里士的夏慕士长得就像书中所描写的那样呢？若果真如此，那就只能表示：相隔八百年的两个人之间有极度惊人的相似。这样的相似，会不会超越任何人的控制，甚至连作者本身也不知道？艾拉越是想着这个难题，就越是强烈地怀疑大不里士的夏慕士和阿济兹·萨哈拉之间有某种关联，而不只是文学上的创作技巧。

这个发现对艾拉造成两个意想不到的冲击。第一，她觉得必须回去把《甜蜜亵渎》重看一遍，这一次要从不同的角度去看，不只是看故事情节，而是挖掘出藏在主角背后的作者，藏在大不里士的夏慕士里的阿济兹。

第二，她对阿济兹这个人更好奇了。他到底是谁？他有什么样的故事？在他们刚开始的通信中，他曾经说过他是苏格兰人，但是他为什么会取一个东方的名字——阿济兹？这是他的真名吗？还是他皈依苏菲秘教所用的名字？还有，他皈依苏菲有什么意义?

她脑子里还想着另外一件事：一种本能且几乎难以察觉的欲望。距离她上次有这样的感觉已经有很长的一段时间，所以多花了几秒钟才辨识出这是什么感觉。可是那感觉确实存在。强烈地戳刺着她，完全不受控制。她知道自己想要照片中的那个男人，想要知道亲吻他会是什么感觉。

那感觉来得好突然，让她觉得好难为情，于是她赶紧把笔记本电脑合起来，仿佛不这样做，那照片中的男人就会将她吸进电脑里去似的。

战士贝巴尔

1245年7月10日，孔亚

“贝巴尔，我的孩子，别相信任何人，”我叔叔说过，“因为这世界一天比一天更败坏。”他说，只有在黄金年代，也就是先知穆罕默德仍然全权负责的时代，世道才有所不同；自从先知死后，情况就一路走下坡。可是在我看来，不管在任何地方，只要有两人以上的地方，就一定会有杀戮战场；即使在先知的那年代，人类还是充满了敌意，不是吗？战争就是生命的核心。狮子吃鹿；秃鹰只要看到尸体就会啄食啃噬，直到剩下一堆白骨为止。大自然本来就是残酷不仁。不论在陆地、海洋或空中，每一种生物都是一样，毫无例外，要求生存就只有一种方法：比你最大的敌人还要更精明机灵，还要更强壮。要活着，就得战斗。事情就是这么简单。

于是我们也必须战斗。即使最天真无邪的人也看得出来，在这个时代，这个年头，我们别无选择。五年前，成吉思汗派遣了一百名蒙古使者前来媾和却惨遭毒手，此后就每况愈下；成吉思汗变成了一团暴怒的火球，对伊斯兰宣战。至于那些使者为什么遇害，又是如何遇害的，没有人能够说得上来；有人怀疑是成吉思汗自己下毒手杀害他的使者，让他有合理的借口展开大规模的战争。这可能是真的，但是也没有人知道。不过我确实知道：这五年来，蒙古人彻底摧毁了呼罗珊地区，所到之处，全都遭到蹂躏残杀。两年前，他们在科塞达格击溃塞尔柱军队，让苏丹变成称臣纳贡的附庸国；蒙古人没有将我们彻底歼灭的唯一理由，就是让我们留在他们的统治之下苟延残喘，可以为他们创造更多的利益。

从盘古开天地以来——至少从该隐杀了他的弟弟亚伯以来——战争就一直存在。但是蒙古军完全不是我们以前见识过的部队，不管从哪方面来说，都有特殊的专长。比方说，他们使用大量的武器装备，每一种都有特定的用途；每一位蒙古士兵都备配了盔甲、锤矛、斧头、军刀和尖矛，此外，他们还有利箭足以射穿盔甲、纵火烧掉整座村庄、毒杀他们的受害者，或是用最坚硬的石头射穿人体。他们甚至还有一种哨箭，作为不同军营之间的联络工具。有这么先进的战争设备与技能，又不畏惧任何神明，蒙古军沿路烧杀掳掠，歼灭了每一座城镇和村落；即使像布哈拉这么古老的城市，也在他们手中化为一堆废墟。而且还不只是蒙古军，我们也得从十字军手中夺回耶路撒冷才行，更不要说我们还要应付来自拜占庭帝国以及什叶派与逊尼派之间针锋相对的压力。当我们身边全都围绕着冷血的敌人时，又有什么条件谈和平呢？

因此，我最受不了像鲁米这样的人。我不在乎其他人对他的评价有多高；在我看来，他就是一个懦夫，除了传播懦弱的思想之外，什么也不会。过去，他或许是一个很好的学者，但是现在他显然受到了异教徒夏慕士的影响。在伊斯兰的敌人环伺之下，鲁米的讲道竟然还说什么？和平！顺从！臣服！

> 兄弟啊，你们要忍受痛苦。
> 躲避内心冲动的毒药。
> 天空会为你的美丽鞠躬
> 如果你真的这样做……花刺就会长成玫瑰
> 绽放出宇宙间特有的光辉。

鲁米鼓吹顺从，将穆斯林教化成一群温顺、怯懦的绵羊。他说每一位先知都有一群信徒，而每一群信徒都有一个约定的时刻。除了“爱”之外，他最喜欢说的词汇似乎是“耐心”“平衡”和“容忍”。如果由他来决定的话，我们最好全都乖乖地坐在家里，等着敌人来屠杀或是遭到什么灾难的侵袭；而我相信到了那个时候，他会出来短暂地巡视受害的情况，然后说这是真主赐福。有人就听到他说：“等到学校、清真寺和寺院的尖塔全都拆毁之后，僧侣就可以开始建立他们的同修团体。”唉呀，这算是哪门子的言论呢？

仔细想想，鲁米之所以会在这座城市落脚，唯一的理由就是因为几十年前他的家人离开阿富汗，辗转到安纳托利亚寻求庇护；当时，有很多其他有权有势的人在塞尔柱苏丹王的热忱邀请之下来到此地，其中一个就是鲁米的父亲。鲁米的家人离开了喧扰的阿富汗，来到宁静的孔亚城，并且在这里受到庇护、享受特权，也始终受到特别的关注与认可。有这样的一段背景，要鼓吹容忍当然是一件轻而易举的事！

那天，我听说大不里士的夏慕士在市集上跟一群人说了一个故事。他说：

先知的继承人与伴侣阿里曾经在战场上跟一名异教徒打斗，阿里正准备要拿剑刺入异教徒的心脏时，对方突然扬起头，朝他吐了一口唾沫；阿里立刻放下剑，深呼吸一口气，然后走开。那名异教徒吓了一跳，追上阿里，并且问阿里为什么放他一马。

“因为我很恨你，”阿里说。

“所以你才不杀我？”那异教徒问道。“我不懂。”

阿里解释道：“你朝我吐口水的时候，我很生气；我的自我遭到挑衅激怒，渴望报复。如果我在这个时候杀了你，那就是因为我的自我而下手，如此一来，就会犯下一大错误。”

所以阿里放了那人一马，而那名异教徒也深受感动，自此成为阿里的朋友与信徒；不久，他就在自由意志之下，皈依了伊斯兰。

显然，大不里士的夏慕士就是喜欢讲这一类的故事，而他想传达的信息是什么呢？让异教徒朝你们脸上吐口水！哼，等我死了再说吧！不管是不是异教徒，都没有人能够朝战士贝巴尔的脸上吐口水！

艾　拉

2008年6月13日，北安普顿

心爱的阿济兹，

你一定会以为我疯了，可是有一件事我一直想要问你：你就是夏慕士吗？

又或者是反过来：夏慕士就是你吗？

您诚挚的朋友，

艾拉

❖　❖　❖

亲爱的艾拉，

夏慕士是负责将鲁米从一位地域性的教士转变成为举世闻名诗人与秘教信徒的人。

撒密德师父曾经跟我说过："就算世界上有人可以比拟夏慕士，但是重点是：又要去哪里寻找鲁米呢？"

祝安好，

阿济兹

❖　❖　❖

亲爱的阿济兹：

撒密德师父是谁？

祝好，

艾拉

❖　❖　❖

心爱的艾拉，

说来话长。你真的想要知道吗？

祝安好，

阿济兹

❖　❖　❖

亲爱的阿济兹，

我多的是时间。

爱你的，

艾拉

鲁 米

1245 年 8 月 2 日，孔亚

你的生命丰富、满足、完整。或者说，你一直以为如此，直到某人出现，让你领悟到你始终欠缺的是什么。这个人就像是一面镜子，映照出生命的缺乏，而不是存在；他让你看到灵魂的空虚——也是你拒绝去正视的空虚。这个人可能是爱人、朋友或是精神导师；甚至可能是仍需要被照顾的孩童，但是这些都不重要。要紧的是，你必须找到这样一个能让你变得完整的灵魂。所有的先知都曾经提出同样的忠告：找到一个能当你镜子的人！对我来说，那面镜子就是大不里士的夏慕士。直到他出现，强迫我看到灵魂深处的罅隙，我才真正面对关于我自己的基本事实：尽管我表面上看起来成功风光，但是内在却是孤寂而空虚。

这就如同你经年累月地编纂一部属于自己的个人字典，里面的词汇涵括了每一个你认为重要的概念，并且赋予你的定义，例如："真实""幸福"或"美丽"；每每到了生命的转折点，你就翻阅这本字典寻找答案，从来也不觉得有必要质疑这本字典的前提。直到有一天，出现了一个陌生人，从你手中夺走这本珍贵的字典，然后丢掉。

“你的词汇都需要重新定义了，”他说。“时候到了，你应该忘掉以前所学的东西。”

而你呢，出于某种理智上不知道但是心里却一清二楚的原因，非但没有提出异议或是对他大发雷霆，反而兴高采烈地照着他的话做。这就是夏慕士对我所做的事。我们之间的友谊让我学会了很多事情，但最重要的是，他教我如何忘掉我所知道的每一件事。

当你如此深爱着一个人时，就会期望身边的每一个人都有同样的感觉，分享你的喜悦与兴奋；当这样的期望落空时，你先是觉得诧异，然后是苦恼愤慨，有一种遭到背叛的感觉。

我要如何让我的家人和朋友都看到我眼中所见到的事情呢？我要如何描述那言语无法形容的东西？夏慕士是我的慈悲恩典之海；他是我真相与信仰的太阳。我称他为精神王国的王中之王。他是我生命的泉源，是我生命中高大的松柏，崇高而长青。有他作伴，就像是四度阅读《古兰经》——那是只能经由内在去体验的旅程，而不能从外在领悟。

不幸的是，大部分的人都是以外表和传闻来评判一个人。在他们眼中，夏慕士是个行径怪诞的僧侣；他们认为他的举止诡异，言语亵渎，是个完全无法预期也不可信赖的人。然而在我看来，他却是一个缩影，具体而微地代表了让整个宇宙运作不辍的爱：有时候会向内退居幕后，凝聚所有的细碎片段；有时候又剧烈爆炸，向外裂开。像这样的相逢，一生只有一次：三十八年来，也只有一次。

自从夏慕士走进了我的生命，就不断有人问我到底在他身上看到什么特别之处；但是这样的问题，我却无从回答。说来说去，会提出这种疑问的人都是那些无法理解的人，而那些真正理解的人，就不会问这种问题了。

我身处的困境让我想起了蕾拉与阿巴斯王朝著名君主哈伦·拉希德的故事。

哈伦·拉希德听说有一位名叫奇思的贝都因诗人无可救药地爱上了蕾拉，甚至为她丧失心神，因此改名为痴心汉——也就是痴心疯狂的意思；君主感到很好奇，不知道这名女子究竟是何方神圣，能够造成如此悲惨的结局。

这名女子一定是非常特别的天生尤物，他心想，一定远比其他女人都要更漂亮动人，或许是美艳绝伦又有魔力的妖妇。

哈伦·希拉德既兴奋又着迷，遵循着书中的每一个伎俩，千方百计地想要亲眼看见蕾拉一面。

终于有一天，他们将蕾拉带进了皇宫。在她卸下面纱的那一刻，哈伦·拉希德的想象幻灭了。倒也不是说蕾拉面貌丑陋、缺臂瘸腿或是年纪老大，但是也绝对称不上是绝世美女；她不过就是一介平凡女子，有平凡人的需求，也有平凡人的缺陷，就跟其他数不尽的天下女子一般，是个平凡的女人。

君主并没有掩饰内心的失望。“你就是痴心汉为之疯狂的女人？为什么呢？你的长相如此平庸。你有什么特别之处呢？”

蕾拉微微一笑。“我就是蕾拉，可是你却不是痴心汉，”她答道。“你必须从痴心汉的眼睛来看我，否则你永远解不开这个叫作爱的谜题。”

我要如何向家人、朋友、学生来解释这同样的谜题呢？我要如何让他们理解：他们必须开始用痴心汉的眼睛来看大不里士的夏慕士，才能体会此人的特殊之处呢？

如果不能先爱人或被爱，还有其他方法可以了解爱的意义吗？

爱无法解释，只是体验。

爱无法解释，但是爱却解释了世间一切。

金　雅

1245年8月17日，孔亚

我屏息凝神，等待着召唤，但是鲁米再也没有时间跟我一起研读了。尽管我非常怀念跟他一起上课的时光，也觉得自己受到冷落，但是对他却毫无怨言；可能是因为我实在太爱鲁米了，所以无法生他的气，也可能是因为我比任何人都更了解他的感受，因为在我内心深处，也感受到大不里士的夏慕士带来的这股狂风震撼。

鲁米的目光始终随着夏慕士打转，就像向日葵追随太阳一样。他们对彼此的爱是如此的强烈而显眼，他们之间的联系又是如此的罕见，让他们周围的人领悟到自己生命中缺乏如此强烈的感情联系，因此也不由得感到灰心丧志。但是，并不是家中的每一分子都能容忍此事。第一个不高兴的，就是阿拉丁。我有好几次目睹他充满敌意地看着夏慕士，眼神像是两把飞刀；还有绮拉，她也是浑身不自在，但是她并没有多说什么，我也没有问她。我们一家人像是坐在一个随时都可能爆炸的火药桶上。奇怪的是，造成这一切紧张气氛的大不里士的夏慕士反倒像个没事人一样，要不是完全不知道这种情况，就是视若无睹，毫不在乎。

有一部分的我对夏慕士夺走鲁米感到愤慨，但是另外一部分的我却非常想要多了解他一点。这种纠葛复杂的情绪已经让我挣扎了许久，但是今天，恐怕我泄露了这种感情。

午后稍晚，我取下那本挂在墙上的《古兰经》，决心要自己研读。以往，鲁米和我总是遵循经文流传下来的顺序研读，但是现在既然没有人指导，而且我们的生活也已经被搞得天翻地覆，我想就算不按照顺序也无妨吧。我随便翻开书，手指往那一页上的第一篇经文指去，正好是“妇女章”，也是全书中让我最无法理解的章节。这个章节里有许多让妇女看起来好像没有什么指望的教诲，让我觉得“妇女章”非但难以理解，更难以接受。我站在那里又念了一遍，突然想到可以去求助询问。鲁米可能无法给我们上课，但是没有理由不能向他发问。于是我拿起《古兰经》，走到他的房间。

结果出乎我的意料，鲁米不在那里，反到是夏慕士手持念珠，坐在窗边，窗外西沉的夕阳微光，轻抚着他的脸庞。他看起来是如此的英俊，让我害羞得不敢直视。

“对不起，”我很快地说。“我要找莫拉维。我待会儿再来好了。”

“急什么呢？留下来吧，”夏慕士说。“你好像是来问问题的吧。或许我可以帮得上忙。”

我想没有什么理由不能告诉他。“呃，《古兰经》有一段经文让我觉得难以理解，”我试探地说。

夏慕士低声说话，仿佛在自言自语。“《古兰经》像是一个害羞的新娘；只有看到观众有一颗柔软怜悯的心，才会掀开面纱。”然后他挺肩问道：“是哪一篇经文呢？”

“是‘妇女章’，”我说。“里面有些部分说到男人比女人优越，甚至还说男人可以殴打他们的妻子……”

“是这样吗？”夏慕士用一种夸大的口吻，兴味盎然地问道，让我一时不知道他是认真的，还是在取笑我。短暂的沉默之后，他温柔地笑开了脸，然后凭记忆朗诵出这段经文：

> 男人是女人的维护者，因为阿拉使一些人优于其他人，也因为他们花费了财产。贤淑的女人必须服从，捍卫自己的贞操，一如阿拉的庇佑保护。（至于）那些你们担心她们会违逆不忠的妇女，应该劝戒她们，不要与她们同床，甚至责打她们。但是如果她们顺服了，那么你们就不要再想办法对付她们。阿拉确是至尊的，确是至大的。

夏慕士背完之后，闭上眼睛，又重念了这段经文，不过这一次的译文却有一点差异。

男人是女人的供养者，因为真主赐予一些人的财产比其他人多，也因为他们花费了财产（来供养她们）。所以贞节的女人必须服从真主，捍卫自己的贞操，一如真主的庇佑保护。至于那些你们担心她们会反抗的妇女，应该要劝服她们，不要与她们同床（也不要骚扰她们），然后（当她们愿意时）再与她们同床共眠。如果她们对你们敞开心胸，那么你们就不要再找借口来责怪她们。真主确是崇高的，确是至大的。

“你看到这两个版本有什么不同了吗？”夏慕士问道。

“看到了，”我说。“整个经文的文本就不一样。前面一个版本听起来好像同意已婚男人殴打他们的妻子，而后者则劝告男人不要去干扰妻子。我想，这是很大的差异吧。为什么会这样？”

“为什么会这样？为什么会这样？”夏慕士复诵了几次，仿佛很喜欢这个问题。“你跟我说，金雅。你有没有去河里游过泳？”

我点点头，童年的回忆顿时涌上心头，托罗斯山上沁凉止渴的溪流掠过脑海；当年那个跟着姐姐和朋友一起在溪流里度过许多美好午后时光的小女孩，如今已经不在了。我转过脸庞去，不想让夏慕士看到我眼中的泪水。

“金雅，如果你从远方看着一条河流，可能会以为只有一条水流。但是你若是跳进水里，就会知道河里不只有一条水流。每一条河都隐藏着各种水流，全都和谐一致地向下游流，但是却又各自分离。”

说到这里，大不里士的夏慕士走向我，以两根手指头抬起我的下巴，强迫我直视他那双深沉、漆黑、崇高的眼眸；我的心头突地一跳，几乎无法呼吸。

“《古兰经》正是一条汹涌湍急的河流，”他说。“那些只从远处看的人，就只看到一条河流。但是对那些在河中泅泳的人来说，河里却有四条水流。我们就像是河里不同的鱼儿一样，有些比较靠近水面，有些则游在水面下深不可测的河底。”

“恐怕我不太理解呢，”我虽然嘴里这样说，心里却觉得好像开始有些领悟。

“那些喜欢贴近水面游泳的人，理解《古兰经》的表面诠释就心满意足了；大部分的人都是如此，他们太专注于经文字面上的涵义，难怪看到像“妇女章”的经文时，就会下定结论说：男人比女人优越。因为他们从表面上看到的解释确是如此。”

“那么其他的水流呢？”我问。

他轻轻地叹了一口气，我忍不住注意到他的双唇，像秘密花园般那样神秘而诱人。

“另外还有三条水流。第二条比第一条深，但是仍然接近水面。然后随着你的意识增长，对《古兰经》的体会也跟着增加。不过你必须先跳进水里，这一切才会发生。”

听着他说话，我同时感受到自身的不足与心灵的满足。“跳进水里之后会发生什么事呢?”

“第三条暗流比较隐晦难解，必须阅读经文中的奥义。如果你开启心眼来阅读‘妇女章’，就会发现这段经文讲的不是男人和女人；而是男性和女性。我们每一个人，包括你和我在内，体内都同时并存着各种不同程度的男性特质与女性特质；唯有学会接纳拥抱此二者，我们才能达到和谐的‘真一’。”

“你是说我身上也有男子气概?”

“噢，没错，当然有。而我也有女性的一面。”

我忍不住咯咯一笑。“那鲁米呢？他怎么样呢?”

夏慕士短暂地笑了一下。“每个男人都有某种程度的女性气质。”

“就连十足的大男人也有?”

“特别是那些人，亲爱的，”夏慕士对她眨眨眼，然后放低音量，近乎耳语地说，仿佛在分享什么秘密似的。

我强忍住笑意，觉得像个小女孩似的。这就是如此贴近夏慕士所造成的冲击。他是一个怪人，声音如此的奇特迷人，双手又柔软又强健，目光像是温煦的阳光，不管照到什么东西，都让这样东西变得格外热情而生气蓬勃。站在他的身边，让我觉得自己青春洋溢到了极致，但是同时又有一种母性的本能油然而生，散发出强烈浓郁的母爱，想要保护他不受到伤害，但是要如何保护他，又不受什么事情的伤害，我也说不上来。

夏慕士的手放在我的肩膀上，他的脸上贴近我的脸，近到可以感受到他温暖的鼻息，他的眼中出现一种全新的、梦幻般的神情。他的触摸让我深深着迷，指尖滑过我的脸颊，像热热的火焰贴在我的肌肤上，然后向下移到我的上唇；我既迷惑又兴奋，只觉得天旋地转，目瞪口呆，于是我闭上眼睛，感觉到值得一生品味的激动从腹部向上窜升。但是夏慕士一碰到我的嘴唇，就缩手回去。

“你该走了，亲爱的金雅，”夏慕士低语说道，让我的名字听起来像是伤心的字眼。

我走出房门，头昏眼花，脸颊发烫。

直到我走回自己的房间，躺在睡榻上，望着天花板，想着不知道让夏慕士亲吻会是什么样的感觉时，这才忽地想起：我忘了问他河水里的第四道暗流——《古兰经》的更深度阅读——是什么？要如何才能达到那样的深度？

还有，跳进水里的人会怎么样？

苏丹·瓦拉德

1245年9月4日，孔亚

身为阿拉丁的兄弟，我始终都为这个弟弟担心，但是却从未像现在如此的忧虑。他从小就脾气不好，不过最近更是动辄发怒争吵，轻启争端，而且几乎什么事情都能吵，就连最无谓、最微不足道的小事也不例外；他的脾气如此暴躁乖戾，连街上的小孩看到他远远地走来，就吓得逃之夭夭。他虽然只有十七岁，但是因为经常皱眉眯眼，连眼角都开始出现鱼尾纹；就在今天早上，我还发现他的嘴角因为常年紧抿着嘴唇而多了一条新的皱纹。

我正忙着在羊皮纸上抄写时，突然听到背后一阵微弱的窸窣声响，转头一看，正是阿拉丁，满脸怒容地紧抿着唇，天知道他这样站在我背后，用那双带着紧张神色的褐色眼眸看着我写字有多久了。他问我在做什么。

“我在抄写父亲以前的讲稿，”我说。“每篇讲稿都多一份复本也满好的。”

“那有什么用呢?”阿拉丁大呼小叫地喊道。“父亲已经不讲课，也不再布道了！你没发现吗？他现在也不去伊斯兰学校上课了！你难道没有发现他把所有的责任都晾在一边了吗?”

“这只是暂时的情况，”我说。“他很快又会开始教课的。”

“你只是自欺欺人罢了！你还看不出来吗？除了陪夏慕士之外，我们的父亲没有时间给任何人或是做任何事情！你不觉得很可笑吗？那人应该是云游四方的僧侣，结果却在我们家落地生根了!”

阿拉丁冷笑一声，等着我附和他的看法，但是我什么话都没说，于是他开始在房里踱步。即使不看他，我也可以感受到他眼中燃烧的怒火。

“外面的人都在说闲话，”阿拉丁愁眉苦脸地说。“大家都在问同样的问题：一个受人尊崇的学者为什么会沦落到受一个异教徒的操纵？我们父亲的名声就像太阳底下的冰一样消融。如果他不赶快悔悟的话，可能在这个城里就再也找不到学生了，没有人会要他去教书，而且我也不怪他们。”

我把羊皮纸推到一旁，正眼看着我弟弟。其实他还只是个孩子而已，不过他的一举一动、神色表情，都说明了他觉得自己已经到了成年人的边缘。从去年开始，他就变了很多，我甚至开始怀疑他是不是在谈恋爱，不过对方是谁，我一点头绪都没有；他亲近的朋友都不肯跟我说。

"弟弟，我知道你不喜欢夏慕士，但是他是我们家的客人，我们应该要尊敬他。别听外面的人胡言乱语；老实说，我们也不应该小题大作。"

这些话才一说出口，我就后悔用这种以上对下的口吻跟他说话，但是太迟了；阿拉丁就像一堆干透的木柴，一点星星之火就足以点燃烈焰。

"小题大作?"阿拉丁冷哼一声。"你说降临到我们头上的灾难是小题大作？你怎么会盲目到这个地步啊?"

我拿出另外一张羊皮纸，轻抚着光滑细致的表面。抄写父亲的文字，想着这样做可以让这些文字流传得更久远，即使过了一百年后，人们还是可以读到父亲的教诲，受到启发，总是带给我莫大的喜悦；在这样的传承过程中扮演一个角色，即使是微不足道的小角色，也让我感到无比的光荣。

阿拉丁站在我旁边，不停地抱怨，偶尔瞄一眼我的工作；他的眼中充满了沉思与愁苦。在那一瞬间，我在他的眼中看到了某种渴望，看到一个稚气的脸庞，渴望得到父亲的爱。我的心往下一沉，知道他气的不是夏慕士，而是父亲。

阿拉丁气父亲不够爱他，气他只顾着做他自己。父亲固然出色又有名，但是面对死神夺走我们母亲还如此年轻的生命时，却同样也是一筹莫展。

"他们说夏慕士在我们父亲身上下了符咒，"阿拉丁说。"他们说，他是刺客组织派来的人。"

“刺客组织?”我反驳道。“太荒谬了!”

刺客组织是一个异端教派，以严密的暗杀手段和广泛运用有毒物质的方法闻名。他们锁定影响力深远的人物，在公共场所谋杀他们的目标，让恐惧与惊惶深植在一般民众的心里。他们甚至曾经在萨拉丁的营帐中留了一块有毒的蛋糕，还有一张字条，写着：*你在我们手里*。而萨拉丁，这位曾经英勇击退基督徒十字军并且夺回耶路撒冷的伊斯兰伟大军事领袖，也不肯与刺客集团为敌，只好跟他们谈和。外面的人怎么可能把夏慕士跟这样的恐怖教派联想在一起呢?

我将手放在阿拉丁肩膀，强迫他看着我。“况且，你不知道这个教派已经不如以往了吗?他们现在只剩下一个名号而已了。”

阿拉丁略想了一下这种可能性。“对，可是他们说哈桑·沙巴有三位死忠的手下；他们离开了阿拉穆特堡，誓言要在他们所到之处散播恐惧与动乱。他们怀疑夏慕士就是三人之中的头头。”

我开始失去耐性。“真主帮帮我吧！你跟我说说看，为什么刺客集团要杀害我们的父亲?”

“因为他们痛恨有影响力的人物，而且喜欢制造混乱，就是这样，”阿拉丁答道。他们的阴谋论让他气得两腮鼓起发红。

我知道我必须更小心翼翼地处理眼前这种情况。“你听着，外面的人无时无刻不在乱说各种鬼话，”我说。“这些可怕的谣言，你可不能当真。赶快把脑子里这些恶毒的思想赶走，他们正在毒害你的头脑。”

阿拉丁愤恨不平地哼了一声，但是我还是继续说下去。“你或许不喜欢夏慕士这个人，你也不必喜欢他；但是为了父亲，你还是要对他表示一点尊重。”

阿拉丁怨恨鄙视地看着我。我知道弟弟不只是对父亲生气，对夏慕士震怒，也对我感到失望。他把我对夏慕士的认可视为软弱的象征；或许他以为我顺服懦弱是为了赢得父亲的喜爱。这只是我个人的猜测，不过却深深刺痛我的心。

即便如此，我还是无法对他发脾气；就算生气，也维持不了太久。毕竟他是我弟弟。在我眼前，他始终都是一个小孩子，成天只会追逐街上的猫，雨天在泥泞中弄脏双脚，偷捏面包上涂了酸乳的部分来吃。看着他的脸，我忍不住看到曾经是那个小男孩的他，有点胖嘟嘟的，而且以他的年纪来说始终略嫌矮了一点；即使听到自己母亲的死讯，也不曾掉过一滴眼泪。他只是低着头，看着他的脚，仿佛突然为他的鞋子感到难为情；只是咬着下唇，直到唇上血色全无。他嘴里从来不曾说过一句话，或是发出一声啜泣；我倒希望他能放声大哭一场。

“你还记得那次我们跟邻居小孩打架的事吗?”我问。“你流着鼻血，哭着回家。那次，我们的母亲是怎么跟你说的?”

阿拉丁先是眯起眼睛，然后慢慢地想起来了，但是却没有说话。

“她跟你说，当你生一个人气的时候，应该先在你的脑子里，用一个你所爱的人取代那个人的脸。你尝试过把夏慕士的脸换成我们母亲的脸吗？也许你可以在他身上找到一些你可以喜欢的特质。”

阿拉丁的嘴角泛起一个笑容，虽然有点鬼祟而且像流云一样短促而羞怯，但是却让他的表情变得柔和许多，连我都吓了一跳。

“也许我可以，”他说，所有的怒气都从他的声音里消逝。

我的心融化了，紧紧地拥抱我的弟弟，不知道还有什么话好说。当他也回以拥抱时，我还很有信心，相信他会修补他跟夏慕士之间的关系，我们这个家很快又会回复以往的和谐。

但是事后的发展证明我错得有多离谱。

绮　拉

1245年10月22日，孔亚

那一天，夏慕士与鲁米关起房门，热烈地讨论真主到底知道些什么事。我敲敲门，不待回应，就推门进去，手上还端着一盘芝麻蜂蜜糖。通常，如果我在旁边，夏慕士就不说话，仿佛我的存在迫使他安静似的。他也从来不曾评论我的烹饪技巧，反正他也吃得很少就是了。有时候我有一种感觉：对他来说，不论我送上精美晚餐或是干面包，好像都没有什么差别。可是这一次，他才咬了一口我做的芝麻蜂蜜糖，眼睛就为之一亮。

“太好吃了，绮拉。你是怎么做的?”他问。

我也不知道自己是哪根筋不对，非但没有感谢他的赞美，反而冷哼一声。“你问这个做什么？就算我跟你说了，你也不会做。”

夏慕士目光平视我的眼睛，盯着我看，微微颔首，仿佛同意我刚刚说的话。我还在等他说些什么，但是他却只是站在那里，沉默而冷静。

过了一会儿，我离开房间回到厨房，以为事情过去了；要不是今天早上发生的事，我可能再也不会想起这个插曲。

❖ ❖ ❖

我在厨房的炉边搅拌奶油，突然听到院子里传来奇怪的声音；我跑出去一看，却目睹这辈子见过最疯狂的景象。院子里堆满了书，像摇摇欲坠的高塔一样，堆得到处都是；而且还有更多的书漂浮在喷泉池塘里。书本上的笔墨溶入池水里，让池水变成鲜艳的深蓝色。

鲁米站在一旁，夏慕士从书堆里随手挑了一本书——《摩泰纳比诗集》——脸上露出严厉的表情，将书丢进水里。书本才刚没入水中，他又伸手去拿了另外一本；这一次，是艾塔的《秘密书》。

我惊恐地倒抽一口冷气。他正一本接着一本地摧毁鲁米心爱的书！下一本要丢进水里的书是鲁米父亲写的《神圣科学》。我知道鲁米有多么崇拜他的父亲，又是多么的钟爱这本手稿，因此我看着他，以为他会震怒出手干预。

但是我却看到他站在一旁，面色如蜡，双手颤抖；我一辈子也不会了解他为什么不发一言。那个曾经因为我清理他的书就对我大发雷霆的人，现在竟然眼睁睁地看着一个疯子摧毁他所有的藏书，却一句话也不说。这太不公平了！如果他不出手干顶，那就让我来吧！

“你在做什么?”我问夏慕士。“这些书都没有别的抄本，都是非常珍贵的藏书，你为什么要丢进水里？你疯了不成?”

夏慕士没有回答，只是歪着头看着鲁米。“你也是这样想的吗?”他问。

鲁米紧抿着唇，淡然地一笑，但是仍然没有说话。

“你为什么不说话?”我对着丈夫大叫道。

听到此话，鲁米向我走过来，用力抓着我的手。“冷静下来，绮拉，拜托你！我信任夏慕士。”

夏慕士回头瞟了我一眼，眼神舒坦轻松，充满自信，然后卷起袖子，开始从水中捞出书本。结果让我大感惊愕：他捞出来的每一本书都是完全干透的！

“这是魔术吗？你是怎么做到的?”我问道。

“你问这个做什么?”夏慕士说。“就算我跟你说了，你也不会做。”

我气得浑身颤抖，哽咽得说不出话来，转身跑回厨房——这些日子以来，厨房已经成了我的避难所。我在锅碗瓢盆与药草香料之间坐下来，然后放声痛哭，哭得无法自抑。

鲁 米

1245 年 12 月，孔亚

我跟夏慕士在院子里跪着一起做完晨祷，接着在天亮过后不久出发离开家门，骑着马匹，穿过草原河谷，越过冰冷的溪流，享受微风吹在脸上的清凉。麦田里的稻草人以一种诡异的姿势迎接我们，农舍前晾着刚洗好的衣服，在我们从旁边经过时，迎风乱舞，在昏暗的晨光中指向四面八方。

回家的途中，夏慕士突然拉起缰绳，指着镇外一棵巨大的橡木，于是我们一起坐在树下，头顶上的天空呈现深深浅浅、各种层次不同的紫。夏慕士将斗篷铺在地上，跟着远近清真寺传来的呼拜唱颂一起祷告。

“我刚到孔亚的时候，就坐在这棵树下，”夏慕士说。想起了遥远的记忆，嘴角泛起了笑容，然后又变得有些忧郁地说：“有名农夫送了我一程。他非常仰慕你，说你的布道可以治疗哀伤。”

“他们以前称我为‘文字的巫师，’”我说。“但是现在我觉得那些都是好遥远以前的事了。我再也不要讲道了，我觉得好累。”

“你确实是‘文字的巫师’，”夏慕士坚定地说。“不过你现在拥有的不再是布道的脑，而是一颗赞美的心。”

我不知道他是什么意义，不过也没有多问。黎明的曙光逐渐抹去前一天仅存的夜色，天空开始变成一片橘红艳紫。在我们前面的远方，城镇也逐渐苏醒，乌鸦俯冲进菜园，搜刮任何它们可以窃取的食物，门户也开始嘎吱有声，驴子发出刺耳的嘶鸣，炉子里也燃起火光——大家都准备着要迎接崭新的一天。

“到处都有人为了追求圆满的生命而苦苦挣扎，但是却没有人可以指导他们要如何做才会成功，”夏慕士摇摇头，低声说道。“你的文字可以帮助他们，而我会尽一切力量来帮助你。我就是你的奴仆。”

“千万别这样说，”我抗议道。“你是我的朋友。”

夏慕士无视于我的抗议，继续说道：“我唯一担心的就是你现在活着的这个躯壳。身为知名的伊斯兰学者，你身边围绕着阿谀奉承的仰慕者，但是你对一般人民的了解有多少呢？那些酒鬼、乞丐、小偷、妓女、赌徒——心灵最需要慰藉、也最受到践踏的一群人。我们可以一视同仁地爱真主的造物吗？这是艰困的考验，只有极少数人能够通过的考验。”

他一边说着，我在他脸上看到温柔与关怀，还有一种看起来几乎像是母性慈悲的情怀。

“你说得没错，”我认同道。“我一直过着受到保护的生活，甚至不知道一般人过的是什么样的日子。”

夏慕士挖起一块泥土，在手指间捏碎，然后轻轻地说：“如果我们可以拥抱整个宇宙，接受宇宙中的所有差异与矛盾，那么世界上所有的一切就可以融合为一个‘真一’。”

说着，夏慕士捡起一根树枝，围着橡树画了一个大圆圈；画完之后，他站在圈内，高举着双手，好像希望有一条无形的绳索将他拉起来似的，然后大声朗诵真主的九十九个名讳，同时也开始在圈内旋转，起先很慢、很温和，像是午后的微风；然后逐步加快速度，越转越快，不久他旋转的速度就已经像是强而有力的狂风。他的狂热是如此的令人神魂颠倒，让我忍不住觉得整个宇宙——地球、星辰、月亮——都跟着他一起旋转。我就这样看着这个最不寻常的舞蹈，让它散发出来的能量将我的身体和心灵全都包覆起来。

最后，夏慕士终于慢慢地停了下来，随着上气不接下气的呼吸，胸膛也剧烈起伏；他的脸色发白，声音骤然变得低沉，仿佛来自遥远的地方。“宇宙是一个整体。宇宙间的每一个人和万物都通过无形的故事网彼此联系；不管我们是否知道，其实我们都在无声地交谈。不要伤害他人。要有悲悯心。不要在别人背后说长道短——就连看似无伤大雅的话也不要说！从我们口中说出来的话并不会消失，而是永远地储存在无垠的空间，等时候到了，自然就会回过头来找我们。一个人的痛苦会让我们一起受苦，一个人的喜悦会让我们一起微笑，”他低语道。“爱的四十条**法则**之中有一条这样提醒我们。”

然后他用质疑的眼光看着我，在深不见底的眼眸深处有一丝绝望的阴影，是我从未在他身上看过的悲哀。

“有一天，你会以‘爱的声音’闻名，”夏慕士说。“不论在东方或西方，所有的人，即使从未见过你的脸，也会受到你的声音激励启发。”

“这怎么可能呢?”我难以置信地说。

“通过你的文字，”夏慕士答道。“但是我说的不是讲课或布道。我说的是诗歌。”

“诗歌?”我的声音嘶哑。“我不会写诗，我是学者呀。”

这话让夏慕士忍不住牵动嘴角，微妙地一笑。“你啊，我的朋友，是一位世人即将认识的伟大诗人。”

我才要开口抗议，但是夏慕士坚定的眼神让我却步；再说，我也不想跟他争辩。“即使如此，不管需要做什么，我们也会一起完成。我们会一起走上这条路。”

夏慕士心不在焉地点点头，陷入诡谲的沉默，目光盯着地平线上逐渐褪去的颜色。等他终于再度开口，却说出我一辈子都忘不了的不详之语，在我的心灵留下永难抹灭的创伤：“虽然我很乐意与你同行，但是这条路恐怕你得一个人走。”

“你这是什么意思？你要去哪里？”我问。

夏慕士若有所思地抿起了嘴，目光低垂。“这不是我能决定的。”

一阵风突然往我们这边吹来，天气变得凄冷，仿佛在警告我们秋天即将结束；清朗的蓝天也开始飘下温热的水珠，轻飘飘的雨点像是蝴蝶停驻般的轻盈柔弱。那是我第一次想到夏慕士可能离我而去，让我感到胸口一阵尖锐的刺痛。

苏丹·瓦拉德

1245 年 12 月，孔亚

或许有些人觉得那只是开玩笑，但是听到别人闲言闲语，总是让我心痛。他们对自己一无所知的事情，怎么能够如此的轻蔑与不屑呢？人们是如此的悖离事实的真相，真是奇怪呀！想来也令人害怕！他们不了解父亲与夏慕士之间那种心灵联系的深度，显然都没有好好读通《古兰经》，因为他们若是读过《古兰经》，就会明白经文里不乏类似这种精神伴侣的故事，例如摩西与希尔的故事。

那是在“山洞章”里，写得明白又清楚。摩西是人类的伟大典范，有朝一日足以成为先知，同时也是传说中伟大的军事领袖与立法者。可是他曾经一度急需一名精神伴侣来开启他的第三只眼，而这个伴侣不是别人，正是希尔——痛苦与沮丧的抚慰者。

希尔对摩西说：“我一辈子都是行者。真主指派我云游世界，完成该做的事。你说想要加入我的旅程，但是你若跟着我，就绝对不能质疑我做的事。你可以忍受陪着我走却不质疑吗？你能够完全信任我吗?”

“是的，我可以，”摩西向他保证。“让我跟着你走吧。我保证不会问你任何问题。”

于是他们出发上路，一路上走过各个不同的城镇；可是当摩西看到希尔出现一些不合理的举动时，像是杀害男童或是凿沉船只，他就忍不住了。“你为什么要做这些可怕的事情?”他急切地问。

“你许下的承诺到哪里去了?”希尔反问道。“我不是告诉你不可以问我任何问题吗?”

每一次摩西都以道歉收场，并且承诺不会再问，但是每一次他都还是无法信守诺言。到后来，希尔跟他解释他所做的每一件事情背后的理由。慢慢地，摩西当然也开始了解：原来表面上看来恶毒不幸的事情，经常都是焉知非福；倒是那些看似喜悦的事情，最终反而带来灾祸。他跟希尔短暂为伴的时光，正是一生中最让他大开眼界的一段经验。

就如同这个寓言故事一样，世界上有些似乎是一般人无法理解的友谊，其实正是通往更深沉智慧与洞见的管道。我也是如此看待夏慕士在我父亲生命中地位。

可是我知道其他人不这样想，这让我忧心忡忡。不幸的是，夏慕士也没有努力让人喜欢他。他常常坐在神学院的门口，像暴君一样，拦下每一个想要进去找我父亲谈话的人严密地盘问，让人难堪。

“你找伟大的莫拉维要做什么?”他问。“你带了什么东西当礼物?”

这些人不知道该怎么回答，往往结巴犹豫，甚至道歉，最后夏慕士就把他们打发走了。

有些访客隔了几天又带了礼物回来，有的拿干果、有的拿银币，还有人拿着丝毯或新生的羔羊。可是看到这些东西，让夏慕士更恼怒，一双漆黑的眼珠子像是要冒出火来，气的满脸红光，又把他们赶走了。

有一天，有个人受不了夏慕士，大声喊道:“你有什么权利挡住莫拉维的大门?你一直问每一个人带了什么东西来，那你自己呢?你又给他带来了什么东西?”

“我带来我自己，”夏慕士说，声音大到足以让每个人都听到。“我可以为他牺牲我项上人头。”

那人踉跄地退了几步，低声喃喃自语了几句，看起来不是生气，反倒更像困惑。

❖ ❖ ❖

就在同一天，我问夏慕士说，他受到如此大的误解与又没人感激，会不会让他觉得很烦恼?我藏不住心里的忧虑，指出他最近树敌太多。

夏慕士一脸茫然地看着我，仿佛不知道我在说些什么。“可是我没有敌人呀，”他耸耸肩说。“爱真主的人可能有人批评或是反对，但是不可能有敌人。”

“没错，但是你跟人家争吵啊，”我反驳道。

夏慕士怒道：“我并没有跟他们争吵，我是跟他们的自我争吵，那是不一样的。”

然后他又轻声说道：“四十条**法则**中有一条是：这个世界就像是一座雪山，会反射你的声音。不管你说什么，不管是好话或坏话，终究会回到你自己的身上。因此，若是有人对你有恶意，你说他的坏话只会让事情恶化，会让你困在负面能量的恶性循环之中；反之，你应该连续四十个日夜，嘴里讲的，心里想的，都是关于那个人的好，等到四十天结束之后，一切就会变得不一样，因为你在内心已经变成了另外一个人。”

“可是外面的人说你的各种坏话，甚至还说两个大男人走得这么近，一定有什么不可告人的事情，”我越说越小声，到最后几乎听不见。

听到此话，夏慕士伸手放在我的手臂上，脸上依然是他一贯的镇定笑容。然后，他跟我说了一个故事。

两个男人从一个城镇要到另外一个城镇，途中遇到一条因为下大雨而溪水暴涨的溪流。就在他们准备要过河时，看到一名年轻貌美的妇人独自站在溪边，需要别人的协助。其中一人立刻跑到她身边，抱起那名妇女，抱着她过河。然后将她放下来，挥手道别，两个人又继续他们的旅程。

在他们剩下的旅程中，另外一个人变得格外安静且闷闷不乐，朋友问他什么，他都不说，就这样生了几个小时的闷气之后，终于忍不住打破沉默，说："你为什么碰触那个女人？她可能会引诱你！男女授受不亲啊！"

第一个人冷静地答道："朋友啊，我抱着那个女人过河，过了河就把她放下来了；是你才一直抱着她不放的呀！"

"有些人就像这样，"夏慕士说。"他们肩上扛着自己的恐惧与偏见，结果却被重担给压死了。如果你听到有任何人不能理解我和你父亲之间友谊的深度，叫他去好好清理一下自己的思想吧！"

艾 拉

2008 年 6 月 15 日，北安普顿

心爱的艾拉，

你问我为什么皈依苏菲教派，那不是突然发生的事。

我原名叫克雷格·李察逊，出生在苏格兰高地一个叫作金洛克柏维的小渔村。每当我想起过往，总是浮现出甜美的回忆：渔船及渔网里满载的渔货，还有一条条海草像绿色的小蛇一样悬在网子上；鸥鸟沿岸飞翔，掠食小虫；有黄菀草长在最令人意料不到的地方；还有远方传来咸咸的海洋气息，浓郁而强烈。那种气息，还有山峦与湖泊的味道，战后欧洲那种单调平静的生活，正是我从小长大的的背景。

当这个世界走进风起云涌的 60 年代，到处都可以看到学生示威、劫机和革命运动时，我却在这个安静的绿色角落，与世隔绝。我父亲开了一家二手书店，母亲则养羊，生产品质优良的羊毛；所以我从小就同时领略到

牧羊人的寂寞和书店主人的内省反思。有好多的日子，我会爬上老树，凝望着这个景色，以为自己会在那里过一辈子。虽然我不时会因为渴望冒险而内心纠结，但是我喜欢金洛克柏维，也很喜欢生活中的一成不变。谁知道真主对我有别的计划呢？

在我满二十岁之后没多久，发现了两样东西，从此改变了我的生命。第一个是专业相机；我到摄影班注册上课，完全不知道在我眼中一个平常的嗜好，竟然会成为终生的热情。第二个是爱——有个荷兰女子跟朋友在欧洲游历，她的名字叫作玛戈。

她比我年长八岁，身材修长、容貌美丽，而且固执任性得不得了。玛戈自称是波希米亚人、理想主义者、激进分子、双性恋者、左派人士、崇尚个人主义的无政府主义者、多元文化主义者、人权倡导者、反文化运动人士、环保女性主义者——这许多标签我都无法定义，若是有人问我这些身份代表什么意义，我也答不上来。可是我很早就发现她还有另外一个身份：摇摆不定的女人。玛戈可以在短短几分钟之内，从极端的喜悦坠入极端的沮丧；她浑身上下都散发出不稳定、无法预测的气味。她质疑生活中的每一个细节，说这些都是“中产阶级的伪善”，因此始终都充满了愤怒，与社会对抗，奋战不懈。直到今天，我都还不明白自己为什么没有被她吓跑，反而一头栽进去，陷入她这种狂热性格的漩涡之中。我彻头彻尾地陷入了爱河。

她是一种不可能发生的组合：浑身充满了革命的理想、无拘无束的勇气与创意，但是同时又像水晶玻璃花一样的脆弱易碎。我发誓要一直陪着她，保护她，不受外在世界的伤害，也不让她自己伤害自己。她是否曾经像我爱她那样的爱过我呢？我想没有。但是我知道她以她那种以自我为中心、自我毁灭的方式在爱着我。

这正是我为什么在二十岁那年来到阿姆斯特丹的原因。玛戈全心投入协助那些因为政治或人道因素来到欧洲的难民；她在一个专门照顾移民需求的组织工作，协助那些在世界上最动荡不安的角落里受到创伤的人，帮助他们在荷兰站稳脚跟。她是他们的守护天使。那些来自印尼、索马里、阿根廷与巴基斯坦的家庭，纷纷以她的名字为他们的女儿命名。

至于我，我对这些伟大的志业不感兴趣，一心只想在企业里向上爬。从商学院毕业之后，我在一家国际化的大公司工作；玛戈越是不在乎我的地位和薪水，我就越渴求这种成功的装饰品。我渴望权力，因此把重要的工作全都揽到自己身上。

我为我们的生活做好了周详的计划。两年后，我们要开始生小孩；两个小女儿，正是我对完整而理想家庭的想象。我深信我们有美好的未来。毕竟，我们生活在世界上最安全的地方，不是什么动荡不安的国家，像个坏掉的水龙头一样，不断地涌出移民，如潮水般往欧洲大陆流去。我们还年轻、身体健康、彼此相爱，不可能出什么差错。我很难相信如今我五十四岁，而玛戈却早已不在人世。

她是我们之中比较健康的一个。在“绝对素食主义”这个字眼还没有发明之前，她就坚决奉行全素饮食，只吃健康的食物，规律运动，而且绝对不碰毒品。她有如天使般的脸庞散发出健康的光芒，体型始终纤细、略嫌消瘦，但是永远都生气蓬勃。她非常注重养生，照顾自己的身体，所以尽管我比她年轻八岁，看起来却比她还老。

结果她却在一个最令人意想不到的情况下轻易地走了。有一天晚上，她去探望一位申请政治庇护的知名俄国记者，返家途中，车子在公路上抛锚了；向来遵守交通规则的她，却做了一件完全不像是她会做的事情：她没有打开闪光灯，坐在车上等待救援。反而下车，决定走路到下一个村落。她穿着灰褐色的军用雨衣和深色长裤，没有拿手电筒或任何可以让她更显眼的东西。一辆南斯拉夫来的拖车撞到了她。那司机说他根本没有看到她。玛戈已经完全融入夜色之中。

我曾经是个孩子。爱情让我启蒙，睁眼看到了更完整的生命。在失去了我挚爱的女人之后，我整个人变了一个样。既不是孩子，也不是成年人，我变成了一只受困的动物。我就是在人生的这个阶段，邂逅了“S”——也就是“Sufi”，苏菲的第一个英文字母。

我希望这封冗长的信不会让你感到无聊。

爱你的阿济兹

沙漠玫瑰

1246 年 1 月，孔亚

这些日子，我什么事都不能做。自从我在清真寺闹出了丑闻之后，老鸨就不准我出门，将我永远禁足。但是我完全没有难过或生气；老实说，这一阵子我都不太有什么感觉。

每天早上，我在镜子里看到的容颜越来越苍白；我不再梳头理妆，也不再轻掐脸颊，制造红润的气色。其他的女孩子一直抱怨，说我整天蓬头垢面，把客人都吓跑了。她们说的可能没错吧。所以那一天我听说有位客人坚持要找我，不免有些意外。

结果竟然是贝巴尔，让我大惊失色。

房里只剩下我们两人时，我当即问道："像你这样一位保安警察跑到这里来做什么?"

"哼，我到妓院来不会比妓女到清真寺奇怪吧，"他说，声音里有浓浓的含沙射影的味道。

"我相信那天你一定很想以私刑处死我吧，"我说。"我这条命是大不里士的夏慕士救回来的。”

“不要提那个令人作呕的名字！那个家伙是异教徒！”

“不是，他才不是！”我不知道是哪里来的胆子，竟然听到我自己在说。“那一天之后，他还来看了我好几次。”

“哈！光顾妓院的僧侣！”贝巴尔冷哼一声道。“我怎么一点也不意外呢？”

“不是那样，”我说。“根本不是那回事！”

在此之前，我从未跟任何人提起过，也不知道为什么当天会跟贝巴尔提起此事；但是这七个月来，夏慕士每个星期都会来探望我。他是如何偷溜进来而不让别人发现——尤其是老鸨——我实在无法理解；其他人或许会认定他一定是借助某种黑魔法，但是我知道他没有。夏慕士，他是好人，是个信仰虔诚的人，而且有特别的天赋。除了我母亲在小时候之外，夏慕士是唯一一个无条件爱怜我、同情我的人。他告诉我无论如何都不能沮丧失志；每当我跟他说，像我这样的人是永远都无法摆脱过去时，他总是一再地提醒我，跟我说他四十条**法则**中的其中一条：过去是一种诠释，未来是一种幻象。这个世界并非以一条直线穿过时空，从过去走到未来，反而是时间在我们之间穿梭，以无尽的回旋穿透我们。

永恒并不是代表无尽的时间，只是不受时间的影响。

如果你想要体验永恒的启蒙，就必须将过去与未来都抛到大脑之外，永远保持在现在这一刻。

夏慕士总是跟我说："你知道吗？唯有此刻才是真实的存在，也永远都会存在。等你体会了这个真相，就再也不会有恐惧。到那时，你就可以永远的离开这间妓院。"

❖ ❖ ❖

贝巴尔仔细地端详我的脸，同时右眼还不时地瞟到另外一侧，仿佛还有另外一个人在这个房里，但是我却看不到。他让我感到害怕。

我知道最好不要再谈夏慕士了，于是拿了一壶啤酒给他，他也匆匆地牛饮下去。

"所以，你的专长是什么？"贝巴尔喝完第二杯啤酒之后问道。"你们这些女孩子不是个个都身怀绝技吗？你会跳肚皮舞吗？"

我跟他说，我没有什么专长，而且不管过去有什么天分，现在也早就荡然无存了，因为我生了很严重的病。老板如果听到我这样说，可能会把我给杀了，可是我无所谓。老实说，我希望巴贝尔今天去找别的女孩子过夜。

可是贝巴尔却只是耸耸肩说他不在乎，让我大失所望。然后他拿出一个小袋子，从里面挑了一个红褐色的玩意儿放在手掌心，再丢进嘴里开始咀嚼。"你要试试看吗？"他问。

我摇摇头。我知道那是什么。

"你不知道你错过了什么好东西。"他咧嘴一笑，然后靠在床上，在大麻的催化作用之下，神智逐渐模糊，陷入恍惚。

那天晚上，贝巴尔在大麻和啤酒的双重作用之下，情绪格外高胀，不停地吹嘘他在战场上看过的那些恐怖情事。虽然成吉思汗已经作古多年，尸首也早已腐烂，但是他的鬼魂还陪在蒙古大军的身边，他说。在鬼魂的怂恿之下，蒙古军仍然继续攻击商队、劫掠村庄、不分男女地屠杀百姓。他说到，在寒冷的冬夜，战场上死伤了几百人之后，还有十几个人等着吐出他们的最后一口气，宁静的夜色像面纱一样笼罩在战场上，像毯子一样柔软平和。

“在大灾难之后的宁静，是你在世界上听过的最和平的声音，”他口齿含糊地说。

“听起来好悲伤，”我喃喃道。

突然间，他的话都说完了，再也没有什么好说，于是一把揪着我，将我推倒在床上，拉开我的袍子。他的眼睛布满了血丝，声音粗嘎沙哑，身上的气味混合了大麻、汗臭和饥渴，令人闻之反胃。他猛地冲刺，进入我的体内，用力磨擦着我；我试图侧躺，放松双腿，减轻痛感，但是他的双手压着我，让我动弹不得。他不停地前后摇摆冲刺，即使已经在我体内射精了，仍然还是停不下来。他显然没有得到满足，所以还持续着粗暴的动作；我好害怕他又再度硬起来，可是突然间，一切都结束了。他仍然趴在我的身上，看着我的脸，脸上是那种纯粹仇视的表情，仿佛刚刚才让他情欲高涨的身体，此刻却令他厌恶似的。

“拿个什么东西遮起来!”他一边从我身上翻身下来，一边喝令道。

我披上袍子，从眼角看到他又多丢了几颗大麻到嘴里。“从现在开始，我要你做我的情妇，”他抬起下颏说。

客人提出这样的要求，倒也不是不寻常；我也深谙处理这种棘手情况的方法，多半是给客人一个错误的印象，表示我很乐意当他的情妇，只为他一个人服务，但是他必须先支付一大笔钱给老鸨，让她开心才行。可是今天我不想虚与委蛇。

“我不能做你的情妇，”我说。“我很快就要离开这个地方了。”

贝巴尔厉声大笑，仿佛这是他听过最好笑的话。“不可能，”他斩钉截铁地说。

我知道不应该跟他争吵，但是实在忍不住。“你跟我并没有那么不同。我们都曾经在过去做了一些懊悔莫及的事，但是多亏了你叔叔的地位，让你可以当上保安警察，而我却没有叔叔替我撑腰，你懂吗?”

贝巴尔一脸木然，原本冷峻疏离的眼睛，突然因怒火而圆睁。他一个箭步上前，一把揪住我的头发。“我刚刚对你很客气吧，不是吗?”他怒吼道。“你以为你是谁呀?”

我张开嘴想要说话，但是一阵尖锐的刺痛让我说不出口。贝巴尔一拳击在我的脸上，将我整个人压制在墙边。

那也不是第一次了。我曾经挨过客人的打，但是都没有这么严重。

❖　❖　❖

我跌倒在地板上，然后贝巴尔猛踢我的肋骨和大腿，同时一边用脏话辱骂我。就在那个时候，我有了最诡异的经验。在我整个人痛地蜷缩起来之际，我的身体在每一次痛殴的重击之下崩溃，但是我的灵魂——或是感觉起来像是灵魂的东西——却跟身体分开来，像风筝似的，轻盈而自由地飘上天。

不久，我就飘浮在太虚之间，仿佛丢进了平和的真空，没有任何阻力，也不需要去任何地方，就只是飘浮在半空中。我飞越了刚刚收成的麦田，那里的风吹拂着农村姑娘的头巾，到了夜里，还有萤火虫闪烁，像是神话里的光芒。我觉得身子好像在往下沉，只不过却是往上坠入无底的天空。

我死了吗？如果这就是死亡的话，那一点也不可怕嘛。我的烦恼顿时消失。我跌进了一个全然轻盈纯净的地方，一个没有任何力量可以把我拉下来的神奇空间。我突然顿悟：这就是我的恐惧，而且出乎我意料，这恐惧一点也不可怕。我不正是因为一直害怕受到伤害才不敢离开妓院的吗？我突然体会到：如果我能够克服恐惧，不怕死亡，那我就可以离开那个鼠窝了！想到这里，我的心胸开阔起来。

大不里士的夏慕士说得对。真正的污秽是内在的污秽。我闭上眼睛，想象着另外一个自我，那个清新忏悔而且看起来年轻许多的自我，走出妓院，迈向崭新的人生。原来只要我能够在生命中体验到安全与爱，我的脸庞看起来就会像那样绽放出年轻自信的光芒。那景象看起来如此的诱人，又如此的真实，所以尽管我眼前看到自己的鲜血直流、肋骨隐隐作痛，嘴角却忍不住泛起了笑容。

金　雅

1246年1月，孔亚

我鼓起勇气去跟大不里士的夏慕士谈话，忍不住满脸通红，微微冒汗。这几个星期来，我一直想问他有关深度阅读《古兰经》的问题，却苦无机会；尽管我们同住在一个屋檐下，却没有任何交集。可是今天早上，我在院子里打扫时，夏慕士出现在我旁边，而且一副需要找人讲话的样子。这一次，不但跟他谈话的时间比较长，我也终于敢直视他的眼睛了。

“亲爱的金雅，一切都好吗?”他开心地问。

我忍不住发现夏慕士看起来有点茫然，仿佛刚从睡梦中或是从另一次的异象之中苏醒过来。我知道他最近比以前更常看到异象，而且也学会了如何看出他有异象的征兆：每次出现异象时，他的脸色就会变得苍白，眼神也会变得迷离。

“暴风将至，”夏慕士喃喃自语道，眯起眼睛，看着灰蒙蒙的云层在天际打转，预告着今年的第一场雪。

有关我心里深藏已久的问题，此时似乎正是开口询问的大好时机。“你还记得曾经跟我说过，我们对《古兰经》的理解都会依据个人洞察的深度而有所不同吗?”我谨慎地问。“从那时候起，我就一直想问你有关第四层解读的事。”

这时候，夏慕士转身过来看着我，眼神探索着我的面容。我喜欢他专注看我的样子，嘴唇微微噘起，额头挤出皱纹，我觉得这时候的他再英俊不过了。

“第四层的理解是无法言传的，”他说。“过了某个阶段之后，语言就失效了。当你踏入了爱的疆界，就不再需要言语。”

“我希望有一天我能踏入爱的疆界，”我脱口而出，但是立刻感到难为情。“我是说，这样我才能用更深的洞察来阅读《古兰经》。”

夏慕士的嘴角泛起一个怪异微妙的笑容。“如果你有的话，就一定会有那么一天。你会纵身跳入第四条水流，然后就会没入溪水之中了。”

我已经忘了这种只有夏慕士才会让我激起的复杂感觉：只要在他身边，我就觉得像个孩子似的，重新学习生命，但是同时又像个女人一样，准备好要在子宫之内孕育新的生命。

“你说‘如果你有的话’，是什么意思呢?”我问。“你是说，如果我有这个命运的话吗?”

“对，没错，”夏慕士点头道。

“可是命运又是什么呢?”

“我无法告诉你命运是什么，只能告诉你命运不是什么。事实上，有一条**法则**讲的就是这件事：命运并非表示你的一生已经预先安排妥当，丝毫无法更动；因此将一切交由命运安排，而不积极地参与宇宙的乐章，是一种纯粹无知的表征。

“宇宙的乐章是普遍流传的，由四十个不同的层级共同组成。

“你的命运就是你演奏自己曲调，或许你无法变更乐器，但是你能演奏得多好，却完全掌握在自己手里。”

我一定是露出了一脸疑惑的表情，因为夏慕士觉得有必要更详尽地解说；他握住我的手，轻轻捏了一下，一双漆黑深沉的眼眸闪闪发亮地说：“我来跟你说个故事吧。”

这就是他跟我说的故事：

> 有一天，一名年轻女子问僧侣命运是什么。“随我来吧，”那僧侣说。“我们一起来看看这个世界。”不久，他们遇到一列行进中的队伍，有名杀人凶手要被押解到广场接受绞刑。那僧侣问：“那人将被处死。那是因为有人给他钱去买杀人的凶器吗？还是因为他犯罪时没有人阻止他？又或是因为事后有人逮捕了他？这其中的因果关系何在?”

我打断他的故事，打岔道："那人要被吊死，是因为他做了坏事，要为他所做的事情付出代价。这就是因，也是果。世间有善事，也有恶事，善恶有别。"

"啊，可爱的金雅呀，"夏慕士小声地回答，仿佛突然间觉得疲惫起来。"你喜欢黑白分明，因为这样会让生活变得比较简单。但是如果事情并非都是如此善恶分明呢?"

"可是真主希望我们能够分明啊，否则就不会有罪恶与清真的概念，也不会有地狱与天国的差别。想象一下：如果我们不用地狱让人感到恐惧，不用天国鼓励人们行善，这个世界会变得多么糟糕透顶。"

风吹来了片片雪花，夏慕士躬身向前，将我的围巾拉得更紧一点。在那电光火石之间，我整个人僵立在那里不能动，只能闻着他的气息，一种揉和了檀香与淡淡琥珀的味道，底下又有一种微妙的清新气味，像是雨后土壤散发出来的气息。我觉得胃里有一股暖暖的火花，双腿之间也有一股欲望的潮流；多么让人难为情哪！但奇怪的是，又一点也不会尴尬。

"在爱的世界里，界线是很模糊的，"夏慕士看着我说，他的目光半是同情，半是关怀。

他说的是真主之爱呢？还是男女之间的情爱？他可能在说我们两个吗？有"我们两个"这回事吗？夏慕士不知道我在想些什么，只是接着说："我不在乎罪恶与清真的概念，也宁可熄灭地狱之火，然后放一把火将天国给烧了，这样一来，人们才能开始真爱真主，不为其他的理由，只是为了爱。”

“你不应该到处去讲这些事情。外面的人很坏，不是每个人都能理解，”我说着，突然意识到自己并没有多想想这个警告背后的暗示。

夏慕士勇敢地笑了一下，几乎有那种视死如归的精神。我让他握着我的手，我感觉到他掌心的热度与重量。

“也许你说得对，但是你不觉得这反而让我有更充分的理由大声说出我的想法吗？再说，心胸狭隘的人反正都是聋子，对他们封闭的耳朵来说，我说的任何话就只是全然的亵渎罢了。”

“在我听来，你说的每一句话都是甜言蜜语！”

夏慕士以难以置信到近乎惊讶的神情看着我，但是我自己远比他还要更惊愕。我怎么会说出这种话？我是失去理智了吗？我一定是遭到什么神灵附身！

“对不起，我得走了，”我吓得跳起来说。我羞得双颊通红，一颗心因为我已经说出来和那些还没有说出来的话而猛烈跳动，仓皇失措地逃离庭院，回到屋子里。虽然我在惊惶中奔逃，但是却清楚地意识到自己跨越了一道门槛；过了这一刻，我就再也无法否认一个我始终都知道的事实：我爱上了大不里士的夏慕士。

夏慕士

1246 年 1 月，孔亚

说别人坏话是很多人的第二天性。我听到很多关于我的流言；自从我到了孔亚以来，这样的流言一直都很多，我也不意外。尽管《古兰经》里明白表示，诽谤是最严重的罪行之一，但是大部分的人却毫不在意，也无意去避免犯行。他们总是谴责喝酒的人，或是监督通奸的女人，朝她们丢石头，但是讲到蜚短流长——在真主眼中，这可是更严重的罪过——他们却不觉得有什么不对。

这些让我想起了一则故事。

有一天，有个人跑来找苏菲信徒，气喘吁吁地说："嗨，他们在端盘子耶，你快看那边！"

苏菲信徒冷静地说："那跟我们有什么关系？关我什么事？"

"可是他们端着盘子到你家里去耶，"那人大喊道。

“那又关你什么事？”苏菲教徒说道。

不幸的是，人们总是看着别人手上端的盘子。他们不管自己的事情，一天到晚评断他人；他们编造出来的是非，始终都让我感到惊愕不已！讲到疑神疑鬼和造谣诽谤，他们的想象力更是无边无际！

显然在这个城里有人相信我是刺客集团的秘密指挥官，有些人更进一步宣称是我是阿拉穆特堡最后一位伊斯玛仪教派阿訇[①]的儿子；他们说我的黑魔法和巫术道行高深，任何人受到我的诅咒，必定当场暴毙无疑。其他人甚至没来由地指控我对鲁米下了什么符咒，说我为了确保他不会破坏符咒，还在每天黎明初起时强迫他喝蛇汤，真是令人火冒三丈！

我听到这种胡言乱语时，就笑一笑，转身离开。不然能怎么办呢？别人的冷言冷语，对一个僧侣来说，能有什么伤害呢？就算全世界都遭到海洋吞没，对一只小小的鸭子又有什么影响？

然而，我看得出来，我身边的人还是很担心，尤其是苏丹·瓦拉德；他真是一个天资聪颖的年轻人，相信假以时日，他会成为父亲最好的助手。当然还有金雅，可爱的金雅……她似乎很也担心。但是这些闲言闲语最大的伤害，就是鲁米

① 阿訇，意为老师、学者。

也受到波及，遭到诋毁。他不像我，他还不习惯受到他人的抨击与批评；看到他为了那些无知之徒的言语所苦，也让我感到心痛。莫拉维的内心只有无限的美好，而我呢，则同时有美好与丑恶的一面；对我来说，应付其他人的丑恶，要比他容易的多。话说回来，一位博学多闻的学者，向来只习惯严肃的言谈与逻辑的结论，叫他要如何应付那些无知之徒哗众取宠的言论呢？

难怪先知穆罕默德会说："在这个世界，我们要同情三种人：曾经富有但是却失去财富的人，曾经受人尊重却失去别人尊敬的人，以及遭到痴愚之人所围绕的智者。"

话虽如此，我却忍不住觉得，对鲁米来说，这一切终究还是有好处的。对鲁米的内在改变而言，诽谤固然会造成伤害，却也是必要的元素。他这一生都受到崇拜、景仰和效法，拥有绝对无可抨击的名声，因此他从不知道被人误解或批评是什么滋味，也从来不曾受到一般人不时会感受到的那种脆弱与孤独所苦。他的自我从来不曾受挫，连一点点伤害都没有。但是他需要这样的挫折。受到中伤诽谤固然有害，但是对一个在正道上的人来说，最终还是有益的。这就是第三十条**法则**：真正的苏菲信徒即使受到各方不公不义的指控、攻讦与谴责，仍然会耐心地忍受，对批评他的人也绝对不会口出恶言。苏菲信徒绝对不会将责难转移到他人身上。如果打一开始就没有"自我"，又何来的对手或敌人甚至"他人"呢？

如果只有一个"真一"，又有谁有可责难呢？

艾拉

2008年6月17日，北安普顿

心爱的艾拉，

你要我再多讲一些，真是太善良了。老实说，要我写出生命中的这段历程并不容易，因为总是会勾起太多不想记起的回忆。不过，我还是说吧。

玛戈死后，我的生活起了剧烈的变化。我在瘾君子圈内迷失了自我，阿姆斯特丹城里那些我过去从来都不知道的夜店、舞厅，现在都成了那里的常客，整夜流连忘返，彻夜狂欢；我想要寻求慰藉与同情，却走错了地方。于是我成了夜行动物，交上坏朋友，在陌生人的床上醒来，并且在短短几个月内，瘦了二十五磅。

我第一次吸食海洛因就吐了，而且吐到我一整天都抬不起头来。我的身体在抗拒毒品，那是一个征兆，但是以我当时的身心状况，却浑然不觉。于是在不知不觉中，我已经用注射取代了吸食；大麻、麻药、迷幻药、古柯硷——只要我拿得到的毒品，我都来者不拒。不久，我就把自己给搞垮了，心理上和生理上都完全崩溃；不管我做任何事情，都只是为了放纵自己，沉溺于快感之中。

当我沉溺其中时，想尽了各种惊人的方法来结束自己的生命。我甚至尝试像苏格拉底一样吃毒参求死，不过若不是那种毒性在我身上无效，不然就是我在一家中国餐厅后门买到的黑色药草只是普通的植物而已；说不定他们卖了一些绿茶给我，还取笑我是花了大钱的冤大头。许多个早晨，我在陌生的地方醒来，身边躺着不认识的新人，却有同样的空虚啃噬我的心灵。很多女人照顾我，有些比我年轻，有些比我年长；我住在她们家里，睡在她们床上，到她们的度假小屋避暑，吃她们煮的食物，穿她们丈夫的衣服，用她们的信用卡购物，但是却拒绝给她们要求也无疑应该得到的爱。

我选择的生活很快就出现了后果。我丢了工作、失去了朋友，最后连我跟玛戈曾经共度许多快乐时光的公寓也没了。等到我显然再也无法过这样的生活之后，我就住到非法占用的房子里，什么东西都跟别人共用。我在鹿特丹一栋非法占用的房子里住了十五个月，那栋房子没有门，没有里外之别，连卧室也一样。我们共用所有的一切：我们的歌、我们的梦、口袋里的零钱、毒品、食物、床……什么都可以共用，唯独痛苦只能独享。

如此纵情酒色毒品多年之后，我走到了人生的谷底，成了过去那个我的一个影子而已。有一天早上，我在洗脸时，看到镜子里的容颜；我从未见过任何人还如此年轻就如此的消沉、如此的悲哀。我回到床上，哭得像个孩子似的；那一天，我翻找着收藏玛戈遗物的盒子：她的书、衣服、唱片、发夹、笔记、相片——把这些纪念品一个一个拿出来看，一个一个道别，然后再放回盒子里，全都送给她深切关怀的那些外国移民的小孩。那是 1977 年的事。

在有如天赐的朋友协助之下，我在一家知名的旅游杂志找到一份工作，担任摄影师；所以我才会拎着帆布行李箱和一个装裱着玛戈照片的相框，启程前往北非旅行，逃离那个我变成的人。

后来，我在撒哈拉的亚特拉斯山遇到了一位英国的人类学家，他问我有没有想过要做第一个溜进伊斯兰圣城拍照的西方摄影师。我不知道他在说些什么，于是他跟我说，在沙特阿拉伯有一条法律，严禁非穆斯林进入麦加和麦地那；基督徒和犹太人也不准进去，除非能够找到什么途径溜进去拍照。如果被逮到的话，就会判刑入狱，甚或更惨。我全神贯注地听着。那种闯入禁地的刺激，去做以前从未有人做过的事情，让我全身肾上腺素激增，更别说随之而来的名与利……这个念头深深吸引着我，就像蜜蜂受到一壶蜂蜜的引诱一样。

这位人类学家说，我一个人绝对办不到，一定要通过一些关系才行；于是他建议我跟当地的苏菲信徒联系。他说，说不定他们会同意帮你的忙。

我对苏菲教派一无所知，不过我一点也不在乎；只要他们能够帮得上，我就很乐意跟苏菲信徒见上一面。对我来说，他们无非只是达成目的的手段而已；在那个时候，任何人或任何事情对我来说也都是一样。

可是艾拉，生命真的很奇特。后来，我没有去成麦加或麦地那；那个时候没有，后来也没有。即使在我皈依了伊斯兰之后也没有。命运带我走上完全不同的路径，经历了完全意想不到的曲折与转变，每一次的转变都对我造成深刻的影响与无法逆转的改变，以至于到了后来，最初的目的就再也不重要了。虽然从一开始纯粹只是受到物质利益的驱使，但是在旅程结束之后，我却完全变了一个人。

至于苏菲教派，谁想得到呢？原本我只是视为达成目的的手段，不久手段本身也成了目的！人生的这个阶段，我称之为我与“u”的邂逅——也就是“Sufi”的第二个英文字母。

爱你的阿济兹

沙漠玫瑰

1246年2月，孔亚

我离开妓院的那一天，是四十年来最冷的一天，冷得刺骨凄凉。狭窄的曲巷覆盖着新雪，闪闪发亮；屋檐与清真寺的尖塔底下，结成了锐利的冰柱，危险而美丽。到了下午，寒冬的威力更盛，街上已经出现冻僵的猫，胡须都冻成了细细的冰线，还有好几栋破屋不堪积雪的重量而倒塌。除了流浪猫之外，受苦最深的莫过于孔亚街上的游民了；已经有六个人冻死，横尸街头——全都蜷缩成胎儿的体态，脸上露出幸福的笑容，仿佛预期来生会有更好、更温暖的生命。

午后稍晚，大家利用黄昏开始忙碌之前的空档，偷闲小歇，我就利用这个机会，偷偷溜出房间；除了少数几件简单的衣物之外，我什么都没有带，那些会见特殊客人时穿戴的丝袍首饰，全都留在屋内：在妓院里赚来的东西，都要留在妓院里。

楼梯才下了一半，我就看到木兰站在大门口，嚼食着已经让她上瘾的褐色叶片。她的年纪比妓院里其他的女孩子都要大，最近常常抱怨有热潮红；到了晚上，我也听到她在床上翻来覆去的睡不着觉。我们都知道她的年纪到了，体内的女性泉源已接近枯竭。年轻的女孩子常常开玩笑说她们嫉妒木兰，因为她不必再担心月经来潮、怀孕或是堕胎的事情，而且每月的每一天都可以接客，跟男人上床；可是我们都知道，年华老去的妓女在这里几乎没有存活的机会。

我一看到木兰，就知道我只有两条路可以走：要不是回到自己的房间，不再痴心妄想逃走之事，或者直接走出大门，然后承担后果。我的心选择了后者。

“嗨，木兰，你的身体好点了吗?”我尽可能用一种轻松、平常的语调说。

木兰看到我脸色为之一亮，然后又黯淡下来，因为她看到我手上拿着袋子。这时候撒谎也没什么意义了。她知道老鸨不准我离开房间，更别说是离开妓院了。

“你要走了?”木兰惊呼问道，仿佛这个问题本身就吓倒她了。

我什么话都没说。现在轮到她做抉择了：她可以拦阻我，警告每一个人说我想逃跑的计划，又或者她就让我走。木兰盯着我，神色凝重，充满了怨毒。

“回到你的房间去，沙漠玫瑰，”她说。“老鸨会派豺狼头去抓你，难道你不知道他是怎么样凌虐——”

但是她的话没有说完。在妓院里，我们有个不成文的规定：对那些比我们早在妓院工作却不幸香消玉殒的女孩子，我们都绝口不提；就算在极少的场合提到她们的事情，也小心翼翼地不去提及她们的名字，毕竟惊扰已经入土为安的她们也没有什么太大的意义。她们活着的时候过得已经够辛苦了，最好还是让她们安息吧。

“就算你逃走了，你要怎么过日子？”木兰坚持道。“你会活活饿死。”

我在木兰的眼中看到了恐惧——不是害怕我会失败，受到老鸨的处罚，而是害怕我可能会成功。我要去做一件她梦想着要去做却始终不敢付诸实现的行动，因此她对我的大胆无畏，是既尊敬又痛恨。我感到心底一阵迟疑，若不是脑子里不断地回荡着大不里士的夏慕士的声音，我可能就回头了。

“让我走吧，木兰，”我说。“我不要在这里多待一天。”

挨了贝巴尔的一顿痛殴，亲眼看见死神之后，我觉得内在有一部分的自己无可挽回地改变了；就好像我心里再也没有恐惧。不管会发生什么事，我都不在乎，因为我已经下定决心，要将余生奉献给真主，而且不论只有一天或是有很多年都不打紧。大不里士的夏慕士曾经说过，信仰与爱让人变成英雄，因为他们消除了心中所有的恐惧与焦虑。我现在开始了解他是什么意思了。

而且奇怪的是，木兰也理解似的；她痛苦而悠长地看了我一眼，慢慢地退到一旁，让出一条路来给我。

艾　拉

2008 年 6 月 19 日，北安普顿

心爱的艾拉，

谢谢你的同情与谅解。你说你喜欢我的故事，还说让你想了很多，这也让我感到很欣慰。我不习惯跟任何人提起过去的事，但是说也奇怪，跟你分享了这些过往之后，反倒让我觉得比较轻松。

1977 年夏天，我在摩洛哥跟一群苏菲信徒一起度过。我住在一间白色的房间，很小、很简单，只有最基本的物品：一张睡榻、一盏油灯、一串琥珀念珠、窗台有一盆花、一个邪眼护身符，还有一张胡桃木书桌，抽屉里摆了一本鲁米的诗集。那里没有电话、没有电视、没有时钟，也没有电。但是我不在意。我在非法占用的房子里住了那么些年，没有理由无法在僧侣修道院里生活下去。

我住进去的第一天晚上，撒密德师父到房里来探望我；他说他们很欢迎我住下来，我要住多久就住多久，

直到我准备好要去麦加为止。但是有一个条件：绝对不能吸毒！

我记得当时觉得满脸发烫，像是把手伸进糖罐里却被逮个正着的孩子一样。他们怎么会知道？难不成他们趁我出去的时候搜了我的行李？我永远不会忘记师父接下来说的话："我们不需要看你的行李就知道你有吸毒，克雷格弟兄；你的眼睛透露出你上瘾了。"

有趣的是，艾拉，在那天之前，我从来不觉得自己上了瘾；我很肯定一切都在自己的掌握之中，而毒品只是协助我解决问题而已。"麻痹痛苦不等于疗愈痛苦，"撒密德师父说。"当麻醉药退了之后，痛苦仍然在那里。"

我知道他说的对。带着自信满满的决心，我将身上所带的毒品全都交给他们，连安眠药也交出去了。可是不久我就发现，显然我的决心不够坚定，不足以让我撑过接下来发生的事情。我住在那间小修道院的四个月期间，曾经有十几次毁弃了承诺，甚至走岔了路。对一个选择麻醉而不要清醒的人来说，要找到毒品并不难，即使身在异国也是一样。有天晚上，我喝得烂醉回到修道院，发现所有的门都从里面闩上了，只好睡在花园里。第二天，撒密德师父什么也没问，我也没有道歉。

除了这些丢脸的事情之外，我跟那里的苏菲信徒相处得都很愉快，也喜欢修道院在夜里的宁静安详。住在那里，可以感觉到一种特殊而奇特的平和；虽然我早就习惯了跟很多人住在同一个屋檐下的生活，但是在那里却让我经历了前所未有的感觉：内在的平静。

表面上，我们都是集体生活，每一个人都在相同的时间吃饭、喝水、从事同样的活动；但是在私底下，我们都必须、也受到鼓励要保持孤独，并且内观自在。在苏菲教派求道的路上，你必须先找到在人群中独处的艺术；然后再到你的孤独中寻找人群——也就是你内在的声音。

我住在那里，等候摩洛哥的苏菲信徒可安全地将我偷渡进麦加与麦地那的那段期间，广泛地阅读苏菲教派的哲学与诗篇；起先是因为无聊，又没有什么别的事情好做，后来却看出了兴趣。就像喝了第一口水才发现自己有多渴的人一样，我发现自己跟苏菲教派的邂逅让我渴望知道更多。我在那个漫长夏日念过的众多书籍当中，鲁米的诗集对我的影响最深。

我深深地着迷了，但是却不只是好奇而已。我听撒密德师父跟我讲了更多关于夏慕士的事情，我有一种似曾相识的怪异感觉，甚至觉得一股冷颤打脊椎往下直窜。

啊，你一定觉得我疯了。但是我可以对天发誓：在那个时候，我听到背景里传来一阵丝绸的窸窣声，先是从远方，然后越来越近，最后还看到一个身影，是个不在那里的人。或许那只是晚风拂过树枝，也可能是一对天使的翅膀。但是不管是什么，我蓦然领悟到：我再也不需要去任何地方了，再也不用了。我厌倦了总是渴望到什么别的地方，什么更远的地方，厌倦了总是身不由己地来去匆匆。

我已经到了我想要去的地方，现在只要留下来，内观自在就可以了。我把生命中这个新的阶段称之为我与“f”的邂逅——也就是“Sufi”的“f”。

爱你的阿济兹

夏慕士

1246 年 2 月，孔亚

那一天的事情特别多，早上过得比平常都要快，灰扑扑的天空上云层低垂。午后稍晚，我发现鲁米坐在房里的窗边沉思，额头上堆满了皱纹，手指头不停地拨着念珠；由于厚重的丝绒窗帘半闭，室内的光线昏暗，只有一片怪异的天光照在鲁米坐的地方，让整个场景多了一点梦幻的味道。我忍不住怀疑鲁米是否能够看透我要求他去做这件事的真正意图，或是会不会因此受惊不安。

我站在那里，沉浸在那一刻的宁静之中，同时也觉得有些紧张。我又瞥见一个幻象。我看到鲁米，一个年老体衰的鲁米，穿着深绿色的长袍，就坐在同样的位置，看起来比以往更悲悯、更宽宏，但是心头却有一个永恒的疮疤，正是我的形状。于是我立刻知道了两件事：鲁米会在这栋房子安享晚年；我离开后留下的创伤永远都不会痊愈。我的泪水潸然而下。

“你还好吗？你看起来很苍白，”鲁米说。

我勉强挤出一个笑容，但是我接下来要说的话却像沉重的担子，压在我的肩上。我的声音有些薄弱，不如我所预期的那么有说服力。“不算太好。我非常渴，但是在这间屋子里却没有任何东西可以让我止渴。”

“你要我问问绮拉可以做点什么给你喝吗？”鲁米问。

“不用了，因为我需要的东西不在厨房里，而是在酒馆；你知道吗，我现在想要喝醉。”

我假装没有注意到鲁米脸上掠过一丝不解的阴影，继续说下去：“不要去厨房拿水，你可以去酒馆拿酒吗？”

“你是说，你要我去酒馆替你买酒？”鲁米说到最后一个字时格外的谨慎，好像害怕打破什么东西似的。

“对。如果你能去替我们买些酒回来的话，我会感激不尽。两瓶就够了，你一瓶，我一瓶。但是请你帮我一个忙。你到了酒馆之后，不要只是买了酒就回来，在那里多留一会儿，跟那里的人聊聊天。我会在这里等你，不用急。”

鲁米看着我的眼神半是恼怒，半是困惑，我想起了在巴格达那个见习修士的脸：他想要与我同行，却太在乎自己的名声而不敢冒险，他对别人看法的顾虑让他裹足不前。现在我则在观望，不知道鲁米的名声会不会也让他裹足不前呢？

但是鲁米站了起来，点点头，让我松了一口气。

“我这辈子从未进过酒馆，也从来没有喝过酒；我觉得喝酒是不对的行为，但是我完全信任你，因为我信任我们之间的爱。你要求我做这样一件事情，必然有你的理由，而我必须去找出这个理由何在。我会去替我们买酒。”

说完，他跟我道别，然后走了出去。

他一走出房间，我就陷入深切狂喜的状态，跌倒在地；我手里抓着鲁米留下来的琥珀念珠，一再地感谢真主赐给我一位真正的伴侣，也祈祷他美丽的灵魂从此沉醉在神圣的爱之中，再也不会清醒。

第四部

火

损害、毁灭、破坏

酒鬼苏里曼

1246年2月，孔亚

在酒精的催化下，我喝醉时曾经看过许多疯狂的幻影，但是看到伟大的鲁米走进酒馆大门实在太离奇了。连我都不敢相信。我在自己身上用力掐了一下，但是那幻影仍然没有消失。

“嘿，希里斯托啊，你拿了什么东西给我喝啊?”我喊道。“我刚刚喝的那瓶酒一定是什么强烈的玩意儿。你绝对猜不到我现在看到了什么幻象!”

“嘘，你这个笨蛋!”我背后有人低声说道。

我回头想看看是谁叫我安静，却看到酒馆里的每一个人，包括希里斯托在内，全都瞠目结舌地看着大门，让我不禁吓了一跳。整间酒馆陷入一种诡谲的宁静，就连趴在酒馆角落里的狗——沙奇——两只耳朵松垮垮地黏在地板上，也一脸困惑的样子。波斯地毯商人也不再唱那些他称之为歌曲的可怕曲调，只是站在那里，左右摇晃，下巴抬得高高的，正是酒鬼夸张地故作正经，假装没有喝醉的模样。

最后是希里斯托打破了沉寂。“莫拉维，欢迎光临本酒馆，”他的声音里溢满了礼貌与周到。“看到您光临小店，真是倍感荣幸。您需要什么吗？”

我连续眨了好几次眼睛，这才终于意识到：原来真的是鲁米站在这里！

“谢谢你，”鲁米不太自然地笑着说。“我想买点酒。”

可怜的希里斯托闻言大吃一惊，连下巴都差点掉下来。等他终于回过神来，这才带着鲁米坐到最近的一张空桌子，刚好就在我旁边！

“色兰，祝你平安，”鲁米一坐下就跟我打招呼。

我也回礼，随口讲了几句客套话，但是完全不知道讲的话到底对不对。鲁米的神色冷静，身上穿着昂贵的长袍与精美的深褐色外套，看起来跟这个地方格格不入。

我靠过去，放低音量说：“我如果问，像你这样的人到这里来做什么，会不会太失礼？”

“我在接受一项苏菲教派的考验，”鲁米说着，对我眨眨眼，好像我们是好朋友似的。“夏慕士叫我来这里，这样才能毁损我的名声。”

“这是一桩好事吗？”我问。

鲁米笑了起来。“呃，那就看你怎么看这件事喽。有时候就是要摧毁所有的附加物，才能战胜你的自我。如果我们太依附家庭，太依赖我们的社会地位或是本地的学校与清真寺，甚至到了阻碍我们跟真主团聚的道路，我们就必须拆除这些附加物。”

我也不确定自己有没有听错，但是不知怎地，在我这颗昏昏沉沉的脑袋听起来，他的解释完全合情合理。我一直怀疑那些苏菲教徒只是一群有趣的疯子，专做各种稀奇古怪的事情。

这会儿，轮到鲁米靠过来，并以低声细语的音调问我：“如果我问你，你脸上的疤是怎么来的，会不会太失礼啊?”

“恐怕那不是什么有趣的故事哟，”我说。“有天晚上很晚了，我在走路回家的路上遇见了一位保安警察，打得我屁滚尿流!”

“他为什么打你呢?”鲁米露出真心关切的表情问道。

“因为我喝了酒，”我指着希里斯托刚好摆在鲁米面前的酒瓶说。

鲁米摇摇头。起初，他似乎完全摸不着头绪，好像不相信会有这种事情发生；可是过了不久，他的嘴角微弯，泛起了一个友善的笑容，就这样，我们天南地北地聊开了。我们一边吃着面包和羊奶乳酪，一边谈论信仰、友情和其他生活中我以为早就忘记的事情，不过我很开心，因为我从心底又把这些事情给梳理出来了。

太阳下山后不久，鲁米起身准备离开，酒馆里的每个人都跟他道别，那场面真是盛大呀！

“你还没跟我们说为什么不能喝酒咧，怎么可以走呢？”我说。

希里斯托皱着眉头，赶忙冲到我身边，担心我唐突的提问会冒犯了他的贵客。“嘘，苏里曼，你干吗问这种事情？”

“不，我是认真的，”我坚持地看着鲁米说。“你已经见过我们。我们不是邪恶的坏人，可是人们却一直说我们就是坏人。你倒是跟我说说看，只要我们循规蹈矩，又不伤害别人，喝点酒究竟有什么不对？”

尽管屋角的窗户是开着的，但是酒馆内的空气却突然变得凝窒沉闷，充满了期待。我看得出来，每个人都很好奇，不知道他的答案是什么。然后忧郁、仁慈、清醒的鲁米走到我面前，说了这么一段话：

如果喝酒的人
内心深处藏有温柔，
那么在喝醉酒时
就会表现出来。
但是如果他内心藏着愤怒与自大
那些也会表现出来，
正因为大多数人都是如此，
所以才会每个人都禁酒。

屋内陷入短暂的平静，因为我们全都在思考他说的话。

“朋友们，酒不是完全无害的饮品，”鲁米用一种全新的语调对着我们大家说，他的声音是如此的铿锵有力而威严十足，但是又如此的沉着而坚定，“因为它会让我们暴露出最坏的一面。我相信我们最好还是戒除这样的饮品。但是话虽如此，我们也不能把我们该负的责任，全都归咎到酒精的头上；我们应该努力改善的是我们自己的愤怒与自大，那才是更要紧的事。归根究底，要喝酒的人仍然会喝，不喝酒的人也不会去喝；我们没有权利将我们自己的想法强加到别人的身上。宗教是无法强迫的。”

这番话让某些酒客衷心地点头称是，但是我呢，我却喜欢举起酒杯敬酒，因为我相信每一个智慧的珠玑都值得举杯庆贺。

“你是一个好人，有宽大的心胸，”我说。“不管别人如何批评你今天所做的事——我相信一定会有很多闲言闲语——但是身为伊斯兰学者，你却有这个胆识走进酒馆，不带批判的眼光跟我们谈话，真是太勇敢了！”

鲁米友善地看了我一眼，然后攫起他连碰都没碰的酒瓶，离开酒馆，走进夜色的微风中。

阿拉丁

1246 年 2 月，孔亚

这三个星期来，我满心期待，想要找到合适的机会跟父亲说话，请他将金雅嫁给我。我花了许多个钟头想象跟他对话的场景，以不同的方式，反复练习同样一句话，想要找出更好的说词来表达我的心愿。对他可能提出的每一个反对意见，我都已经拟好了对策。如果他说金雅和我就像兄妹一样，那我就要提醒他说，我们其实并没有血缘关系。再说，我知道父亲有多么钟爱金雅，所以我打算跟他说，如果让我们结婚的话，她就不必离开这里，她可以一辈子都跟我们住在一起。我在脑子里想好了所有的计划，就是找不到可以单独跟他说话的时机。

可是今天晚上，我却在一个可说是最糟糕的时机遇见了他。当时我正打算出门去跟朋友碰面，没想到大门嘎吱一声开启，正是父亲走进来，两手还各拎着一瓶酒。

我站在那里，整个人愣住了。“父亲，你手上拿的是什么东西?”我问。

“哦，那个呀!”我父亲脸上没有丝毫的羞愧难堪。“那是酒呀，孩子。”

“是吗?”我大叫道。“难道这就是伟大的莫拉维最后的下场吗？一个在酒精中枯萎的糟老头?”

“你说话小心一点!”一阵愠怒的声音在我背后响起。

是夏慕士。他直直地盯着我，眼睛连眨也不眨地说：“不可以用这种语气跟你父亲说话。是我叫他去酒馆的。”

“我怎么一点也不意外呢?”我忍不住冷笑道。

如果这话触怒了夏慕士的话，从他脸上一点也看不出来。“阿拉丁，我们可以讨论这件事，”他冷漠地说。“不过，你不能让愤怒蒙蔽了你的视线。”

然后他把头歪向一侧，告诉我说，我的心必须放柔软一些。

“有这么一条**法则**，”他说。“如果你要强化你的信仰，你的心就必须更柔软。要让你的信仰坚若磐石，就要让你的心柔若羽毛。经由疾病、意外、损失或惧怕，无论如何，我们都会遭遇一些事情，让我们学会不再那么自私，不再轻易批判他人，而是变得更悲天悯人，更宽大为怀。然而，我们有些人学到了教训，学会变得温和，而其他人最后却反而变得比以前更严厉。接近真理的唯一途径，就是放开你的心，让它包容所有的人，却仍有余裕来容纳爱。”

“你不要多管闲事，”我说。“我才不会听命于一位喝醉酒的僧侣。我是说，我才不像我父亲。”

“阿拉丁，你真丢脸！”我父亲脱口而出。

我顿时感到一股强烈的愧疚刺痛，但是太迟了。太多的积怨与愤怒，我以为早就忘了，没想到此时如潮水般全都涌上心头。

“我知道你恨我，就像你所说的一样深，这一点我绝不怀疑，”夏慕士说。“但是我想你从未停止爱你父亲，连一分钟也不曾停过。难道你看不出来，你在伤害他吗？”

“难道你看不出来，你在破坏我们的生活吗？”我反击道。

就在这个时候，我看到父亲一个箭步上前，紧抿着嘴，一脸严肃，同时还将右手高举过头。我以为他要打我耳光，但是他没有，也不想打我耳光，反倒让我更不安。

“你让我蒙羞了！”父亲说，连看都不看我一眼。

我眼中盈满了泪水，转过头去，蓦然看到金雅，与她正面相迎。她站在角落里用惊恐的眼神看着我们有多久了？这场口角她又听到了多少？

在我一心想娶的女孩子面前遭到父亲的羞辱，那种羞愧让我的胃不停地翻搅，嘴里也冒出苦水，只觉得整间屋子天旋地转，好像就要崩塌了。

我再也无法在那里多停留一秒钟，于是一把抓起外套，推开夏慕士，直接冲出家门，远离金雅，远离他们所有的人。

夏慕士

1246 年 2 月，孔亚

那两瓶酒散发出混合了泥土、野草、黑色莓果的强烈气味；阿拉丁走后，鲁米非常的伤心，好一会儿都说不出话来。我跟他带着酒瓶，走进覆盖着白雪的庭院；在这个荒凉的二月冬夜里，空气中有一种独特的静寂，感觉上格外沉重。我们站在那里，观看天上的浮云流动，听着这个除了静寂之外别无其他声音的世界。一阵晚风袭来，带来远方森林的芳香气息，像是麝香的味道。在那一刻，我相信我们都很想永远地离开这个城镇。

然后我拿起了一瓶酒，走到雪地里一株凋萎的玫瑰树旁，只见长满花刺的蔓藤攀爬而上；我在树旁跪了下来，开始将酒倒在树下的泥土里。鲁米的脸上露出半是沉思、半是兴奋的笑容，整张脸为之一亮。

惊人的是，那株凋萎的玫瑰花竟然慢慢地恢复生气，树皮也变得像人类的皮肤一样柔软，甚至在我们眼前绽放出一朵玫瑰花；我不断地倒酒在树下，那朵玫瑰也渐渐地透出温暖的橘红色泽。

接着，我又拿起第二瓶酒，以同样的方式倒在树下。玫瑰的橘红色泽开始变成亮红的色调，生气勃勃地绽放出光彩。这时候，瓶子底部只剩下大约一杯酒，我将酒倒进杯子里，自己喝了一半，将剩下的一半递给鲁米。

他用颤抖的手接过酒杯。这个生平从未碰过酒精的人，以同样的和蔼与镇静，满脸笑容地回应了我的邀约。

“宗教的规范与禁令都很重要，”他说。“但是它们不应该变成不能质疑的禁忌。今天我以这样的认知，喝下你给我的这杯酒，衷心相信在爱的沉醉背后，始终都是清醒的。”

就在鲁米拿起酒杯接近唇边之际，我当场把酒杯抢过去，丢在地上，酒液洒在雪地上，像是一滩鲜血。

“别喝!”我说，觉得这个考验没有必要再继续下去了。

“如果你不要我喝下这杯酒，又为什么要我去酒馆呢?”鲁米问。他的语气不是好奇，而是更多的怜惜。

“你知道为什么，”我微笑说。“精神的成长是在于意识的整体，而不只是执着于特定的层面。第三十二条**法则**说：在你与真主之间不该有任何阻碍。阿訇、教士、祭司或是其他任何道德或精神领袖的监护人都不可以；任何精神大师，乃至于你的信仰也不可以。你要相信你的价值与规范，但是不要用它们对其他人作威作福。如果你一直伤害别人的心，那么不管你完成了再多的宗教职责，也都没有用。

“远离各种形式的盲目崇拜，因为那会模糊你的视线。让真主——也只有真主可以——做你的向导。你要学习真理啊，我的朋友，但是要小心，不要让你的真理变成了一种迷恋。”

我始终都景仰鲁米的人格，也知道他拥有无止境的悲悯之情，那是他过人之处，也是我所欠缺的特质。可是今天，我对他的景仰更有一日千里般的增进。

这世界上多的是拥有财富、地位与权力的人。这种成功的象征，他们得到的越多，似乎就需要的越多，因此变得贪婪无厌，将这些世界的财富视为他们的拜向，目光始终往那个方向看，完全不知道自己已经成为他们渴望拥有的事物的俘虏。这是常见的型态，也屡见不鲜。可是在极罕见、极罕见的情况下——就如同红宝石一样的罕见——会看到一位已然位居高位的人，一位拥有许多黄金、名声和权威的人，有一天突然放弃他的地位，冒着损毁自己名声的危险，展开一段内在自我探寻的旅程，而且还没有人知道这个旅程会在哪里、在什么时候结束。而鲁米正是那颗罕见的红宝石。

“真主要我们谦卑不自夸，”我说。

“啊，他想要我们认识他，”鲁米轻轻地说。“他希望我们用灵魂的每一根神经去认识他。所以保持警觉与清醒会比喝醉了酒晕头转向要好。”

我同意。我们隔着那朵玫瑰花，坐在庭院里，直到天色变暗，气候转凉；在冰冷的夜色中，散发出一种清新甜美的香味。爱的美酒让我们微醺，有点头晕，我意识到风中不再有绝望的低语，不禁满怀欢欣，也心存感激。

艾　拉

2008 年 6 月 24 日，北安普顿

“宝贝，城里新开了一家泰式餐厅，”大卫说。“听说很好吃。今天晚上，我们何不一起去吃吃看？就我们两个。”

在这个周四晚上，艾拉最不想做的事情就是跟丈夫一起出去吃晚餐，可是大卫很坚持，让她无法拒绝。

银月是一间小餐厅，有时髦的灯饰、真皮卡座、黑色餐巾，同时在每一面墙上都有很多挂得很低的镜子，让店内的顾客觉得好像在跟自己的倒影一起用餐。不消多久，艾拉就觉得格格不入，浑身不自在，但是并非餐厅本身让她有这种感觉，而是她丈夫。她在大卫眼中瞥见一丝不寻常的光芒，有些事情不太对劲；他看起来若有所思——甚至有点忧虑。而最让她感到不安的，是他口吃了好几次。艾拉知道，大卫一定是很苦恼，才会让儿时的语言障碍又浮出台面。

一位穿着传统服饰的年轻女服务生来帮他们点菜。大卫点了罗勒辣干贝，艾拉则点了椰汁蔬菜与豆腐——坚守四十

岁生日时许下不吃肉的愿望。他们也点了酒。

他们讨论了餐厅里精致的装潢，讲了几分钟，然后又讲到黑色餐巾与白色餐巾的不同效果，接着就无言了。二十年的婚姻，二十年的同床共枕、共用一间浴室、共食同样的餐点、共同养育了三个孩子……全部加起来却是沉默与无言。又或者艾拉以为如此。

“我看到你最近在读鲁米，”大卫说。

艾拉点点头，不过心里有些意外。她不知道哪一个让她更感到意外：是听到大卫竟然知道鲁米？抑或是他竟然关心她在读什么书？

“刚开始的时候，我读他的诗是因为有助于我撰写《甜蜜亵渎》的报告，可是后来越读越有兴趣，现在我是为了自己在读，”艾拉解释道。

大卫有些心不在焉，看着桌巾上的葡萄酒渍，然后叹了一口气，脸上露出一切都结束的表情。“艾拉，我知道发生了什么事，”他说。“我什么都知道了。”

“你在说些什么啊？”艾拉问道，但是不确定自己想不想知道答案。

“关于……关于你的外遇……”大卫结结巴巴地说。“我都知道了。”

艾拉吃惊地看着她的丈夫。在服务生刚刚替他们点燃的蜡烛火光下，大卫的脸上流露出纯粹绝望的神情。

“我的外遇?”艾拉脱口而出。回应的速度和音量，都远超过她的预期。她立刻发现隔壁桌那对夫妇转头朝他们这边望过来，在尴尬之余，她放低音量，低声又问了一次：“什么外遇?”

“我不是笨蛋，”大卫说。“我看了你的电子邮件信箱，看了你跟那个男人的通信。”

“你做了什么?”艾拉大叫道。

他没有回答这个问题，因为他即将说出来的话太过沉重，压得他脸部表情扭曲。大卫说：“我不怪你，艾拉。是我活该。我忽略了你，所以你到别的地方寻求慰藉。”

艾拉低下头看着她的酒杯。那葡萄酒的色泽相当迷人——一种深沉的暗红色。在那一刹那，她以为在酒的表面看到有如彩虹般的光点，像是一道指引她的光；或许还真的有这么一道光。一切都显得如此的不真实。

这下子，大卫也没有说话，决定要如何——或是要不要——说出他心里想的话。“我已经准备好要原谅你，把这一切都抛在脑后，”他终于说出口。

在那个当下，艾拉也有很多话想要说，有些尖酸嘲讽，有些剑拔弩张又戏剧性十足，但是她最后选择最容易上手的话题。她眼中闪着光芒，问道：“那你的外遇呢?你也准备好要抛到脑后了吗?”

女服务生端着他们点的菜来了，艾拉和大卫往后坐一点，让她将餐盘放在桌上，又以过度客气的态度替他们斟了酒。等她终于走开之后，大卫抬起眼来看着艾拉，问道："所以是因为这回事吗？是为了报复吗？"

"不是，"艾拉大失所望地摇着头。"这不是报复，从来就不是。"

"那是为了什么？"

艾拉握着双手，觉得好像全餐厅里的每一个人、每一样东西——顾客、服务生、厨师，甚至连鱼缸里的热带鱼——都竖起耳朵在等着听她要说的话。

"是为了爱，"她终于说。"我爱阿济兹。"

艾拉以为她丈夫会笑到在地上打滚，但是等她终于鼓起勇气，抬起头来直视他的目光时，却看到他的脸上露出一阵惊恐，然后很快地换上另外一个表情，像是一个试图以最少损害来解决问题的人。在那一刻，她突然顿悟到：对她这么一个以前曾经百般批评爱的女人来说，"爱"是一个严肃的字眼，承载了太多的意涵，也非比寻常。

"我们有三个孩子，"大卫的声音越来越低。

"是的，我非常爱他们，"艾拉双肩向下一沉说。"但是我也爱阿济兹。"

"不要再说那个名字了，"大卫打断她，然后举起酒杯，猛灌了一口酒，然后才开口。"我铸下许多大错，但是我从未停止爱过你，艾拉，而且我也没有爱上别人。我们都可以从错误中学习。我这边可以向你保证，同样的事情绝对不会再发生，你再也不需要到外面去寻找爱了。”

“我并没有到外面去寻找爱，”她嗫嚅道，更像是自言自语，而不是对他说话。“鲁米说，我们不需要到自身之外的地方寻找爱；我们只要移除内在阻止我们找到爱的障碍就行了。”

“哦，我的天哪！你是怎么了？这根本不是你嘛！不要这么浪漫了，好吗？回到你原来的自己吧，”大卫忍不住劈里啪啦地说了一大串，然后又加了一句：“拜托！”

艾拉眉头紧皱，低头检查自己的指甲，仿佛有什么事情让她感到困扰似的。其实，她是突然想起过去，她也曾经跟女儿说过几乎一模一样的话；她觉得这个圆圈似乎已经圆满了。于是她点点头，推开餐巾。

“我们走了，好吗？”她说。“我不饿了。”

那天晚上，他们分床睡了。第二天一大早，艾拉起床后的第一件事，就是写信给阿济兹。

狂热分子亚辛教长

1246 年 2 月，孔亚

“大事不好啦，亚辛教长！亚辛教长！你听说丑闻了吗?”一名学生的父亲阿布都拉在街上遇到我的时候，大呼小叫地说。“昨天有人看到鲁米跑到犹太区的小酒馆去!”

“是啊，我听说啦，”我说。“不过我一点也不意外就是了。那人的老婆是基督徒，最好的朋友又是异教徒，你还期望他会做出什么好事?”

阿布都拉神情凝重地点点头，说:“我想你说得对。我们应该早就知道会有这种事情发生。”

几个路人围在我们旁边，听到了我们的对话；有人说，除非鲁米公开道歉，否则就不应该再继续让他到大清真寺去讲道。我完全同意。我要去伊斯兰学校上课已经迟到了，因此匆匆忙忙地离开，留下他们继续七嘴八舌地讨论。

我始终怀疑鲁米本来就有黑暗的一面，总有一天会浮现出来；可是就连我也没有料想到他会去喝酒。这真是太恶心了！有人说夏慕士是鲁米堕落的最主要原因，还说只要他不在了，鲁米就会回归常态；但是我却有不同的看法。倒不是说我不相信夏慕士是邪恶之人——他确实是——或者说我不相信他对鲁米有不好的影响——他也确实有——不过问题是：夏慕士为什么不会带坏其他的学者呢？比方说像我。归根究底，这两个人的相似之处，远比一般人愿意承认的还要多。

有人听过夏慕士说："学者靠笔的注记为生，而苏菲信徒则以足迹去爱与生活。"这是什么鬼话？显然夏慕士认为学者只是空谈白话，而苏菲信徒才是身体力行。可是鲁米也是学者，不是吗？抑或他已经不再承认自己是我们之中的一员了？

如果夏慕士胆敢走进我的教室，我一定立刻把他轰出去，就像驱赶苍蝇一样，绝不让他有机会在我面前夸夸而谈，满嘴胡言。为什么鲁米做不到呢？他一定也有什么问题。第一，他娶了一个基督徒。我才不管她有没有皈依伊斯兰教呢，那就在她的血液里，也在她小孩的血液里。可惜的是，城里的人应该把基督教的威胁当一回事，但是他们却没有，以为我们可以共同生活。对那些天真到相信此话当真的人，我总是说："油跟水能溶合一起吗？那就是穆斯林与基督徒可以相容的程度！"

鲁米娶了一个基督徒为妻，对少数派人士的温和态度早就恶名昭彰，在我眼中，他本来就不是一个可靠的人；等到大不里士的夏慕士开始住到他家之后，他更是完全脱离正道。

正如同我每天告诫学生的话：我们要时时刻刻警惕自己，不要受到邪魔外道的诱惑。而夏慕士正是邪魔的化身，我相信一定是他叫鲁米到酒馆去的，天知道他是怎么说服他的。可是勾引正直的人去做逆天悖理的事，不正是邪魔外道最厉害之处？

我从一开始就看穿了夏慕士邪恶的一面。他怎么斗胆拿先知穆罕默德——愿真主保佑他平安——跟那个反宗教信仰的苏菲信徒比斯塔米相提并论呢？不正是比斯塔米在那里高声疾呼“荣耀归于我，我的荣耀是多么伟大！”吗？不也是他后来声称“我看到圣所围绕着我走”吗？那人甚至还过分到宣称“我才是我自己的造物主”。如果这样还不算亵渎，那还有什么算是亵渎呢？这些就是夏慕士那个人怀着敬畏之情所引用的言语，因为他跟比斯塔米一样，都是异端！

唯一的好消息是：城里的人逐渐觉醒，看到了真相！终于！日子一天天过去，批评夏慕士的人也越来越多，而他们所说的话啊！有时候连我听了都不免骇然！不论在浴室或茶馆，不论在麦田或果园，那些人用言语将他大卸八块！

❖ ❖ ❖

我比平常稍晚一点抵达伊斯兰学校，还满脑子都在想这些事情。我才一推开教室门，就感觉到气氛非比寻常。我的学生排成一条直线坐好，个个脸色苍白，异常沉默，全都像是见了鬼似的。

然后我知道为什么了。有个人背靠在墙上，站在敞开的窗户旁边，须发俱无的脸上带着一抹自大的笑容，不是别人，正是大不里士的夏慕士。

“色兰，祝你平安，亚辛教长，”他说着，目光越过教室，直直地看着我。

我犹豫了一下，不知道要不要回应他的问候，最后决定还是不要，只是转向我的学生问道：“这个人在这里做什么？你们为什么让他进来？”

学生们个个惶惶不安，没有人敢开口回答。结果还是夏慕士打破了沉寂。

他的语气傲慢，目光坚定地看着我说：“别骂他们，亚辛教长。是我不请自来。是这样的，我刚好在附近，所以就跟自己说：‘何不顺道到伊斯兰学校走一趟，拜访全城最痛恨我的那个人？’”

学生侯赛因

1246年2月，孔亚

我们全都坐在教室的地板上，一副天真烂漫、兴奋激动的样子，蓦然间大不里士的夏慕士推门走了进来；每一个人都吓傻了。我们都听说过很多关于他的坏话与怪事——大部分是我们老师说的——突然看到他活生生地出现在教室里，我也忍不住畏缩起来。不过他倒是一派轻松友善的态度，跟我们打过招呼之后，他说他只是顺道过来跟亚辛教长说两句话而已。

“我们老师不喜欢陌生人到教室里来，或许你应该另外再找时间去跟他谈话，”我说着，心里希望能够避免难堪的场面。

“谢谢你啊，年轻人；可是有时候难堪的场面非但是无可避免，甚至还不可或缺呢，”夏慕士答道，仿佛看穿了我的心思。“不过你别担心，不会占用太多时间。”

坐在我旁边的伊尔夏咬着牙低声说道：“你看看他，好大的胆子！他是恶魔的化身！”

我虽然点头附和，却不确定夏慕士看起来像是恶魔。不过这样面对面看着他，我却忍不住喜欢上他的直率与无畏。

几分钟后，亚辛教长从门口走了进来，眉头因沉思而深锁。他才走了几步就停下来，无意识地眨着眼睛，朝着不速之客的方向望过去。

“这个人在这里做什么？你们为什么让他进来？”

我跟朋友们震惊地互看一眼，彼此害怕地低声交谈，在还没有任何人来得及鼓起勇气说任何话之前，夏慕士突然说他刚好在附近，所以决定过来拜访全孔亚城最痛恨他的人！

我听到几个学生紧张地咳嗽，也看到伊尔夏猛地倒抽一口气；两个男人之间的紧张气氛浓郁，让教室里的空气几乎可以用刀子切开来。

“我不知道你在这里做什么，但是我还有其他比跟你说话更重要的事情要做，”亚辛教长斥责道。“所以你何不现在就离开，让我们可以继续研习？”

“你说你不想跟我说话，但是却一直在说我的坏话，”夏慕士说。“你一直在背后诋毁我和鲁米，还有苏菲正道上的秘密。”

亚辛教长从他那瘦削的大鼻子里冷冷地哼了一声，噘起嘴唇，好像舌头尝到什么酸的东西。“我已经说了，我跟你没有什么可谈的；我已经知道我需要知道的事情。我有我的看法。”

夏慕士转身，迅速地朝着我们投来嘲讽的一瞥。“一个意见很多却没有问题的人！其中必定有问题。”

“真的吗?”亚辛教长好像受到刺激，一副兴味盎然的样子。“那我们何不问问这些学生，看看他们想做哪一种人：知道答案的聪明人或是茫茫然什么都不知道，只知道问题的人?”

我所有的朋友都站在亚辛教长的那一边，但是我觉得其中有很多人并不是真的同意他的看法，只是想博取老师的好感而已。我选择保持缄默。

“认为自己已经知道所有答案的人，才是最无知的，”夏慕士不以为然地耸耸肩说道，然后又转向我们的老师。“不过既然你这么擅长回答，那么我可以问你一个问题吗?”

我就是从这个时候开始，担心这段谈话的走向，但是我也无能为力，无法阻止紧张情势攀升。

“既然你声称我是恶魔的奴仆，那么可不可以请你行行好，跟我们说明一下你观念中的恶魔究竟是什么?”夏慕士问。

“当然可以，”从不错过传道机会的亚辛教长说。“我们的宗教是亚伯拉罕诸教中最后也是最好的一个宗教，教义告诉我们：就是恶魔让亚当与夏娃被驱逐出天国。身为堕落父母的子女，我们全都必须时时警惕，因为恶魔会以各种形式出现。

有时候他以赌徒的形象出现，勾引我们去赌博；有时候又化身为年轻女子来引诱我们……恶魔会以最令人意想不到的形态出现，像是云游四方的僧侣。”

夏慕士像是料想到对手会有这么一招，于是意会地微微一笑：“我了解你的意思了。认为邪魔一定是外来客，不在我们之间，想必让你松了一口气吧，毕竟这样最简单不过了。”

“你是什么意思？”亚辛教长问。

“呃，如果恶魔真的如你所说的那么邪恶又不屈不挠的话，那我们人类就没有理由为了我们做的错事自责喽。不管生命中发生了好事，我们都归功于真主；不管发生了什么坏事，就全都归咎于恶魔。无论如何，我们都不必接受批评和自我检验，这样有多简单呀！”

夏慕士开始在教室里踱步，但是仍然讲个不停，声音随着每一个字越来越高昂。“可是我们来想象一下，一下子就好，假设这世界上并没有恶魔，没有什么魔鬼等着要把我们丢进热锅里焚烧，这些令人毛骨悚然的血淋淋画面原本是要传达一些信息给我们，但是到后来却变成了陈腔滥调，也就失去了原意。”

“那么，那个信息会是什么呢？”亚辛教长双手抱胸，不耐烦地说。

“啊，所以你终究还是有问题的嘛！”夏慕士说。“这个信息是说：一个人加诸自己身上的折磨是无止境的；地狱只存在我们心里，天国也是一样。《古兰经》说人类是最尊贵的，我们比最高的存在还要更高，却也比最低下的生命还要更低下；如果我们能够完全掌握这个真义，就不会再向外寻找恶魔，而开始专注在自身。我们需要的是真诚的自我检视，而不是监视旁人的错误。”

“你去好好检视你自己吧，但凭真主之意，说不定有一天你可以得到救赎，”亚辛教长答道，“但是一个称职的学者，还是要仔细看守他的追随者。”

“那请容许我跟你们说个故事吧，”夏慕士说。他的态度和蔼亲切，让我们一时分不清楚他是真心的，还是有意嘲讽。

他跟我们说的故事如下：

有四名商人在清真寺里祷告，这时候，报时的宣礼员走了进来。第一个商人停止祷告，问道：“宣礼员！已经召唤宣礼了吗？还是我们还有时间？”

第二个商人也停止祷告，转身对他朋友说：“嘿，你祷告时说话了。你的祷告不能算数，必须重新来过。”

听到这里，第三个商人也打岔道：“你这个笨蛋，你怪他做啥？你管好自己的祷告就好了。现在你的祷告也无效了。”

这时候，第四个商人脸上露出笑容，大声地说：“你看看他们！他们三个全都搞砸了！感谢真主，我没有受到误导。”

讲完故事之后，夏慕士面对全班学生，问道：“你们觉得呢？以你们来看，哪几个商人的祷告是无效的？”

教室里出现短暂的骚动，我们彼此讨论，也私下提出答案。最后，在后面有人说：“第二、第三和第四个商人的祷告是无效的；但是第一个商人却是清白的，因为他纯粹只是要问那位宣礼员而已。”

“对，但是他不应该就这样中止祷告，”伊尔夏提出异议说。“显然所有的商人都错了，除了第四个，因为他只是跟他自己说话。”

我转移视线，对这两个答案都不认同，但是却决心闭上嘴巴，不要开口；我觉得我的看法可能不会受欢迎。

可是这个念头才刚从我的脑子里闪过，大不里士的夏慕士就指着我问：“喂，那边那个，你觉得呢？”

我用力咽了一口口水，这才找到声音。“如果说这些商人犯了错，不是因为他们在祷告中说了话，”我说，“而是因为他们没有专注地跟真主沟通，反而对周遭发生的事情更感兴趣。不过，如果我们因此批判他们的话，恐怕也就犯下了跟他们一样的错误。”

“所以你的答案是什么呢？”亚辛教长问道，好像突然对这段谈话很感兴趣。

“我的答案是，这四名商人都犯了类似的错误，但是不可以说哪个人应该受到责备，因为归根究底，这不是由我们来评判他们的对错。”

大不里士的夏慕士向我迈进了一步，用充满感情与仁慈的眼光看着我，让我觉得好像一个小男孩，尽情地品味父母毫无条件的爱。他问我叫什么名字，我跟他说了之后，他说：“这位朋友侯赛因，你有一颗苏菲的心。”

我听到这里，脸红到耳根子去。下课后，我无疑会受到亚辛教长的斥责，也会受到朋友的嘲讽与耻笑，不过我所有的烦恼很快就烟消云散。我坐直身子，对着夏慕士微微一笑，他也对我眨眨眼，仍然笑容满面地继续解释。

“苏菲教徒说：‘我应该注意自己内在与真主的相会，而不是评断他人。’然而正统派的学者却始终在注意别人的错误。但是同学们，不要忘了，在大部分的时候，埋怨别人的人本身就有缺失。”

“你不要混淆我学生的心智！”亚辛教长打岔道。“身为学者，我们不可能完全不管别人在做什么。信众前来询问我们各式各样的问题，期望获得适当的解答，这样他们才能彻底而完全地实践他们的宗教。他们会问我们各种问题，像是：如果流鼻血的话，洗礼是否要重做一次？还有旅行时可不可以禁食等等。不同的律法学派，像沙菲学派、哈乃斐学派、罕百里学派、马力基学派等，对这些事情都有不同的律法与教导，每个律法学派也都自有一套巨细靡遗的答案，需要认真地研读学习。”

“这些都很好。但是不要太执着于名义上的差异。”夏慕士叹道。“真主的道法已经很完整，不要为了细节问题而舍本逐末。”

“细节？”亚辛教长无法置信地复述了一次。“信徒们都很认真地谨守法规，我们这些学者则在这个过程中尽力引导他们。”

“继续引导他们，没有关系——只要你们别忘了：你们的引导终究有个限度，而且没有任何文字超越真主的文字，”夏慕士说，然后又加了一句，“但是别对那些已经获得启蒙的人说教。他们从《古兰经》的经文里找到了不同的乐趣，所以不需要教长的引导了。”

听到此话，亚辛教长大发雷霆，干瘪的脸颊浮现一波又一波的红晕，喉结也剧烈地上下跳动。“我们提供的引导可不是用过即丢的，”他说。“伊斯兰律法就是一整套的规范与条例，是每个穆斯林从出生到死亡都要时时遵循的。”

“伊斯兰律法只是航行在真理汪洋上的一叶扁舟。真正追寻真主的人，迟早都会弃船，纵身跳入大海。”

“如此一来，鲨鱼就会将他们吃得尸骨无存，”亚辛教长咯咯笑着反驳道。“这就是那些人拒绝接受指引的下场。”

有些学生也跟着笑了起来，但是我们其他人却保持缄默。

越来越觉得不自在。这堂课就快要结束了，但是我看不出来这段谈话要如何收场。

大不里士的夏慕士一定也感受到同样的阴郁沮丧，因为此刻他看起来很忧伤，甚至有点寂寥。他闭上眼睛，仿佛讲了太多话，突然让他疲惫不堪似的，不过这个动作很微妙，几乎没有人注意到。

“在我云游的途中，我见过许多教长，”夏慕士说。“有些教长很诚恳，但是其他的却自大傲慢，他们对伊斯兰完全一无所知。我甚至不愿意拿真正爱真主的人脚上一双破鞋的尘土去交换他们的脑袋！就连那些躲在帘幕后面操弄人偶、制造幻影的人也都比他们好，因为他们至少还承认自己提供的无非只是幻像而已。”

“够了！我想我们已经听够了你的满嘴胡言，”亚辛教长大声说。“现在就给我滚出教室！”

“别担心，我就要走了！”夏慕士淘气地说，然后转向我们。“你们今天看到的正是最古老的辩证，可以追溯到先知穆罕默德的时代——愿真主保佑他平安，”他说。“但是这样的辩证不只发生在伊斯兰的历史上，也发生在犹太教、基督教。这是正统学者与神秘主义之间的冲突，也是心智与灵魂的冲突，你们自去选择吧！”

夏慕士暂停一下，让我们完全感受到他言词中的冲击；我觉得他的目光落在我身上，几乎像是分享什么秘密似的——仿佛自此结下了不以言辞表述也没有文字记载的兄弟盟约。

然后他点点头，说："归根究底，不论是你们的老师或是我，都只能知道真主恩允我们知道的事情。我们都只是扮演自己的角色而已。不过，真正要紧的事只有一件：那些拒绝睁开眼睛去看的人，他们的盲目永远都不会遮蔽太阳的光芒。"

说完，大不里士的夏慕士举起右手放在心口，向我们全体道别，包括亚辛教长在内，不过教长却站到旁边，没有反应。那僧侣翩然走出教室，随手关上房门，留下我们困在深深的沉默之中，好一阵子都没有人说话，甚至连动都没动。

后来是伊尔夏用力拉我才将我拉回现实。我发现他盯着我，眼神中有一些近似不能认同的神情，直到那个时候，我才发现自己的右手也放在心口，向它认知的真理致敬。

战士贝巴尔

1246年5月，孔亚

就算鲜血淋漓，也绝不低头。当我听到夏慕士竟然斗胆在学生面前顶撞我叔叔时，简直不敢相信我的耳朵。这个人真的这么不要脸吗？我真希望他到伊斯兰学校时我也在场！我一定会当场把他给踢出去，不让他有任何机会张开他那张邪恶的嘴巴！但是我没有，而且他似乎跟叔叔谈了很久，事后学生们也七嘴八舌地讨论了很多。我对学生的描述有所保留，因为他们的说法并不一致，而且也给那个腐败的僧侣太多的赞许。

今天晚上，我觉得有点紧张，都是因为那个娼妓沙漠玫瑰的缘故。我无法从脑海中抹杀她的身影。她让我想起了有秘密夹层的珠宝盒，你以为拥有了她，但是除非你有钥匙，否则还是打不开；就算你将她拥在怀里，仍然是可望而不可及。

让我最最想不透的，就是她的全然屈服。我不断地问自己：她为什么不抵抗我的拳头？为什么她就这样躺在地板上，在我的脚下任我蹂躏，就像一块肮脏的旧地毯一样？如果当时她还手打我或是尖叫求饶的话，我一定会住手；但是她没有，就只是一动也不动地躺着，鼓着双眼，紧闭嘴唇，仿佛下定决心不管发生什么事都要勇敢地承受。难道她真的不怕我杀了她吗？

我一直抗拒着不再去妓院，但是今天晚上我受不了了，屈从于想要见她一面的需求。在路上，我一直在揣想她看到我会有什么样的反应。如果她投诉我，把事情搞得难以收拾，我就去贿赂那个痴肥的老鸨，或是干脆威吓她；我在脑子里拟好了妥当的计划，想到了各种可能发生的情况，也做了万全的准备，独独没有想到她可能已经偷偷跑掉了！

“你说沙漠玫瑰不在这里是什么意思？”我大叫道。“她到哪里去了？”

“忘了那个小娼妇吧，”老鸨说着，丢了一颗软糖到嘴里，还吸吮手指上的糖浆。她看到我火冒三丈的模样，又放软语调说：“你怎么不去看看我们这里其他的小姐呢，贝巴尔？”

“我不要看你的那些贱女人，你这只肥母猪！我要见沙漠玫瑰，我现在就要见到她！”

那个双性人听到我用这样的称呼叫她，立刻扬起一双浓密的剑眉，但她也不敢跟我争辩，只是放低音量，好像为她接下来要说的话感到羞愧。“显然她趁着大家在睡觉的时候偷偷跑了。”

这太荒谬了，荒谬到几乎不好笑。“什么时候听说过妓女会离开妓院?”我问道。“你立刻把她给我找出来!”

老鸨看着我，好像她这才第一次看到，真正地看到我。“你是谁啊? 在这里发号施令?”她嘶声道，一双叛逆小眼睛——跟沙漠玫瑰的眼睛完全不同——对着我冒出怒火。

“我是保安警察，还有一个位居要职的叔叔；我随时都可以让你这里关门倒闭，让你们全都到街头去流浪，”我说着，伸手到她腿上的碗里拿了一颗软糖，很软，也很有嚼劲。

我用老鸨的丝巾擦拭黏答答的手指头，她气得一张脸胀红发紫，但是仍然不敢轻启战端。

“你责备我做什么呢?”她说。“要怪，也得怪那个僧侣。是他说服沙漠玫瑰离开妓院去寻找真主。”

一开始，我不知道她说的是谁；接着就想到她说的不是别人，正是大不里士的夏慕士。

先是在学生面前对我叔叔不敬，现在又是这件事。显然这个异端完全不知道有所节制。

艾　拉

2008年6月26日，北安普顿

心爱的阿济兹，

这一次我决定写封信给你；你知道，就是老派的信，用墨水写在洒了香水的信纸上，还有成套搭配的信封，再贴上邮票。今天下午，我就会把信寄到阿姆斯特丹。我必须立刻做这件事，因为我如果延迟寄信，恐怕就永远都寄不出去了。

你先是遇见了一个人，一个跟你身边所有人都完全不一样的人，一个从不同的角度看所有事情的人，迫使你也更动视线、改变角度，以全新的视野来看每一件事——不论是内在或外在的世界。你以为可以跟他保持安全距离，以为可以坚定地航行，穿越过这场美丽的风暴，直到你赫然惊觉——一切都来得如此的突然——你已经暴露在风雨飘摇之中，事实上什么都控制不了。

我也说不上来究竟是什么时候被你的文字所掳获。

我只知道，我们的鱼雁往返改变了我，而且从一开始到现在，仍然在改变之中。我很可能会后悔跟你说这些，但是我这一辈子都在后悔那些没能做到的事，我想，这一次换换口味，做一件让我后悔的事也无伤大雅。

自从我通过你的小说和电子邮件跟你"相遇"以来，你就主宰了我的思绪。每次接到你写来的电子邮件，我就觉得内心一阵翻搅，发现我已经很久很久没有体验到这样的满足与兴奋。那一整天，你都占据了我的心思。我会默默地跟你说话，想象着你会如何回应我生命中发生的新刺激。每当我吃到了一间好吃的餐厅，就会想要跟你再去一次；每当我看到什么有趣的事物，就会因为无法与你分享而感到难过。那天，我的小女儿问我是不是改变了发型，其实我的发型始终都是一样！但是我看起来真的不太一样，因为我感觉也不一样。

然后我提醒自己，我们还没见过面呢！于是这又把我拉回现实，而现实是：我不知道要拿你怎么办！我看完了你的小说，也交了报告。（噢，没错，我在写一篇审阅报告。有好几次我想要跟你分享我的看法，或者至少把我交给文学经纪公司的报告也寄一份给你，但是我想那样并不妥当。虽然我不能跟你透露我在报告中所写的细节，但是你应该知道我完全爱上了你的书。谢谢你给我这样的喜悦，你的文字会永远烙印在我的脑海。）

总之，我决定要写这封信给你跟《甜蜜亵渎》完全无关，又或者说是息息相关。驱使我动笔的力量是我们之间发生的事情——不管那是什么事——对我造成的冲击，让我无力招架，也影响了我的自制力，到最后事情变得越来越严重，超过了我的能力范围，无法处理。我先是爱上了你的想象力与故事，然后才发现：我爱上了故事背后的那个人。

现在，我不知道该拿你怎么办了。

就像我说的，我必须立刻寄出这封信，否则我就得把信撕成碎片；我会假装好像生命中没有什么新鲜事发生，假装一切都再平常不过了。

是的，我可以做到我一直在做的事，假装一切如常。

我可以假装没事，除了心头那甜蜜的痛苦……

爱你的，

艾拉

绮　拉

1246年5月，孔亚

真是火的洗礼啊。我不知道该如何处理这个情况。今天早上，一个不知道从哪里冒出来的女人，跑来找大不里士的夏慕士；我说他不在家，请她晚点再来，但是她说她没有别的地方好去，愿意在院子里等他。这时，我起了疑心，细问她是谁、从什么地方来；她当场双膝跪下，掀开面纱，露出遭到多次殴打而伤痕累累的肿胀脸庞。尽管脸上有瘀青红肿的伤口，却难掩她清丽的面容，而她的身形又如此苗条轻盈。她一边啜泣流泪，一边以令人意外的流利口才，证实了我的怀疑：她果然是来自妓院的娼妓。

“可是我已经抛弃了那个地方，”她说。“我到公共浴室清洗身体，洗了四十次，也祷告了四十次。我发誓要远离男人；从现在开始，我的生命要全心全意地奉献给真主。”

我不知道该说些什么，只能看着她受伤的眼睛，心想她这么年轻又这么脆弱，哪里来的勇气让她放弃了她唯一熟悉的生活？我不乐见堕落的女人靠近我家，但是她身上有某种特殊之处让我心软，那是一种近乎无邪的单纯，是我在其他人身上从未见过的特质。她那双褐色的眼眸让我想起了圣母玛丽亚的眼睛。我不忍心赶她走，只好让她留在院子里等候，我能做的，就只有这么多了。她坐在墙边，一动也不动地盯着眼前的空白，像是一尊大理石雕像。

一个钟头之后，夏慕士和鲁米散步返家，我赶忙过去告诉他们有关这位不速之客的事情。

“你说有个妓女在我们家的院子里?”鲁米听起来大惑不解。

“对，她说她离开了妓院，要去寻找真主。”

“啊，那一定是沙漠玫瑰，”夏慕士喊道，语调中并未透露出意外，反倒有一丝喜悦。“你为什么让她坐在那里？快请她进来呀!”

“可是如果让邻居知道有个妓女跑到我们家屋檐下，他们会怎么说呢?”我提出异议，紧张得声音嘶哑。

“我们不全都住在同一个屋檐下吗?”夏慕士说着指指天空。“帝王与乞丐、贞洁烈女与娼妓淫妇，全都住在同一个天空下!”

我怎么可能跟夏慕士争辩呢？不管什么问题，他都有现成的答案!

我请那个妓女进屋子里来，心里祈祷着邻居狐疑的眼神不会落在我们身上。沙漠玫瑰一进屋里，立刻跑去亲吻夏慕士的手，一边啜泣着。

“你来了，我很高兴，”夏慕士满面容光，像是看到老朋友似的。“你再也不必回到那个地方去了。你生命的那个阶段已经完全结束，但愿真主让你的生命旅途通往真理，赐给你一个成果丰硕的旅程。”

沙漠玫瑰哭得更伤心了。“可是老鸨绝对不会善罢甘休。她会派豺狼头来追我。你不知道有多么——”

“别想那么多，”夏慕士打断她说，“要记得有一条**法则**说：尽管世上的每一个人都努力想要功成名就，想要变成重要的人，但是死后却什么都带不走，所以你的目标必须放在终极的虚无，那才是最高的境界。让这一生的生命过得像数字‘零’一样的轻盈空无。我们人类跟茶壶没什么两样，让我们保持正直的，并不是壶外的装饰，而是壶内的空无一物。如此，让我们继续向前的动力，并不是我们想要达成的目标，而是意识到什么都空无一物的觉醒。”

❖　❖　❖

当天晚上，我带沙漠玫瑰到她过夜的床榻。她一躺下来，立刻就睡着了，于是我回到主室，看到鲁米和夏慕士在说话。

“你应该来看我们的演出，”夏慕士看到我走进来时说。

“什么演出？”我问。

“灵魂之舞，绮拉，是你从来没有看过的。”

我一脸惊愕地看着丈夫。这是怎么一回事？他们在说些什么呀？

“莫拉维，你是受人尊敬的学者，不是娱乐演艺人员。别人会怎么说你呢？”我问道，觉得脸颊越来越烫。

“你别担心，”鲁米说。“我跟夏慕士讨论了很长一段时间。我们想要引进旋转僧侣的舞蹈。这种舞蹈叫作*回旋舞*，任何渴望神圣之爱的人都欢迎他们来参加。”

我开始感到剧烈的头痛，但是跟心里的痛苦折磨相比，那还是小巫见大巫。

“如果大家不喜欢怎么办？并不是每一个人都对舞蹈有很高的评价，”我对夏慕士说，希望能够有任何效果，可以阻止他接下来要说的话。“至少考虑把演出延后一阵子吧。”

“并不是每一个人都对真主有很高的评价，”夏慕士立刻接话说道，“难道我们也要延后去信任他吗？”

讨论结束，我们再也没有交谈，房里只有呼呼的风声，从墙上的栅栏格板缝隙吹进来，在我的耳里轰隆作响。

苏丹·瓦拉德

1246 年 5 月，孔亚

“情人眼里出西施，”夏慕士一再地说。“每个人都看同一场舞蹈，但是每个人都有不同的看法。所以何必要担心呢？结果一定是有些人喜欢，有些人不喜欢。”

可是在回旋舞演出的前夕，我还是跟夏慕士说我担心会没有人来看。

“别担心，”他坚定地说。“城里的人或许不喜欢我，或许也不再喜欢你父亲，但是他们绝对无法忽视我们。他们的好奇心会让他们到场观看。”

就这样，到了演出的那天晚上，我发现露天大厅挤满了人，有商人、铁匠、木匠、农夫、石匠、做染料的、卖药品的、商会领袖、店员、陶艺师、烘焙师、为人送葬的、为人算命的、为人抓老鼠的，还有卖香水的——就连亚辛教长也带着一群学生来看；女人则挤在后面。

我看到凯霍斯鲁君王都带着他的顾问坐在最前面一排，

不禁松了一口气。有这么位高权重的人支持父亲，闲言闲语会少很多。

观众花了很长的时间才全都就定位，但是即便他们就座之后，人群中的喧嚣却没有完全平息，始终都人窃窃私语，热切地讨论。我想坐在一个不会说夏慕士坏话的人旁边，于是走到酒鬼苏里曼的身旁坐了下来；他全身散发着酒味，但是我并不在乎。

我的双腿静不下来，掌心也不断冒汗，虽然温暖的空气足以让我们脱下外套，但是我的牙齿却忍不住打颤。这场演出对我父亲日渐衰微的名声来说至关重要。我向真主祈祷，但是除了祈求一切顺利之外，却又不知道该求什么，让我的祷告词听起来很蹩脚。

不久传来一个声音，先是从遥远的地方，然后越来越近。那声音是如此的令人神魂颠倒而感动人心，每个人都摒息聆听。

“那是什么乐器呀？”苏里曼低声问道，声音中糅合了惊异与欣喜。

“那叫作芦笛，”我想起了父亲与夏慕士之间的谈话。“其声音是爱人渴望得到心爱之人的叹息。”

等芦笛的声音渐息，父亲走上舞台，以慎重轻盈的步伐接近观众，然后向大家致意；他背后跟着六名僧侣，他们穿着有大裙子的白色长袍，全都是他的门徒。他们双手抱胸，走到我父亲前面深深一鞠躬，请他赐福。然后音乐再起，僧侣们一个接着一个地开始旋转，起先很慢，然后速度渐渐加快，到后来几乎令人喘不过气来；他们身上的裙子也整个飞了起来，像是一朵朵绽放的莲花。

那场面真的很壮观，我忍不住骄傲又开心地微笑，并且以眼睛的余光察看观众的反应；就连那些嘴巴最恶毒的人也看得入神，脸上明显露出仰慕的神情。

僧侣们一直旋转、一直旋转，似乎转到了天长地久，然后音乐又起，帘幕后方传出雷贝琴的乐声，融入了原本的芦笛与鼓声，这时候大不里士的夏慕士像是一阵狂野的沙漠强风走上台了；他身上的长袍颜色比其他人要深，看起来比其他人要高，旋转的速度也比其他人要快。他摊开双手向上举起，头向后仰，让脸部也朝上，宛如一朵寻找太阳的向日葵。

我听到观众群中有人惊异地倒抽一口气，就连平日痛恨大不里士的夏慕士的那些人，在那一瞬间，似乎也看得入迷。夏慕士在台上疯狂地回旋，相形之下，其他门徒转圈的速度就没有那么快，在此同时，父亲始终保持静止不动，就像一棵老橡树一样，充满了智慧与镇静，嘴里则不停地念着祷告词。

终于，音乐慢了下来，僧侣的回旋也戛然而止，一朵朵绽放的莲花也收合起来。父亲温柔地行礼致意，祝福台上和台下的每一个人；在那一刹那，我们仿佛全都和谐地紧密结合在一起，紧接着则是突如其来的浓郁沉默，没有人知道该做何反应，因为从来没有人看过任何像这样的东西。

我父亲的声音打破了沉寂："朋友们，这就叫作回旋舞——旋转僧侣的舞蹈。从今天起，每一个年代的僧侣都会跳回旋舞。一手指天，一手指地，我们誓言：从真主那里接受到的每一分爱，都要奉献给人群。"

观众微笑着喃喃自语表示同意。大厅里有一种温暖而友善的骚动，如此正面的反应让我感动得热泪盈眶。终于，我父亲与夏慕士开始接受到他们绝对应得的尊敬与爱。

那天晚上原本有一个美好的结局，我原本也会高高兴兴地回到家里，深信情况会逐渐改善；可是接下来发生的事情，却毁了一切。

酒鬼苏里曼

1246 年 6 月，孔亚

真是精彩刺激呀！多么令人难忘的夜晚！我还没有从震撼中恢复过来。而在我今天晚上亲眼看见的所有事情之中，最令人惊讶的莫过于最后的结局了。

回旋舞表演结束之后，伟大的凯霍斯鲁二世站起来，目光威严地扫过全厅，然后以绝顶矫揉造作的骄矜姿态走上舞台，先是大笑几声，然后说道："恭喜啊，僧侣们！你们的演出让我大开眼界！"

鲁米优雅地谢谢他，台上所有的僧侣也一同致谢，然后乐师也全部起身，以最高的敬意迎接这位君主。凯霍斯鲁容光焕发，脸上露出满意的神情，挥挥手叫他的一名侍卫上前，那名侍卫立刻递给他一只绒布包。凯霍斯鲁将布包放在掌心，上下抛接几次，显示里面的金币有多重，然后丢在舞台上。我身边的人纷纷叹息喝彩，为我们君主如此的慷慨而深受感动。

志得意满的凯霍斯鲁转身正要离去，但是他才往出口踏出第一步，刚刚被他丢在台上的那只布包立刻就被朝他丢了回来，袋内的金币落在他的脚下，叮叮咚咚响着，像是新嫁娘的手镯。事情发生得太突然，有整整一分钟，我们都站在那里摸不着头绪，搞不清楚究竟是怎么一回事；但是毫无疑问，最吃惊的人莫过于凯霍斯鲁了。这样的羞辱太明显，也太有针对性，绝对不能轻易原谅；他转过头去，以无法置信的眼神看看究竟是谁对他做出这么可恶的事情。

是大不里士的夏慕士。所有的人都转过头去看他，只见他双手叉腰，站在舞台上，两眼布满了血丝，眼神凶恶。

"我们跳舞不是为了钱，"他以低沉的嗓音说出重话。"回旋舞是为了爱才表演的精神之舞，也只能为爱演出。所以请收回你的金币，君主！你的钱在这里一无是处！"

一阵可怕的沉默笼罩全场。鲁米的长子看起来深受震撼，年轻的脸庞上血色尽失。没有人敢出声，没有叹息，也没有喘气，我们全都摒息以待。此刻，仿佛天空一直在等候这个信号似的，开始下起雨来，打在身上会痛的骤雨。雨点很快就淹没了一切，雨声也盖过了人声。

"咱们走！"凯霍斯鲁对他的随从大叫一声。

一国之君迈步往出口走，双颊因为受到羞辱而鼓胀，嘴唇无法自抑地颤抖着，双肩也明显下垂；他的众多侍卫与奴仆也跟在他背后，一个接着一个地离开会场，厚重的皮靴踩着撒落地面的金币。众人蜂拥过去抢夺地上的金币，彼此你推我挤。

君王才刚离开，就有不能苟同与失望的低语声在观众群中传了开来。

“他以为他是谁呀?”有人大喊。

“他胆敢侮辱我们的国君?”其他人也纷纷响应。“万一凯霍斯鲁要全城的人都一起付出代价呢?”

有一群人站了起，不敢置信地猛摇头，开始慢慢地朝着出口走，显然是为了表示抗议，而带头抗议的正是亚辛教长和他的学生。而让我讶异的是，我看到其中有两个是鲁米的学生——还有一个是他自己的儿子阿拉丁。

阿拉丁

1246 年 6 月，孔亚

我以真主阿拉之名发誓，我这辈子从来没有这么丢脸过！看着我父亲跟异教徒同流合污似乎还不够丢脸，我还得忍受看着他带舞团上台表演的屈辱！他怎么可以在全城民众的面前丢人现眼到这样的地步？这样还不够，当我听说观众群里还有一个从妓院跑出来的妓女时，更是让我为之骇然！我坐在那里，心里想着：不知道父亲对夏慕士的爱还会为我们带来多少疯狂与灭毁？这是我这辈子第一次希望自己是别人的儿子！

在我看来，这整出表演都是悖天逆道的亵渎；可是后来发生的事情，更是过分到了极点。那个傲慢自大的人怎么如此斗胆地轻蔑我们的领袖？凯霍斯鲁没有当场下令逮捕他，将他送上绞刑台，算是他走运了！

当我看到亚辛教长跟着凯霍斯鲁走出去时，我知道我也必须这样做；我最不想看到的事情，就是让全城民众以为我站在异端的那一边。每个人都必须在那个时候看清楚，我不像我哥哥，我不是受到父亲操纵的玩偶。

那天晚上我没有回家，而是跟几个朋友住在伊尔夏家；大伙儿情绪激昂，谈论着那天发生的事，花了很长的时间讨论该怎么做。

“那个人对你父亲有很严重的影响，”伊尔夏严正地说。“如今他还把一个妓女带到你们家。你必须洗刷你们家的清白门风啊，阿拉丁！”

我站在那里，听着他们讲的话，羞愧得脸红发烫。我很清楚地知道一件事：夏慕士只会给我们家带来不幸与痛苦。

我们一致达成结论：夏慕士必须离开这个城镇，如果不是自愿离去，就得强迫他走人。

❖ ❖ ❖

第二天，我回到家里，决心要跟大不里士的夏慕士直言不讳地好好谈一谈。我发现他一个人在院子里吹芦笛，低垂着头，闭上眼睛；他背对着我，完全沉浸在音乐里，没有注意到我的出现。于是我像只安静的小老鼠一样，悄悄地接近他，借这个机会好好的观察他，更进一步了解我的对手。

似乎过了好几分钟之后，音乐戛然而止。夏慕士微微抬起头来，没有朝我这个方向看，有如自言自语般不带丝毫感情地开口说：“嘿，阿拉丁，你要找我是吗？”

我什么也没说。我知道他有看穿门板的能力，所以就算他背后长了眼睛，我也不意外。

“那么，你喜欢昨天的表演吗?”夏慕士这才转头过来面对着我问道。

“我觉得很丢脸，”我立刻答道。“我们把话说清楚，好吧？我不喜欢你，我从来就没有喜欢过你，而且除了你已经造成的伤害之外，我不会让你再进一步摧毁我父亲的名声。”

夏慕士的眼中闪过一丝光芒，将他的芦笛放在一旁，说道：“原来是这么一回事吗？如果鲁米的名声受到损毁，别人就再也不会因为你是名人的儿子而尊敬你，这让你感到害怕吗?”

我下定决心不让他激怒我，所以对他尖酸的言词全都充耳不闻；不过，我还是等了一会儿才能再度开口。

“你为什么不走？为什么不让我们过平静的日子？在你出现之前，我们都好得不得了，”我反唇相讥。“我父亲是备受敬重的学者，一个照顾家庭的男人。你们根本没有任何一点相似之处!”

夏慕士的颈子向前微弯，双眉紧皱，努力地专心想一件事，然后深深地吸了一口气。突然间，他看起来好像老了好几岁，变得好脆弱。我的脑子闪过一个念头：我可以痛殴他一顿，在任何人赶来救他之前，将他打趴在地。这个念头太可怕也太邪恶，但是却又如此的诱人，让人感到惊骇，因此我不得不转移目光。

之后，当我再度瞪着他时，发现夏慕士正以热切明亮的眼神看着我。他能看穿我的心思吗？一种令人毛骨悚然的感觉油然而生，从我的双手一路蔓延到我的脚，仿佛有上千个针头正在刺我；我的膝盖也微微发抖，好像无法承载我的重量。一定是什么黑魔法！显然夏慕士精于最阴暗邪恶的巫术，这一点我深信不疑。

“你怕我，阿拉丁，”夏慕士停顿了会儿说。“你知道你让我想起了谁吗？那个有斗鸡眼的助手。”

“你在说什么啊？”我说。

“那是一个故事。你喜欢听故事吗？”

我耸耸肩。“我没有时间听故事。”

夏慕士的双唇不以为然地撇了一下。“没有时间听故事的人，也没有时间跟真主相处，”他说。“你不知道真主是最会说故事的人吗？”

然后他不待我回答，就说了这么一个故事：

从前有一位工匠，他有一个尖酸刻薄的助手；这个助手有很严重的斗鸡眼，不管看什么东西都有重叠的影像。有一天，工匠要他去储藏室拿一罐蜂蜜，但是助手却空着手回来。“可是师父啊，那里有两罐蜂蜜，”他埋怨道，“你要我拿哪一罐呢？”工匠太了解他这位助手，于是说：“你何不打破其中一罐，然后把另外一罐拿来给我?”

天啊，这位助手太肤浅了，根本听不出这些话语背后的大智慧。他照着工匠的话做，打破了一个罐子，结果却意外地发现另外一罐也破了。

“你到底想说什么?”我问。在夏慕士面前发怒是一记错着，但是我实在忍不住。“你跟你那些故事！全都去死吧！你就不能有话直说吗?”

“可是这已经很清楚啦，阿拉丁。我正在告诉你，你就像那个有斗鸡眼的助手一样，不管看到什么，都有重叠的影子，”夏慕士说。“你父亲与我是合二为一，如果你伤害了我，就等于是伤害了他。”

“你和我父亲没有任何一点共通之处，”我反驳道。“如果我打破第二个罐子，就能让第一个罐子重获自由。”

我当时满腔的愤怒与怨恨，根本没有想到我此话可能衍生的后果；当时没有，后来也没有。

等到我发现时，就已经太迟了。

夏慕士

1246年6月，孔亚

大体而言，那些心胸狭隘的人都认为舞蹈是一种亵渎。他们认为真主赐给我们音乐——不只是我们用人声和乐器制造出来的音乐，还有隐藏在一切生命形式底下的音乐——然后又禁止我们聆听。难道他们不知道整个大自然都在歌唱吗？宇宙万物都有自然的律动——心脏的搏动、鸟类的鼓翅、暴雨夜里的狂风、铁匠打铁，或是在母体子宫内围着未出生的婴儿的种种声音……万物都热情而自然地参与了这个壮丽宏伟的旋律。旋转僧侣的舞蹈无非只是这个不间断连结中的一环，就像整个海洋里的一滴海水；我们的舞蹈不但反映宇宙间的秘密，同时也包含了宇宙间的所有一切。

在表演前好几个钟头，我跟鲁米躲进了安静的房间冥想，六名要上台回旋的僧侣也在场；我们一起沐浴净身，然后祷告，接着套上演出的服饰。对于演出时应该穿什么服装比较合适，先前我们讨论了很久，最后决定简单的布料与大地的颜色：浅褐色的帽子象征墓碑，白色长裙则是寿衣，黑色斗篷代表了坟墓。我们的舞蹈表明了苏菲信徒扬弃整个自我的决心，就像蜕掉一层老皮一样。

在我们准备上台前，鲁米朗诵了一首诗：

真知脱离了五官与六合，
让你意识到超越感官的事物。

怀着这样的心情，我们准备妥当。先是芦笛的声音，然后鲁米以回旋舞大师的身份上台，其他的回旋僧侣也跟在他后面一个接着一个地走上舞台，全都谦卑地低着头。最后上台的必须是教长，尽管我一再坚拒，但是鲁米坚持要我扮演这个角色。

哈菲兹[1]朗诵了一段《古兰经》的经文：世上必然有确切的征兆给人类，在你们身上也有，你们没看到吗？

接着是库敦鼓的节奏，伴随着芦笛与雷贝琴尖锐的乐声。

聆听芦苇和它诉说的故事，
高唱着分离之歌；
自从他们将我从芦苇丛里割下，

---

① 哈菲兹（hafiz）在字面上的解释为“守护者”，现在穆斯林用语里指熟记《古兰经》全文的人。

我的哀伤就让男男女女潸然泪下。

第一位僧侣将自己完全交付到真主手上，开始旋转，裙摆也慢慢地飞扬起来，像是有了自己独立的生命；然后我们一一加入旋转的行列，直到我们再也感受不到身旁的一切，全都化为“真一”。不管我们从天上获得什么，全都传递到地上；从真主传到人类。我们的每一个人都变成一个连结，连接爱人的人与被爱的人。等到音乐终止，我们一起鞠躬，向宇宙的基本元素致敬：火、风、土、水，还有第五元素，虚无。

❖　❖　❖

演出结束之后，发生在我跟凯霍斯鲁之间的事，我并不后悔，只是让鲁米陷入艰困的处境，让我过意不去。他这一生始终享有特权与保护，从来不曾感受到那种跟统治者疏离的感觉；如今他对平凡人每天经历的事情至少有了那么一丁点儿零星的认识——那种横亘在统治精英阶层与一般大众之间的鸿沟。

他有了这样的认识，我想我在孔亚的时间已经接近尾声了。

每一段真爱与友谊，都是一个转型改变的故事。如果我们在爱过之前与爱过以后都还是同一个人，那就表示我们爱得不够。

有了诗歌、音乐与舞蹈的启蒙，鲁米的改变已经完成了绝大部分。鲁米曾经是一丝不苟的学者和布道家，不喜欢诗歌，只喜欢自己对其他人的演说的声音；如今他本身已经变成了诗人，变成了纯粹虚无的声音，只不过他自己可能尚未完全理解。至于我呢，我也变了，甚至还在改变之中。我从一个实体的存在变成了虚空，从一个理由变成另外一个理由，从一个舞台走向另外一个舞台，从生命步入死亡。

我们之间的友谊是真主赐予的礼物与祝福；我们在彼此的陪伴中成长茁壮、欢笑兴盛，品味着绝对的圆满与幸福。

我想起巴巴·札曼曾经跟我说过的话：为了取丝，蚕终究必须一死。所有的人都离开之后，喧嚣人声渐息，我一个人坐在表演回旋舞的大厅里，知道我跟鲁米相处的时间就要结束了。通过我们的友谊，我跟鲁米体会到不平凡的绝美，也体会到唯有透过两面不断彼此反射的镜子才能看到的永恒是什么样的滋味。但是那句古老的格言仍然适用：只要有爱，就一定会有心痛。

艾　拉

2008 年 6 月 29 日，北安普顿

阿济兹说过，当一个人准备好要接受不寻常也意想不到的事情时，超乎他想象之外的怪事就会发生。可是艾拉全身上下没有任何一个细胞准备好要迎接这个星期发生的怪事：阿济兹·萨哈拉竟然跑到波士顿来找她！

那是个星期天傍晚，鲁宾斯坦一家正坐下来准备吃饭，艾拉听到手机传来短信的声音；她以为一定是无国界烹饪班的什么人发短信给她，所以也不急着去查看手机，还是继续准备着当天晚餐的特制餐点：铺在糙米上的蜜汁烤鸭配嫩煎马铃薯与焦糖洋葱。当她把烤鸭端上桌时，每个人都精神为之一振。就连珍妮特——她最近情绪很低落，因为她看到史考特跟他的新女友在一起，赫然发现自己还爱着他——似乎也胃口大开。

那是一顿冗长又无趣的晚餐，搭配了好酒和平淡无奇的话题。艾拉在餐桌上跟每个人交谈：跟她丈夫讨论要把露台漆

成明亮的蓝色，跟珍妮特闲聊她在大学里很忙的功课，跟双胞胎则谈到要去租最新一集《加勒比海盗》的 DVD 来看。一直到她把脏碗盘放进洗碗机，又端上白巧克力与法式焦糖布丁之后，她才想到要去查看手机里的短信。

嗨，艾拉，我在波士顿，为《史密森杂志》出任务。刚下飞机。你想见个面吗？

我住在玛瑙饭店，很想见见你。阿济兹

艾拉放下手机，在餐桌旁坐好，准备吃甜点，觉得有点晕眩。

“你有短信啊？”大卫从餐盘里抬起头来问。

“嗯，是米歇尔传来的，”艾拉毫不迟疑地说。

大卫一脸痛苦的转过头去，拿起餐巾点点嘴唇，然后以惊人的缓慢精确动作，将餐巾折成完美的四方形，然后说：“哦，是这样啊。”

艾拉知道她丈夫不相信，一点也不相信，但是她也觉得自己必须坚持这个说法，倒不是为了说服丈夫或是欺骗孩子，而是为了她自己，这样她才有可能踏出第一步，离开这间屋子，到阿济兹的旅馆去。所以她字斟句酌地接着说：“她跟我说明天早上要在经纪公司开会，决定明年的选题，希望我也能参加。”

“哦，那你应该要去才对，”大卫说着，眼中闪过一丝光芒，表示要玩游戏，他也可以奉陪。“要不，我明天早上载你过去？我们可以一起出门。我可以重新安排一些预定好的行程。”

艾拉惊骇地看着丈夫。他想要干什么？他想在孩子面前大吵大闹吗？

“那好极了，”她强迫自己挤出一个笑容说。“可是我们得在早上七点之前就出门，因为米歇尔说她想在其他人进办公室之前跟我私底下谈一谈。”

“哦，那就算了，”欧莉打岔道，她知道父亲有多讨厌早起。“爸爸绝不可能准时起床。”

这时候，艾拉与大卫隔着孩子的头彼此平视相望，都在等着对方先出招。

“那倒是，”大卫终于让步。

艾拉点点头，松了一口气，不过却对自己的胆大妄为觉得有些面红耳赤，因为在那时，她又想到了另外一个念头，一个更大胆的想法。

“对呀，实在太早了。其实，”她说，“我何不现在就走？”

想到明天早上可以去波士顿跟阿济兹共进早餐，就已经足以让她心跳加速；但是她想要立刻就见到阿济兹，现在而不是明天，因为她突然间觉得明天好像很遥远。从她家开车到波士顿得花两个钟头，但是她不在乎；他都大老远地从阿姆斯特丹跑来看她了，她当然可以开两个钟头的车去见他。

“我可以在十点之前就到波士顿，然后明天一早，在开会之前，就去经纪公司见米歇尔。”

大卫脸上闪过一丝苦恼的阴影，等到他再次开口，已经恍若隔世。在那段漫长的缄默之中，他的眼神透露出他没有任何力量也没有任何情感，可以阻止他的妻子奔向另外一个男人的怀抱。

“我可以在今天晚上开车到波士顿，住在我们的公寓，”艾拉说，表面上看起来好像在跟孩子们说话，其实只说给大卫一个人听。这是她向丈夫提出保证的一种方式，跟他说：不管他认为她要去见的什么人，她与此人之间绝对不会有任何肉体接触。

大卫手上拿着酒杯，从椅上站了起来，朝大门的方向一挥，自信地对着艾拉一笑，然后又略嫌急切地说了一句：“好吧，亲爱的，如果你想去，你就应该去。”

“可是，妈，我以为你说今天晚上要帮我做数学作业呢，”艾维提出异议。

艾拉觉得脸颊发烫。“我知道，亲爱的。不然，我们明天再做好吗?”

“哦，让她去吧，”欧莉取笑她弟弟说。“你不需要一天到晚黏着妈妈啦。你什么时候才会长大呀?”

艾维皱皱眉头，但是没有再多说什么。欧莉很支持，珍妮特则是怎么样都无所谓，就这样，艾拉一把抓起手机，奔上楼去，一关起房门，就扑倒在床上发短信给阿济兹。

不敢相信你在这里。我两个钟头就可以到玛瑙饭店。

她看着自己的短信送出去，心里越来越紧张，越来越焦虑。她在做什么呀？可是现在没有时间思考。如果她会后悔今天晚上的事——她觉得很可能会——那也留待以后再去后悔吧。现在她必须加快动作才行；她花了二十分钟淋浴、吹干头发、刷牙、选衣服、脱掉、试了另外一件、又试了另外一件，然后梳头，化了一点妆，找到露丝奶奶在她十八岁生日那天送给她的小耳环，最后又换了一件衣服。

她深呼吸一口气，喷了一点香水——卡文克莱的“永恒”。那瓶香水在浴室柜子里放了好久。大卫向来不喜欢香水味，他说女人闻起来就应该像是女人的味道，而不是香草或是肉桂。可是欧洲男性对此可能有不一样的看法吧？艾拉心想。香水在欧洲不是一件很重要的事情吗？

她打扮完毕之后，看着镜子里的女人。他为什么不跟她说他要来？如果她知道的话，她会先去做头发、修指甲、做脸，甚至尝试新的发型。万一阿济兹不喜欢她怎么办？万一他们两个不来电，而他也后悔这么大老远地跑到波士顿来呢？

她立刻觉醒过来。她为什么要改头换面？他们之间来不来电又有什么差别？跟这个男人之间的冒险注定不会长久。她有家庭，有自己的生活，她的过去在这里，未来也会在这里。她气恼自己放任自我沉溺在这里不可能发生的情况。决定不再想任何事情，这样总是容易得多。

七点四十五分，她跟孩子们亲吻道晚安，然后离开家门。大卫不知道跑到哪里去了。

她走向她的车，手上拿着她们在波士顿公寓的钥匙叮咚作响，但是脑子里还一片麻痹，只有一颗心扑通扑通地跳。

第五部

虚无

一种不存在的存在

苏丹·瓦拉德

1246 年 7 月，孔亚

父亲走进我的房间，呼吸困难，几乎站不直身子，看起来像是他自己的影子。他的眼睛底下有明显暗沉的眼袋，仿佛整晚都没睡似的，不过最令人吃惊的，是他胡须在一夜之间全白了。

“孩子，帮帮我，”他的声音一点也不像他。

我立刻跑过去，抓住他的手臂。“父亲，你需要什么，只管说就是了。”

他沉默了一分钟，仿佛即将说出口的话会压得他粉身碎骨。“夏慕士走了。他离开我了。”

在那电光石火的一瞬间，我心中充满了困惑不解，同时还有一种松了一口气的感觉，但是我没有说出来。尽管我感到悲伤与震惊，却也想到：这样可能是最好的结局。这样的生活不是会比较轻松、比较平静吗？父亲最近树敌不少，都是因为夏慕士的关系。我希望我们能够恢复到他来之前的日子；

会不会被阿拉丁说中了？少了夏慕士，我们都会过得更好？

“不要忘了他对我有多么重要，”父亲仿佛看穿了我的心思。“他跟我是一体的。月亮有明亮的一面，也有阴暗的一面，他就是我不受羁绊的那一面。”

我觉得羞愧难当，只能点头，一颗心直往下沉。父亲不必再多说什么，我从未在一个人的眼中看到这么痛苦的眼神，觉得嘴里的舌头仿佛有千斤重，好一会儿都说不出话来。

“我要你去找夏慕士——当然，如果他愿意被人找到的话。告诉他，我的心有多痛。”父亲的声音变低，近乎是耳语。“跟他说，他走了，会要了我的命。”

我答应他会把夏慕士带回来。他抓着我的手，紧紧地握着，眼神中充满了感激，让我不得不转移视线，因为我不想让他看到我眼中的迟疑。

❖　❖　❖

我花了一整个星期在孔亚城内的街道上闲晃，希望能够追踪到夏慕士的足迹。这个时候，城里的每一个人都听说了他失踪的消息，对于他的下落也有诸多揣测。我遇到一位深爱着夏慕士的麻风病患，他指引我去找很多在绝望中生活的不幸之人，他们都曾经受到这位云游僧的协助；我从不知道有这么多人如此深爱着夏慕士，因为他们都是我以前看不到的那种人。

有天晚上我回到家里，又累又迷惘；绮拉端了一碗香喷喷的米布丁给我，里面加了玫瑰精油。她在我旁边坐下来，看着我吃布丁，苦恼的脸庞上勉强挤出笑容。我无法忽视这一年来她老了好多。

“我听说你想把夏慕士找回来。你知道他去了哪里吗?”她问。

“有传闻说他去了大马士革，但是我也听到有人说他往伊斯法罕、开罗，甚至往他的出生地大不里士去了。这些地方都需要去查查看。我会去大马士革，父亲的其他门徒则分头到其他三个城市去找。”

绮拉的脸上掠过严肃的表情，像是说出了她脑子里的想法，低声说道：“莫拉维在写诗。文字很优美。夏慕士走了，反倒让他变成了诗人。”

她低头看着脚下的波斯地毯，脸颊湿润，圆圆的小嘴噘了起来，深深地叹了一口气，然后朗诵出以下的诗句：

> 我见过国王那容光焕发的脸庞，
> 他是天国之眼，也是太阳。

空气中出现了一种刚刚并不存在的气氛，我看得出，绮拉的心里有如刀割；任何人只要看看她的脸，就知道她目睹丈夫受到煎熬，让她感到多么的痛苦。只要能力所及，她愿意做任何事情，只为了再一次看到他展露笑容。但是与此同时，她也觉得松了一口气，几乎感到庆幸，因为他们终于摆脱了夏慕士。

“万一我找不到他呢?”我听到自己在问。

“那也没办法了。我们还是得继续过日子，就像以前一样，”她说着，眼中闪过了一丝希望的光芒。

就在那一刻，我清楚地理解了她的弦外之音，而且绝对错不了。我不必去找大不里士的夏慕士，我甚至不必去大马士革。明天，我可以离开孔亚城，到城外去走走，随便在路边找一家客栈住下来，几个星期后再回来，假装我已经到处去找过夏慕士了。父亲一定会相信我说的话，以后就再也不会有人提起这个话题。或许这样最好，不只是对始终怀疑夏慕士的绮拉与阿拉丁来说，同时也为了父亲的学生与门徒，甚至对我来说也是如此。

“绮拉，”我说，“我该怎么做呢?”

眼前这个为了嫁给我父亲而皈依伊斯兰教的女人，这个对我和弟弟来说始终都是好母亲的女人，这个深爱着丈夫连他为别人写的诗篇都倒背如流的女人，只是满眼苦楚地看了我一眼，就再也没有说什么话了。突然间，她无言以对。

我必须自己找出答案。

鲁　米

1246 年 8 月，孔亚

自从夏慕士走后，世界是一片荒芜，没有阳光；城市变得悲伤冷漠，我的灵魂也空空荡荡。我在夜里无法成眠，白天只能到处流浪，我的人在这里，却也不在这里——只是人群中的一个游魂。我忍不住对每一个人生气；他们怎么可以继续过他们的日子，好像什么事情都没有发生呢？少了大不里士的夏慕士，生命怎么还会一样呢？

每一天，从黎明到黄昏，我独坐在自己的书房里，除了夏慕士之外，什么也不想。我想起他曾经以有一点严肃的口吻跟我说过："总有一天，你会成为爱的代言人。"

这是不是真的，我并不知道，但是这几天我发现宁静让我痛苦难耐，这一点倒是千真万确。文字给了我一个出口，穿透心灵的黑暗。这正是夏慕士一直希望我做的事情，不是吗？他想要把我塑造成一个诗人！

生命的一切都关乎完美。生命中发生的每一件大大小小的事，我们忍受的每一次困苦艰辛，都是臻至完美的神圣计划中的一部分。生而为人，受苦折磨本来就是与生俱来的考验。所以《古兰经》里才会说，我们当然会向那些在正道上挣扎受苦的人指出正道之所在。在真主的计划中，没有偶然、意外这回事。所以在将近两年前的十月那一天，大不里士的夏慕士会与我相遇，也不是偶然。

“我不是因为你的仙气来找你的，”夏慕士曾经说过。

然后他跟我说了一个故事：

从前有位知识渊博的苏菲大师，获赐耶稣的气息。他只有一个学生，但他对他所拥有的一切感到心满意足。可是他的门徒却不这样想，他希望每一个人都能看到老师的能力，并为此感到惊异，所以就不断地求老师多收一些学生。

“好吧，”老师终于点头答应。“如果这样会让你高兴的话，我就照你所说的去做。”

那天，他们走到市场，看到其中一个摊位上有做成鸟的形状的糖果，于是大师朝着糖果吹了一口气，那只鸟就活了起来，乘风而去。城里的人看得目瞪口呆，立刻围拢在大师身边，对他崇拜有加。从那一天开始，城里的每一个人都歌颂大师的功力，不久就招来了许多追随的信徒和仰慕者，反倒是原本的那个学生没有太多机会见到老师了。

“啊，老师呀，我错了。还是以前的日子比较好，”门徒可怜兮兮地哀叹道。“想想办法吧。请他们走吧，拜托你。”

“好吧，如果这样会让你高兴的话，我就把他们赶走。”

第二天，大师在讲道时放了一个屁。他的信徒们大惊失色，于是一个接着一个地离开了。只有他原来的门徒留了下来。

“你怎么没有跟其他人一起走呢？”大师问。

那门徒答道：“我不是因为你的第一口仙气来找你，也不会因为你刚刚放的那股气而离开。”

❖　❖　❖

夏慕士所做的每一件事都是为了让我变得更完美，这是城里一般民众所不能理解的。夏慕士故意煽风点火，引燃街头的流言蜚语，触动人们敏感的神经，讲一些在常人耳中听起来像是渎亵的话语，语不惊人死不休，还故意挑衅、激怒别人，就连那些爱他的人也难以承受。他把我的书丢进水中，强迫我忘记我所知道的一切。尽管每个人都听过他批评教长与学者，但是很少有人知道他对《古兰经》经文的诠释有多么精辟；夏慕士在炼金术、占星术、天文学、神学、哲学和逻辑学等各方面也都有着深厚的造诣，但是他把知识掩藏在心里，无知的人都看不到。虽然他是律法学者，却表现得像是贫苦的托钵僧。

他打开我家大门，迎进一名妓女，还让我们跟她一起共食进餐。他叫我去酒馆买酒，还鼓励我跟酒鬼打交道。有一次，他要我到以前讲道的清真寺门口乞讨，体验麻风病人沦为乞丐的滋味。他先让我疏离了仰慕者，再阻绝了我跟统治精英的往来，让我更贴近一般平民百姓；多亏有他，我才能认识这些人，否则我永远都没有机会见到他们。他相信，个人与真主之间所有的偶像，包括名声、财富、阶级，甚至宗教，都应该要一一破除，因此夏慕士切断了我跟我所知道的生活之间的所有连系。他只要看到任何形式的心理界限，不论是偏见或是禁忌，都不畏艰险地正面对抗。

为了他，我历经了一次又一次的试炼与考验，过了一关又一关，每经历一个阶段，就让我在一般人的眼中——即使那些最忠贞的门徒也不例外——看起来更疯狂，更离经叛道。过去，我有数不清的仰慕者；现在我已经摆脱了对观众的需求。一次又一次，夏慕士锲而不舍地破坏我的名声；因为他，我终于体会到了疯狂所带来的意义，也终于尝到了寂寞、无助、诽谤、排斥以及心碎的滋味。

看到有利可图，就立刻逃离！

饮鸩求死，倒掉生命之水！

放弃安全，留在可怕之处！

抛开名声，忍受羞耻与侮辱！

归根究底，我们不都在经历考验吗？每过一天，每过一分钟，真主都在问我们：你还记得来到这个世界之前我们订下的盟约吗？你能了解自己在揭示真理时所扮演的角色吗？

大部分的时候，我们都还没有准备好要回答这些问题，因为它们太令人恐惧了。但是真主很有耐性，他会一问再问。

如果这样的心痛也是考验的一部分，我只希望在考验结束之后，能够找到夏慕士。我愿意放弃一切——所有的书本、布道、家庭、财富或名声——只要让我再一次看到他。

那天，绮拉说我在不知不觉之间变成了诗人。虽然我对诗人的评价向来不高，但是听到此话却一点也不意外。如果在以前，我可能会反驳她说的话，但是现在却再也不会了。

我不断地从嘴里不由自主地吐出诗句，听到那些文字，可能会有人以为我真的是诗人。真是语言的恶魔呐！然而，就我所知，那些诗句都不是我的；我只是一个载体，传达那些放进我嘴里的文字。我就像是一支笔，纯粹接受命令写下文字；或是一支长笛，演奏出吹进乐器里的音符；我只不过是扮演着传递者这个角色罢了。

大不里士了不起的太阳啊，你在何方？

夏慕士

1247 年 4 月，大马士革

那个时候，大马士革已经到了仲春时节；自从我离开孔亚之后，十个月过去了，苏丹·瓦拉德终于找到了我。当时，我正在湛蓝的天空下，跟一位名叫方济各的基督徒隐士下棋；他是一位内在平和、不易动摇的人，一个知道顺服真谛的人。因为伊斯兰教的真义就是来自顺服的内在平静，所以在我看来，方济各比任何一个自称是穆斯林的人，都还要像穆斯林。因为四十条**法则**里就有一条说：顺服不代表软弱或被动，也不是宿命或投降；其实正好相反。真正的力量就存在于顺服之中——一种来自内在的力量；顺服于生命神圣本质的人，即使外在广阔世界一再发生骚动不安，也可以生活在不受干扰的镇定与平和之中。

我移动我的“大臣”①，想要迫使方济各的“国王”移位，可是他很快地做了一个大胆的决定，移动了他的“城

① 西洋棋最早源自印度，后来经由波斯传至西方国家。现在我们称之为“王后”的棋子，在中古世纪的名称是源自波斯语的“大臣”。

堡”。就在我开始怀疑自己是不是就要输了这盘棋时，我抬起头来，正好与苏丹·瓦拉德四眼相对。

“你好啊，”我说。“所以你还是决定来找我了。”

他先是悲惨地一笑，然后又恢复严肃的表情，对于我知道他经历过的内心挣扎，似乎颇为讶异；不过他向来是个诚实的人，所以也没有否认这个事实。

“我在外面游荡了一段时间，并没有打算来找你。可是过了一阵子我就受不了了，因为我没有那个勇气对我父亲说谎。于是我到大马士革来找你了，但是你可不好找哇！”

“你是个诚实的男孩，也是个孝顺的孩子，”我说。“不久，你就可以成为你父亲的伟大伴侣。”

苏丹·瓦拉德悲伤地摇摇头。“你是我父亲唯一需要的伴侣。我希望你能跟我一起回孔亚。我父亲需要你。”

听到这样的邀约，我脑子里像是有千百个思绪在翻搅。想到要再一次回到我显然不受欢迎的地方，肉体自我的直接反应就是恐惧。

别听他的话。你已经完成了你的使命。你不需要回到孔亚。要记得巴巴·札曼跟你说的话，那样太危险了。如果你回到那个城里，就再也出不来了。

我想要继续云游世界，多认识新的朋友，看看新的城市；

我也很喜欢大马士革，随随便便就可以停留到下个冬天再走。云游到一个新的地方经常会让一个人的灵魂感到可怕的孤寂与伤悲，但是有真主与我为伴，我在独处中找到了富足与圆满。

然而我也很清楚，我的心还留在孔亚。我对鲁米的思念之深，痛苦之切，以至于连他的名字都无法提及。不过话说回来，如果鲁米不在我身边，我在哪一个城市又有什么差别呢？他在哪里，哪里就是我的朝拜方向。

我移动棋盘上“国王”的位置，方济各的眼睛猛地一睁，因为他意识到这是致命的一步棋。就像人生一样，有时候走一步棋是为了赢得胜利，有时候却只是因为那是正确的选择。

“求求你跟我回去吧，”苏丹·瓦拉德苦苦哀求道，打断了我的思绪。“那些说你闲话或是对你不好的人都深感悔恨。我保证，这一次回去，一切都会好转。”

孩子啊，你保证不了的，我想要告诉他。没有人可以保证。

可是我没有说出口，只是点点头说：“我愿意再看一次大马士革的落日。明天，我们就可以启程前往孔亚。”

“真的吗？谢谢你！”苏丹·瓦拉德笑容满面，松了一口气。“你不知道这对我父亲来说会有多么重要！”

然后我转身望着方济各，他还在耐心地等我回来下棋。当我全心全意地看着他时，他嘴角泛起了一个淘气的笑容。

“小心呐，我的朋友，”他得意扬扬地说。“将！”

金　雅

1247 年 5 月，孔亚

带着一种神秘的神情，行为举止中透露着前所未有的疏离，大不里士的夏慕士又回到了我的生命中。他似乎变了很多，头发长到足以遮住眼睛，皮肤在大马士革的艳阳下晒得黝黑，看起来更年轻，也更英俊；可是他身上有股说不上来的味道，一种我难以言说的变化。他那双漆黑的眼眸还是一样的明亮而毫不在乎，不过现在又多了一点慧黠的光芒，我忍不住怀疑那双眼睛属于一个洞悉一切却放弃挣扎的人。

但是我发现，鲁米的身上发生了更深沉的变化。我原本以为只要夏慕士回来了，他所有的烦恼都会烟消云散，但是事实却似乎不是那么一回事。夏慕士回来的那一天，鲁米捧着花到城墙外去迎接他；可是当重逢最初几日的喜悦逐渐消退之后，鲁米却变得比以前更焦虑、更孤僻。我想我知道是为什么。曾经一度失去夏慕士的他，担心会再一次失去他；没有人能了解这种心情，但是我可以，因为我也同样害怕会失去他。

这样的心情，我只跟一个人说，也就是鲁米死去的妻子葛芙荷。呃，严格说起来，她不能算是人，但是我也不称她为鬼。她不像我认识的其他鬼魂那么朦胧而疏离，反而像缓慢流动的水一样，自从我踏进这个房门之后，她就一直围绕在我身边。虽然我们无话不谈，但是最近却只有一个话题：夏慕士。

“鲁米看起来好难过，我真希望能帮得上什么忙，”我今天跟葛芙荷说。

“也许你可以。最近有一件事情一直困扰着他，但是他还没有跟任何人提起，”葛芙荷神秘兮兮地说。

“什么事?”我问。

“鲁米认为，如果夏慕士结了婚，组成家庭，城里的人对他就不会那么反感，闲言闲语也会少一点，那么夏慕士也就不必再离开了。”

我的心突地一跳。夏慕士结婚？跟谁呢?

葛芙荷斜睨了我一眼，说：“鲁米在想，不知道你愿不愿意嫁给夏慕士。”

我愣住了。其实这并不是我第一次想到结婚这件事。我今年十五岁，已经到了适婚年龄，但是我也知道女孩子结了婚，就像是永远变了一个人似的。她们有完全不一样的眼神，也有全新的举止态度，甚至别人也会以迥异的态度对待她们；

就连小孩子也可以分辨出已婚女子与未婚女子之间的差别。

葛芙荷温柔地笑着，拉起我的手。她知道我担心的是结婚，而不是嫁给夏慕士。

❖　❖　❖

第二天下午，我去找鲁米，他正在看一本叫作《矛盾的矛盾》的书。

“金雅，”他慈祥地说。“找我有什么事吗？”

“当我父亲带我来找你时，你曾经说过：女孩求学不如男孩，因为她们总有一天要结婚生子。你还记得吗？”

“我当然记得，”他答道，一双淡褐色的眸子满是好奇。

“从那天起，我就许下诺言绝不结婚，要一辈子做你的学生，”我说着，声音越来越低，仿佛我接下来打算要说的话，像千斤重担似的压得声音扬不起来。“但是或许有可能结了婚也不必离开这个家；我是说，如果我跟一个住在这个家里的人结婚……”

“你是说，你想嫁给阿拉丁？”鲁米问。

“阿拉丁？”我在震惊之余，复诵这个名字。他为什么觉得我会想嫁给阿拉丁呢？他就像是我的哥哥一样。

鲁米一定是看穿了我的诧异。“前不久，阿拉丁来找我，说他想要娶你为妻，”他说。

我当下目瞪口呆。我知道一个女孩子对这种事情问得太多并不恰当，但是我真的很想知道更多。“那你怎么回答他的呢，老师?”

“我跟他说，我必须先问问你，”鲁米说。

“老师……”我越说越小声。“我是来跟你说，我想嫁给大不里士的夏慕士。”

鲁米以近乎难以置信的眼神看着我。“你确定吗?”

“这样做有很多好处，”我在想要一吐为快与担心说了太多之后会懊恼之间挣扎。“夏慕士成了这个家的一份子，这样就再也不必离开了。”

“所以这是你想嫁给他的原因？让他可以留在这里?”鲁米问。

“不是，”我说。“我是说，是的，但是并非全部的原因……我相信夏慕士是我的归宿。”

这已经最接近我跟任何人坦白说我爱上大不里士的夏慕士了。

❖ ❖ ❖

第一个听说这个婚讯的人是绮拉，她震惊得说不出话来，但是仍然勉强挤出不成形的笑容；等到屋子里只剩我们两人独处时，她立刻追着我问话。“你确定你想这样做？你不是为了帮助鲁米才这样做的吧?”她说。“你还这么年轻！你不觉得应该嫁一个跟你年纪相仿的人吗?”

“夏慕士说，在爱里，所有的界线都是模糊的，”我跟她说。

绮拉重重地叹了一声。“我的孩子呀，事情要是那么简单就好喽，”她说着将一绺白发塞进丝巾里。“夏慕士是个云游僧，是个不受羁绊的人。像他这样的男人不习惯家庭生活，也不会是好丈夫。”

“没有关系，他可以改变，”我坚定地说。“我会给他很多很多的爱与幸福，让他不得不改变。他会学着去做一个好丈夫，一个好爸爸。”

我们言尽于此。我不知道绮拉在我的脸上看到了什么，总之她没有再提出任何异议。

那天晚上，我睡得很安稳，觉得欣喜若狂，也信心坚定；殊不知我正犯下了从古至今全天下女人都会犯的一个最常见也最痛苦的错误：天真地以为她们的爱可改变她们所爱的男人。

绮　拉

1247 年 5 月，孔亚

讨论到爱这么深奥又敏感的话题，就像是捕捉突如其来的一阵强风一样，明明可以感觉到强风即将造成伤害，却无法阻止或是让它放慢脚步。因此过了一会儿之后，我就不再问金雅任何问题了，倒不是因为我相信她所说的话，而是因为我在她眼中看到了一个坠入爱河的女人。于是我不再质疑这桩婚事，只能接受，就像是接受那些发生在我生命中而我却无能为力的一些怪事一样。

很快的，斋戒月在忙碌之中过去了，我没有时间再去多想这件事。开斋节当天是星期日，四天之后，我们就为金雅和夏慕士办了婚事。

婚礼前夕发生了一件事情，彻底改变了我的心情。当时，我一个人坐在厨房里，在擀面台前拿着擀面杖准备明天招待宾客要用的面包。不知不觉地，我竟然捏起面团来了；我捏塑出一尊小小的、柔软的圣母玛利亚，属于我的圣母玛利亚。

然后借助小刀，雕刻出她的长袍和脸庞，如此的宁静慈祥。我沉浸其中，根本没有注意到背后有人。

“你在做什么啊，绮拉？”

我的一颗心差点儿从胸口跳了出来，一转身，看到夏慕士站在门口，用狐疑的眼光看着我。我这才想到要把面团藏起来，但是已经太迟了。夏慕士走到盘子旁边，看着那个人偶。

“是玛利亚吗？”他问。我没有回答，于是他转过身来，满脸笑容地看着我。“啊，她好美。为什么，你怀念玛利亚吗？”

“我很早以前就皈依了，我现在是穆斯林，”我唐突草率地说。

可是夏慕士依然侃侃而谈，仿佛根本没有听到我在说话。“或许你会想，为什么伊斯兰教里没有像玛利亚这样的女性人物呢？当然，我们有阿依莎，肯定还有法蒂玛，但是或许你会觉得这不太一样。”

我觉得有点不太自在，不知道该说什么。

“我可以跟你说个故事吗？”夏慕士问。

于是他跟我说了这个故事：

从前有四个旅人：一个希腊人、一个阿拉伯人、一个波斯人，还有一个土耳其人。他们走到了一个小镇，决定要吃点东西；由于身上的盘缠有限，他们只能选择一种食物。于是每个人说出他们心中认为全世界最美味的食物；当其他人问到是什么东西时，波斯人说“angoor”，希腊人说“staphalion”，阿拉伯人想吃“aneb”，土耳其则想吃“üzüm”。他们无法理解彼此的语言，于是开始争论不休。

他们四个人吵得不可开交，心中的怨恨和愤怒也与时俱增，直到一名刚好路过的苏菲信徒打断他们。苏菲信徒拿着收到的钱，去买了一串葡萄，然后将葡萄放进容器里，用力压碎；接着请四名旅人喝葡萄汁，把葡萄皮丢掉，因为真正重要的是水果的精髓，而不是外在的形式。

“基督徒、犹太教徒和穆林斯就像这些旅人，他们只顾着争辩外在的形式，而苏菲教派却追求内在的精神，”夏慕士说着对我粲然一笑，笑容中充满了兴奋之情，让人很难不被他吸引。

“我想要说的是：你没有理由要想念玛利亚，因为你从一开始就不必放弃她。即使身为穆斯林妇女，你还是可以对她感到依恋。”

“我……我想这样做是不对的，”我结结巴巴地说。

“我不觉得有什么不妥。宗教就像是河流：万流归宗，它们全都流向同一片海洋。圣母玛利亚代表了同情、悲悯、怜惜与无条件的爱；她可以是个人的，也可以放诸四海而皆准。即使身为穆斯林妇女，你还是可以喜欢她，甚至为你的女儿命名为玛利亚。”

“我没有女儿，”我说。

“你会有个女儿。”

“你觉得我会有?”

“我知道你会有。”

听到此话，我觉得异常兴奋，但是用不了多久，兴奋之情就被另外一种感觉取代：团结。我们并肩看着那个圣母玛莉的小人偶，共享这些宁静和谐的不寻常时刻。我心里对夏慕士产生了好感；打他进我们家门以来，我第一次看到了鲁米在他身上看到的品质：心胸宽大。

不过，我仍然怀疑他会不会是金雅的好丈夫。

艾　拉

2008 年 6 月 29 日，北安普顿

等艾拉抵达酒店时，已经紧张得无法正常思考。酒店大厅有一群日本旅客，每个人看起来都已经有七十几岁，而且全都留着一样的发型。她穿过大厅，浏览着墙上的画，以免眼神必须跟周围的人正面接触。可是没过多久，她的好奇心就克服了胆怯，而且当她的目光转向会客区时，立刻就看到他正在看着她。

他穿着有扣领的卡其色衬衫和深色灯芯绒长裤，脸上有两天没刮的胡碴，她觉得这让他看起来格外英俊；一头栗色卷发衬着一双绿色的眼眸，让他多了一分自信，又有一点淘气；他的身材瘦长结实，体态轻盈，与惯穿昂贵订做西服的大卫迥然不同。他说话带有一点苏格兰腔，她觉得很迷人；笑起来神态轻松自若，看起来是真的很开心又很兴奋能够见到她。艾拉忍不住自问：跟他喝杯咖啡应该无伤大雅吧？

后来，她根本不记得一杯咖啡是如何变成了好几杯，他

们的谈话又是如何的越来越亲密，也不记得何以到后来他会亲吻她的指尖，更无法解释她为什么没有阻止他。过了一会儿，一切似乎都变得不重要了，只要他还继续说话，让她的目光能够留在他嘴角的小酒窝流连徘徊，想着：不知道亲吻他的酒窝会是什么样的感觉。那时候已经过了晚上十一点，她跟一个不认识的男人一起在酒店里，除了几封电子邮件、电话和他写的小说之外，对这个人几乎一无所知。

“所以你是为了《史密森杂志》才到这里来的?”艾拉问。

“其实，我是为了你来的，”阿济兹答道。“看了你的信之后，我就想来见见你。”

直到现在，还可能有出口，可以离开这条车速超快的公路。直到特定的一刻之前，都还有可能假装一切都只是友谊性质。那些电子邮件、那些电话，甚至彼此的目光交会——或许有些打情骂俏，有些游戏人间，但是除此之外，别无其他。她还是可以划清界限。当然，那是在他问这个问题之前：“艾拉，你想到我房间来吗?”

如果这是他们两人玩的一场游戏，那么这就是他们开始认真起来的时候了。他的问题让一切都变得太过真实，仿佛斗篷掀起，露出事实，赤裸裸的事实，而且一直都存在的事实，如此与他们正面交锋。艾拉觉得胃里有些什么在翻腾，一种沸沸然的不安，她知道那是恐慌；但是她也没有拒绝。这是她一生中做过最冲动、最鲁莽的决定，但是同时她又觉得这个决定早就已经做好了，现在她只需要接受即可。

❖ ❖ ❖

608号房。以黑、红、灰、褐的色系装潢，相当雅致，感觉很温暖，又很宽敞。她试着回想上一次住酒店是什么时候的事：很久以前，跟丈夫和小孩去蒙特利尔的旅行立刻浮现脑海。此后，他们的假期都在他们位于罗德岛的小屋度过，她没有理由在一个每天更换毛巾还有人替她准备早餐的地方过夜。在酒店房间里，就像到了一个不同的国度；或许她真的到了异国，她已经可以感受到那种轻佻的自由，是那种到了每个人都全然是陌生人的城市里才能享受得到的自由。

可是她一走进房间，紧张情绪又回来了。不管房里的装潢多么雅致，也不管房间多么宽敞，一张特大号的双人床仍然清晰可见地摆在正中央。站在床边，让她感到不自在，也有罪恶感。她开始跟内心的问题交战，却始终没有答案。他们会做爱吗？应该做爱吗？如果真的做了，她要如何看着她丈夫的眼睛？不过大卫尽管多次出轨，却仍然可以毫无困难地看着她的眼睛，是吧？还有阿济兹对她的身体会怎么想？万一他不喜欢呢？她现在应不应该想到她的孩子呢？这么晚了，他们睡着了，还是仍然在看电视？如果他们知道她即将要做的事情，会不会原谅她？

阿济兹意识到她的不自在，于是拉着她的手，带她到房间角落的扶手椅坐下来，远离床铺。

“嘘，”他低声道。“你的脑子里太拥挤了，有太多的声音。”

“我希望我们早一点相识，”艾拉听到自己在说。

“生命中没有什么早一点或是晚一点这回事，”阿济兹说，“所有的一切都在正确的时间发生。”

“你真的相信吗?”

他微微一笑，拨开掉落在眼前的几绺白发，然后打开行李箱，拿出他在危地马拉买的毯子，还有一个小盒子，里面是一串蓝绿色与红色珊瑚球串成的项链和一个银质的回旋僧侣。

艾拉让他替她戴上项链，他的指头碰触到她的皮肤，觉得暖乎乎的。“你可以爱我吗?”她问。

“我已经爱你了，”阿济兹微笑道。

“可是你甚至还不认识我。”

“我不需要认识也可以爱。”

艾拉叹了一口气。“这太疯狂了。”

阿济兹伸手到她脑后，拉开了夹住她发髻的发簪，放下她的头发。然后他温柔地引导她坐到床上，手掌以画圆的方式，慢慢地、温柔地从她的脚画到她的脚踝，圆圈越画越大，画到了她的腹部。在此同时，他嘴里还不停地吐出在艾拉听来像是某种古老秘语的文字。突然间，她了解了；原来他是在祷告。尽管他的手抚摸着她身体的每一寸肌肤，但是他的双眼始终紧闭，双唇也不断地替她祷告。这是她所经历过最精神层面的一件事了；而且虽然她一直都服装整齐——他也是一样——虽然其中丝毫没有肉欲的成分，却是她这辈子经历过最性感的一件事。

突然间，她的手掌、手肘、肩膀，乃至于周身上下，全都开始感觉到一种奇特能量带来的微微刺痛与震颤。这时，她感受到一股巨大的欲望包覆着她，仿佛飘浮在微波荡漾的温水里，而她唯一能做的事，就是微笑与臣服。她意识到一种生命的存在，先是围绕着他，然后围绕在她的身边，好像他们两人都沐浴在光的细雨之中。

此刻，她也闭上了眼睛，在激流狂河中随波逐流，没有抓住任何东西；天知道，也许在河道终点有个大瀑布，但是就算可以停下来，她也不确定自己想不想停止。

当他的手挪移到艾拉的腹部开始画圆圈时，她感到双腿之间一阵灼热；她对自己的身材缺乏信心，生了三个小孩，又经过这么多年之后，她的臀部、大腿和胸部的形状早已不复当年，跟完美有很大的一段距离。但是这样的焦虑来了又去。此刻她只觉得心情快活，几乎像是受到了完善的保护，陷入一种极乐幸福的境界。就这样，她知道她可以爱这个男人，她可以非常、非常地爱他。

在这种感觉驱使之下，她展开双臂拥抱阿济兹，将他拉得更近，准备要进一步的发展。可是他突然睁开眼睛，亲吻了一下她的鼻尖，然后抽身而退。

“你不想要我?”艾拉问道，声音里的脆弱连她自己也感到惊异。

“我不想做任何让你后悔的事情。”

她半是觉得想哭，半是觉得醺醺然的开心，有一种奇怪的轻松感。她完全迷惑了，但是让她最讶异的是，她生平第一次觉得迷惑也没有关系。

凌晨一点半，艾拉打开他们家在波士顿的公寓的大门。她躺在皮沙发上，不想睡在主卧室的床上，倒不是因为她知道她丈夫曾经跟其他女人在那张床上睡过觉，而是因为她觉得这样比较好，仿佛这间房子就跟任何一间酒店房间一样，都已经不再属于她，仿佛她在这里无非只是过客，而她真正的自我则在另外一个地方等候。

夏慕士

1247年5月，孔亚

美丽的新娘，你别哭

拜别你的爹，你的娘

明天你仍会听到小鸟歌唱

不过一切都会变得不一样

在我们的新婚之夜，我溜进院子里，在那里坐了一会儿，听着一首古老的安纳托利亚歌曲从屋子里流泻出来，其间还夹杂着其他的声音：笑声、乐声、闲聊声。女性乐手在妇女专属的地方演奏乐器，我站在那里，一边思索，一边跟着吟唱，一边打颤，同时又觉得麻木。我反复想着这首歌的歌词。为什么女人总是在新婚之夜唱悲伤的歌呢？苏菲信徒将死亡比喻成婚姻，庆祝他们死后得以与真主结合的那一天；而女人也把婚姻比喻成死亡，只不过却是因为完全不同的理由。即使她们是快乐的出嫁，悲伤之情仍然会将她们淹没。在每一场婚礼的庆贺之中，总是有人哀悼着少女即将成为人妻、人母。

宾客全都离开之后，我回到房里，在安静的角落冥想了一会儿，这才走进金雅在等着我的房间。我看到她坐在床上，穿着缀饰金丝线的白袍，头发编成了许许多多的辫子，每一条发辫上都串了珠子。我完全看不到她的表情，因为她脸上盖着一条厚重的红色面纱。除了窗边烛台的烛光闪烁之外，房里没有任何光线。镜子也用一条绒布盖了起来，因为新娘若在新婚之夜看到自己映照在镜子里的倒影，会被视为凶兆。除了我们的床之外，房里还放了一颗石榴和一把刀，所以我们要一起吃掉那个石榴，然后就会像石榴里的种子一样，多子多孙。

绮拉曾经跟我详述当地的礼俗，提醒我在掀开新娘的面纱时，要给她一串用金币串起来的项链；可是我这辈子从来没有金币，也不想用别人借给我的金币来迎娶我的新娘，于是当我掀起金雅的面纱时，我只是给了她一支玳瑁色的梳子，并且在她的唇上轻轻地一吻。她笑了。在那一刻，我觉得自己像是迷失的小男孩。

“你好美，”我说。

她脸一红，可是又立刻正襟危坐，尽可能地让自己看起来比实际年龄更镇定、更成熟。

“我现在是你的妻子了，”她说。

然后她指着铺在地板上的美丽地毯，那是她精心亲手编织的嫁妆，色泽丰富，对比鲜明。我一看到地毯，就知道毯子上的每一个结、每一个图案都跟我有关系；金雅一直在编织她的梦想。

我又亲吻了她。她那温暖的樱唇让一股欲望窜遍了我的全身。她身上带有茉莉与野花的香味，于是我在她身边躺下，尽情地吸入她的香气，抚摸她的胸部，如此的瘦小而坚挺。我只想进入她的身体，让自己迷失在她的体内；而她也敞开自己迎接我，就像玫瑰花苞绽放迎接雨露。

我突然抽身："对不起，金雅，我办不到。"

她看着我，惊愕得连动都不动，也忘了要呼吸。她眼中的失望之情，让我难以忍受，于是从床上跳了起来。

"我得走了，"我说。

"现在你不能走，"金雅的声音听起来不像她。"如果你现在离开这个房间，别人会怎么说呢？他们会知道这桩婚姻并未圆房，而且他们会以为问题出在我身上。"

"此话怎说?"我低声道，半是自言自语，因为我知道她话中的涵义。

她转移目光，喃喃低语地说了一些话，我听不清楚。然后她又低声说："他们会认为我不是完璧之身，而我就得一辈子活在这样的耻辱之中。"

社会在个人身上加诸如此荒谬的规则，令我全身血液沸腾。这些所谓的荣誉法则其实无关乎真主创造的和谐，反而是跟人类想要维持的秩序息息相关。

“这没什么道理，大家不应该多管闲事，”我反驳道，但是我知道金雅说得没错。

我很快地抓起放在石榴旁边的刀子，看到金雅的脸上闪过一丝惊恐的表情，然后又慢慢地换成了悲哀的神情，像是无奈地接受某种伤悲的情况。我毫不迟疑地割伤左手掌，把我的血滴在床单上，留下深红色的血渍。

“把这条床单拿给他们看，叫他们闭嘴，你的名声就可以跟以前一样保持纯洁无瑕。”

“等一下，求求你！别走！”金雅苦苦哀求道。她也从床上站了起来，但是却不知道该怎么办，只能重复地说：“我现在是你的妻子了。”

在那一刻，我才知道同意跟她结婚是犯了多大的错误。我的头隐隐抽痛，于是我走出房间，走进夜色里。像我这样人根本就不应该结婚，我无法履行婚姻的义务，现在我看清了这一点，却付出了令人悲痛的代价。

我感受到一股想要逃跑的强烈需求，不只是逃离这栋房子、这个婚姻、这个城镇，同时也要逃离我获赐的这个臭皮囊。但是想到了明天早上可以见到鲁米，又把我拉了回来。我不能再一次抛弃他。

我被困住了。

阿拉丁

1247 年 5 月，孔亚

我被迫做了一个我知道日后一定会深切悔恨的决定，但是却选择沉默——我没有公然反对这个婚姻。然而，在金雅要嫁给夏慕士的那天早上，我一起床，就感受到那种前所未有的痛楚；我坐在床边喘息，像个溺水的人一样，渴望呼吸到空气，然后又痛恨自己如此沉溺于自怨自艾之中。于是我再三地痛打自己耳光，直到鲠在喉咙里的那声叹息逸出双唇，也正是那声叹息让我意识到：我不再是我父亲的儿子了！

我没有母亲，没有父亲，没有兄弟，现在连金雅也没了。只剩下我孤零零地一个人留在世上。我对父亲仅存的那么一点点尊敬，也在一夜之间烟消云散。金雅就像是他的女儿一样，我以为他关心她，但是显然他唯一真正关心的人只有大不里士的夏慕士！他怎么可以把金雅嫁给像夏慕士这样的男人呢？任何长了眼睛的人都知道夏慕士绝对不会是一个好丈夫。我越深入地想，事态就越明白——显然我父亲为了确保留住夏慕士，不惜牺牲金雅的幸福，也连同埋葬了我的幸福。

一整天，我一边看着婚礼的准备工作如火如荼地进行，一边在脑子里跟这些思绪拔河。整间屋子都布置起来，新人睡觉的新房也打扫干净，并且洒了玫瑰花露，驱逐恶灵。但是他们忘了最大的恶魔！他们要如何抵御夏慕士呢？

到了午后稍晚，我再也受不了了。我决定不要参加这场婚礼，因为对我来说，任何的庆祝都只是折磨而已。于是我朝大门走去。

“阿拉丁，等一下！你要去哪里？”我哥哥的声音在我背后响起，声音洪亮而尖锐。

“我今天晚上要住在伊尔夏家，”我答道，目光始终没有正眼看他。

“你疯了不成？你怎么可以不留下来参加婚礼呢？如果父亲听到这件事，一定会伤了他的心。”

我可以感觉到一股怒火从内心深处窜了出来。“那父亲伤的那些心呢？”

“你在说什么啊？”

“你还不懂吗？父亲安排这场婚姻只是为了取悦夏慕士，确保他不会再跑掉而已！他双手奉上金雅，当作礼物送给他！”

我哥哥噘起嘴，看来很受伤。“我知道你在想什么，不过你错了。你以为这是一场逼婚，”他说，“其实是金雅要求嫁给夏慕士的。”

“你说得好像她对这件事还有选择的余地，”我脱口而出。

“哦，天呐！你还不了解吗?”我哥哥高举双手，摊开手掌，仿佛向真主求助似的。“她爱上了夏慕士。”

“不许你再说这样的话！那不是真的!”我的声音像消融的冰块一样裂开来。

“弟弟呀，”苏丹·瓦拉德说，“请你不要让感情蒙蔽了你的眼睛。你只是嫉妒而已。但是即使是嫉妒，也有建设性的用处，可以用在更高的目的之上。就连怀疑，也有正面的效应。这是**法则**之一，第三十五条：在这个世上，驱动我们向前的力量不是相似或规律，而是直率的对立。我们每一个人的心中都存有宇宙间所有对立的力量。因此信真主的人必须面对他们心中那个不信真主的人，而不信真主的人也应该认识自己心中那个信仰虔诚却沉默无言的人。在我们达到完人的阶段之前，信仰都是一个渐进的过程，同时也需要看似对立的力量，也就是怀疑。”

这是压垮我的最后一根稻草。

“够了！我已经受够了这些苏菲信徒的甜言蜜语。再说，我为什么要听你的话？这一切都是你的错。你大可以把夏慕士留在大马士革，为什么要把他带回来？如果到最后事情变得不可收拾——我相信一定会——那都是你一手造成的!”

我哥哥紧咬牙关，脸上露出近似恐惧的神情。在那一刻，我生平第一次发现：他害怕我，害怕我可能做出来的事情。那种感觉很奇特，但是说也奇怪，却也颇令人欣慰。

我特地挑选偏僻的后街窄巷前往伊尔夏家，虽然沿路都散发着恶臭，但是至少没有人会看到我泪流满面；这一路上，我脑子中只想着一件事：夏慕士与金雅同床共枕！想到他脱掉她的结婚礼服，用他粗糙丑陋的双手抚摸金雅如牛奶般细致的肌肤，简直令人作呕！我的胃整个纠结在一起。

我知道他已经跨越了那条红线，必须有人要采取行动才行！

金　雅

1247 年 12 月，孔亚

新郎与新娘——我们应该是一对新人。我们结婚已经七个月了，但是这段期间，他没有一次像丈夫一样与我同床共枕。虽然我尽力掩饰，不让外人知道这个事实，但是我忍不住怀疑他们其实都已经知道了。有时候，我担心这个羞耻就写在我的脸上，像是刻在额头上的字一样，任何人看到我，都会在第一时间注意到。不管我在街坊跟邻居谈话，在果园里工作，或是在市场上跟小贩买东西，任何人——即使是陌生人——只要看我一眼，就立刻知道我虽然已经结婚，却仍是处子之身。

倒也不是说夏慕士不曾涉足我的房间，他确实来过。每次他要在晚上来看我之前，都会先征求我的同意。而每一次，我都给他同样的答案。

“当然可以，”我说。“你是我的丈夫。”

然后我会一整天焦虑地等着他，希望并祈求这一次我们可以圆房。但是等到他终于来敲我的房门，他也只想坐着聊天；他也喜欢一起阅读，我们看了《蕾拉与痴心男》《法哈德与席琳》《优苏夫与祖蕾嘉》《夜莺与玫瑰》——全都是爱情故事，描述恋人如何不顾一切地彼此相爱。尽管这些主角表现出惊人的毅力与决心，但是我始终觉得这些故事好悲伤、好沮丧，或许是因为我在内心深处知道我永远无法体验到如此浓烈的爱情滋味。

如果我们没有一起念书，夏慕士就会谈论伊斯兰云游僧神秘主义的爱的四十条法则——也就是爱的基本原则。有一次，他把头枕在我的腿上，跟我解释其中的一条法则，讲着讲着，就慢慢地闭上眼睛，声音也越来越小，后来近乎是窃窃私语，最后还睡着了。我的指头梳理着他的长发，我的嘴唇亲吻着他的额头，在他睁开眼睛之前，那一段时间仿佛就是永恒；然后他把我往下拉，温柔地亲吻着我。

那是我们相处时最幸福的一刻，但是仅止于此。直到今天，他的身体对我来说仍是一块未知的大陆，而我的身体对他来说也是一样。

这七个月来，我也曾经去过他的房间，但是每一次都没有事先告知，我的心也因此焦虑的纠结在一起，因为我不知道他会用什么样的态度对我。夏慕士的情绪总是难以预测。有时候，他是如此的温暖而慈爱，让我忘了所有的忧伤；但是有时候，他又可能会极度的暴躁乖戾。有一次，他甚至当着我的面关上房门，还大喊着不要吵他。我学会了不再因此而生气，就像我学会了不要在他深度冥想时去打扰他一样。

婚礼过后连续好几个月，我都假装很满意，不是满意别人，而是我自己。我强迫自己将夏慕士视为其他的任何角色，唯独不是我的丈夫；他可以是我的朋友、灵魂伴侣、精神导师、人生伙伴，甚至儿子，根据那一天的情况，还有他的情绪而定；我在脑子里把他想成其中一个人，然后用想象力为他换穿不同的服饰。

有一阵子，这一招还满管用的。不抱任何期望之后，我反而期待我们之间的谈话。他赏识我的想法，并且鼓励我多以创新的思维去思考，让我感到无尽的欣喜。我从他身上学到了很多，也知道总有一天，我也能教他一些事情，例如他从未体验过的家庭生活可能带来的喜悦。时至今日，我仍然相信我能够让他展现笑容，这是别人做不到的。

可是这样还是不够。不管我怎么做，都无法摆脱萦绕在我脑海中的一个想法：他并不爱我。他喜欢我，对我也有善意，这一点无庸置疑；但是这跟爱还差了十万八千里。这个想法始终困扰着我，也让我痛彻心扉，啃噬着我的躯体与灵魂。我开始疏远身边的人，不管是朋友或邻居都一样；我宁可留在房里，跟死人说话。死人跟活人不同，他们从来不会评断他人。

除了死人之外，我唯一的朋友就是沙漠玫瑰。

我们都有远离社群的共同需求，很自然地变成了亲密的朋友。现在，她也皈依了苏菲教派，早就把妓院抛到九霄云外，过着离群索居的日子。有一次，我跟她说，我嫉妒她重新展开新生活的勇气与决心。

她摇着头，说："可是我并没有展开新生活。我唯一做的事情，就是在死亡之前先死过了一次。"

❖ ❖ ❖

今天，我为了完全不一样的理由去找沙漠玫瑰。我原本计划要保持镇定，冷静地跟她谈话，不料才一开口，就哽咽啜泣起来。

"金雅，你还好吗?"她问。

"我觉得不舒服，"我坦承。"我需要你的帮忙。"

"当然，"她说。"要我怎么帮你?"

"是关于夏慕士的事……他从不靠近我……我是说，没有做那件事，"我讲到一半就结巴起来，不过还是勉强说完整句话。

"我想让自己更能吸引他，我希望你能教我怎么做。"

沙漠玫瑰吐了一大口气，几乎像是叹息。"我发过誓了，金雅，"她说着，声音里有一丝倦息。"我答应真主要保持纯洁干净，像女人要如何取悦男人这种事，甚至连想不能想。"

"可是你并不是违背你的誓言，只不过是帮我的忙而已，"我恳求道。"我才是那个要学习如何让夏慕士快乐的人。"

“夏慕士是受到真主启蒙的人，”沙漠玫瑰的音量放低了八度，好像怕被人听到似的。“我想没有任何正确的方法可以接近他。”

“可是，他终究是个男人，不是吗？”我劝说道，“男人不都是亚当之子吗？他们不都受制于情欲吗？不管有没有受到启蒙，我们都有一具肉体。就连夏慕士也有肉体，不是吗？”

“没错，可是……”沙漠玫瑰紧握住念珠，手指开始拨弄着珠子，低着头沉思。

“噢，求求你，”我乞求道。“你是我唯一能够倾吐的人。已经七个月了。每天早上，我起来时，胸口都像是压了一颗大石头般的沉重；每天晚上都带着泪水入睡。我不能再这样下去了。我必须勾引我的丈夫。”

沙漠玫瑰没有说话。我脱掉丝巾，抓着她的头，逼她看着我。我说：“你跟我说实话，我长得很丑吗？”

“当然不会，金雅。你是个美丽的年轻女子。”

“那你帮帮我，告诉我要走哪一条路才能通往男人的心，”我坚持道。

“要通往男人的心，有时候会让女人离她自己越来越远，亲爱的，”沙漠玫瑰警告我说。

“我不在乎，”我说。“要我走多远都在所不惜。”

沙漠玫瑰

1247 年 12 月，孔亚

她泪流满面，乞求我助她一臂之力；她的脸庞浮肿，呼吸急促，胸部剧烈起伏，直到我终于告诉她说我愿意帮她，这才稍稍缓和。虽然我口头上安慰她，但是在我内心深处，却知道这样做是没有希望的；我知道我不该让步，答应帮助她，但是我还是忍不住质疑自己：

为什么没有预料到会发生这样的悲剧呢？我受到内疚的煎熬，一再地问我自己：为什么这么天真，没有预料到此事的发展会每况愈下呢？

可是那一天，她哭着来向我求救，我实在无法拒她于千里之外。

“求求你，教教我吧！”她恳求我道。

她说话时，双手端庄地放在腿上，就像她从小到大所受到的教诲一样，自始至终都是个循规蹈矩的好女孩。她的声音里透露出没有理由可以让她抱持希望，却仍然不肯放弃希望。

这样做应该无伤大雅吧？我心里这样想着，忍不住同情她。毕竟，天可怜见，她想要勾引的人是她的丈夫呀，又不是什么陌生人！她只有一个动机，就是爱。这样会出什么差错吗？她的热情或许很浓烈，但是那也是合乎伊斯兰律法的啊，不是吗？一种合乎伊斯兰律法的热情！

我心里也隐隐然意识到这其中有个陷阱，但是既然这是真主设下的陷阱，我想就算走进去也不会有害。所以我才决定助金雅一臂之力，这个乡下的小女孩，她对美的唯一认知，就是在手上纹海娜手绘！

我教她如何让自己更美艳动人。她求知若渴，是个听话的好学生。我教她如何用香精沐浴，用香油和香膏让皮肤更柔软，并且用牛奶与蜂蜜敷脸；我给她琥珀珠子来编发辫，让头发散发出甜郁持久的香味；还有薰衣草、洋甘菊、迷迭香、百里香、百合、马郁兰和橄榄油等等——我都一一告诉她要如何应用自如，还有晚上该点什么薰香。

我又教她如何美白牙齿，如何用指甲花液涂手指甲与脚趾甲，如何用墨液画眼线和眉毛，如何涂红脸颊与嘴唇，如何让头发看起来更丰盈光泽，如何让胸部看起来起更丰满圆润。我们还一起到市集上，去我以前再熟悉不过的店里，替她买了丝袍与内衣，还有那些她从未见过也不曾触摸过的东西。

然后我也教她如何在男人面前跳舞，如何运用真主赐给她的胴体。两个星期之后，她准备好了。

那天下午，我花了很长的时间替金雅装扮，就只是为了大不里士的夏慕士，就像牧羊人准备奉献给真主的羔羊一样。首先，她泡了温水浴，用沾了肥皂的毛巾刷洗皮肤，并且用香油涂抹在头发上。

然后我替她穿上女人只能在丈夫面前穿而且一辈子也只能为他穿一两次的衣服——我替她选了樱桃红的紧身内衣，有一件用金线绣了风信子的粉红色长袍，是那种可以突显她胸部曲线的服饰。

最后，我在她脸上用了很多的油彩化妆，然后又在她的额头上装饰了一串珍珠，当作最后的修饰。她看起来好美，让我的目光舍不得离开她。

当我们准备好了之后，金雅看起来不再像是一个青涩羞怯的小女孩，而是心中充满爱与热情的女人，一个愿意为了她心爱的男人跨出勇敢步伐的女人，必要时甚至不惜任何代价。我站在那里看着她，不禁想起了神圣的《古兰经》里描述优席夫与祖蕾嘉的诗篇。

祖蕾嘉与金雅一样，都是为了一个对她种种示爱没有反应的男人苦恼；城里的女人都不怀好意地批评她，说她的闲话，于是祖蕾嘉就邀请她们所有的人来参加一场宴会。

> 她给她们每人一把刀；然后她（对乔瑟夫）说："出

来给她们看看吧。”当她们看到他，开始赞不绝口地颂扬他，然后刀子就割到自己的手（连她们自己也吓了一跳）；她们大叫道：“主啊保佑我们！这不可能是凡人！这一定是尊贵的天使！”

谁还能责难祖蕾嘉这么渴望想要获得乔瑟夫呢？

❖ ❖ ❖

“我看起来如何？”金雅在盖上面纱，走出大门来到街上之前，一直焦虑地问。

“你看起来精致绝美，”我说。“你丈夫不但今夜会跟你做爱，明天还会回来想要更多。”

金雅羞得脸颊泛起红晕，像是两朵玫瑰；我忍不住笑了起来，没多久，她也跟着笑了。她的笑声像是阳光一样暖和了我的心。

我是说真的，因为我相信她一定会吸引夏慕士，就像饱含花蜜的盛开花朵会吸引蜜蜂一样。然而在她打开房门的那一刹那，我们四目相会；我在她眼中看到一丝迟疑，突然间有一股不祥的预感打胃底冒了出来，几乎像是预测到会有什么可怕的事情发生。

可是我并没有阻止她。我应该知道才对，我应该预料到会有这样的事情发生才对。这辈子，只要我还活着，就永远都不会原谅我自己。

金　雅

1247 年 12 月，孔亚

大不里士的夏慕士英勇无畏、放荡不羁又绝顶聪明，对爱了若指掌，但是有一件事他却一无所知：得不到回馈的爱有多么痛苦！

沙漠玫瑰替我装扮好的那天晚上，我心里充满了连自己都不知道会有的兴奋与勇气；丝袍揉擦在我肌肤上的轻柔触感，浓郁的香味以及舌尖上玫瑰花瓣的味道——都让我觉得很尴尬，却也格外的勇敢。回到家里，我在镜子里看到自己的倒影；尽管我的胴体不如我希望的那么圆润柔滑，胸部也不如我希望的那么丰满，但是我还是觉得自己看起来很漂亮。

我一直等着，直到我确信家里所有人都睡着了之后，这才用一条厚厚的长围巾将自己团团围住，踮着脚尖来到夏慕士的房间。

“金雅，我没有想到你会来，”他一打开房门就说。

“我必须来，”我说着，不待他邀请就踏进房间。“可以麻烦你关上房门吗?”

夏慕士一脸茫然，可是仍然照做。

等到房里只有我们两人独处时，我花了几秒钟的时间才鼓起勇气，转身背对着他，深深地吸了一口气，很快地解开了围巾，脱掉长袍。我几乎立刻感觉到丈夫诧异的目光投射到我背上的重量，从脖子一路看到脚踝；他的目光所及之处，都让我感到一股热乎乎的暖意，可是这样的暖意，不论是真的抑或是我在激情中的想象，都很快地被冰冷的沉默所取代，笼罩着整个房间。我赤裸裸地站在夏慕士面前，就像他们所说的天堂里的美人一样赤裸而诱人，胸膛因焦虑不安而剧烈起伏。

在寓意深长的缄默中，我们站着，聆听窗外的风声呼啸怒吼，像哀鸣般横扫整座城市。

“你在做什么?”他冷冷地问道。

我费了好大一番工夫，才好不容易发出声音说：“我想要你。”

大不里士的夏慕士围着我绕了半圈，然后站在我的面前，迫使我不得不正视他的眼睛。我的膝盖发软，但是我不肯退让，反而勇敢地向前迈了一步，用我的胴体贴上他的身子，还贴着他轻轻地蠕动着，就像沙漠玫瑰教我的那样，用我的热度温暖他的身体；我还伸手抚摸他的胸膛，在他耳边轻声细言地诉说爱意，手指沿着他健壮的背脊游走，尽情地闻着他的体香。

而夏慕士好像是碰到发烫的炉子似的，猛地抽身跳开。“你以为你想要我，只是你自以为如此，可是你真正想要的，无非只是放纵你任性受挫的自我而已。”

我双臂缠绕着他的颈部，用力地亲吻他，还强将舌头伸进他的嘴里，然后开始前后抖动，因为我记得沙漠玫瑰曾经跟我说过：“金雅，男人都爱吸吮他们妻子的舌头。他们都爱。”

他的嘴唇尝起来酸酸甜甜的，像是黑莓一样，可是就在我以为这短暂眩晕的快感会将我们拉得更近一点的时候，夏慕士也在那电光火石的瞬间阻止了我，一把将我推开。

“你让我失望，金雅，”夏慕士说。“现在，请你离开我的房间，可以吗?”

他的言词冷峻严厉，脸上没有一丝的情绪：没有愤怒，甚至连一点点的不悦都没有。我不知道哪一个伤得我更重：是他尖锐的言词？抑或是他的面无表情?

我这辈子从未受过如此的羞辱。我弯下腰去捡我的衣服，但是我的双手颤抖得太厉害，手指头根本抓不住那光滑细致的布料，于是我只好抓起围巾，裹在身上，一边哭泣、一边喘息，仍然半裸着身子，跑出他的房间，离他远远的，也远离这个我现在知道只存在于我想象之中的爱。

❖ ❖ ❖

我再也没有见过夏慕士了。从那天开始，我再也没有迈出我的房门一步，整天躺在床上，并非没有精神出外，而是没有意愿离开这个房间。一个星期过去了，然后又是一个星期，之后我就再也不数日子了。我身上的力气一点一滴地流逝，日渐枯竭，只有我的手掌还能感受到生命，因为它们记得握住夏慕士双手的感觉，还能感受到他肌肤的温度。

我从来不知道死亡也有味道。一种强烈的臭味，像是腌姜和折断的松针，刺鼻苦涩，但是未必难闻。当这个气味开始飘进我的房间，像是湿润的浓雾一样笼罩着我时，我知道这就是死亡了。我开始发高烧，不时地陷入精神错乱，满嘴胡言乱语。绮拉始终站在我床的一侧，双眼浮肿，脸色死灰；而葛芙荷则站在另外一侧，脸上仍然挂着柔和带有酒窝的笑容。

“该死的异教徒！”索菲娅说。“这可怜的女孩子是因为心碎而生病，全都是他的错！”

我想要说话，但是声音始终没能离开喉咙。

“你怎么能说这种话？他是真主吗？”绮拉替我说了。“你怎么能把这种力量加诸凡人的身上？”

但是他们哪里听得进绮拉的话？而我的状况又不允许我说服任何人去相信任何事情。反正，我很快就觉悟到：不管我说什么或是不说什么，结果都还是一样。不喜欢夏慕士的人，现在因为我生病了，又多了一个理由痛恨他；而我呢，就算想不喜欢他，也办不到。

不久，我就陷入了一种虚无的状态，所有的颜色都融合成一种白色，所有的声音都化为一种永恒的低频声，嗡嗡作响；我再也无法分辨旁人的脸，再也听不到他们说的话，只剩下背景里遥远的低鸣。

我不知道大不里士的夏慕士有没有到我房里来看我。也许他从来没有来过；也许他想见我，但是房里的女眷却不让他进来；也许他真的来了，就坐在我的床边，为我吹奏芦笛，一吹就是好几个钟头，还握着我的手，为我的灵魂祷告。我宁愿相信这是真的。

不过，无论如何，这些都再也无关紧要了。我既不愤怒，也不生他的气。我怎么能生他的气呢？毕竟我纯粹只是遵循我的知觉行事罢了。

真主有这么多的仁慈与怜悯，对每一件事都有他的解释。在这一切的背后，都有一个完美的制度称之为爱。在我穿着丝绸和戴着喷了香水的薄纱去见夏慕士的十天后，在我生病的十天后，我投入了全然空虚不存在的河流，我在河里尽情地游水，最后终于意识到：这必然就是最深度阅读《古兰经》的感觉——在无垠大河中的一滴水。

也就是这条流动的河，带着我从生命航向死亡。

艾　拉

2008 年 7 月 3 日，波士顿

波士顿从未如此色彩缤纷、生气蓬勃过，艾拉心想。还是她一直对这座城市的美丽视而不见呢？阿济兹在波士顿住了五天；艾拉每天都开车从北安普顿到波士顿来看他。他们在小意大利区品尝了味美价廉的午餐，参观美术馆，在波士顿公园和海边散步，去水族馆看鲸鱼，在哈佛广场的小咖啡厅里喝了一杯又一杯的咖啡；他们有聊不完的话，话题广泛多元，涵盖了奇特的本地美食、不同的冥想方式、原住民艺术、歌德式小说、赏鸟、园艺、如何种出完美的番茄、梦的解析等等，还不断地打岔或是为对方接话。艾拉不记得她曾经跟任何人讲过这么多话。

他们走在户外的街道时，总是小心翼翼地不去碰触对方，但是却越来越难。小过失变得很刺激，而且艾拉也开始期望两人的手会不经意地碰在一起。在一股她从不知道自己也有的陌生勇气驱使之下，艾拉在餐厅和街上拉起阿济兹的手，亲吻他的嘴唇；不但不在乎被别人看见，她甚至觉得有一部分的她渴望被别人看见。有好几次，他们一起回到酒店，而且每一次都濒临上床的边缘，但是他们始终守住那道防线。

到了阿济兹准备飞回阿姆斯特丹的那天早上，他们在他的房里，中间隔着他的行李，像个讨人厌的家伙，一直提醒他们分别就在眼前。

“有件事情我必须跟你说，”艾拉说。“我已经想了很久了。”

阿济兹发现到艾拉的语气突然转变，忍不住扬起一边的眉毛，然后谨慎地说：“我也有话必须要跟你说。”

“好，那你先说。”

“不，你先说。”

艾拉脸上依旧挂着微笑，笑容里带着一点凄凉，低头垂眼，思索着要说些什么，还有要怎么说。最后她终于开口：“在你到波士顿之前，有天晚上，大卫跟我出去吃饭，谈了很久；他跟我问起你的事情。显然他没有让我知道，就偷看了我们的电子邮件，为此我对他大发雷霆，但是也没有否认。我是说，没有否认我们的事。”

这时候，艾拉抬起头来，忧虑地看着阿济兹，担心他对她等一下要说的话有什么反应。“长话短说，我跟我丈夫说我爱上了别的男人。”

外面街道上传来好几辆消防车的警笛声，打乱了城市惯有的声音，也让艾拉暂时分了心，不过她终究还是把话说完了。“这听起来很疯狂，我知道，但是我已经非常认真仔细地反复思考过，我想跟你去阿姆斯特丹。”

阿济兹走到窗边，看着下面的车水马龙、仓促喧嚣。远方的一栋房子冒出了黑烟，一层厚厚的黑云盘旋在上空。他默默地为住在里面的人祷告，然后开口说话，听起来像是对着整座城市说话似的。

“我也很想带着你一起去阿姆斯特丹，但是在那里，我无法保障你的未来。”

“这是什么意思？”艾拉紧张地问。

听到她的问题，阿济兹走回来，在她身边坐下，伸手握住她的手，心不在焉地轻轻抚摸着，说：“你第一次写信给我时，正好是我在生命中一个非常奇特的时刻。”

“你是说你生命中还有其他人……”

“不是，亲爱的，不是。”阿济兹微微一笑，但是笑容很快就消失。“不是这样。我曾经在信中跟你说过我人生的三个阶段，你还记得吗？也就‘苏菲’这个英文字‘Sufi’的前三个字母。你从未问过我第四个阶段，虽然我一直努力想说，但是却始终没有勇气告诉你，我跟第四个阶段‘i’的邂逅故事；你现在想听吗？”

“嗯，”艾拉答道，不过却害怕可能会打断这一刻的任何事情和每一件事。“是的，我想听。”

❖　❖　❖

在那个七月天，在那间酒店的房间里，在他启程飞回阿姆斯特丹的几个钟头之前，阿济兹跟艾拉说到他是如何在1977年皈依苏菲教派，为自己取了一个新的名字，同时也一如他所期望的，有了新的命运的。此后，他以摄影为业，走遍了世界各地，在心里就像是云游僧一样。他在各大洲都结交了好朋友，他们将他视为自己的家人；虽然他后来不曾再婚，却收养了两名东欧的孤儿。脖子上挂了一条从不拿下来的项链，是太阳的形状，这让他想起大不里士的夏慕士；阿济兹的生活就是阅读、旅行和教学，完全遵循苏菲教派僧侣的脚步，而且不管走到哪里，看到什么东西，总是会看到真主的象征。

然后，在两年前，他得知自己的病。

先是在腋下发现了肿块，显然他注意到的时候已经太迟了。结果肿块是恶性的黑色素瘤，一种致命的皮肤癌。医生说看起来不乐观，但是他们必须多做几项检验，才能给他更确切的诊断。一个星期之后，检验结果出炉，是坏消息：黑色素瘤已经扩散到体内器官，并且侵袭他的肺部。

当时，他五十二岁，医生说他活不过五十五岁。

艾拉嘴唇嚅动着想要说话，却觉得口干舌燥，一个字也说不出来，只有两行清泪滑落脸颊，但是她很快就擦干了。

阿济兹继续说下去，语气坚定而急迫。他说，于是他的人生展开了一个全新的，而且从某个角度来说，也更有生产力的阶段。由于这世界上还有很多地方他想去看看，于是当务之急就是想办法到这些地方去走一趟。他在阿姆斯特丹成立了苏菲基金会，跟全球各地都有联系；然后他以业余芦笛演奏家的身份，与苏菲音乐家到印尼、巴基斯坦和埃及举办音乐会，甚至还在西班牙的科尔多瓦，跟一个犹太教与穆斯林秘教团体一起灌录了一张唱片。他也回到摩洛哥，回到他在人生中第一次接触到真正苏菲信徒的那间修道院。撒密德师父早已作古多年，阿济兹在他的坟前祷告冥想，回顾他后半生的路径。

“然后我就隐居起来，写这本我一直想要写、却因为懒惰或是缺乏勇气而无限期拖延迟迟未能动笔的小说，”阿济兹眨眨眼说。“你知道，这是我好久以来一直想做的一件事。我为这本小说取名为《甜蜜亵渎》，然后寄给美国的一家文学经纪公司，心里并没有太高的期望，但是同时也觉得不排斥任何可能。一个星期之后，我接到波士顿一名神秘女子写来的一封引人入胜的电子邮件。”

艾拉忍不住微笑起来，微弱的笑容里有尊敬、有同情、有温柔，也有痛苦。

阿济兹说，从那一刻开始，一切都为之改观了。他从一个准备赴死的男人，变成了一个在最令人意想不到的时刻坠入爱河的男人；他从很早以前就认定一切都各就各位的人生拼图，突然间发生了乾坤大挪移。性灵、生命、家庭、道德信仰与爱——他发现自己开始重新思考这些事情的意义，而且不想死了。

他把人生这个新的、也是最后的阶段称之为“i”，也就是“Sufi”的最后一个字母。他说，到目前为止，这个阶段比前面几个阶段都还要更艰难，因为到了这个时候，他原本以为自己已经安然化解了人生所有的内在冲突——就算不是全部，也是大部分的冲突——也觉得自己在精神上已经成熟而满足。

“在苏菲教派，你在死亡之前就先学习如何死亡。我已经一步一步地走过了每一个阶段，然后就在我开始认为自己已经将一切都安排妥当，一切都干净俐落的时候，突然又冒了这么一名女子。她写信给我，我也回了信，而且每写完一封信，我就摒息等待她的回复。文字变得比以前更珍贵，整个世界变成一张白纸，等着让人写字上去。然后我发现自己想要更深入认识这个人，需要更多的时间与她相处，蓦然间，我的生命再也不够了；我发现自己害怕死亡，甚至还有一部分的我不惜背叛我始终尊崇也臣服的真主。”

“可是，我们会有时间……”艾拉好不容易才终于说出话来。

“医生跟我说，我只剩下十六个月，”阿济兹说，语气轻快而坚定。“他们可能说错，也可能说对，我不知道。你瞧，艾拉，我能给你的就只有现在。这也是我唯一所有的。老实说，除了现在之外，也没有人能够拥有其他的东西了，只是我们都假装还有什么别的。”

艾拉看着她的脚，身子靠在一侧，仿佛有一部分的她就快要跌倒，而另外一部分的她却坚决抵抗。然后她开始哭泣。

“别哭，拜托你。我也很想要你跟我一起去阿姆斯特丹；我想要跟你说：‘我们一起走遍全世界吧！让我们一起去看看遥远的国度，去认识那里的人，欣赏真主的杰作！’”

“那样很好啊，”艾拉抽噎地说，像是号啕大哭的孩子收到了色彩缤纷的玩具。

阿济兹的脸色一沉，转移目光，看着窗外。

“可是我不敢跟你说。我甚至不敢碰你，更别说是做爱了。我没有未来可以给你，又怎么能要求你放弃家庭跟我在一起？”

他的问题让她整个人蜷缩起来。艾拉说：“我们为什么要这么悲观呢？你可以对抗疾病。你可以为我，为我们做到这一点。”

“我们为什么要对抗任何事情呢？”阿济兹问。“我们总是在说对抗通货膨胀，对抗艾滋病，对抗癌症，对抗贪腐，对抗恐怖主义，甚至对抗多出来的体重……难道我们没有别的方法来处理、面对事情吗？”

“我不是苏菲信徒，”艾拉不耐烦地说，她的声音沙哑，听起来像是别人的声音，像是年纪比较大的人。

在那一刻，她脑子里闪过许许多多的念头：她父亲的死亡，挚爱之人自杀身亡留下来的痛苦，还有后面那年复一年的埋怨与悔恨，全都从对死者那点滴记忆的缝隙中流筛而过，心里不断地揣想：若是这些细节的排列有一丝丝的不同，事情的发展是不是也会不一样？

“我知道你不是苏菲信徒，”阿济兹微笑道。“你也不必是苏菲信徒。你就做鲁米吧，这是我对你的唯一请求。”

“这是什么意思？”她问。

“先前你不是问我是不是夏慕士，你还记得吗？你说，我让你联想起他。虽然我听了很高兴，但是我无法成为夏慕士；我认为他远胜过我，绝非我所能及；不过你却可以是鲁米，如果你愿意让爱捉住你，改变你，先是经由爱的存在，然后是经由爱的不存在——”

“我不是诗人，”这一次艾拉这样说。

“鲁米也不是诗人，但是他后来变成了诗人。”

“你还不懂吗？天哪，我不过就只是一个家庭主妇，三个孩子的妈呀！”艾拉激动地喊道，大口大口地呼吸。

“我们都是我们自己，”阿济兹低语道。“我们也都会改变，不过就是从这里到那里的旅程，你也可以完成这样的旅程。如果你够勇敢的话——如果我够勇敢的话——我们最后可以一起去孔亚。我想死在那里！”

艾拉大惊道："不要说这样的话！"

阿济兹看了她一会儿，然后垂下眼睛。此刻，他脸上有新的表情，语气也比较疏离，仿佛他很快地飘走了，像是一片枯叶，随风飘零。

"或者，"他慢慢地说，"你就回去，艾拉。回到你孩子的身边，回到你的家。一切都由你来决定，爱人。不管你如何选择，我都会尊重你的抉择，也会爱你到最后一刻。"

酒鬼苏里曼

1248 年 3 月，孔亚

鲜血、汗水和眼泪。外人以为酒鬼都是懒人，整日无所事事；他们哪里知道每天多喝一点酒需要多大的努力。我们将世界的重担全都扛在肩上。

我又累又暴躁，趴在桌上就昏昏睡去，做了一个不甚愉快的梦。在梦中，有一头暴怒的大黑牛，在陌生的街道上追着我跑；我没命地狂奔，一点也不知道自己做了什么事触怒了它。我一路奔逃，撞倒了摊子，砸烂了商品，让全市集的商贩都为之火大。我一边跑着，跑进一条通衢大道，没想到却是一条没有出路的死巷。在那里，我看到一颗比房子还要大的巨蛋；突然间，那巨蛋开始孵化，从里面冒出一只我从没见过的丑陋幼鸟，浑身湿漉漉的，还发出嘈杂的声音。我想离开那条路，但是母鸟却在空中出现，恶狠狠地瞪着我，好像她的小孩长得那么丑全都是我的错似的。就在那大鸟开始下降，尖锐的鸟喙和更尖锐的鸟爪全都指向我的时候，我蓦然从梦中惊醒。

我睁开眼睛，发现自己趴在窗边的桌上睡着了。虽然我嘴里干得像是铁钉生锈的味道，也很想要来一杯酒，可是却累得不想动，于是我依旧头晕脑胀地趴在桌上休息，陷入更深沉的恍惚之中，听着酒馆里平常的声音。

我听到激烈的争吵声起起伏伏，像是一群嗡嗡作响的蜜蜂；声音是从邻桌传来的，虽然我曾经短暂地考虑到可不可以转头过去看看是什么人，但是却始终没有任何动作。就在这个时候，我听到了那个字眼：谋杀。

起初我不以为意，以为这只是酒醉后的胡言乱语；在酒馆里可以听到各种谬论，久而久之，你就学会了不必太认真看待他们说的每一个字。可是他们的语调中有一种恶意与权势，让人无法忽视，于是我竖起耳朵，仔细聆听；到最后，当我终于知道他们是认真地讨论杀人这件事情时，惊愕得下巴都要掉了下来。而更让我震惊的是，我听到了他们想要杀害的对象：大不里士的夏慕士。

他们前脚刚离开，我立刻停止假寐，从椅子上跳了起来。

“希里斯托，快来呀！快点呀！”我惊慌地大喊。

“现在又是怎么了?”希里斯托跑过来。“你怎么这么苦恼?”

可是我不能说，连他都不能说。突然间，所有的人都以狐疑的眼神看着我。如果这个对夏慕士不利的阴谋还牵扯到更多人怎么办？我必须保密，张大眼睛，仔细观察。

“没什么啦！我饿了，如此而已！”我说。“可以麻烦你送一点汤来给我吗？要多加点大蒜哟！我需要清醒一下。”

希里斯托疑惑地看着我，但是他早已习惯了我的喜怒无常，所以也没多问什么。几分钟后，他端来了一碗又烫又辣的山羊下水汤，我狼吞虎咽地喝了下去，烫得舌头发麻。完全清醒之后，我立刻冲到街上，要去提醒大不里士的夏慕士。

我先到了鲁米家，他不在那里。然后我又去了清真寺、伊斯兰学校、茶店、面包店、土耳其浴店……我还到工匠街上找了每一家店，每一个地窖，甚至还到废墟里那个老吉卜赛女人的帐篷去找，以为他会去那里帮他们拔牙齿或是驱除恶灵之类的。我到处都找遍了，却遍寻不着，时间一分一秒过去，焦虑越来越深，恐惧也开始啃噬我。万一我太迟了呢？万一他们已经下手了怎么办？

几个钟头之后，我不知道还能去哪里找，只好心灰意冷地回到酒馆，浑身疲惫不堪。结果就如同魔术一般，在距离酒馆大门不过几步路的地方，我竟然跟他撞个正着。

“嗨，苏里曼，你看起来心事重重啊，”夏慕士微笑着说。

“哦，我的天哪！你还活着！”我大喊着跑过去抱他。

夏慕士好不容易才挣脱我的拥抱，然后兴味盎然地看着我说：“我当然活着！难不成你看我像鬼吗？”

我也微笑以对，但是笑容没能维持太久。我的头好痛，如果是在别的时候，肯定会尽快灌下一两瓶酒，然后昏睡过去。

“怎么回事，我的朋友？有什么事情不对吗?”夏慕士质疑地问。

我用力咽了一口口水。万一我跟他说了这个计谋，他却不相信呢？要是他以为这是我在酒精催化作用下的幻觉，那又该怎么办？或许我真的喝醉了，就连我自己也不敢肯定。

“他们打算要杀你，”我说。“我不知道他们是谁，我也没有看到他们的脸。你知道，那时候我在睡觉……可是我不是在做梦。我是说，我确实做了一个梦，但是却不是这样。我没有喝醉，呃，我确实喝了几杯啦，但是我没有——”

夏慕士伸手放在我的肩膀上。“冷静一点，我的朋友。我能理解。”

“你能理解?”

“是的。现在，你回酒馆去吧，别担心我了。”

“不行，不行！我哪里也不去！你也哪里都别去。”我抗议道。“这些人是很认真的。你必须要小心才行。你不能回到鲁米家去。他们第一个就会去那里找你。”

夏慕士无视于我的惊慌失措，仍然一言不发。

“你听着，僧侣，我家里很小，也有一点拥挤。但是如果你不嫌弃的话，你可以过来跟我一起住，要住多久都行。”

“谢谢你的关心，”夏慕士低声说道。“但是任何事情发生都是真主的旨意。有一条**法则**是这样说的：这个世界是建立在互惠的原则之上，没有任何一点善意或是任何一丝恶意会没有回报。别担心别人的阴谋、欺骗与诡计；如果有人设下陷阱，要谨记，那陷阱也是真主设下的。他才是幕后更大的策划人。任何事情，就连小到树叶的抖动，都在真主的预料之中。要如此单纯而全然地相信这一点。不论真主做什么，都会做得漂漂亮亮。”

说完之后，夏慕士对我眨眨眼，挥手告别。我看着他不顾我的警告，快步走过泥泞的街道，往鲁米家的方向走去。

杀　手

1248 年 3 月，孔亚

混蛋！白痴！我跟他们说了，不要跟我一起来；我跟他们解释说我向来都是单独行动，不喜欢客户干扰我的工作。可是他们却很坚持，说什么因为这个僧侣有超能力，所以他们要亲眼看到他死了才行。

“好吧，”我最后让步了。“但是你们一定不可以靠近我，必须要等到事情结束之后才过来。”

他们同意了。现在他们来了三个人，其中两个是我上次见面时看过的，另外一个新来的家伙，声音听起来就跟其他两人一样年轻，也一样紧张。他们全都用黑色布巾将脸蒙住，生怕我想要知道他们的身份似的！

过了午夜时分，我到鲁米家门外，跳过矮石墙，进入庭院，然后躲在树丛里。我的客户跟我保证，大不里士的夏慕士每天晚上在沐浴净身之前或之后，都习惯到院子里冥想。我只要在那里等着就行了。

那天晚上的风很大，以这个季节来说，冷得不太寻常。我手里握着的剑感觉冰冷而沉重，装饰在剑把上的两颗珊瑚珠摸起来也粗粗的；我另外还带了一把连鞘的短刀，以防万一。

月亮笼罩在淡蓝色的雾气之中，远方传来几只夜行动物的号叫嘶鸣；我从打在树丛的风里闻到一丝丝甜腻的玫瑰花香。说也奇怪，这个味道让我感到不安。

其实在我抵达这间房子之前，心情就已经不太好，此刻又更糟。我站在那里，全身上下笼罩在那种甜腻的味道时，忍不住有一种冲动，想要放弃整个计划，赶快离开这个令人毛骨悚然的鬼地方。

可是我还是忠于我的承诺，留下来了。不知道过了多少时间，我的眼皮开始变得沉重，也忍不住开始拼命打哈欠。我也不知道是什么原因，随着风势渐强，我的脑海里竟然挖掘过往的记忆，阴暗而令人迷惑的记忆，全都是过去死在我手下的那些人。我的恐惧让我大感意外。想起过去的事，通常不会让我紧张；或许有一点忧郁不想跟人说话，甚至偶尔会有一点沮丧，但是从来不会紧张。

我吹着口哨，试图提振士气，但是吹了几首曲子之后，都不管用，于是我将目光紧盯着房子的后门，开始低声说道："快点吧，夏慕士。不要让我在这里等太久。赶快到院子里来吧！"

没有声音，没有动作，什么都没有。

突然间，天空开始下起雨来。从我站的地方，可以看到庭院的斜墙外；不久就看到倾盆大雨让墙外的街道变成滚滚洪流，而我也浑身湿透。

“他妈的!”我说。“该死！该死!”

我正考虑着要不要放弃今天晚上的计划时，突然间听到一个尖锐的声音，穿越了雨点打在屋顶和街道上的劈里啪啦声响。院子里多了一个人。

那人正是大不里士的夏慕士。他手上拎着一盏油灯，往我的方向走来，就在距离我藏身的树丛只有几步路的地方停了下来。

“今天的夜色很美，你说是吗?”他问。

我倒抽一口冷气，差点忍不住心中的迷惑。他旁边还有别人吗？还是他在自言自语？他知道我在这里吗？他可以感觉到我的存在吗？我的脑子有千百个疑问在沸腾。

然后我转念一想：刮这么大的风，下这么大的雨，他手上的那盏油灯怎么还不会熄灭呢？我一想到这里，立刻觉得一股寒意打我的脊椎往上直窜。

我想起了关于夏慕士的种种传闻。他们说他精于黑魔法，只要从一个人身上的衣服抽出一条丝线，再念念他的邪恶咒语，就可以轻易地把人变成粗声哞叫的驴子或是瞎眼的蝙蝠。

虽然我从来不信这些胡说八道，也不打算从现在开始相信，但是当我站在那里，看着夏慕士手上的灯火在强风骤雨中摇曳不灭时，却忍不住浑身颤抖，一刻都停不了。

“多年以前，我在大不里士有个老师，”夏慕士说着，把手上的油灯放在地上，也让灯火离开了我视线。“就是他跟我说过，凡事都有其时机。这也是最后的几条法则之一。”

他在说什么法则呀？这些神秘难解的话是什么东西？我必须当下决定现在就从树丛里现身，还是等到他转身背对我时再说——只不过他从来不曾转身。如果他已经知道我在这里，那就没有必要再躲藏下去；但是万一他不知道，我还是得仔细衡量一下什么时候出来最好。

可是就在这个时候，仿佛是为了加深我的疑惑似的，我竟然看到三条人影躲藏在花园围墙外的屋檐下，不停地动来动去。他们一定在怀疑我为什么还不动手杀了这个僧侣。

“这是第三十七条**法则**，”夏慕士接着说。“真主是巨细靡遗的时钟工匠。他的指令是如此的精准，所以世上的每一件事情都在它该发生的时间发生，不会早一分钟，也不会晚一分钟。对每一个人来说，这个时钟也是同样的精确，绝无例外。每一个人都有一个时间去爱，也有一个时间去死。”

就在那一刻，我知道他在跟我说话。他知道我在这里，甚至在他走到庭院来之前就已经知道了。我的心开始狂跳，觉得好像周围的空气突然被吸光了。再躲下去也没有什么意义，就这样，我站了起来，从树丛后面走出来。雨势来得突然，去得也突然，让世界万物陷入一片沉寂。我们就这么面对面站着——杀手和他的受害者——尽管这种情况万分诡谲，但是一切又似乎那么自然，近乎平和宁静。

我抽出剑，用力一挥，那僧侣身手敏捷地躲过这一剑；我没料到像他身形这么高大的人，还有如此敏捷的身手。我正准备挥第二剑时，暗地里突然出现骚动，有六个人不知道从哪里窜了出来，抡起棍棒矛头攻击那名僧侣。显然那三个人又带了他们的朋友一起来。接下来的打斗十分激烈，他们全都跌倒在地，滚来滚去，然后站了起来，又跌倒，手上的棍棒矛头全都碎裂成木屑。

我站在那里看着，又惊又怒。我这辈子还不曾受到如此的羞辱，竟然沦为杀人的目击者，而且还是我收了钱要去杀的人。我对那三个人的无礼感到无比愤慨，原本可以轻易地放走那名僧侣，然后跟他们三人大打出手。

可是不久，其中一个人开始歇斯底里地大喊道："快帮忙呀！帮帮我们呀，豺狼头！他要杀了我们！"

我放下长剑，从腰间抽出短刀，以闪电般的速度冲上前去；我们七人联手，将僧侣制服在地，我迅即一刀刺入他的心脏。他嘴里发出一声粗嘎的呼喊，拔尖的声音嘶裂沙哑。他不再动，也不再呼吸。

我们一起抬起他的躯体——出乎意料的轻——将他丢进井里。我们每个人都大声地吸了一口气，退后一步，等着尸体掉进水里的声音。

可是始终没有等到。

“到底发生了什么事?”其中一人说。“他不是掉进去了吗?”

“他当然掉进去啦,”另外一人说。“怎么可能没有?”

他们全都慌了手脚,我也是。

“也许他挂在井里的什么钩子上,”第三个人说。

这话不无道理。找到一个解释,让我们卸下肩头重担,于是大伙都高高兴兴地接受了这个解释,只不过我们都知道:井里的墙上不会有钩子。

我不知道我们在那里等了多久,彼此都不敢看对方的眼睛。一阵冷风吹过庭院,卷起我们脚边枯黄细薄的柳叶;天空上,深蓝的晨光正要开始变成紫红色。要不是房子的后门突然打开,有个人从屋子里走出来,我们可能会一直站在那里直到天亮。那人不是别人,正是莫拉维。

“你在哪里?”他喊道,声音因为关切而显得沉重。“你在那里吗,夏慕士?”

一听到他的名字,我们七个人全都逃之夭夭。六个人跳过花园的围墙,遁入夜色中,把我一个人留在后头,寻找我的短刀。

后来我在树丛底下找到满是泥浆的短刀。我知道我不应该在此逗留,连一秒钟也不应该,但是却忍不住诱惑,回头看了一眼。

我猛一回头，看到鲁米跌跌撞撞地走进庭院，然后步履蹒跚地往左边走，仿佛直觉引导着他，走向那口水井。他倾身向前，探进井里，就这样站了一会儿，让眼睛适应井里的半暗不明。然后他抽身回来，跪倒在地，捶胸顿足地发出一声恐怖的尖叫。

“他们杀了他！他们杀了我的夏慕士！”

我身子一跃翻墙而过，留下沾了僧侣鲜血的短刀，拔腿就跑；我这辈子还不曾跑得这么快。

艾　拉

2008 年 8 月 12 日，北安普顿

那是八月的一个平常日子，气候宜人，阳光普照，跟其他日子没什么两样。艾拉照常一大早起床，为丈夫和孩子准备早餐，看着他们离家去上班或是去参加棋艺和网球社团，然后又回到厨房，打开食谱，选择今天的菜单：

菠菜奶油蘑菇汤

贻贝佐芥末美乃滋

烧烤干贝佐龙艾奶油酱

蔓越莓花园沙拉

奶油节瓜烤饭

大黄香草奶油格子派

她花了一整个下午的时间准备餐点。全都做好之后，她拿出了家里最好的瓷器，开始摆放餐具，折叠餐巾，甚至还

插了一盆花。她把烤箱设定了四十分钟，这样一来，烤饭在七点之前就会热好了。另外，她还准备了油煎面包，在沙拉上淋好酱汁，又浓又稠的酱汁，就像艾维喜欢的那样。她原本想点蜡烛，但是转念一想，又改变了心意。就让餐桌保持原状吧！像是一幅无懈可击的画面，没有人碰过，也没有人动过。

然后，她拿起稍早前准备好的行李箱，离开了她家。当她走出家门时，还喃喃自语地念了夏慕士的一条**法则**："随时自问：'我准备好要改变我现在过的生活了吗？准备好从内在开始改变了吗？'这永远都不嫌迟。

"即使生命中只有一天跟前一天完全一样，那也诚然令人惋惜。在我们过的每一刻，呼吸的每一口气，我们都应该一再更新，不断地重新开始。只有一条路让你重生，拥有新的生命：在死亡之前先行死去。"

阿拉丁

1248年4月，孔亚

我犹豫不决，不知道该如何去面对其他人，每一分钟都在改变心意；夏慕士死了三个星期之后，我终于鼓起勇气去跟父亲谈话。我到书房去找他，看到他独坐在灯下，像大理石雕像一般，动也不动，几条阴影横过他的脸上。

“父亲，我可以跟你说说话吗?”我问道。

他慢慢地转过头来，眼神朦胧，仿佛从幻想汪洋中游上岸；他看着我，什么话也没说。

“父亲，我知道你认为我参与了刺杀夏慕士的计划，但是我可以跟你保证——”

父亲突然举起手指，打断我的话。

“天知地知，你知我知，儿子啊，不要再说了。我不想听你多说什么，也没有什么话好对你说，”他说。

“求求你，不要这样说，让我解释，”我用颤抖的声音求他。“我对真主发誓，不是我！我认识那些参与的人，但是我没有。”

“儿子啊，”父亲再次打断我的话，声音里已经不再有悲怆，取而代之的是一种令人不寒而栗的冷静，像是终于接受了可怕事实的人，“你说你没有，但是你的衣角却沾了血。”

我吓了一跳，立刻检查我的长袍衣角。这可能是真的吗？那天晚上，我身上真的沾到血了吗？我检查衣角，然后是袖口、双手和指甲，看起来全都干干净净。当我再度抬起头来与我父亲四目相望时，这才恍然大悟，原来这是他为我设下的小陷阱。

我不由自主地检查衣角是否沾到血，就已经泄漏了我的秘密。

❖ ❖ ❖

没错，那天晚上，我确实跟他们一起去了酒馆，正是我跟杀手说夏慕士有每天晚上到庭院冥想的习惯。那天稍晚，当夏慕士在雨中跟杀手对话时，我也是站在花园围墙外偷听的六个人之一。而且，在我们认为事情已经没有转圜的余地，而杀手的动作又太慢，于是决定自己动手的时候，也是我带领他们闯进庭院的。

可是我只做到这里就打住了；我没有参与打斗。出手攻击的人是巴贝尔，而伊尔夏和其他人也从旁协助，后来他们惊慌失措，杀手豺狼头这才出手收拾残局。

后来，我在脑子里反复地重演当时的情况，次数多到让我自己也分不清哪些部分是事实，那些部分又是我自己的想象。

有一两次，我在记忆中看到夏慕士从我们的手中逃脱，遁入漆黑的夜色之中，那景象栩栩如生，让我几乎要相信这是真的。

虽然他人已经不在了，但是他留下来的事物却无所不在。舞蹈、诗歌、音乐，所有那些我以为只要他人一走就会跟着消失的东西，都深植在我们的生活之中。我父亲变成了一位诗人。夏慕士说对了。打破了一个瓦罐之后，其他的瓦罐也会跟着打破。

父亲向来是个慈爱的人，拥抱所有宗教的信徒。他不只对穆斯林好，对基督徒、犹太人，甚至异教徒都一样仁慈；自从夏慕士走进他的生命之后，他爱人的范围就更广泛了，甚至遍及那些社会上最堕落的败类，妓女、酒鬼、乞丐——人渣中的人渣。

这世界唯独有一个人他不爱，到现在还是如此，就是他自己的儿子。

苏丹·瓦拉德

1248年9月，孔亚

乞丐、酒鬼、妓女、孤儿、小偷……他把他的金银财宝全都分给罪犯。那天晚上发生了那件可怕的事情之后，父亲就像变了一个人似的。每个人都说他因为哀伤过度而发疯了。如果有人问他在做些什么，他就讲述阿拉伯国王伊姆鲁的故事：伊姆鲁不但家财万贯，又英俊貌美，向来备受人民爱戴，但是有一天，他却出人意外地抛弃了完美的生活；他穿上了僧袍，放弃了所有家产，从此云游四方，从一个国度走到另外一个国度。

“这就是失去挚爱对你的影响，”父亲说。“让你如国王般的自我化为尘土，然后引出你僧侣的自我。现在夏慕士永远不在了，我也不复存在。我再也不是学者或传道人，我只是虚无的化身。这是我的‘法纳’，让肉体的自我毁灭；然后才能得到‘巴卡’，也就是活在真主之中的永生。”

那天，有个红发商人来敲门，一看就知道是那种最不入流的骗子。他说，很久以前，他在巴格达就认识大不里士的夏慕士；然后他突然放低音量，像是耳语般地说，他发誓夏慕士还活得好好的，此刻正躲藏在印度的某间会所冥想，等候适当的时机再出现。

他说这些话的时候，脸上没有一丝诚实，但是我父亲却欣喜若狂，还问那个人说，他带来这个大好消息，想要什么做为回报。那商人毫不羞赧地说他从小就梦想成为一名僧侣，但是生命却将他带到另外一个方向，但是他很想得到像鲁米这样著名学者的长袖衣袍。听他这么一说，我父亲立刻拿出他的丝绒长袍，就这样双手奉上。

“可是父亲，你明知他在说谎，为什么还要把你珍贵的长袍送给那个人?”那人一走，我立刻问父亲。

我父亲是这样说的:“你觉得用一件长袍来交换一个谎言的代价太高了吗? 可是我亲爱的儿子啊，想象一下，如果他说的是事实，如果夏慕士真的还活着，我连自己的性命都可以给他呀!”

鲁 米

1260 年 10 月 31 日，孔亚

一般而言，随着时间流逝，痛苦会变成哀伤，哀伤变成沉默，沉默又变成孤寂，像阴郁海洋般广袤而深不见底的寂寞。今天是我跟夏慕士在糖贩客栈门前相遇的十六周年纪念，每年到了十月的最后一天，我就退隐独居，闭关静修四十天，反思着爱的四十条法则；只不过这样的独处，一天比一天沉重。这四十条法则我全都倒背如流，也一一反省检视，可是在我心灵最深邃的地方，却只有大不里士的夏慕士，依然风采奕奕。

你以为自己再也活不下去，你以为灵魂的灯火已经熄灭，以为自己永远陷入暗黑境界；但是当你被如此坚实的黑暗所吞噬，当你的双眼紧闭再也不看这个世界时，心里的第三只眼睛反而睁开了。唯有在这时，你才能了解，原来视线与内在的视界是相互抵触的。没有任何凡界的眼睛能够比得上爱的眼睛那么锐利，可以看得那么清晰透澈。剧痛哀伤过后，随之而来的是另外一个季节，另外一个山谷，另外一个你。而你到处都找不到的爱人，如今也随处可见。

你在掉入大海的小水滴里看得到他，在满月过后的大潮里看得到他，在吹拂着清新气息的晨风中也看得到他；你在撒泥占卜的沙土中看得到他，在阳光下闪闪发光的石头颗粒里看得到他，在新生幼儿的笑容里，或是微微脉动的青筋血管里也都看得到他。如果夏慕士在天下万物之中无所不在，你又怎么能说他已经不在了呢?

在忧伤渴望的缓慢回旋深处，我每一天、每一分钟都跟夏慕士在一起。我的胸膛是夏慕士歇息的洞穴；如同高山将回声留在山中一样，我也将夏慕士的声音留在我的体内。此刻在我身上，再也找不到一丝一毫过去那个学者和传道人留下来的痕迹；爱，带走了我所有惯常的工作与习性，反而让我充满了诗歌。尽管我知道没有任何文字足以表达我亲身经历的内在旅程，但是我仍然相信文字。我成了文字的信徒。

有两个人帮助我度过最难熬的岁月：我的大儿子和一名叫作萨拉丁的圣徒，他是一名金箔匠。我就是在他的小店里，听着他辛勤地工作，用心地将金叶子敲成完美的薄片，才获得了最美妙的灵感，完成了旋转僧侣舞蹈的最后一部分修饰工作。萨拉丁店里传出来的节奏，跟宇宙的脉动一致，这也正是夏慕士曾经说过，他也如此喜欢的神圣节奏。

后来，我的大儿子娶了萨拉丁的女儿法蒂玛为妻；聪明好问的她，让我想起了金雅。我也教她读《古兰经》。她跟我变得很亲近，所以我开始称呼她是我的右眼，而她妹妹海蒂雅则是我的左眼；这是亲爱的金雅在多年前就已经证实过的事：女孩读书就算不比男孩好，至少也不会比他们差。我也替女性安排回旋舞，并且劝导苏菲教派的姊妹们延续这个传统。

四年前，我开始口述《玛斯纳维》。第一行诗是我在某日黎明，看着阳光划破黑暗时，没由来地想到的；此后，那些诗句就宛如受到本身力量的驱使，不断地从我嘴里汩汩流出。我并没有写下来，最早是萨拉丁辛苦地写下早期的诗句，然后我儿子也一一抄录；这些诗句能够流传下来，都要感谢他们，因为老实说，如果叫我今天再重述一遍那些文字，我想我也做不到。不论是诗是文，这些文字都是蓦然间涌上脑海又从我的嘴里离开，就像候鸟一样，而我只是在他们前往温暖国度的途中，一个暂时伫足休息的湿地罢了。

我开始口述一首诗文时，事先从来不知道自己会说些什么，可能很长，也可能很短，我从来没有拟好计划。等到诗文结束了，我也就再次安静下来。我生活在宁静之中，而“宁静”正是我写“加扎勒”① 的两个标志之一；另外一个就是大不里士的夏慕士。

这个世界以我们人类无法掌握也无从理解的速度快速地

① “加扎勒”是抒情诗的一种形式，格式为对句。这种诗由只有一个韵文与副歌的抒情诗句组成，中心主题是爱。

移动、转变。1258 年，巴格达落入蒙古人的手中；这个曾经以坚固辉煌而自傲，并且自称是世界中心的城市，终于也尝到了挫败的滋味。同年，萨拉丁过世了。我和我的僧侣们举办了盛大的庆祝仪式，吹笛打鼓地走过街道，欢天喜地地唱歌跳舞，因为圣徒就是要以这种方式下葬。

到了 1260 年，轮到蒙古人输了。埃及的马穆鲁克王朝打败了他们。昨日的赢家成了今天的输家。每一个赢家都以为他永远都会打胜仗，而每一个输家都害怕自己会一蹶不振，但是他们都错了，因为相同的理由：万物都会改变，唯有真主的容颜不变。

萨拉丁死后，就由学生侯赛因帮我抄写诗文；他在精神成长的道路上成熟得又快又好，因此现在大家都称呼他是侯赛因老师了。整本《玛斯纳维》都是由我口述给他听，然后他再抄录下来的。但是侯赛因的个性谦虚慷慨，任何人问他是谁或是做什么的，他总是说：“我只是大不里士的夏慕士的一个谦卑信徒，如此而已。”

慢慢的，我活到了四十岁、五十岁、六十岁，每多过十年，就觉得更圆满一些。你必须不断地向前走，虽然没有什么地方是最后抵达的终点。宇宙持续不断地转动，地球与月亮也是如此，可是让天地运行的力量，无非就是深埋在我们人类心中的秘密。我们这些僧侣有了这个力量，就会一路回旋舞蹈，舞过爱与心碎，即使没有人知道我们在做什么；我们会在争吵之中跳舞，在重要的战役也是一样；我们在受伤悲痛时会带着欢欣与狂喜跳舞，无论是单人独舞或是多人群舞，随着流水的速度或快或慢地旋转。我们甚至会在自己的血泊中跳舞。无论这个世界现在如何，过去如何，始终都存在一种完美的和谐与微妙的平衡；大圆里的小点虽然不停地改变，彼此取代，但是整个大圆却维持不变。第三十九条**法则**说：尽管部分改变，但是整体始终维持不变；因为这个世界上每少了一名窃贼，就会新生一名窃贼；同样的，每一位君子过世，都会有一位新人取而代之。如此一来，不但没有任何事物维持不变，却也没有任何事物真的有任何改变。

每一位苏菲信徒死亡了，就会在某地有一位新的信徒诞生。

我们的宗教就是爱的宗教。我们全都靠着一条心链彼此相连，如果有哪一个联结断了，在某个地方就会新增了另外一个联结；每当有一个大不里士的夏慕士死亡，就会有一个新的夏慕士以不同的名字，在不同的时代出现。

名字会变，来来去去，但是本质始终维持不变。

艾　拉

2009 年 9 月 7 日，孔亚

她睡在他床边的一张塑胶椅上，听到一个意想不到的声音，她突然睁开眼睛。有人在黑暗中说了些听不懂的话。然后，她意识到这是外面传来的晨祷呼拜。新的一天即将开始，但是她有一种感觉，好像这也是什么事情的结束。

如果你问任何一个第一次听到晨祷呼拜的人，他都会跟你说同样的话：那声音听起来很美丽、很饱满，也很神秘；但是在此同时，那声音里也有一些难以言喻的神秘感，近乎诡谲，令人毛骨悚然。就跟爱一样。

在夜的一片静寂之中，艾拉被这个声音惊醒，然后在黑暗中连续眨了好几次眼睛，这才了解从敞开窗户传进来、充斥整个房间的声音是怎么一回事。她花了整整一分钟才想起自己已经不在麻省了，这里也不是她跟丈夫和三个孩子共有的那个宽敞的家；那些都属于另外一个时代——某个遥远而模糊的年代，感觉上像是童话故事，而不是她自己的过往。

不，她不在麻省，而是在世界的另外一端，一个完全不同的角落；这里是土耳其孔亚镇上一间医院的病房。那个躺在病床上睡着的男人——他稳定的呼吸在她听来似乎赋予晨祷呼拜某种隐含的意义——也不是她结婚二十年的丈夫，而是她在去年夏天一个阳光普照的日子里为了他抛夫弃子的恋人。

“你真的要为了一个没有未来的男人离开你的丈夫?”她的朋友和邻居都一再地问她。“还有你的孩子要怎么办?你想，他们会原谅你吗?”

艾拉这才体会到，在世俗的眼中，如果有什么事情会比一个女人为了另外一个男人抛弃自己的丈夫还要更糟糕的话，那肯定是一个人为了现在而抛弃她的未来。

她拧开桌上的灯，在柔和的琥珀色灯光下检视这间病房，仿佛要确认在她昏昏睡去之后的这几个钟头，没有发生什么变化。那是她见过最小的一间病房了，倒也不是说她这辈子看过很多病房。一张病床占据了绝大部分的地板面积，其他的家具全都挨着病床摆放——一个木头衣柜，一张方形茶几，一把多出来的椅子，一个空的花瓶，床边一只托盘里放着五颜六色的药丸，旁边则是阿济兹从启程以来一直在看的书：《我与鲁米》。

他们在四天前抵达孔亚。最初几天，他们就跟一般观光客没什么两样地游览这座城市——参观纪念碑、博物馆和各种古迹；尽情地享用本地美食；看到每一样新鲜事物，不论是多么平常或是多么愚蠢，都要拍照留念。一切都很顺利，直到前天，他们在餐厅吃午饭时，阿济兹突然昏倒在地，还被紧急送往最近的医院诊治。从那时候开始，她就一直坐在他的床边等着，不知道会发生什么事，但是却抱着一线希望，同时也在心里无声而迫切地跟上帝争论：为什么要这么早就收回他在她人生中这么晚才赐予的真爱？

“亲爱的，你还在睡吗？”艾拉问道。她并不想吵醒他，但是她需要他醒来。

没有回答，只有在他呼吸的节奏中出现了短暂的休止，像是一段乐曲中少了一个音符。

“你醒了吗？”她又问。虽然仍是耳语，这一次的声音却略微提高。

“现在醒了，”阿济兹慢慢地说。“怎么啦？你睡不着吗？”

“晨祷了……”艾拉只说了三个字就停了，好像这样就足以解释一切：他的身体日益恶化，她担心失去他的恐惧与时俱增，还有全然愚蠢的爱——所有一切都包含在这三个字里。

此刻，阿济兹在床上坐直身子，绿色的眼眸连眨也不眨。他那英俊的脸庞，在微弱的灯光下，包围在漂白过的白色床单之中，显得格外的苍白，看了令人心酸，但是看起来又特别有力，甚至像是某种永生的力量。

“晨祷最特别了，”他低语道。“你知道吗？在穆斯林一天必须朝拜五次的祷告之中，据说晨间的祷告是最神圣、也最有挑战性的。”

“为什么呢?”

“我想是因为要把我们从睡梦中挖起来吧，我们都不喜欢这样，宁可一直睡下去。所以在晨呼中有一句话是其他呼拜所没有的：‘祷告比睡觉好。’”

*可是，或许睡觉对我们两个都比较好呢，艾拉心想。如果我们可以一起陷入梦乡。*她渴望能够像睡美人一样，安安静静，不受干扰地沉睡不起，享受一百年的绝对麻木，才能纾解这样的痛。

过了一会儿，晨祷呼拜结束了，回音也渐渐飘散，越来越远；等到最后一个音符完全消失之后，整个世界让人觉得异常安全，却又令人难以忍受的安静。他们在一起已经一年了，享受了一整年的爱与觉悟。大部分的时候，阿济兹的身体状况都还不错，一直跟艾拉到处旅游，可是过去这两个星期，他的健康状况明显恶化。

艾拉看着他又昏昏睡去，脸色平静，看起来很可爱，但是她的脑子里却充满了焦虑，深深地叹了一口气，然后走出病房。她走过长廊，两侧墙壁都漆成了深浅不同层次的绿；也走进病房，看到病房里的病患，有老有少，有男有女，有些正在慢慢康复，有些却日渐衰弱。她试着忽视旁人狐疑的目光，但是她的金发碧眼太过醒目，很难让人不注意到她的异族身份。以前，她到任何地方，都没有这种格格不入的感觉，不过话说回来，艾拉也很少旅行。

几分钟之后，她走到医院里一个怡人的小花园，坐在花园里的喷水池边；池水中央有一个小天使的雕像，天使脚下有几枚硬币闪闪发亮，每一枚硬币都承载了某人秘密的愿望。她伸手掏掏口袋想要找一枚硬币，但是却找不到，只有几张写了字的纸条和一条吃了一半的燕麦卷。然后她的目光落在花园的地上，看到前面有一些小石头，光滑漆黑，熠熠生辉。她拾起一颗石子，闭上眼睛，丢进池子里，嘴里还念念有词，说着她已经知道不可能实现的愿望。小石子撞到喷泉的墙壁，弹到旁边，直接掉在天使石像的腿上。

如果阿济兹在这里的话，艾拉心想，他一定会认为这是某种征兆。

半个钟头之后，她又踱回病房，看到一名医生和一名包着头巾的年轻护士在病房里，床单已经覆盖住阿济兹的脸。

他走了。

❖ ❖ ❖

阿济兹埋在孔亚，追随他最爱的鲁米去了。

艾拉负责处理葬礼的准备工作，尽力规划好每一个细节，同时也相信如果有什么地方照顾不周，真主也会助她一臂之力。首先，她替他找到了安葬的地方——古老穆斯林墓园里一株巨大的木兰树下；然后她找到了苏菲乐师，同意在葬礼上演奏芦笛；接着她发电子邮件给阿济兹在世界各地的友人，邀请他们前来参加葬礼。有好多人都来了，其中还有远从开普敦、圣彼得堡、穆希达巴德和圣保罗等地飞来的朋友，有些人跟他一样是摄影师，但是也有学者、新闻记者、作家、舞蹈家、雕塑家、商人、农夫、家庭主妇，还有他收养的孩子。

葬礼仪式温暖而热闹，信奉各种宗教信仰的人共同参与，一起庆祝他的死亡，因为他们知道：这也是他所想要的葬礼。孩子们开心地在一起玩，也没有人管他们；一名墨西哥诗人分送亡灵面包，阿济兹在苏格兰的一个老朋友则向每个宾客抛撒玫瑰花瓣，花雨像五彩碎纸般落在他们头上，每个人都是彩色缤纷的见证人，见证了死亡不是一件可怕的事。本地有个驼背的穆斯林老先生，咧开嘴笑着，用锐利的眼神从头到尾看着这场葬礼，还说除了几世纪前莫拉维的葬礼之外，这一定是孔亚城里见过最疯狂的葬礼了。

葬礼过后两天，终于只剩下艾拉一个人了。她在城里闲晃，看着别人一家子地从她身边走过，看着商人坐在自己的店里，还有街头小贩努力向她兜售东西，什么东西都有。大家都盯着这名哭肿了双眼的美国女子走在他们之中，她在这里是个完全的陌生人，她不管走到哪里也都是完全的陌生人。

回到旅馆，在她退房前往机场前，艾拉脱掉外套，穿上一件蓬松的桃红色安哥拉羊毛衫。对一个既不柔顺又不驯服的女人来说，这个颜色未免太过柔顺、太过驯服了，她心想。然后她打电话给珍妮特。三个孩子之中，只有珍妮特支持她跟着自己的感觉走，欧莉和艾维到现在都还不肯跟她说话。

“妈，你好吗?”珍妮特的声音非常温暖。

艾拉欠身，脸上微微一笑，仿佛她女儿就站在对面似的；然后她用几乎听不到的声音说：“阿济兹死了。”

“哦，妈，我真遗憾。”

接着是短暂的安静，好像她们都在思索着该说些什么。后来是珍妮特率先打破缄默：“妈，那你现在要回来了吗?”

艾拉歪着头想。在她女儿的问话中，她听到了另外一个没有说出口的问题：她会回到北安普顿，回到她丈夫的身边，中止他们的离婚手续吗？这个离婚的过程已经变成了彼此憎恨、指控的一团混乱。现在她要怎么办？她没有钱，没有工作；不过她还可以做英文家教，在杂志社找份工作，或是谁知道呢？说不定，有一天她会成为很好的小说编辑。

艾拉闭上眼睛，以欢欣、肯定而自信的心情，向自己预告了未来的日子会是如何。她这辈子从未像现在这样自己一个人过日子，但是说也奇怪，她并不觉得孤单。

“我好想你，宝贝，”她说。“我也想你的弟弟、妹妹。你会来看我吗?”

“当然会，妈妈——我们都会——可是现在你要怎么办呢？你确定你不要回来?”

“我要去阿姆斯特丹，”艾拉说。“那里有可爱的不得了的小公寓，可以俯瞰城里的运河，我可以去租一间。不过我骑单车的技术还得再精进一点才行。我不知道呢……我不打算拟什么计划，亲爱的。我只想好好把握今天，再看看我的心里是怎么说的。这也是法则之一，不是吗?”

“什么法则啊，妈？你在说些什么?”

艾拉走到窗口，抬头望着天，从各个方向望去，天空都是一片惊人的湛蓝；天空以自己无形的速度回旋，化为虚无，却又在虚无之中遇到无穷的可能，就像回旋僧侣一样。

“是第四十条**法则**，”她慢慢地说。“没有爱的生命都不能算数。不要问自己应该追求什么样的爱，是精神上还是物质上，是神圣的还是世俗的，是东方的还是西方的……分裂只会制造更多的分裂。爱没有标签，没有定义。爱就是爱，就是这么纯粹简单。

“爱是生命之水，爱人则是火的灵魂!

“当火爱上水时，宇宙的转动就会变得不一样。”